ELBDEICH KRIMI

Christoph Ernst, Jahrgang 1958, malt und schreibt in Klein Zecher und Hamburg. Nach dem Geschichtsstudium arbeitete er unter anderem als Reiseleiter, Kulturmanager und Journalist. Neben Sachbüchern ist von ihm bisher ein Kriminalroman erschienen. Ernst ist Mitglied der Autorengruppe »Tippgemeinschaft«.

Dieses Buch ist ein Roman. Handlungen und Personen sind frei erfunden. Ähnlichkeiten mit lebenden oder toten Personen sind rein zufällig.

CHRISTOPH ERNST

FETTE HERZEN

ELBDEICH KRIMI

Emons Verlag

Umschlagzeichnung: Heribert Stragholz
Druck und Bindung: Clausen & Bosse GmbH, Leck
Printed in Germany 2006
ISBN-10: 3-89705-469-8
ISBN-13: 978-3-89705-469-1

Im Andenken an Jürgen Gerstmann
12.02.1954 – 11.11. 2005

VORSPIEL

Die Straße windet sich durch den Geestrücken über der Elbe. Hinter den Bäumen am Hang schimmert der Fluss, ein silbriges Band zwischen dem Ocker der Sandbänke und dem satten Grün der Marsch. Flieder blüht. Der Frühling bricht sich Bahn. Doch der Fahrer hat wenig Sinn für die Reize der Natur. Er fährt die Strecke täglich, das nutzt die pastorale Idylle ab. Außerdem ist er in Eile.

Ungefähr einen Kilometer vor der Kurve läuft ein Rucken durch die Lenkung. Er versteift instinktiv die Arme und belächelt sofort die eigene Nervosität. Vermutlich nur eines der vielen Schlaglöcher. Schließlich hat er die Bremsen erst gestern nachgesehen. Er ist total überreizt. Höchste Zeit, dass er die Sache hinter sich bringt. Er gibt wieder Gas. Das tut gut. Nimmt den Druck. Sein Trommelfell vibriert, als der Motor aufröhrt und ihn in den Sitz presst. Er liebt diesen Klang: ein furioses, kaum gezähmtes Grollen, hungrig und energiegeladen wie das einer echten Raubkatze. Seine Finger gleiten über das Lenkrad. Früher konnten die Briten eben noch richtige Sportwagen bauen.

»Relax, Baby«, murmelt er. »Bald hast du's geschafft.«

Er versucht, sich wieder auf die Musik zu konzentrieren. Glenn Gould ist gerade bei der »Pathetique« angelangt. Die erinnert ihn immer an seine erste Nacht mit dem hohen C. Damals hatte sie auch diese Sonate aufgelegt und ihm erklärt, sie hielte Ludwig van für wesentlich erotischer als Chopin.

Er entsinnt sich ihres lasziven Lächelns, des Dufts ihrer Haare, des schweren Parfüms und der Laute, die sie dann machte, später, nachdem sie ihn bestiegen hatte und ihr Becken über ihm kreiste, bis ihr Atem in kehliges Stöhnen überging, sie den Oberkörper zurückwarf und es lang gezogen aus ihr hervorbrach. Deshalb hat er sie so getauft.

Er fühlt, wie ihm das Blut ins Glied schießt. Wart's ab, denkt er. Wir sind noch nicht fertig miteinander. Aus dir locke ich ganz andere Töne raus.

Ein Schlag vorn rechts unterm Kotflügel lenkt ihn für Sekundenbruchteile ab. Wohl nur ein Zweig. Er versinkt wieder in der lieblichen Heiterkeit des Adagios, das nach der Wucht des Grave beinahe seicht dahinplätschert, stellt sie sich vor, auf dem Bauch liegend, die makellosen Beine leicht gespreizt, während seine Zunge ihre Waden erkundet.

Hinter der Biegung kommt die Kurve in Sicht. Der Asphalt wird abschüssig. Er will gerade runterschalten, um das Tempo zu drosseln, als der Jaguar ins Schlingern gerät. Verflucht, doch die Lenkung. Wieso? Egal. Er muss den Wagen abfangen, oder er schmiert da vorne raus. Bäume, dann gleich die Böschung. Fraglich, ob das Chassis das durchhält. Mit verzogenem Rahmen ist der XK Schrott. Sechzigtausend im Eimer. Er tritt das Bremspedal bis zum Anschlag durch. Brandneuer Hartkautschuk, vor drei Wochen frisch aufgezogen, für fast hundertfünfzig pro Reifen, krallt sich kreischend in den Asphalt. Aber er spürt, dass der XK zu schwer ist. Seine Hände krampfen um das Lenkrad. Gib, dass es bei der Karosserie bleibt, betet er, die kann man richten.

In dem Moment löst sich das rechte Vorderrad. Für zwei Sekunden klemmt es noch verkeilt im Kotflügel, dann schießt es durch die Luft. Die optische Information ist so grotesk, dass sein Verstand sich weigert, sie zu verarbeiten. Der Jaguar scheint zu zögern, taumelt in der Schwebe, bevor er vornüberkrängt und all die zahllosen Stunden der Restauration als triumphaler Funkenregen auf dem Rollsplitt verglühen.

Mein schöner XK, durchzuckt es ihn empört. Welcher Teufel hat da seine Finger im Spiel? Die Frage ist die Antwort. Nein, schreit es in ihm, das kann nicht sein! Wie hätte er das einfädeln sollen? Doch es geschieht, es geschieht wirklich, und er begreift, dass sein Trotz müßig ist. Ein unsichtbarer Riese hat den Jaguar gepackt und lässt ihn wie einen Spielzeugkreisel über den Asphalt tanzen. Dann kehrt Stille ein. Der Horizont beginnt sich zu drehen. Ich überschlage mich, denkt er. Mein Gott. So ist das also. Wie absurd. Staunend registriert er das lichte Grün des zarten

Laubs, die in buntem Grau badenden Wolken. Wieso hat er diese Fülle nie zuvor wahrgenommen? Welche Verschwendung, sie ihm erst jetzt zu zeigen.

*

Durch die Glaswand hinter den Monitoren sieht er, wie die Schwester ihm zunickt. Alles ist bereit. Sein achter Eingriff heute. Drei Minuten zuvor haben die Pfleger den Patienten von der Trage auf den Tisch unter dem schwenkbaren Röntgengerät gehoben. Inzwischen ist er an das Elektrokardiogramm und den Blutdruckmesser angeschlossen. Ein steriles Tuch bedeckt seinen Körper, bloß der Kopf und die Haut in der rechten Leistenbeuge sind frei, wo die Assistentin eben nach der Beinschlagader tastet. Hat sie die Arterie gefunden, kann das Gefäß punktiert werden, um die Schleuse zu legen.

Er macht einen letzten Check. Der Mann hat keine Allergien, seine Nierenwerte und die Schilddrüse sind in Ordnung. Also besteht kein Risiko, durch das Kontrastmittel eine thyreotoxische Krise auszulösen. Im Aufstehen zupft er sich den linken Gummihandschuh zurecht und strafft die Schultern. Die Bleischürze, die er unter dem Kittel trägt, spürt er kaum. Er spielt Tennis und schwimmt. Täglich tausend Meter.

Fünf Sekunden später sitzt er neben dem Patienten und fragt ihn, wie er sich fühle. Vor Untersuchungen fragt er die Leute grundsätzlich, wie sie sich fühlen. Nicht dass ihre Antwort ihn interessierte, aber er weiß, dass es sie beruhigt. Laut Bericht des überweisenden Kollegen klagt der Mann über Atemnot und Stiche im Brustbereich: Angina Pectoris. Durchblutungsstörungen des Herzmuskels. Die schmerzhaften Vorboten des Infarkts. Ziemlich unangenehm. Doch seine Anteilnahme hält sich in Grenzen. Die meisten, die hier liegen, sind selbst schuld. Sie haben ihren Organismus jahrzehntelang mit Alkohol, Nikotin und Kaffee traktiert, zu viel und zu fett gegessen, sich selten oder nie bewegt. Wider besseres Wissen. Gegen alle Warnsignale. Bis ihr System streikt. Wenn sie Glück haben, landen sie auf seinem Tisch, bevor der Notarzt den Totenschein ausstellt. Flehen ihn mit großen

Augen an. Wie das Wohlstandswrack hier, das aussieht wie Mitte sechzig, aber erst dreiundfünfzig ist. Das Gesicht des Mannes glänzt teigig.

»Den Umständen entsprechend, Herr Professor«, stammelt er.

Nachdem er seine Gesundheit erfolgreich zugrunde gerichtet hat, darf die Medizin nun zaubern und ihm Absolution erteilen. Das Mittelalter nannte Völlerei noch eine Todsünde. Die Neuzeit ist da wesentlich dezenter. Sie spricht von Zivilisationskrankheiten. Die lassen sich kurieren. Zumindest symptomatisch.

Die Stimme des Mannes bebt beim Sprechen. Trotz der Sedativa. Er ist den Ton gewöhnt. Die übliche Mischung aus Ehrfurcht und Angst. Der Mann erhofft sich ein Wunder. Von ihm. Und er wird dieses Wunder bewerkstelligen, so wie er es schon ungezählte Male bewerkstelligt hat. Das ist sein Job. Er ist ein Virtuose auf seinem Gebiet, ein moderner Schamane, der die Folgen von vierzig Jahren Rauchen in dreißig Minuten beseitigt.

»Keine Sorge«, erklärt er milde. »Das wird wieder. In spätestens einer Dreiviertelstunde sind Sie so gut wie neu.«

Der Patient versucht ein tapferes Grinsen. Es missrät zur grotesken Fratze. Im Liegen ist sein Gesichtsfleisch nach hinten gesackt, bis an die zu groß geratenen Ohren. Er wendet sich ab. Sein Blick flieht auf die fünf Bildschirme, die über ihm hängen. Einer davon registriert Blutdruck und Herzfrequenz. Auf den vier übrigen wird er gleich erkennen, wo sich Ablagerungen in den Arterien festgesetzt haben, sobald er das Pedal zu seinen Füßen drückt und der Röntgenfilm läuft.

Für eine Routineuntersuchung braucht er drei Katheter. Bedrohlich verengte Partien weitet er dann, indem er einen länglichen Ballon an die kritische Stelle schiebt, den er aufpumpt, bis die Ader sich dehnt. Oder er setzt Stents, Rundgitter, die von innen gegen die Gefäßwand drücken. Perfekt ist keine der Techniken. Doch wie nachhaltig der Eingriff das Organ funktionsfähig hält, hängt nicht von ihm ab. Zunächst mal rettet er Leben. Das zählt. Außerdem zahlt die Kasse für jede Intervention einen Pauschalsatz von 3.600 Euro. Bei der entsprechenden Indikation. Und bei ihm gibt es eigentlich immer eine Indikation.

»Na, dann wollen wir mal.«

Er nickt der Schwester zu. Sie streift ihm den Mundschutz über. Die Haut über der Leiste ist desinfiziert und betäubt. Als die Kanüle in das Gefäß dringt, quillt seitlich etwas Blut hervor.

Im Vorzimmer seines Büros hält derweil die grauhaarige Sekretärin den Telefonhörer ans Ohr gepresst. Sie hat sich von ihrem Schreibtisch abgewandt und starrt mit leerem Blick auf den Christstern, der unzeitgemäß auf der Fensterbank blüht.

»Gewiss«, sagt sie gerade. »Ich werde dem Herrn Professor sofort Bescheid geben. Danke, dass Sie uns gleich benachrichtigt haben.«

Als sie auflegt, zittert ihre Hand.

EINS

Der schwarze Springer fegte den weißen Läufer beiseite und bedrohte meinen König und die Dame.

»Schach«, sagte Axel schmatzend, streichelte sich den Ziegenbart und lächelte mir über seine Kompottglasbrille zu. Etwa so, wie andere eine Fliege anlächeln, der sie beide Flügel ausgerissen haben. Er lehnte sich zurück und wippte selbstgefällig auf seinem Bürosessel. Den faltbaren Rollstuhl benutzte er nur, wenn er ausging.

Axel und ich wohnten im selben Haus. Er im Erdgeschoss, ich drei Stock darüber. Ursprünglich waren wir bloß Nachbarn. Dann passierte die Sache mit der Made, und er schlug mir vor, unsere Fähigkeiten zu kombinieren. Nun waren wir Partner, und seine Küche diente uns als Büro.

Wir betreiben eine Art Wiederbeschaffungsservice. Kommt Leuten etwas abhanden, können sie uns heuern. Wir forschen für sie nach. Werden wir fündig, schalten wir die Behörden ein oder kümmern uns selbst. Wir ermitteln ausschließlich privat. Das vereinfacht das Abrechnen. Obwohl wir nirgends inserieren und nur von Empfehlungen leben, haben wir in der Regel genügend zu tun. Leider gibt es keine Regel ohne Ausnahme.

Unser letztes Projekt hatte ich Ende Januar am Rand des Freihafens in den Schnee gesetzt, als ich zwei Holländer observierte, die antike Möbel aus einer Villa am Leinpfad gestohlen hatten. Ich folgte ihnen bis zu einem Lagerschuppen auf den Reiherstieg, wo ihr Abnehmer wartete. Dort erst dämmerte mir, dass sie die Antiquitäten umgehend zu verschiffen gedachten. Damit hatte ich nicht gerechnet. Entweder ich verzichtete auf unsere Prämie oder ich improvisierte. Mittlerweile war ich vierzig. Das ist ein Alter, in dem man zu seinen Fehler steht oder sich vor den Fernseher verabschiedet. Also marschierte ich rein. Dummerweise hatte ich den vierten Mann übersehen. Der trug ein Kantholz. Als ich wieder zu mir kam, lag ich mit dröhnendem Schädel auf dem vereisten Vorplatz, um mich herum nichts als frostige Leere.

Seitdem war Flaute. Kaum Anfragen, keine Aufträge und alle Konten im Minus. Langsam wurde es eng. Axel brütete, was sich noch versilbern ließ, während ich erwog, wieder Taxi zu fahren. Damit habe ich mich elf lange Jahre durchgeschlagen, und zwar vor, während und nach dem Studium. Es gibt wenig, wovor mir mehr graut, als mit zehn Litern Wasser für die Abkotzer und einem Stapel Adressen für die Freier von auswärts über das nächtliche Stadtpflaster zu kreisen und mir das geballte Elend der Spaßgesellschaft einzuladen. Fast alle Fahrer von früher, die den Absprung nicht geschafft haben, sind inzwischen verblödet, verbittert oder auf Pille. Mit einer Ausnahme, aber der ist keine, weil er inzwischen selbst einen Betrieb hat und sich nur selten hinters Steuer setzt.

Nun glotzte ich auf die vierundsechzig magischen Felder und rechnete Züge durch. In den letzten drei Monaten hatte ich häufiger auf dieses Brett gestarrt und gehofft, dass endlich irgendwer anrief.

Ich mag, was ich tue. Grundsätzlich zumindest. Es hat mehr Witz als das allermeiste, womit verkrachte Akademiker sich sonst so durchschlagen. Wenn es uns gelingt, einem betrügerischen Bankrotteur den Gegenwert seiner S-Klasse aus den Rippen zu leiern, fühle ich mich fast wie Robin Hood. Archive waren noch nie meine Welt, und für Start-ups muss man anders gestrickt sein. Axel geht es da ähnlich. Am Computer ist er unschlagbar, ein brillanter Bruder Tuck im Zombie-Zoo des Shareholder Forests. Draußen ist er für die Mehrzahl bloß ein stotternder Spastiker mit schiefem Rücken und Vier-Dioptrien-Gläsern, der bestenfalls in eine Behindertenwerkstatt gesperrt gehört.

Der Ausgang der Partie war absehbar. Ich war kein übler Spieler, aber Axel erinnerte nicht nur alles, was er je gelesen hatte, er konnte auch zahllose Züge speichern, sodass es einigermaßen eitel war, überhaupt gegen ihn anzutreten. Doch sobald er anfing, halblaut murmelnd durch die Küche zu rollen, Mahnungen zu wälzen oder ratlos in seinen Bildschirmschoner hineinzumeditieren, wurde es Zeit. Schach lenkte ihn ab.

»Los, Puppe, spiel ‘ne Karte.«

Da schellte das Telefon. Sein Grinsen erlosch. Ich fuhr hoch. Er war schneller. Mit einer abrupten Wendung schwang er den Drehsessel herum und grapschte nach dem Apparat. Er lauschte gebannt, dann wich der Elan auf seinen Zügen Ernüchterung. Er schaltete auf Raumempfang und reichte mir den Hörer.

»Steinhausen.«

Stephan Steinhausen war Journalist und arbeitete für die Berliner Zeitung. Wir kannten uns seit Ende der Neunziger, als ich es mit einem Holsteiner Tierarzt zu tun hatte, der in großem Stil Hormone verschob und englische Risiko-Rinder eindeutschte. Steinhausen wusste über die Praktiken an Schlachthöfen Bescheid und verschaffte mir Kontakt zu einer Veterinärin, die mutig genug war, den Mund aufzumachen. Ich revanchierte mich bei ihm mit einem Dossier über den korrupten Viehdoktor und dessen Hintermänner. Seitdem tauschten wir uns regelmäßig aus. War er in Hamburg, kam er vorbei. Musste ich nach Berlin, nächtigte ich gelegentlich auf seiner Charlottenburger Couch.

»Stephan«, frohlockte ich. »Schön, dich mal wieder am Ohr zu haben.«

»Dito. Störe ich?«

»Leider nein.«

»Leider?«

»Sonst würden Scheine rascheln. Wenigstens schenkst du meiner Dame noch eine Galgenfrist.«

»Welcher Dame?«

»Weiß. Auf C4.«

»Schach?«

»Axel behauptet, das sei gut für meine grauen Zellen. Ich halte es da eher mit Ray Chandler. Der hielt es für die größte Verschwendung menschlicher Intelligenz außerhalb einer Werbeagentur.«

»Ah ja.«

»Worum geht's?«

»Einen Gefallen. Ich hänge hier fest. Kannst du ein paar Unterlagen für mich abholen? Drei Stunden. Länger dauert es hoffentlich nicht.«

Axel schielte gequält. Ich zuckte die Achseln.

»Was für Unterlagen?«

»Sagt dir das Herzzentrum Hitzacker was?«

Axel nickte und sagte halblaut: »Spezialklinik für Kardiologie.«

»Vage«, sagte ich. »Axel ist im Bilde.«

Steinhausen räusperte sich.

»Ein Arzt von dort hat mich angesprochen. Er ist Chirurg. Du weißt doch, dass ich gelegentlich auch für Fachjournale schreibe ...«

In seine Worte mengte sich das Kreischen einer Straßenbahn. Offenbar rief er von der Redaktion aus an. Die lag Ecke Karl-Liebknecht-Straße und guckte auf den Alexanderplatz.

»Er sagt, dass da bei Angioplastien gepfuscht wird.«

»Angioplastien?«

»Eingriffen mit Herzkathetern. Offenbar geht es um viel Geld. Er sprach von Beträgen in Millionenhöhe. Es sei ein himmelschreiender Skandal. Er hat alles dokumentiert und will, dass ich die Sache publik mache.«

Ich hörte, wie Steinhausen sich eine anzündete. Er rauchte Gitanes. Ohne Filter.

»Wo liegt das Problem?«

»Er mag seine Papiere nicht der Post anvertrauen.«

»Es gibt Faxe und Kurierdienste.«

»Das ist für ihn das Gleiche.«

»Warum besucht er dich nicht in Berlin?«

»Er kann da nicht weg. Außerdem hat er die Hosen voll. Er glaubt, dass man ihn überwacht. Ein Typ, der als Reporter auftrat, hat versucht, ihn auszuhorchen.«

»Wer soll dahinterstecken?«

»Sein Chef. Mit dem hat er sich wegen der Katheter überworfen.«

»Warum erstattet er keine Anzeige?«

»Er befürchtet, dass die Staatsanwaltschaft die Sache unter den Teppich kehrt. Die Klinik ist ein Wirtschaftsfaktor in der Region. Niemand habe Interesse daran, den Laden ins Gerede zu bringen. Ohne öffentlichen Druck liefe da gar nichts.«

Während Steinhausen sprach, zog Axel die Brauen hoch und zupfte skeptisch an seinem Bärtchen.

»Was für Karten hast du da drin?«, fragte ich. »Oder glaubst du ihm die Geschichte und träumst von einer abgefahrenen Enthüllungsnummer?«

»Nun«, meinte Steinhausen gedehnt und blies den Rauch in die Muschel, »er erwähnte nebenbei einen Pharmavertreter, der aus der Schule geplaudert hat und deswegen gefeuert worden ist. Das ist schon seit Jahren mein Thema. Es gibt in der Branche kaum Leute, die gehen und anschließend auspacken.«

Ich lachte auf. »Deshalb der Umstand? Wieso fragst du ihn nicht einfach nach dem Kontakt?«

Ich erntete ein indigniertes Knurren. »An der Sache könnte immerhin was dran sein. Dann wären's zwei Vögel mit einem Stein.«

Steinhausen übersetzte gern englische Redewendungen. Er hatte eine Weile in Yorkshire gelebt, irgendwo an der Küste bei Scarborough.

Axel verdrehte die Augen und tippte sich mehrmals gegen die Stirn. Dann wog er die leeren Handflächen, hob resigniert die Schultern und rieb den Daumen am Zeigefinger. Ich nickte, obwohl die Frage müßig war, zumindest was Steinhausen betraf.

Seine Tochter Meike lebte bei der Geschiedenen. Die war Schwäbin, fand als diplomierte Psychologin angeblich keine Arbeit und bestand auf pünktlichem Unterhalt, weil sie außer sich und Meike auch noch Marek durchfütterte, den polnischen Kunststudenten, der ehedem Trennungsgrund gewesen war. Kam ihr Exgatte mal zwei Tage mit der Überweisung in Verzug, fackelte sie nicht lang und ließ sein Gehalt pfänden.

»Winkt da irgendwo ein Honorar?«

»Ich dachte an den Gegenwert meiner Fahrkarte«, sagte er. »Plus ein Grüner für deinen Schweiß.«

Ich hustete hart.

»Das Geld fürs Benzin nehme ich gern, aber dich wollte ich nicht melken. Was ist mit dem Arzt? Du sagtest doch, er fürchtet sich vor deinem angeblichen Kollegen.«

»Versuch's. Keine Ahnung, ob du das in einen Auftrag umsetzen kannst.«

»Wie erreiche ich den Mann?«

Axel schob mir Papier und Stift zu.

Der Chirurg hieß Roth, mit Vornamen Markus. Er wohnte auf der Südseite der Oberelbe, in Bleckede, einer Kleinstadt zwischen Lauenburg und Hitzacker. Ende der Achtziger war ich in dem Ort gewesen. Ich erinnerte mich an ein verträumtes Kaff, umgeben von Marschwiesen, Brachland und Wald, wo buckliges Kopfsteinpflaster vor Fachwerkhäusern döste.

Damals war dort die Welt zu Ende gewesen, wenigstens die westliche Welt. Mitten im Braun des sich träge dahinschleppenden Stroms prallten zwei verfeindete Systeme aufeinander, obwohl man davon wenig spürte, wenn man den Wildgänsen zusah, die über dem Schilfgürtel kreisten und sich einen Dreck um Ideologie scherten. Hübscher Fleck, dachte ich jetzt, da müsstest du mal mit Conny hin, Graureiher gucken. Solange sie noch Lust hat, Ausflüge zu machen. Bevor das Kind kommt und sich alles wieder ändert.

»Er ist ab acht zu Hause«, sagte Steinhausen. »Gib mir Bescheid, wenn der Kontakt steht. Und denk dran, vielleicht wird er tatsächlich überwacht.«

»Schon gut.«

Ich nahm die Warnung nicht ernst. Steinhausen hatte eine Abhörmacke. Allein die Lauschcomputer des MAD seien auf achthundert Reizwörter programmiert, erklärte er mir mal. Mag sein, sagte ich da bloß. So geniale Algorithmen für ihre Suchprogramme haben die noch nicht. Irgendwer muss die Datenflut schließlich auch auswerten.

In diesem Fall allerdings hätte ich seinen Rat besser beherzigt.

*

Drei Stunden später rief ich in Bleckede an. Roths Frau nahm ab. Sie hieß Marion und besaß einen angenehmen Sopran. Ihr Mann sei in der Garage. Absätze klapperten, eine Türklingel läutete, dann war der Arzt dran. Er atmete schwer und schnaufte beim Sprechen. Offenbar war er gerannt. Ich bat ihn, sich in einen Fernsprecher zu bemühen, allerdings nur, weil Steinhausen es sich so gewünscht hätte. Roth stutzte, aber fing gleich Feuer. Wie einer, der endlich wieder Cowboy und Indianer spielen darf. Ich gab ihm die Nummer des »Frank und Frei«. Das ist eine Kneipe bei uns um die Ecke, in der sich seit dreißig Jahren dieselben Langweiler treffen, um Erinnerungen an eine bessere Zukunft in irischem Dunkelbier zu ertränken. Doch dort falle ich höchstens durch meine biedere Haartracht auf. Wir verabredeten uns für den folgenden Nachmittag um vier Uhr auf dem Rastplatz bei Gudow. Hinter der Tankstelle, Fahrtrichtung Berlin. Er sagte, er käme im Wagen seiner Frau. Sein eigener sei zu auffällig. Den werde er in Bleckede abstellen. Ich solle nach einem rubinroten Ford Ka Ausschau halten. Mit Lüneburger Kennzeichen.

Inzwischen stand der Zeiger meiner Armbanduhr auf zehn vor fünf. Roth ließ auf sich warten. Ich drehte mir eine Zigarette. Es war bereits die dritte, seit ich auf dem Parkplatz gehalten und meinen speigelben Lada neben einem braunen Barkas aus Wroclaw abgestellt hatte. Ich prüfte das Päckchen. Schon wieder halb leer.

In letzter Zeit rauchte ich ziemlich viel. Wohl auch, weil Conny deswegen dauernd mit mir maulte. Kinder veränderten das Dasein nun mal, meinte sie. Wie sehr, dämmerte mir auf Raten. Hinterher ist man oft schlauer, doch das macht auch nicht immer nur Spaß.

Es nieselte Bindfäden. Achtzig Meter weiter zischten Reifen über nassen Beton. Bisher war nichts passiert, außer dass ein dänischer Camper, der beim Einparken das Führerhaus eines Sprinters gestreift und dessen Rückspiegel zerlegt hatte, panisch Richtung Osten durchgestartet war. Mich fröstelte. Für Mitte Mai war es frisch. Ich schlug den Kragen hoch und öffnete die Fahrertür. Das Handy, das Carlo mir zur Verfügung gestellt hatte, nachdem meines bei dem Rendezvous vor dem Lagerschuppen auf der Strecke geblieben war, streikte wieder. Langsam wurde ich sauer. Die Zigarette schmeckte auch lausig. Ich warf sie in eine Pfütze, stieg aus und trabte zur Tankstelle, um Wechselgeld für die Zelle zu besorgen.

Roths Funktelefon war nicht am Netz, aber vielleicht hatte Steinhausen inzwischen von ihm gehört. Ich versuchte es in der Redaktion. Dort meldete sich ein Automat, der mich mit hirnblondem Stimmchen vor die Wahl stellte, Nachrichten zu hinterlassen oder Faxe zu senden. Auf Steinhausens Handy lief der Briefkasten. Bei ihm zu Hause nahm der Anrufbeantworter ab.

Da stand ich nun. Auf halbem Weg zwischen Hamburg und Hitzacker, ohne die Papiere und noch immer ohne Job. Gestern Abend hatte Roth eigentlich recht vielversprechend geklungen. Jetzt durfte ich unverrichteter Dinge retour. Es sei denn, ich wurde persönlich. Eben hörte es auf zu regnen. Es war schon lange her, dass ich mir die Oberelbe angeschaut hatte. Angeblich verkehrte die Flussfähre bei Bleckede wieder. Schlug ich mich auf der Höhe von Zarrentin rechts in die Büsche, musste ich in ungefähr einer Stunde am Anleger sein. Also rief ich Steinhausens Maschine noch einmal an.

»Roth glänzt durch Abwesenheit. Nachdem er so viel Wind um das Date gemacht hat, find ich's schäbig, dass er sich jetzt nicht hertraut. Ich kutsche spaßeshalber hin und stoße ihm Bescheid. Der Nachmittag ist eh im Eimer.«

Dann drückte ich die Nummer der dpa. Dort saß Conny und sortierte Agenturmeldungen. Besser gesagt, dort saß sie und wies ihre Vertretung ein. Neun Tage später sollte sie in Mutterschutz gehen.

»Hallo, mein Herzblatt. Was gibt's?«

Ich mag es, wenn sie mich Herzblatt nennt. Leider kam das in letzter Zeit nicht mehr so irre häufig vor.

»Ich komm später«, sagte ich. »Hier ist was schief gelaufen.«

»So?«

Ihre Stimme klang eine Spur schärfer. Bevor das Herzblatt verwelkte, fügte ich rasch hinzu: »Nichts Dramatisches. Ich muss noch nach Bleckede.«

»Wozu?«

»Der Typ, den ich treffen wollte, ist nicht aufgetaucht. Ich will klären, warum.«

»Muss das heute sein?«

»Weshalb?«

Ihr Zögern verhieß nichts Gutes.

»Wir haben nachher Geburtsvorbereitungskurs. Um acht.«

Verdammt. Wieder ertappt. Den Kurs hatte ich verdrängt. Conny bestand darauf, kollektiv im Kreis zu liegen und zu hecheln. Sie fand, das stifte Gemeinsamkeit und helfe mir, mich auf meine Vaterrolle einzustimmen. Ich sah das anders, aber rang um gute Miene. Sie beklagte sich eh dauernd, dass ich zu wenig Anteil an ihrer Schwangerschaft nahm.

In der Tat fiel mir einigermaßen schwer, mich brennend für Babynahrung zu interessieren. Mich beschäftigte eher, wie wir die ökologisch einwandfreie Kleinkindkost finanzieren sollten. Sofern ich nicht bald einen Auftrag an Land zog, sah es eher nach Haferflocken und H-Milch aus. Die Problematik leuchtete ihr zwar auch ein, aber ihre Lösungsmodelle entsprachen nicht unbedingt dem, was mir vorschwebte. Schließlich drehte ich meine Zigaretten ohnehin nur noch selbst.

»Das wird eng«, erklärte ich. »Allein für die Fahrt brauche ich zwei Stunden.«

»Fahr morgen.«

»Ich bin fast da.«

»Wäre schön, wenn du's trotzdem schaffst. Letztes Mal warst du schon zu spät. Ruf mich auf jeden Fall an, wenn dir was dazwischenkommt, damit ich nicht wieder wie 'ne Beknackte auf dich warte.«

Ich spürte, wie sich mein Nacken verspannte. »Hast du mich eben nicht verstanden?«

»Klar. Du hast keinen Bock. Deswegen fährst du jetzt nach Bleckede.«

»Conny, ich bitte dich.«

»Worum?«

»Du weißt, ich geh bloß dir zuliebe. Außerdem war der Hardcorestreifen letztes Mal nichts für mein schwaches Gemüt.«

Sie atmete hörbar aus. »Den Film wird sie uns heute kaum schon wieder zeigen. Wenn du also wirklich bloß mir zuliebe gehst, sei mir zuliebe doch bitte einfach mal pünktlich, ja?«

Während ich noch nach einer passenden Antwort suchte, raunzte sie »Bis später« und legte auf.

Ich stierte eine Weile auf die verdreckte Reklame hinter dem Wandapparat, die gemütliche Stunden im »Landhaus Reimers«

versprach, bei gutbürgerlicher Küche in rustikaler Atmosphäre, und wartete darauf, dass sich mein Genick abkühlte.

Ich erwog, sie gleich noch mal anzurufen und ihr zu sagen, dass sie sich gefälligst um einen anderen Ton bemühen solle, weil ich zu dieser Art Melodie ungern tanze, doch da es dann laut geworden wäre, hängte ich ein, ging zum Auto und fuhr los.

*

Bis ich Conny traf, hatte ich nie vor, Vater zu werden. Kinder in die Welt setzen kann jeder Schwachkopf und Sadist. Entsprechend sieht sie auch aus. Die Konsequenz daraus war für mich früher ganz einfach: Schmink es dir ab. Richte nicht mehr Schaden an als unbedingt nötig.

Dann kam Conny, und es wurde kompliziert. Während ich sonst in stille Panik verfiel, wenn eine meiner Bräute die Pille vergaß, konnte ich mir Conny erschreckend gut mit Kind im Arm vorstellen. Trotzdem überwog die Furcht. Vor mir und vor dem, was ich anzurichten imstande war. Sie ließ das nicht gelten.

»Du vertraust deinem Fluch mehr als dir selbst«, sagte sie.

Das war in einer der Nächte, als ich wieder von dem Mann geträumt hatte. Ihre Hand lag auf meiner Brust, während ich ihr den Veitstanz irrer Szenen schilderte, die sich mit seinem Grinsen damals im Park vermischten: Bilder aus Afrika, Bangkok und einer Hamburger Kneipe, wo ich mich mit irgendwelchen Vögeln geprügelt hatte, weil einer von ihnen ständig Witze über Kinderschänder riss.

Sie beugte sich vor und küsste mich auf den Mund. »Wie lange bist du jetzt trocken? Sieben Jahre?«

Ihre Frage war rein rhetorisch. Wir waren uns begegnet, als ich meine ersten Gehversuche in der freien Wildbahn machte. Ohne die Krücke des Stoffs.

»Wieso?«

»Fang endlich an, dir zu verzeihen.« Sie ließ sich auf den Rücken fallen und blickte an die Decke. »Ich will ein Kind.«

»Wie bitte?« Ich merkte, wie ich schlucken musste.

»Ab Oktober bin ich sechsunddreißig.«

Vaterwerden ist kein Kunststück. Einer zu sein schon. Mich hielt ich da nicht für sonderlich tauglich. Das sagte ich ihr, nachdem ich eine Weile stumm an meiner Freude gekaut hatte.

»Aber ich«, erklärte sie. »Das denke ich jedes Mal, wenn ich dich mit den Zwillingen sehe.«

Die Zwillinge waren Bengels von fünf und wohnten im zweiten Stock. Ihre Eltern kamen aus Bosnien.

»Trotz allem?«

Sie stützte sich auf ihren Ellenbogen und sah mich an. »Gerade deshalb.«

Ich dachte an den Mann und den Park, die Prügel meines Alten und die Nahkampfspezialisten beim Bund, die sofort gerochen hatten, was in mir steckte. Daran, wie oft ich versucht hatte, es taub zu trinken. Und wie oft ich gescheitert war, weil der Alkohol die Dämonen, die er besänftigen sollte, erst freisetzte.

Aber es war nie nur der Stoff. Das weiß ich spätestens seit Bangkok. Denn da war ich nüchtern, im sogenannten Vollbesitz meiner geistigen Kräfte.

»He!« Conny wedelte sich eine Strähne aus dem Gesicht, als wolle sie damit Gespenster verscheuchen. »Lass es los. Gestern ist gestern.«

Mitunter erschrak ich, wie gut sie mich kannte.

»Es gibt nun mal keine Garantie. Die gibt es nie. Wer soll mir garantieren, dass unser Kind gesund ist und keinem Freak in die Fänge gerät wie du dem Mann? Irgendwann musst du dich entscheiden. Entweder du gehorchst dein Leben lang der Angst, oder du stellst dich.«

Ich musterte ihre vom Nachtgrau verwischten Züge, den schrägen Schnitt ihrer Augen, das sanfte Dunkel ihrer Lippen.

Connys Mutter ist aus Jakarta. Sie gehörte zur chinesischen Minderheit. Bei Suhartos Putsch verlor sie ihre Familie und floh mit einem deutschen Ingenieur nach Hamburg. Conny wurde in Hamburg geboren. Als sie drei war, verließ die Mutter den Mann und brach allen Kontakt zu ihm ab. Weshalb, erklärte sie ihrer Tochter erst, als die sie zwei Jahrzehnte später anschrie. Da fing sie an zu weinen. Sie habe immer gehofft, Conny habe es vergessen. »Schließlich ist er dein Vater, und ich schulde ihm das Leben!«

Die Ironie ist, ohne dieses Schwein wäre ich Conny nie begegnet.

Ich war damals drei Monate trocken. Der Suchtdruck ebbte ab, aber die alten Gespenster standen wieder auf. Nachts schreckte ich mit verkrampftem Kiefer hoch, lag wach und focht mit dem Grinsen des Mannes. »Hol dir Hilfe«, riet man mir. »Sonst purzelst du wieder ins Glas.«

Sie leitete die Gruppe. Zunächst dachte ich, ich habe mich verlaufen. Sie wirkte so sanft und unschuldig. Richtiggehend heil. Bis sie den Mund aufmachte. Da wurde mir ganz anders. Doch sie verstand sogar, darüber zu lachen. Das erschreckte und bezauberte mich. Denn dieses Lachen war frei, frei genug, um all das zuzulassen, was mir bis dahin absolut unerträglich gewesen war. Eine Verheißung.

Daran klammerte ich mich, wenn die Erinnerungen hochkrochen und der Teufel mir ins Ohr flüsterte, dass es völlig sinnlos sei.

An dem verwaisten Lampenhaken in der Mitte der Decke hing das schwarz geflügelte Holzschwein aus Bali. Ein Souvenir meiner ersten Asienreise. Es drehte sich langsam im Kreis.

Irgendwann musst du dich entscheiden.

Passen tut es nie. Oder immer.

Ich dachte an Günther und das einzige Gelübde, das ich ihm noch hatte geben können. Kinder sind Hoffnung, und wenn ich die mit einer teilen wollte, so war es Conny. Doch meine Angst, sie zu verlieren, war der schlechteste Grund. Wenn, musste ich es selbst wollen. Für mich und das Kind. Jetzt oder jetzt, dachte ich. Wirf dein kleines Herz über den Zaun.

Ich küsste sie. »Wagen wir's.«

Ihr Lachen kam warm und perlend. »Wie bitte? Jetzt gleich?«

»Wann sonst?«

Zwanzig Minuten später standen wir auf dem Balkon und versenkten den Rest ihrer verschreibungspflichtigen Monatspackung Östrogene neben schlafenden Petunien.

Ein paar Monate danach, abends, kam sie dann auf mich zu. Es war klar, bevor sie ein Wort sagte. Ich sah es an ihrem Lächeln, dem Glanz ihrer Augen, der Art, wie sie mich anlachte. Es war gut so. Es würde werden. Irgendwie. Trotz allem. Gerade deshalb. Ich nahm sie in den Arm und schwenkte sie durch die Luft. Conny ist lang, kaum eine Handbreit kürzer als ich, und wiegt siebzig Kilo. Wir tanzten durch die Wohnung, bis wir ins Schlafzimmer stolperten und auf den Futon fielen. Dort lagen wir nebeneinander, wortlos, unsere Blicke verschränkt.

Wenn wir uns stritten, alte Zweifel aufbrachen und es mir schlecht ging mit ihr, versuchte ich sie vor mir zu sehen wie in jenem Augenblick, wieder das Ziehen in der Brust zu spüren, die Freude, dass sie es war, die mein Kind in sich trug. Ihr Kind. Unser Kind.

Aber inzwischen fiel es mir immer schwerer, diese Art Dankbarkeit zu beschwören. Mittlerweile fühlte es sich an wie ein ausgeleiertes Mantra, ein schaler, zur Floskel verkommener Vorsatz. Höchste Zeit, auf das gefühlige »Wie geht es uns denn heute«, mit dem die füllige Hebamme pro forma auch uns drei Männer bedachte, nicht länger brav »goldig« zu nuscheln, sondern anzusagen, wie sehr mir Connys Gereiztheit auf die Restlibido schlug. Sonst nahmen wir noch bleibenden Schaden. Alle drei.

*

Eine Weile fraßen die Reifen Asphalt. Irgendwo zwischen Zarrentin und Boizenburg riss der Himmel auf. Links und rechts lachten Knicks und grüne Weiden. Kühe grasten hinter windschiefen Zäunen. Raps blühte. Es roch nach Gras und Klatschmohn. Die Landschaft tröstete. Wesentlich milder gestimmt als bei der Einreise verließ ich Mecklenburg wieder, denn die Stelle, wo der Fährkahn festmacht, gehört zum Amt Neuhaus, und das ist so niedersächsisch wie Hannover. An der Rampe zum Anleger warteten zwei Pkw und ein Trecker. Die Elbe glitzerte im Nachmittagslicht wie flüssiges Gold. Eben flog eine Schar Wildgänse über das Ried am südlichen Ufer.

Roth wohnte in der Kleinen Straße. Die dralle Rotwangige im Blaumann, die mir gut gelaunt Geld abknöpfte, sagte, ich müsse mich vom Hafen aus rechts halten. Auf der Bleckeder Seite fuhr ich über den Deich und durch die Altstadt. Das Kopfsteinpflaster war noch immer dasselbe, auch der warme, rote Klinker der

Fachwerkhäuser. Viel hatte sich hier in den letzten fünfzehn Jahren nicht getan. Gott sei Dank. Sobald die Stimmung wieder aufklarte, musste ich dringend mal mit Conny her.

Die Kleine Straße geht von der Lauenburger ab, kurz hinter der Twiete, die Geheimrat Brandis gewidmet ist. Ich verlangsamte, bog ab und stieg abrupt in die Eisen. Meine milde Laune verflog. Keine dreißig Meter vor mir, in der Einfahrt zu einer restaurierten Kate, leuchtete das Grün eines Polizeiwagens. Die Kleine Straße ist nicht sonderlich lang, bloß ein sichelförmiger Abzweig mit einem Dutzend Häuser. Roth wohnte Nummer sechs. Das musste auf der Mitte liegen. Ziemlich genau dort, wo die Staatsgewalt parkte. Eben verließen eine Frau in Zivil und ein Uniformierter das Haus. Es zuckte mir durch den Magen. Die Frau legte der schlanken Brünetten, die hinter ihr in der Tür auftauchte, die Hand auf den Unterarm, während ihr Kollege an seiner Schirmmütze nestelte. Von ihrer Miene bekam ich nichts mit, nur im Profil, als sie zum Auto ging. Es reichte. Überbringer guter Botschaften gucken anders aus der Wäsche.

Sobald die beiden abgefahren waren, ließ ich den Lada drei Dutzend Schritte vorrollen. Weiter hinten auf dem Gelände, neben einem flachen Ziegelbau, halb verdeckt von Fliedersträuchern, schimmerte es rot. Der Ford. Die Hausnummer beseitigte die letzten Zweifel. Rechts unter der Außenlampe prangte eine schmiedeeiserne Sechs.

Nun war klar, warum Roth die Verabredung nicht eingehalten hatte. Ihm war etwas extrem Ungutes dazwischengekommen, sonst wären die Beamten kaum zu zweit bei seinen Angehörigen aufgelaufen. Falls die Brünette überhaupt noch Roths Gattin war und nicht längst seine Witwe.

Ich stellte den Motor ab und rieb mir das Genick. Die Frau jetzt mit Fragen zu überfallen war wenig fein. »Lass sie in Frieden«, hätte Conny gesagt. »Vergiss es. Fahr nach Hause. Steinhausen hat Telefon. Soll der sie anrufen. Um sich das Elend fremder Leute anzugucken, reicht fernsehen.«

Doch ich hatte bereits einen halben Tag in den Sand gesetzt. Also schob ich die Bedenken beiseite.

Kies knirschte unter meinen Sohlen. Der Eingang befand sich

an der Stirnseite des Hauses. Eine Nadelholztür über einem grauen Granitabsatz, die vier Glasquadrate in Augenhöhe so eng gerippt, dass man dahinter nur Schemen ahnen konnte. Rechter Hand ein ovales Namensschild aus Terrakotta: Markus und Marion Roth. Ich lockerte die verkrampften Schultern und drückte den Klingelknopf. Es schnarrte durchdringend.

Sie besaß sympathische blaue Augen. Ziemlich dunkel. Die passten gut zu ihrem welligen, halblangen Haar.

»Frau Roth?«

Ein stummes Nicken. Bleich, aber gefasst.

»Wir haben gestern telefoniert. Mein Name ist Jacob Fabian. Ich bin ein Freund von Stephan Steinhausen. Ihr Mann und ich sind verabredet.«

Sie war ungeschminkt. Mitte dreißig. Auf den ersten Blick wirkte sie nicht unattraktiv, nur etwas spröde, was an den schmalen Lippen lag. Aus irgendeinem Grund hatte ich sie mir reizvoller vorgestellt. Sobald sie den Mund aufmachte, wusste ich wieder, warum. Es lag an ihrer Stimme.

»Die Polizei war grade hier. Markus hatte einen Unfall. Auf der Elbuferstraße.«

Sie sprach langsam. Wie betäubt.

»Wie geht es ihm?«, hörte ich mich stottern, obwohl die Antwort klar war.

»Sein Wagen hat sich überschlagen. Er ist den Abhang runter. Offenbar hatte sich ein Rad gelöst.«

Sie stockte und wurde aschfahl. Ihre Linke glitt tastend an der Tür hoch, als suche sie dort Halt. Das Kinn bebte. Ich spürte ihre Angst, es auszusprechen. Sobald man es ausspricht, wird es Wirklichkeit.

»Sie sagen, er ist tot.«

Ihr Atem ging in Stößen. Gleich kämen die Tränen. Stattdessen fuhr sie sich mit der Hand an den Hals. Es schnürte ihr die Kehle zu. Glückwunsch, Junge, dachte ich. Das hast du ja wieder brillant abgepasst. Ein heiserer Würgelaut. Sie schwankte. Ich sprang vor und packte sie am Arm.

»Kommen Sie. Ich bringe Sie rein. Sie setzen sich besser.«

Zwanzig Minuten später und eine Hand voll zerknüllter Papiertaschentücher weiter lehnte sie im Sessel und sprach über ihren Mann. Davon, wie er ihr fremd geworden sei in den letzten Jahren, durch die Arbeit, seine vielen Whiskys und die Leidenschaft für den alten Jaguar XK aus dem Jahr 1954, dem er jede freie Minute geopfert habe.

»Gestern Abend, als Sie anriefen, lag er auch wieder darunter. Nun hat das Auto ihn umgebracht.« Sie schnäuzte sich. »Ist das nicht grotesk? Dabei war er ein glänzender Fahrer und kannte die Strecke auswendig.«

Ich saß ihr gegenüber auf dem Sofa. Eigentlich hatte ich vorhin sofort wieder gehen wollen, doch als ich zum Telefon gegriffen hatte, um ihren Arzt zu rufen, schüttelte sie bloß den Kopf, deutete auf die Thermoskanne neben dem Herd und bat mich, ihr einen Kaffee einzuschenken. Ich solle mir auch nehmen. Da begriff ich, dass sie einen brauchte, der ihr Tempotaschentücher anreichte.

Roths hatten die hinteren Stuben der Kate zusammengelegt und alle Trennwände herausgerissen. So war ein knapp zehn Meter langer Raum entstanden, in dem sich Kochnische, Esstisch und Sitzecke befanden. Zwei Seiten waren großzügig verglast und boten Ausblick auf Obstbäume, Garten und Deich. An den Wänden hingen Drucke von Kandinsky und Klee, auch eine echte Leinwand mit Marschlandschaft. Es gab viele Bücher, darunter eine Reihe teurer Kunstkataloge. Die Möbel waren eine Kombination aus alt und modern, mit Hang für skandinavisches Design. Sie unterrichtete Kunst und Französisch an einem Gymnasium in Lüneburg.

Irgendwann benötigte sie nicht mehr beide Hände, um ihre Tasse zu halten, zündete sich eine Zigarette an und fing an zu reden. Ich weiß nicht, was ihre Offenheit auslöste. Vielleicht der Umstand, dass wir keine Zukunft teilten. Beichten befreit.

»Früher habe ich mir immer ein Kind von ihm gewünscht. Ein gemeinsames Kind. Es hat nie geklappt. Ich dachte, es läge an mir. Die Ärzte sagten, ich sei gesund.«

Sie starrte durch mich hindurch aus dem Fenster. Ich stellte sie mir beim Gynäkologen vor. Sein betretenes Gesicht. Wo sie sich schon auf Hormonbehandlung und In-vitro-Fertilisation eingestellt hatte. Als letzten Schritt.

»Mag sein, dass Markus es geahnt hat. Aber er hätte sich nie untersuchen lassen.« Sie drückte ihre Zigarette aus und griff sofort zur nächsten. »Heute bin ich froh, dass wir keine Kinder haben. Auch in diesem Augenblick. Gerade in diesem Augenblick.« Ihr Feuerzeug flackerte auf. »Obwohl ich weiß, dass ich ihn einmal geliebt habe.«

Sie blickte mich an. Plötzlich verunsichert.

»Wirke ich auf Sie nicht entsetzlich kalt?«

»Nein.«

Was sie schilderte, klang, als habe hinter der sonnigen Fassade bloß noch Langeweile, Leere und Schweigen gewütet.

»Nein, gewiss nicht.«

Trotzdem fürchtete sie offenbar, sich zu weit vorgewagt zu haben.

»Ich weiß auch nicht, warum ich all das ausgerechnet Ihnen erzähle. Mit den Beamten vorhin habe ich keine zehn Minuten geredet.«

Ein verhuschtes Lächeln. Fraglich, ob sie sich verzieh, was sie da ausgeplaudert hatte. Statt es mir übel zu nehmen. Ich räusperte mich.

»Ihr Mann wollte mir Papiere geben.«

»Was für Papiere?«

»Irgendwelche Materialien, die mit dem Katheterskandal an der Klinik zusammenhängen.«

Sie lächelte ratlos. »Davon weiß ich nichts.«

»Wir waren eigentlich bei Gudow verabredet. Hier, sagte er, fiele es zu sehr auf. Er befürchtete, dass man ihn überwacht.«

Sie setzte sich auf. »Überwacht?«

»Er sprach von einem Journalisten.«

»Ach so«, sagte sie, fast erleichtert. »Vor einiger Zeit war ein Reporter vom Hamburger Abendblatt hier, der sich brennend für die Kathetersache interessierte. Als Markus ihn dann mal zurückrufen wollte und über sein Handy nicht erreichte, rief er in der Redaktion an. Da passierte was ganz Komisches. Dort gab es zwar einen Journalisten, der so hieß wie er, bloß war das jemand anderes, mit dem Markus noch nie gesprochen hatte.« Sie biss sich auf die Lippen und hob die Augenbrauen. »Schon einigermaßen merkwürdig.«

Oder auch nicht.

»Woher wusste Ihr Mann denn, dass der Mensch vom Abendblatt war?«

»Wegen der Visitenkarte.« Sie deutete lächelnd auf einen furnierten Biedermeiersekretär, der am anderen Ende des Raums zur Wand hin stand, zwei oder drei Meter vor der Anrichte. »Irgendwo da hinten muss sie noch herumliegen.«

Ich nickte, mehr zu mir selbst.

Die meisten glauben, was schwarz auf weiß steht. Gegen jeden gesunden Zweifel. Das ist die Macht des gedruckten Worts. Auf meinen Karten berate ich unter anderem Immobilien, vertrete Nutzfahrzeuge und leite eine Baumschule bei Bad Segeberg. Als diplomierter Agrarökonom. Dabei kann ich Weizen kaum von Gerste unterscheiden.

Ich fragte sie, ob sich der vermeintliche Reporter noch mal gemeldet habe. Ihre Schultern sackten müde nach vorn.

»Markus rief ihn am selben Abend an. Er hatte getrunken. Will er anderen die Meinung sagen, muss er sich immer erst Mut antrinken. Ich wusste, wie es enden würde, und ging raus.« Sie ließ einen erschöpften Seufzer hören. »Als ich zurück ins Zimmer kam, goss er sich gerade wieder das Glas voll. Es hatte keinen Sinn, ihn anzusprechen. Ist er in solcher Stimmung, kann er sehr unangenehm werden.«

»Verbal?«

»Natürlich. Wo denken Sie hin?« Sie errötete.

»Und später?«

Ein kurzes Schlucken. Sie blickte mich gequält an. »Ich hatte nicht den Eindruck, dass er dringend darüber reden wollte.«

So angestrengt, wie sie lächelte, hatte ich eher den Eindruck, sie habe es nicht allzu dringend erfahren wollen.

»Wer würde Ihrem Mann einen als Reporter verkleideten Schnüffler auf den Hals hetzen?«

Ihre Augen wanderten einen Moment lang durch den Raum. Die gepflegten Hände fielen auf die Oberschenkel. Wieder dieses leere, hilflose Lächeln. Ich merkte, dass ich ungeduldig wurde.

»Was ist mit seinem Chef? War er mit dem nicht aneinandergeraten?«

»Sie meinen René Willemsen?«

Ich hatte keinen Schimmer, wie der Chef hieß, nickte aber vorsichtshalber.

Sie zupfte mit Zeigefinger und Daumen an ihrer Unterlippe. »Schon möglich. Immerhin hat Willemsen ihn ja in die Nachsorge abgeschoben.«

»In die Nachsorge?«

»Markus durfte keine Eingriffe mehr vornehmen. Das ist so ziemlich das Schlimmste, was man einem Chirurg antun kann. Ohne ihn gleich auf die Straße zu setzen.«

Eben fragte ich mich, ob Willemsen ihm nicht eher wegen einer morgendlichen Fahne die gelbe Karte gezeigt hatte, da ging sie plötzlich in die Offensive.

»Woher wissen Sie eigentlich, dass dieser angebliche Zeitungsmensch in Wirklichkeit ein Detektiv sein muss?«

»Ich weiß gar nichts. Ich vermute bloß.«

Ihre linke Augenbraue war in die Höhe gewandert. »Sie vermuten?«

Auf einmal konnte ich sie mir gut als Lehrerin vorstellen.

»Wen sollte man sonst dafür einspannen? Außerdem benimmt er sich so.«

»Inwiefern?«

»Seine Legende ist zwar etwas dürftig«, sagte ich, »doch die Visitenkarte im Zweifelsfall echt. Hätte es den Ärger mit dem Handy nicht gegeben, wäre es Ihnen kaum aufgefallen.«

Der inquisitorische Ausdruck in ihrem Gesicht zerfiel. Sie sah mich beunruhigt an, rutschte unwillkürlich auf die Sesselkante und war mit einem Mal blass. Mir schwante, dass ihr erst jetzt dämmerte, wie leicht ihr Gatte sich hatte leimen lassen. Während soeben ein wildfremder Mann vor ihr saß und sie ausfragte. Die Atmosphäre drohte zu kippen.

»Das ist der Respekt vor der Presse«, legte ich nach, nun eher bemüht als beiläufig. »Behauptet jemand, er sei von einer renommierten Zeitung und zückt ein glaubwürdiges Kärtchen, kommen die wenigsten auf die Idee, ihn für einen Hochstapler zu halten.«

»Hört sich fast an, als hätten Sie's mal ausprobiert.«

Argwöhnte Conny, ich verheimliche ihr etwas, gönnte sie mir eine ähnliche Nuance.

»Ich bin Taxifahrer«, log ich. »Da kriegt man manches mit.«

Auf meiner Steuererklärung fahre ich wirklich Taxi. Für den früheren Kollegen, der jetzt die Firma hat. Mittlerweile bin ich fest angestellt. Das ist zwar teurer, aber das Finanzamt kommt nicht auf Gedanken. Neugierigen Nachbarn präsentiere ich hin und wieder eine beige Droschke. So wundert sich niemand über meinen Rhythmus. Axel ist als Publizist bei der Künstlersozialkasse registriert. Ab und zu verfasst er Artikel über die Rollstuhlfreundlichkeit der Hamburger Gehwege.

»Taxifahrer?«

Mein jungenhaftes Strahlen prallte an ihr ab. Sie kreuzte die Arme, steile Falten auf der Stirn. Ich hatte sie unterschätzt. Sie mochte naiv sein, taub war sie nicht. Außerdem war ihr Gatte anscheinend Trinker gewesen. Das schult.

»Eigentlich wollte mein Freund die Papiere Ihres Mannes abholen, aber er konnte nicht aus Berlin weg. Da bat er mich, sie für ihn in Empfang zu nehmen.«

»Einfach so?«

Ich fand sie ziemlich hartnäckig, doch sie glaubte mir offenbar nicht, und das Risiko war überschaubar, also gönnte ich ihr einen Schuss Wahrheit.

»Hin und wieder übernehme ich auch einen kleinen Extraauftrag.«

»Wollen Sie damit sagen, Sie sind selber eine Art Detektiv?«

»Gelegentlich helfe ich Leuten, die sich nicht ausschließlich auf die Polizei verlassen mögen. Blaumacher und untreue Ehefrauen überlasse ich allerdings anderen.«

Der flapsige Zusatz entlockte ihr immerhin den Anflug eines Lächelns. Dann wollte sie wissen, wie meine Jobs so aussähen. Flugs buddelte ich die Anekdote von Max aus, dem sympathischen Rüden, den ich seinerzeit aus Sydney zurückgeholt hatte, nachdem ein Hamburger Makler mit ihm und einer brasilianischen Tänzerin nach Australien durchgebrannt war.

Anscheinend machte ich die richtigen Laute, denn sie lachte unterwegs auf und ließ die Arme sinken.

»Und Ihr Honorar?«

Das klang beinahe schon kokett. Ich lüftete einladend die Brauen.

»Probieren Sie's aus. Machen Sie mir ein Angebot, das ich nicht ablehnen kann.«

»Mal sehen.«

Sie entblößte die Zähne. Ob nun trotz oder wegen des schwachsinnigen Zitats.

Wir plänkelten noch ein paar Sätze hin und her, dann langte ich nach meinem Tabak und rüstete mich zum Gehen. Dann fiel mir ein letzter Punkt ein, scheinbar belanglos. Die Masche ist von Columbo, nicht sehr originell, aber effektiv.

»Eine Sache verstehe ich nicht ganz ...«

»Welche?«

»Sie sagten vorhin, dieser Klinikchef habe Ihren Mann kaltgestellt. Wenn das stimmt, wozu hätte er dann noch jemanden auf ihn ansetzen sollen?«

»Weil Markus sich wehrte. Willemsen hatte erwartet, dass er klein beigeben würde. Stattdessen stellte Markus Nachforschungen an. Als er auf Unregelmäßigkeiten stieß, nahm er Kontakt zu ›Transparenz Jetzt‹ auf.«

Peter Falk schielt zwar schöner als ich, doch wenn ich es drauf anlege, sehe ich genauso vertrottelt aus.

»Zu was?«

»Das ist eine Verbraucherschutzinitiative, die Missbrauch im Gesundheitswesen bekämpft. Die setzen sich unter anderem dafür ein, dass Kassenpatienten genauso wie Privatversicherte detaillierte Belege über die medizinischen Maßnahmen erhalten, die bei ihnen gemacht worden sind, um zu gewährleisten, dass Ärzte, Krankenhäuser und Pflegeeinrichtungen auch tatsächlich die Leistungen bringen, die sie abrechnen.«

»Um was ging es?«

»Herzkatheter. Mein Mann sagte, da würden Dinge liquidiert, die nie gemacht worden sind.«

»Wissen Sie, mit wem er bei dieser Verbraucherschutzorganisation gesprochen hat?«

Sie hob die Schultern. »Das wüsste ich selber gern.«

Ich war genauso schlau wie vorher. Unter Umständen fußten Roths Vorwürfe auf nichts anderem als geknickter Eitelkeit und einer gehörigen Portion Paranoia. Abgeschmeckt mit Scotch.

»Konnte Willemsen denn ahnen, dass Ihr Mann sich an die wenden wollte?«

»Gewiss. Markus rief ihn ja an.«

»Wie bitte? Wann?«

»Nach seinem Gespräch mit dem zuständigen Mann dort.«

Mein Unterkiefer klinkte sich aus und rutschte Richtung Hemdkragen.

»Ich riet ihm ja auch davon ab«, sagte sie. »Aber er war nicht zu bremsen.«

Ich stellte mir Roth vor, rotgesichtig und erhitzt, den Chivas in der Linken, wie er zum Telefon griff, um seinem Chef den Marsch zu blasen. Vielleicht war er ja gar kein Spinner gewesen, sondern bloß zu redselig. Zeitlich kam es hin: der Ärger in der Klinik, gefolgt von dem Auftauchen des merkwürdigen Reporters, die Kontaktaufnahme zu »Transparenz Jetzt« und sein postwendender Anruf bei Willemsen mit der Drohung, alles zu enthüllen, gekrönt von dem einsamen Unfall im perfekt gepflegten Oldtimer, kurz bevor er die belastenden Unterlagen hatte weiterreichen können.

Die Sache stank. Doch sie schien noch gar nicht erfasst zu haben, welche Tragweite das Telefonat möglicherweise gehabt hatte. Also leerte ich meine Tasse, fragte, ob sie zurechtkäme, und versicherte mich, dass sie Steinhausens Nummer besaß.

»Sollten Sie auf die Unterlagen stoßen …«

»Melde ich mich sofort bei Ihrem Freund.«

»Er wird Sie vielleicht noch mal anrufen. Wegen eines früheren Pharmareferenten, den Ihr Mann erwähnte.«

»Der einzige Pharmareferent, den Markus kennt, heißt Gernot Dickmais. Mais mit a-i. Er wohnt in Lauenburg. Warten Sie, ich schreibe es Ihnen auf.«

Mit drei Schritten war sie bei dem kleinen Telefontisch. Neben dem Apparat lagen Adressbuch und Notizblock. Sie blätterte kurz, dann wirbelte ihr Kugelschreiber über das Papier. Ihre Schrift war weich und wohlproportioniert.

»Hier.« Sie streckte mir den Zettel entgegen.

»Danke.«

»Es hat gut getan, mit Ihnen zu reden.« Ein Hauch Rot flog über ihre Wangen. »Warten Sie, ich bringe Sie zur Tür.«

Höchste Zeit, dass du dich vom Acker machst, dachte ich, bevor mir siedend heiß einfiel, dass ich den Hechelkurs verpasst hatte. Ohne anzurufen.

Wir waren eben an der Haustür angelangt, da zeichnete sich hinter dem geriffelten Glas eine Gestalt ab. Sie öffnete, bevor es schellte.

»Norbert«, rief sie freudig erstaunt.

Auf dem Granitabsatz stand ein bleicher, schlaksiger Mensch von Mitte dreißig, der dringend eine Rasur brauchte. Sein Blick flackerte kurz, als er mich sah, bevor er mit beiden Händen nach ihrer Rechten griff.

»Marion. Es tut mir so leid. Ich hab's gerade in der Klinik gehört. Da dachte ich, ich komm gleich vorbei.«

Das warme Timbre seiner Stimme passte gut zu den lebendigen, dunklen Augen. Er hieß Norbert Strien, war Internist in Hitzacker, ein Kollege des Verunglückten und hatte mit Roth häufiger Squash gespielt. Ich mochte, wie er lächelte, und sein Händedruck war angenehm fest. Vermutlich wirkte er bloß so übernächtigt, weil er starken Bartwuchs hatte und ständig in Kunstlicht arbeitete. Marion Roth präsentierte mich als alten Bekannten. Das fand ich gewagt, aber überraschend diskret. Während sie uns vorstellte, hatte ich einen Moment lang das Gefühl, ihn irgendwoher zu kennen, obwohl ich wusste, dass er mir noch nie begegnet war. Doch ich kam nicht darauf, an wen er mich erinnerte.

Drei Minuten später saß ich im Lada, rollte Richtung Ortsausgang und versuchte, den Nachmittag abzuhaken. Roths Tod war Sache der Kripo. Ich würde Steinhausen berichten. Damit war mein Teil getan. Trotzdem hatte ich dauernd Marion Roths ratlosen Ausdruck vor Augen, als sie sagte, sie sei froh, keine Kinder zu haben, auch und gerade jetzt, obwohl sie wisse, dass sie ihren Mann mal geliebt habe. Sie tat mir leid. Weniger, weil sie Witwe geworden war, sondern weil ihr Mann erst hatte sterben müssen, bevor sie sich zu fragen traute, welche Art Leben sie da mit ihm geteilt hatte. Aber es ging mich wirklich nichts an. Jeder bastelt sich die Welt, in der er meint, es am wenigsten falsch zu machen. Um mich abzulenken, schob ich eine von Axels Selbstgebrannten ein. Axel sammelt musikalische Leckerbissen verschiedenster Genres. Auf dieser hatte er Köstlichkeiten von Paul Butterfield, Jimmy Witherspoon und Les McCann arrangiert.

Im Nordwesten loderte die Sonne. Gerstenfelder schwammen in Violett, und die Linden längs der Straße warfen blaue Schatten. Während Butterfields Mundharmonika aufheulte und die Geisterwagen des »Mystery Train« auf die Reise schickte, kurbelte ich das Seitenfenster runter, legte den Kopf zurück und genoss, wie der Fahrtwind mir die Haare streichelte.

Als ich zu Hause eintraf, war Conny noch nicht da. Ich rief Steinhausen an. Axel loggte sich im Jag-Lovers-Web ein, um nach Links zu Technikseiten zu suchen. Wir verstanden nicht, wie Roth so mir nichts, dir nichts ein Rad hatte abhanden kommen können.

Der XK war vor dem Krieg entwickelt worden, aber erst Ende der Vierziger auf den Markt gekommen. Roths Modell gehörte zur Baureihe 140. Bei dieser Serie hatte man Räder mit Zentralverschlussmuttern verwendet, wie bei Rennwagen. Diese Naben weisen an den Köpfen zwei flache, abstehende Verjüngungen auf, die an die Schneidemesser antiker Kampfwagen erinnern und sich mit einem Hammerschlag lösen lassen. Da sie jeweils gegenläufige Links- und Rechtsgewinde haben, drehen sie sich beim Fahren fest. Theoretisch konnte man gar kein Rad verlieren.

Wir rätselten noch, als Conny hereinplatzte. Sie sprudelte sofort los. Wieso ich sie nicht angerufen habe. Ich solle gefälligst meine Prioritäten klären. Am besten bliebe ich gleich unten bei Axel. Verabredungen mit ihr hielte ich ja eh nicht mehr ein.

»Der Mann, den ich treffen wollte, hatte sich gerade totgefahren. Seine Frau war allein. Es ging ihr bescheiden. Da hättest du auch nicht als Erstes nach dem Telefon gefragt.«

Sie wurde blass, doch war nicht wirklich besänftigt.

»Trotzdem hättest du Bescheid sagen können«, würgte sie. »Ich hatte dich schließlich darum gebeten.«

Als ich später hochkam, schlief sie bereits. Zumindest tat sie so. Meine Bettdecke lag im Wohnzimmer. Ich schnappte mir Kurt Vonneguts »Nudelwerk« und haute mich aufs Sofa. Obwohl Vonneguts Essays ausgezeichnet sind, war die Nacht nicht erquickend. Das Sofa ist schon betagt, und ich bin zu lang für die Sitzfläche. Außerdem verschmolz Conny in meinem Traum mit Andrea Dworkin. Das war kein gutes Zeichen. Eventuell mussten wir tatsächlich mal zu der Therapeutin gehen, von der sie mir unlängst erzählt hatte.

*

Am nächsten Morgen war die Luft noch immer dick. Ich machte mich aus dem Staub und floh zu Carlo. Der ist zwar kein Therapeut, aber gut sortiert. Außerdem hatte er vielleicht Neuigkeiten vom Kurden.

Der Kurde heißt Aziz und betreibt gegenüber von Kalte Hofe eine Mischung aus Gebrauchtwagenhandel und Schrottplatz. Carlo schönt ihm gelegentlich Papiere. Mitte Januar hatte Aziz zwei Typen aus Leiden einen weißen Ducato übergeben, fast neu und mit Brief.

Die beiden kamen auf Empfehlung eines Händlers. Sie wechselten häufiger ihre Wagen. Anscheinend gute Kunden. Erst später erfuhr Aziz, dass sie auf Antiquitäten spezialisiert waren und den Transporter für einen Bruch brauchten und dass einer von ihnen, nämlich der Blonde, der sich sofort für sein 1967er Coupé de Ville interessiert hatte und ihm einen Pass als Pfand daließ, Spieler war. Sonst hätte er sich den Pass genauer angesehen. Denn der war ebenso falsch wie die fünfhundert Pfund Anzahlung. Wenigstens laut Carlo, den Aziz befragte, nachdem der Blonde es versäumte, den Rest des Kaufpreises bei ihm abzuliefern.

Kurz zuvor hatte ich mit dem Anwalt einer älteren Dame gesprochen, aus deren Villa in Alsternähe ein Louis-quinze-Ensemble entwendet worden war. Ich zählte eins und eins zusammen, hatte mehr Glück als Verstand und trieb die beiden in Hamm auf. Sie saßen in einem sparsam möblierten Einfamilienhaus, fraßen Aldi-Pizza und guckten Videos. Die Möbel parkten in der benachbarten Garage auf der Ladefläche des Lasters und harrten der Übergabe.

An diesem Punkt hätte ich eigentlich bloß die Behörden einzuschalten und zu kassieren brauchen, Aziz hätte den Ducato zurückbekommen, und alles wäre bestens gewesen. Doch ich war überzeugt, dass der Abnehmer in Sammlerkreisen zu suchen sei, und hielt es für ausgeschlossen, dass uns die Prämie noch durch die Lappen gehen könne. Deshalb wartete ich ab. Drei Tage später lief ich in das Kantholz.

Anschließend waren die Diebe verschwunden. Das Autokennzeichen des Hehlers erwies sich als falsch, und der Schuppen auf dem Reiherstieg gehörte zur Konkursmasse eines Logistikunternehmens, das aus der Aufschwungkurve gekippt war. Doch obwohl die Möbel längst in Übersee waren, hakte ich gelegentlich nach. Schließlich hatten die Holländer mir eine Lektion erteilt, für die ich ihnen nichts schuldig bleiben wollte, und immerhin war es nicht ganz auszuschließen, dass sie wieder auftauchten.

Spielhöllen konnte ich allein abgrasen. Was das Faible des Blonden für bejahrte Benzinschlucker anging, hatte Aziz weit bessere Karten, an Auskünfte zu kommen. Aber er war eigen. Der Kontakt lief über Carlo. Nur dem traute er.

Carlo wohnt auf St. Pauli. Sein Betrieb liegt im Hinterhof einer unscheinbaren Nebenstraße. Ich ging quer über den Neuen Pferdemarkt, durch die Wohlwill bis zur Hein Hoyer. Dann rechts. Es war noch früh, die Zeit, wo im Viertel Welten aufeinanderprallen, Arbeiter zur U-Bahn hasten, Stadtstreicher ihre Schlafsäcke einpacken, Rollläden vor den Türkenmärkten hochgehen und verspätete Nachtschwärmer über Gemüsekisten stolpern.

Der Offset-Druck hatte dicht. Ich versuchte es hinten. Vor dem Eingang zur Remise parkte eine mattschwarze Harley Davidson. Der Ofen des Engels. Vermutlich hatte Paul bei Carlo gepennt. Das tut er gelegentlich, wenn es spät wird. Ich klopfte unser Zeichen. Schlurfende Stiefelschritte ertönten. Die Stahltür schwang auf. Dahinter tauchte ein muskulöser, grausträhniger Mittvierziger in Lederhose und Unterhemd auf, dessen Oberkörper mit blauen Knastzeichnungen übersät war. Er blinzelte verschlafen.

»Moin, Paul.«

Er knurrte etwas Undefinierbares, reckte sich und zerrte eine Tolle aus der Stirn, bevor er klatschend meine Rechte packte, quer zur Brust, so wie die Homeboys in der Bronx. Aber bei Paul wirkt es stimmig, anders als bei den Flachpfeifen, die Bushido mit Gangsta Rap verwechseln.

»Der Champ is achtern.«

Carlo hat früher geboxt, und da er mich noch immer penetrant mit »Kutscher« anredet, nenne ich ihn »Champ«. Ich folgte Paul in den rechteckigen, gut zwanzig Meter langen Raum, der ursprünglich Rösser und Fuhrwerke beherbergte. Carlo saß in Hemdsärmeln vor der Werkbank. Er war offenbar schon länger wach als sein Gast.

»Hallo, Kutscher!« Er hielt mir den Unterarm hin, weil seine Pranken voll Tinte waren, und deutete hinter sich. »Lass mich das hier kurz fertig machen. Kaffee steht auf dem Tisch.«

Carlo ist Künstler. Für die Billigversion eines fälschungssicheren Persos braucht er keine zwei Stunden. Solche Teile legt man zwar besser nicht unter den Scanner, aber einer oberflächlichen Prüfung halten sie stand. Seine echten Falschen sind aufwendiger. Frische Fahrzeugpapiere verkauft er für gewöhnlich als Satz. Bei Carlo kann man Abitur machen, Meisterprüfungen ablegen und die Nationalität wechseln. Im Gegensatz zu Aziz jedoch prüft er jede Empfehlung gründlich und guckt sich seine Kunden vorher gut an.

»Alle, die draußen den Dicken markieren«, sagt er, »fahren innerhalb kürzester Zeit wieder ein. Wie durch die Drehtür. So schnell kannste gar nicht kieken: Bewährungsauflagen verletzt, ungeduldig gewesen und das falsche Ding durchgezogen. Ruckzuck 'nen Fünfer nachgelegt. Die Nummer gönnst du dir zwei-, dreimal, dann biste 'n Kandidat für die SV.«

»Die was?«

»Sicherheitsverwahrung. Wegen mangelnder Resozialisierbarkeit. Das Ticket in die Gruft.«

Man hört ihm an, dass er mit Spreewasser getauft ist. Selbst wenn er seit zwanzig Jahren in Hamburger Rundstücke beißt.

Carlo markierte nie den Dicken. Aus Mangel an Bedarf. Er ist einsachtundneunzig, und gesessen hat er meines Wissens nur im Osten. Wegen Republikflucht. Er hat es in Berlin versucht, oben, an der Bernauer Straße. Ein paar Jahre nach der Wende hat er mir die Stelle gezeigt. Auf dem Stück Mauerstreifen, wo der Freund, mit dem er damals abhauen wollte, verblutet war, eröffnete »Mc Paper« gerade eine Filiale.

Seine Werkbank steht an der Fensterfront, neben Computer, Kopierer und Druckerpresse. Das Fotolabor ist in einem Rigipskubus an der Wand zum Badezimmer untergebracht, schräg gegenüber der Sitzecke, die aus einem durchgesessenen Sofa und zwei speckigen Ledersesseln besteht. Darunter dümpelt ein räudiger Buchara, Carlos einzige Konzession an Komfort, denn der abgelaufene Ziegelfußboden spendet wenig Wärme.

Ich holte mir einen Becher aus der Kochnische und warf mich in einen der Sessel. Paul hatte sich wieder aufs Sofa zurückgezogen, rollte die Steppdecke zusammen, schob mir die Kaffeekanne zu und griff nach Carlos Camel.

»Wie läuft's?«

»Axel rauft sich die Haare, und Conny lässt seit einer Weile dauernd aufgeschlagene Zeitungen mit Stellenanzeigen herumliegen. Wenn sich nicht bald was ergibt, werde ich wohl wieder in den Daimler steigen müssen.«

Paul stülpte die Unterlippe vor und ließ ein mitfühlendes Bäuerchen hören. Carlo, der sich gerade die Hände wusch, sah rüber.

»Gab's Ärger?«

»Unter anderem.«

Ich berichtete von Roth und der abendlichen Szene mit Conny.

»Sie ist genervt, dass ich bei Axel hocke, statt Geld einzuspielen. Zum Ausgleich erzählt sie mir jeden Tag, was ich sowieso und grundsätzlich zu ändern habe.«

Carlo, der sich auf den anderen Sessel hatte fallen lassen, grinste.

»Sie ist schwanger, ihr seid klamm, und sie hat keine Ahnung, was werden soll. Ist doch logisch, dass sie ganz genau weiß, dass du dich ändern musst.«

»Wieso ist das logisch?«, fragte Paul.

»Weil sie glaubt, dass ich das Problem nicht sehe. Jedenfalls nicht so, wie sie sich das vorstellt.«

Paul schüttelte verstört den Kopf.

»Das brauchst du nicht zu verstehen«, sagte Carlo, und an mich gewandt: »Sei kein Idiot. Nimm ihre Sorgen ernst. Mehr kannst du eh nicht tun.«

»Gut gebrüllt.«

»Wenn sie fest entschlossen ist, sich zu irren, wirst du sie kaum davon abhalten. Zieh dir nicht jeden Schuh an, den sie dir hinstellt. Das legt sich wieder.«

»Und bis dahin?«

»Kneifste eben die Backen zusammen. Mach dich nicht abhängig von ihren Launen. Geh öfter mal spazieren. Am besten mit ihr.«

Ich nippte an meinem lauwarmen Kaffee.

»Leider bin ich mir gar nicht mehr so sicher, dass sie so falsch liegt. Seit der Nummer auf dem Reiherstieg gucke ich Löcher in die Luft.«

»Das dürfte das Problem sein«, lächelte Carlo.

»Wie meinst du das?«

»Genau so.«

Während wir sprachen, rauchte Paul konzentriert und musterte die selbst produzierten blaugrauen Schwaden, die sich unter der Decke zu ballen begannen.

»Vielleicht lag es an ›Copland‹«, warf er jetzt ein.

»Was?«

»Die Aktion auf dem Reiherstieg.«

Seinerzeit hatte er mir das Video empfohlen, und obwohl unsere cineastischen Vorlieben sich sonst selten deckten, war ich begeistert gewesen. Carlo, der Film-Muffel, hob fragend die Brauen.

»›Copland‹?«

»Ein Streifen mit Stallone. Hollywoods Trostpflaster für alternde Jungs mit Hüftspeck und Haarausfall.«

»Seit wann leidest du an Haarausfall?«

»Geiles Teil«, meinte Paul und entblößte einen lädierten Eckzahn. »Musst dir auch mal reinziehen. Sly spielt einen verfetteten, halb tauben Provinzbullen aus New Jersey, der von Cops aus New York nach Strich und Faden verarscht wird, bis er sich dran erinnert, dass er keine Teigtaschen zwischen den Beinen trägt. Dann zeigt er den Jungs aus dem Apple mal, was 'ne Harke ist.«

»Ah ja«, sagte Carlo gedehnt und wandte sich zu mir. »Das war also deine Vorlage?«

Ich zuckte die Achseln und verspürte wenig Lust, ins Detail zu gehen. »Dummerweise ist der Reiherstieg nun mal nicht New Jersey.«

Carlo kniff die Augen zusammen. »Dummerweise? Hätte Conny mich nicht rausgetrommelt, säßest du jetzt nicht hier.«

»Ich weiß.«

»Na hoffentlich.«

Ich entsann mich, wie sie in ihrem zeltartigen Salz-und-Pfeffer-Mantel über mir gehockt hatte, im verharschten Schnee, meinen Namen schreiend, mit nassem Gesicht, während ihre Hände an meinen Schultern zerrten und mich rüttelten.

Die beiden hatten mich in Carlos Daimler nach St. Georg geschafft. Ich war zwar höllisch unterkühlt, aber außer einer Gehirnerschütterung und drei angebrochenen Rippen in relativ guter Verfassung. Ich hatte das Krankenhaus sogar auf eigenen Beinen verlassen können.

»Apropos«, sagte ich. »Gibt's was Neues von Aziz?«

Carlo stand auf, ging zur Kochnische, schnitt sich eine Scheibe Brot ab und prüfte den Inhalt des Kühlschranks.

»Du meinst, wegen dem Blonden?«

Ich nickte. Carlo knurrte verneinend und inspizierte seine Aufschnittvorräte.

»Wenn du willst, fahren wir kurz rüber. Er kriegt eh noch ein paar Briefe von mir, und ich brauch ein Teil für den Benz.«

Der Champ fuhr einen alten Dieselkombi, der über vierhunderttausend auf der Uhr hatte, aber wie frisch eingefahren rollte, weil Carlo Motor und Fahrwerk pflegte, als habe der Wagen bereits die Oldtimerzulassung, die im nächsten Frühjahr fällig war. Paul wirkte abwesend und streichelte sich nachdenklich seinen Schnauzer.

»Teste mal den Laden in der Silbersackstraße«, sagte er zu mir. »Der soll wieder in Betrieb sein.«

»Was für ein Laden?«

»Ein Zockerschuppen. Kurz vor der Ecke. Auf der rechten Seite. Früher haben die da fette Runden organisiert.«

Paul kannte sich in der Szene aus. Vor einigen Jahren hatte er als Mietmuskel für einen Profi gearbeitet, der im silbernen 600er Spielhöllen zwischen Frankfurt, München und Berlin abklapperte, mit einem glänzenden Attachékoffer voller Scheine auf dem Rücksitz. Zum Schluss allerdings war der Geldkoffer meistens leer, und der Pro musste öfter mal seine Rolex oder die Schlüssel für den Benz auf dem Tisch lassen. Bevor ihn das Glück gänzlich verließ, hatte er Paul gefeuert. Drei Wochen danach fand man ihn am Steuer einer geliehenen S-Klasse. Mit einem hässlichen Einschussloch hinterm linken Ohr.

»Was spielt man da so?«

»Das Übliche. Poker, Blackjack, Seven Eleven.«

»Ohne Limit?«

»In solchen Läden gibt's kein Limit. Da musst du zwanzig an der Tür vorzeigen, oder du bleibst draußen.«

Carlo, der sich inzwischen eine Stulle geschmiert hatte, erklärte kauend, er wolle los. Paul sagte, er müsse noch mal zu Motorrad Louis und werde sich den Kurden klemmen.

»Schließ ab«, meinte Carlo, »und rauch mir nicht alle Zigaretten weg.« Im Rausgehen packte er wortlos ein Dutzend Fahrzeugbriefe ein.

ZWEI

Tags darauf störte Conny mich beim Rasieren. Ich stand im Bad und schabte mit einer stumpfen Klinge an Bartstoppeln. Sie kam rein, die Teetasse in der Rechten, und lehnte sich gegen die Waschmaschine.

»Warum fährst du zu diesem Dickmais?«

Ich kämpfte konzentriert mit Klinge und Kinn. »Weil Steinhausen mich drum gebeten hat.«

Steinhausen hatte kurz nach Mitternacht noch mal angerufen. Wegen des Pharmafritzen. Er habe es ein Dutzend Mal probiert, auch über die Auskunft, und es gäbe garantiert nur einen Gernot Dickmais in Lauenburg, aber er käme nicht durch. Ob ich nicht mal einen Blick werfen könne?

Conny streifte sich eine Strähne aus der Stirn. »Arbeitest du jetzt für Steinhausen?«

Es war ihr Ton. Ich ließ den stumpfen Schaber sinken. Unsere Blicke trafen sich im Spiegel.

»Nein.«

»Hast du ihm nicht vorgestern erst einen Gefallen getan?«

»Was ist los?«

»Freitag ist mein letzter Tag. In spätestens acht Wochen sind wir hier zu dritt. Nächstes Jahr hatte ich eigentlich nicht vor, anschaffen zu gehen, und wir haben nichts als Schulden.«

Ihre Iris glänzte pechschwarz. Ich wischte mir die Seife aus dem Gesicht und drehte mich um.

»Vorläufig sind wir flott, wenigstens, was die Miete angeht.«

Meine Stimme hörte sich belegt an. Dabei sollte sie fest klingen. Conny nickte langsam, ohne mich aus den Augen zu lassen.

»Notfalls fahre ich eben wieder Taxi«, sagte ich.

Sie setzte die Tasse ab und lächelte müde. »Das ist doch keine Lösung.«

Ich nahm sie in den Arm. Ihre Schultern zitterten. Es war kühl im Badezimmer und sie plötzlich sehr weit weg.

Ich dachte an ihr Lachen in der Nacht, als wir über das Kind sprachen. Den Mut und die Hoffnung darin. Frauen können das. Männer sind dafür zu feige. Jedenfalls war ich es immer. Nun spürte ich, wie sie anfing, das Vertrauen zu verlieren.

»Gib mir noch zwei Wochen. Wenn sich bis dahin nichts ergeben hat, fahre ich so lange, bis wir aus dem Gröbsten raus sind. Dann sehen wir weiter.«

Sie hob das Kinn und sah mich skeptisch an. »Wieso glaubst du eigentlich, du könntest da locker wieder einsteigen?«

»Ich habe mit Kurt gesprochen.«

Kurt war der Kollege von früher, der inzwischen vier Taxis laufen hatte und mich in seinen Büchern führte.

»Wie bitte?« Sie löste sich von mir und trat einen Schritt zurück. »Wann?«

»Anfang April. Rein prophylaktisch.«

»Und?«

»Alle guten Schichten sind vergeben, aber er kann mich jederzeit als Aushilfe einsetzen.«

»Warum hast du mir nichts davon gesagt?«

»Ich wollte dich nicht verunsichern.«

»Verunsichern?« Sie lachte verständnislos. »Mich verunsichert viel mehr, wenn du bei Axel sitzt und Trübsal bläst.«

»Es ist wirklich nur ein Notnagel.«

Sie streckte den Arm aus und streifte mir mit dem Zeigefinger über die Unterlippe. »Und ich dachte, du lässt es so laufen.«

Ihr Finger war kühl, aber ihr Lächeln wie ein warmer Strom. Es blieb einen Moment lang still. Nur der Wasserhahn tropfte. Schließlich räusperte ich mich.

»Woher auch? Ich hänge bei Axel, bohre wahlweise in der Nase, verliere im Schach oder verpenne den Geburtsvorbereitungskurs, was mir nebenbei leid tut, zeige kein oder nur geringes Interesse für ökologische Babynahrung und damit den künftigen Koliken deines Kindes die kalte Schulter …«

»Hör auf.«

Sie legte den Kopf in den Nacken, griff nach meinen Hüften und zog mich an sich. Ich küsste sie. Heftiger. Sie wehrte sich kichernd.

»Ich denke, du willst gleich los.«

»So dringend ist es nun auch wieder nicht.«

»Ach ja?«

Sie warf die Haare zurück. Ihre Wangen waren gerötet.

So wie damals, als ich gerade aus Thailand zurück war, wir uns an der Alster trafen und sie mich auf einmal bat, sie kurz zu halten.

Wir kamen von der Alten Rabenstraße, waren zum Kleinen Fährhaus spaziert, standen auf dem Anleger und guckten auf die Schöne Aussicht. Vielleicht war es der Ort, obwohl ich erst später über die Namen stolperte, oder der Duft ihres Haars und der leise Schauer, den ich durch ihr Kleid hindurch spürte und der mich höllisch verwirrte, weil ich merkte, wie ihre Brustwarzen fest wurden.

Bis zu dem Tag hatte ich es stets vermieden, sie auch nur ahnen zu lassen, dass ich weit mehr als platonische Liebe für sie empfand, weil ich mir ums Verrecken nicht vorstellen konnte, dass sie meine Gefühle erwiderte.

Ich würgte, sie müsse zurück zur Arbeit, doch das schien sie überhaupt nicht zu interessieren. Stattdessen schlang sie ihre Arme um meinen Hals und erklärte, sie habe mich vermisst. Als ich es endlich schnallte, fing mein Herz an zu rasen und ihre Lippen wurden zum Sog.

»Nur dass du's weißt«, sagte sie jetzt zwischen zwei Küssen, »wenn du mich das nächste Mal versetzt, greife ich zur Keule.«

»Versprochen?«

Sie biss mich ins Ohrläppchen. »Hundertpro.«

Ich liebkoste ihr den Steiß. Gar nicht einfach bei ihrem Bauchumfang. Ihre Hand glitt in meine Unterhose.

»Du schmeckst nach Seife.«

In dem Moment meldete sich das W 28, mein antiker Fernsprecher von Siemens und Halske, schwarz lackiert, mit Nickelscheibe und geflochtener Hörerschnur. Baujahr 1929. Ein echter Tischapparat, der noch richtig zu klingeln versteht. Insbesondere, wenn man ihn auf den Dielen vergisst, die einen hervorragenden Resonanzboden abgeben. Steinhausen war dran.

»Hast du 'ne Ahnung, wie spät es ist?«

»Zwanzig nach sieben«, verkündete er munter. »Andere Leute haben um diese Zeit bereits gejoggt und gefrühstückt.«

Er war Protestant und Wahlpreuße. Obendrein Frühaufsteher.

»Na toll«, sagte ich. »Falls es um Dickmais geht, wirst du dich gedulden müssen. Oder glaubst du, dass ich um diese Zeit fremde Leute für dich aus dem Bett zerre?

Er räusperte sich. »Marion Roth hat eben bei mir angerufen. Sie wollte wissen, ob du tatsächlich Privatdetektiv bist. Anscheinend will sie dich heuern.«

Er baute eine Kunstpause ein, um die Spannung zu steigern. Ich jedoch kauerte halbnackt neben dem W 28. Meine Zigaretten lagen im Schlafzimmer. Zu weit entfernt für die vier Meter Telefonkabel. Eben erschien Conny im Türrahmen und schob sich auffordernd das Haar in den Nacken.

»Sag schon.«

»Es war kein Unfall. Irgendwer hat das Rad manipuliert. Sieht aus, als sei ihr Mann ermordet worden.«

Ich kaute leer. Richtig zu liegen ist auch nicht schöner, als hinterher schlauer zu sein. Dafür hatte Steinhausen jetzt seine Story.

»Wo komm ich da ins Bild?«

»Sie befürchtet, dass man sie verdächtigt.«

Abends zuvor war die Kripo bei ihr gewesen. Daraufhin hatte sie ihren Anwalt angerufen, nachts trotzdem wach gelegen und morgens als Erstes mit Berlin telefoniert, um über Steinhausen meine Nummer zu erfragen.

»Was ist mit den Papieren?«

Aber Steinhausen wusste auch nichts Genaueres. Sie hatte darauf bestanden, persönlich mit mir zu sprechen. Also vervollständigte ich meine Rasur und rief sie an. Sie nahm beim zweiten Klingeln ab.

»Endlich«, stöhnte sie. »Ich sitze hier wie auf Kohlen. Gestern Abend bin ich verhört worden. Es war die Hölle. Abschließend sagte man mir, ich solle mich zur Verfügung halten.«

Sie klang schrill. Drei bis vier Zacken überdreht.

»Wer ist ›sie‹«, fragte ich. »Die Polizei?«

»Wer sonst? Hat Ihr Freund Sie denn nicht informiert? Da rufe ich in Berlin an, um mir Ihre Nummer zu besorgen, erkläre ihm alles, weil er behauptet, er müsse erst bei Ihnen nachfragen.«

»Er sagte bloß, man habe Spuren am Fahrzeugwrack gefunden, die nahe legen, dass es sich nicht um einen Unfall handelt ...«

»Sondern um Mord. Die Kripo glaubt, dass ich es war. Mein Anwalt erklärt, er kann da nichts tun.«

»Angehörige werden immer in den Kreis der Verdächtigen einbezogen. Das ist Routine.«

Sie würgte an einem unterdrückten Schluchzer. »Bitte. Ich weiß wirklich nicht mehr, an wen ich mich wenden soll. Können Sie sich nicht freinehmen und vorbeikommen? Ihren Verdienstausfall ersetze ich Ihnen natürlich.«

Ich grunzte ratlos. Anscheinend verwechselte sie mich mit einem der Serienzombies, die nachts durch die Kommerzkanäle geistern. Jeder anderen hätte ich gesagt, dass sie zu viel fernsah: Das kostet mich bloß Nerven und Sie Geld. Wir sind hier in der Bundesrepublik. Hier läuft das nicht so locker wie bei »Detektiv Rockford«. Mag sein, dass James Garner mir entfernt ähnelt, abgesehen davon teilen wir höchstens den hübschen Dackelblick.

Doch wo Brecht Recht hat, hat er Recht: Moral ist wunderbar, aber macht nicht satt. Im Zweifelsfall erinnerte sie sowieso nicht, wie gekonnt Garner grinste.

»Na gut. Wir bereden die Sache mal.«

Zwei Stunden danach saß ich in ihrem Wohnzimmer. Es gab wieder Kaffee, nur schien heute keine Sonne. Obwohl sie geschminkt war, sah sie schlecht aus. Sie rauchte wie eine Wahnsinnige und fingerte dauernd an ihrer Halskette herum. Die war aus Lapislazuli, schwarz-braun geädert und eigentlich ganz hübsch. Trotzdem machte mich ihr ständiges Gefummel nervös.

»Sie wollten wissen, wie viel ich erbe.«

Ein Hauptkommissar Gehrken vom Ersten Fachkommissariat der Lüneburger Kripo, der zusammen mit seinem Adlatus und zwei Knaben von der Spurensicherung bei ihr aufgelaufen war, hatte sich lebhaft für die finanziellen Verhältnisse des Verunglückten interessiert. Denn ihr Gatte hatte unlängst geerbt. Sein alleinstehender Onkel, ein mittelständischer Unternehmer, der bei Bingen Armaturen für Bäder hergestellt hatte, war vorigen Sommer verstorben.

»Markus verkaufte die Anteile an der Fabrik und investierte in einen Fonds …«

Sie holte tief Luft und gab mir die Details.

»Nun fällt alles an mich.«

»Um welche Summe geht's?«

»Ungefähr drei Millionen. Hinzu kommt unser Haus.«

So sieht die Rache des Wirtschaftswunders aus: Heu bis zum Abwinken und nichts als Ärger.

»Haben Sie den Herren denn wenigstens von dem Katheterdrama berichtet?«

»Natürlich. Auch von dem angeblichen Journalisten.«

Beim Ausdrücken der Zigarette fegte sie fast den Aschenbecher vom Tisch. Sie griff zur Tasse, nahm einen Schluck und setzte sie so heftig ab, dass die Hälfte der verbliebenen Flüssigkeit überschwappte.

»Ob es dafür irgendwelche weiteren Hinweise gäbe? Ansonsten würden sie sich gern mal in der Garage umsehen. Die ist in dem roten Backsteinbau hier direkt nebenan.«

Gehrken hatte seine Männer in den ehemaligen Schweinestall geschickt. Einer hatte Bilder gemacht, der andere Roths Schraubenschlüssel inspiziert.

»Der Wagen war alt und stammte aus England«, sagte sie. »Dafür brauchte man Spezialwerkzeug. Das besitzt nicht jeder.«

»Aber jeder, der auf britische Importautos steht oder an alten Schweden bastelt. Außerdem benötigt man zum Lösen der Radmutter bloß einen Hammer.«

Mein tröstender Ton zeigte keine Wirkung. Ihre Lider flatterten. Zarte Finger rangen mit der Halskette. Das Teil war erstaunlich reißfest. Sie hatte Rouge aufgelegt und eine Spur Lippenstift. Nur einen Hauch. Doch ich merkte, dass es mich störte.

»In den letzten Monaten haben wir häufig gestritten«, sagte sie. »Es gab Szenen. Vor Zeugen. Ich erbe eine Riesensumme.«

Vorgestern hatte sie mir die Szenen verschwiegen. Worüber streitet man, wenn man einander gleichgültig ist? Ich wartete noch immer darauf, dass sie mir endlich verriet, weshalb die Kripo sie im Visier hatte. Was sie bislang berichtete, klang nach solidem Standard.

»Neben dem Hebebock haben sie irgendwelche Schrauben gefunden, die zur Befestigung für die Räder gehören. Die haben so eine Vorrichtung, um sie rasch wechseln zu können ...« Das Blau ihrer Schläfenadern pulsierte. »Mein Anwalt sagte, es sei nicht auszuschließen, dass man mich verhaftet.«

Eventuell reichte es, wenn sie ihren Rechtsbeistand wechselte.

»Wenn ich es richtig verstanden habe«, sagte ich, »ist die Garage ein separates Gebäude. Da kann jeder, der es drauf anlegt, ohne große Mühe rein.«

»Das Schloss ist unversehrt«, jammerte sie. »Einen Schlüssel trug Markus bei sich. Den anderen habe ich am Bund.« Sie griff nach ihrer Handtasche und kramte ein braunes Etui hervor.

»Ich halte es für eher unwahrscheinlich, dass der Haftrichter auf die Idee kommt, Sie deswegen festsetzen zu lassen. Es sei denn, man findet Ihre Fingerabdrücke auf dem Werkzeug.«

»Das ist es ja.« Ihre Unterlippe bebte. »Ab und zu hab ich drüben aufgeräumt. Vorgestern auch. Markus mochte das zwar nicht besonders.«

»Wie bitte?« Nach allem, was ich gehört hatte, war die Garage seine Hobbywiese gewesen.

»Nur ihm zuliebe«, sagte sie hastig. »Um da etwas Ordnung reinzubringen. In dem Chaos fand sich ja kein Mensch mehr zurecht.«

Sie klang wie eine ertappte Achtjährige, die ihren kleinen Bruder gepiesackt hat. Wenn schon keinen Applaus, so erwartete sie wenigstens Mitgefühl. Plötzlich schimmerte die zerrüttete Zweisamkeit der Roths in einem anderen Licht.

Vorsichtshalber warf ich einen Blick auf ihre Finger. Die sahen aus wie frisch manikürt.

»Hat man denn überhaupt schon Ihre Abdrücke genommen?«

Sie bejahte errötend. »Das Zeug war kaum abzukriegen.«

»Tja«, nickte ich. »Das ist in der Tat ziemlich zäh.«

Zwar war verschmiertes Werkzeug kein optimaler Untergrund für gestochen scharfe Papillarlinien, doch nun sah die Sache nicht mehr ganz so rosig aus. Bei Mordverdacht fackelt die

Polizei nicht lange. Da musste sie schon einigermaßen weit ausholen, um zu erläutern, wieso sie am selben Tag, an dem ihr Mann tödlich verunglückt war, spontan auf die Idee gekommen war, seine Garage auf den Kopf zu stellen. Ihr dämmerte, dass ich nicht begeistert war. Sie sprang auf und verschränkte die Arme.

»Woher sollte ich denn wissen, was passiert?«

»Bis jetzt hat man Sie ja noch nicht verhaftet.«

Ihr Busen wogte. »Und was, wenn?«

Gute Frage. »Dumm gelaufen«, pflegte Axel in solchen Fällen zu sagen.

»Sie haben die Garage regelmäßig aufgeräumt. Da ist es logisch, dass Ihre Fingerabdrücke auf dem Werkzeug sind.«

Sie gönnte mir einen hysterischen Lacher, stakste erregt auf das Fenster zu und starrte ins trübe Grau des späten Vormittags.

»Ich habe ihm nur helfen wollen. Damit er da nicht völlig verkommt.«

Falls sie eine Show abzog, war es bühnenreif: die verzweifelte Witwe, die ahnungslos ins Unglück geschlittert ist, bloß weil sie sich für ihren trunksüchtigen Gatten aufgeopfert hat. Nachdem sie sich vernehmlich die Nase geputzt hatte, kehrte sie an den Tisch zurück, griff nach den Zigaretten und schüttelte eine aus der Packung. Ihre Hände flogen. Das Feuerzeug streikte. Sie knallte es wütend auf die Glasplatte. Ich spendierte ihr ein Streichholz. Sie sog den Rauch ein, ließ sich aufs Sofa fallen und schlug die Beine übereinander.

»Heute früh lauerte mir bereits der erste Fotograf auf.«

»Mit der Medienmeute werden Sie vorläufig leben müssen. Das wird nicht unbedingt ein Spaziergang.«

Ihr Oberkörper schoss hoch. »Soll ich hier sitzen und beten, dass die von selber auf die Idee kommen, dass ich unschuldig bin?«

»Zunächst müsste man herausfinden, weshalb Ihr Mann beschattet wurde.«

Sie krampfte die Finger ineinander. »Dann tun Sie das!«

Meine Lust, der Mordkommission in die Quere zu kommen, war überschaubar. Außerdem hatten wir noch nicht über mein Honorar geredet.

»Machen Sie sich keine falschen Hoffnungen. Die Kripo kann sich jeden vorknöpfen. Ich darf niemanden vorladen, Akten beschlagnahmen oder Häuser durchsuchen. Stelle ich Fragen, bin ich auf Wohlwollen angewiesen.«

»Versuchen Sie es wenigstens.« Sie beugte sich über den Tisch und machte Anstalten, mich beim Arm zu packen. »Bitte!«

»Es wird nicht ganz billig. Außerdem arbeite ich ohne Rechung und nehme nur Bares. Falls Sie das stört …«

»Tut es nicht. Also, wie viel verlangen Sie?«

Das kam etwas unverhofft. Ich hatte das Thema behutsam angehen wollen. Ihr geschäftsmäßiger Ton brachte mich aus dem Konzept. Wer klamm ist, neigt dazu, sich unter Wert zu verkaufen. Dreihundert waren mein Minimum, sechshundert das Ideal. Stieg ich zu niedrig ein, handelte sie mich ruckzuck runter.

»Mein Tagessatz beträgt achthundert«, sagte ich daher. »Zahlbar im Voraus.«

Es sollte nüchtern klingen und geriet eher heiser. Doch statt ungläubig das Gesicht zu verziehen und empört aufzulachen, zuckte sie mit keiner Wimper.

»Für jeweils wie viele Tage?«

Ich hatte keinen Schimmer. Normalerweise arbeiteten wir auf Prämienbasis. Geld fließt erst im Nachhinein, es sei denn, wir vereinbaren einen Abschlag für Recherchen. Aber nun konnte ich nicht mehr zurück.

»Mindestens drei. Optional auch mehr.«

Zweieinhalb Riesen. Knapp die Hälfte meiner Schulden. Die sollte sie mir bar in die Hand drücken. Ohne jegliche Gewähr oder Vorleistung. Es blieb einen Moment lang still. Ein kleines Lächeln umspielte ihren Mund. Sie zupfte an ihrem Kleid, als sei sie im Begriff aufzustehen. Offenbar hatte ich zu hoch gereizt. Gleich würde sie sich erheben, mir fürs Herbemühen danken und mich zur Tür bitten.

»Was ist mit Ihren Spesen?«

»Wie bitte?«

»Ihre Spesen.«

Es kam ohne jeden Anflug von Ironie. Nicht zu fassen. Ich schluckte trocken und musste mich erst mal räuspern.

»Die sind inklusive. Sofern nichts auf mich zukommt, das hohe Sonderkosten verursacht.«

Wahrscheinlich hätte sie sogar tausend rausgerückt. Doch zu viel Gier rächt sich. So konnte ich mir wenigstens sagen, dass es ein relativ fairer Deal war. Lizenzierte griffen noch mehr ab.

Anschließend schnappte ich mir die Karte des angeblichen Abendblatt-Menschen und stellte eine Liste von Roths Kollegen zusammen. Neben Klinikchef Willemsen und Strien, dem Internisten, der vorgestern sein Beileid bekundet hatte, gab es da noch eine Narkoseärztin namens Teuscher, die häufig mit Roth zusammengearbeitet hatte. Sonderlich groß schien das Team in Hitzacker nicht zu sein. Zumindest war die Anzahl der Kollegen, mit denen der Chirurg intensiver zu tun gehabt hatte, einigermaßen überschaubar. Plötzlich fiel Marion Roth noch ein, dass im Lüneburger Tageblatt kürzlich ein Artikel über das Herzzentrum erschienen war.

»Warten Sie, der müsste beim Altpapier liegen …«

Der Beitrag stammte anscheinend von einer glühenden Verehrerin des Klinikchefs. Sie schrieb, dass das Herzzentrum sich seit Ende der Neunziger unter der Leitung René Willemsens zu einer der »renommiertesten Privatkliniken Deutschlands« entwickelt habe. Neben modernster medizinischer Betreuung setze der Katheterspezialist vor allem auf »Service und Innovationen im Wellness-Bereich«. Willemsen wolle weg vom »Image des Krankenhauses, hin zu einem ganzheitlichen Ansatz physischer und psychischer Erholung«. Das Konzept zahle sich aus. So registriere der Fremdenverkehrsverein einen stetigen Zuwachs von Anfragen aus dem Kreis ehemaliger Klinikgäste.

Auf dem Bild daneben war ein weiß gewandeter sportlicher Knabe über einem englischen Rasen zu sehen. Er lächelte die Sorte Lächeln, das mittelalterliche Männer bisweilen in Golfmagazinen zur Schau stellen. Ich fand, dass er eher nach sehnigem Macher aussah als nach einem Esoterikfritzen, der von Ayurveda auf der Intensivstation träumt. Aber vielleicht lag das auch daran, dass mich seine kantigen, dezent gebräunten Züge und das volle, erst an den Schläfen ergraute Haar sofort an einen meiner Ausbildungsoffiziere bei der Bundeswehr erinnerten.

Unter Willemsens künftigen Projekten erwähnte der Artikel unter anderem den Ausbau der Rehabilitationsabteilung. Marion Roth wusste, dass dazu in diesen Tagen eine Pressekonferenz geplant war. Ich rief sofort in Hitzacker an. Das Ereignis fand am nächsten Morgen statt. Das kam wie bestellt. Hinterher klingelte ich noch bei Strien durch. In der Frühe müsse er arbeiten. Nachmittags sei es besser. Wir verabredeten uns für drei Uhr am Fähranleger in Bleckede. Er bat mich um meine Handynummer. Für alle Fälle.

Dann sprach ich mit Marion Roth über ihren Mann.

Die Eckdaten seiner Biographie hatte sie zwar parat, aber die gemeinsamen Freizeitaktivitäten waren äußerst spärlich gewesen. Ungefähr die Hälfte seiner freien Wochenenden hatte er auf irgendwelchen Oldtimermessen zugebracht, ansonsten meist in seiner Garage gewerkelt. Ab und zu sei sie mit ihm in den Club gefahren, doch auf Kongresse wäre er allein gereist. Trotzdem hörte es sich nicht so an, als habe sie etwas vermisst. Die Frage, welches Buch er zuletzt gelesen habe, entlockte ihr bloß ein hilfloses Lächeln, und wieso der Kontakt zu Strien eingeschlafen war, konnte sie auch nicht beantworten. Nach einer Dreiviertelstunde gab ich es dran. Viel mehr, als dass er gern gegrilltes Lamm gegessen und seine abendlichen Exkursionen ins Glas mit Wagneropern unterlegt hatte, war nicht aus ihr herauszuholen. Gelegentlich griff sie zwar noch zum Taschentuch, aber ihr ewiges Kettengezerre schien weniger von der Gram um den Verstorbenen herzurühren als von der Furcht vor Hauptkommissar Gehrken. Erst als ich sie bat, mir den Streit zu schildern, den sie erwähnt hatte, trat plötzlich auch anderes zutage. Stockend berichtete sie, dass Roth vor einigen Monaten auf einem Ball von einer ihr fremden Frau geohrfeigt worden sei.

»Was war das für ein Ball?«

»Der traditionelle Maskenball, den unser Club in der Faschingszeit immer ausrichtet.«

»Welcher Club?«

»Der Unitas. Das ist der älteste Gesellschaftsverein hier in Bleckede. Den gibt es schon seit 1851. Die Mitgliedschaft ist ein Muss für jeden, der zu den besseren Kreisen der Stadt zählt …«

Sie atmete tief durch und machte Anstalten, zu einem erschöpfenden Exkurs über Geschichte und Wesen des Clubs anzusetzen. Offenbar wollte sie vom Thema ablenken. Ich fiel ihr ins Wort.

»Die Frau hatten Sie noch nie gesehen?«

»Nein«, sagte sie ernüchtert. »Zu diesen Bällen kommen häufig auch Gäste von auswärts, die man nicht unbedingt kennt.«

»Mit wem war sie denn erschienen?«

»Weiß ich nicht. Sie saß allein, als er zu ihr ging.«

»Wo waren Sie?«

»Ich tanzte mit einem Bekannten.«

»Was geschah dann?«

»Markus war ziemlich angetrunken. Ich nehme an, sie fühlte sich durch ihn belästigt ...« Sie schüttelte den Kopf, als sei ihr rätselhaft, wie man sich selbst so vorführen könne. »Hinterher hörte ich, es habe zwischen den beiden einen Wortwechsel gegeben. Jedenfalls stand sie plötzlich auf, kippte ihm ihren Sekt über den Smoking, schlug ihn links und rechts ins Gesicht und lief aus dem Saal. Er hockte da wie ein begossener Pudel. Die Paare in seiner Nähe blieben stehen. Als ich von ihm wissen wollte, was los gewesen sei, wurde er ausfallend und beleidigte mich. Es war unerträglich.«

»Nämlich?«

Statt einer Antwort verzog sie die Lippen und griff nach den Zigaretten.

»Was warf er Ihnen vor?«

»Alles Mögliche«, wich sie entnervt aus. »Lauter wirres, widerliches Zeug. Am nächsten Morgen meinte er dann, es täte ihm leid, und sprach von einem Filmriss.«

Ihr Feuerzeug funktionierte noch immer nicht. Ich zückte die Zündhölzer. Sie dankte mit einem kurzen Nicken und saugte am Filter wie an einer Asthmapumpe.

»Eine Freundin fuhr mich nach Hause. Er kam erst spät in der Nacht zurück. Ob er auf dem Ball weitergetrunken hat oder woanders, weiß ich nicht. Er torkelte, als er heimkam. Sonst ließ er sich vor anderen selten so gehen, aber dieser Abend war eine einzige Katastrophe.«

»Und die Frau?«

»Der sei er in der Klinik begegnet. Sie wäre psychisch gestört. Eine Borderline-Patientin. Er habe die Situation falsch eingeschätzt.«

Marion Roth sackte ins Polster und strich sich müde mit dem Finger über die Wange, als wische sie damit ein hässliches Bild fort.

»Wie hieß sie?«

»Selbst wenn sie es mir nicht glauben, das wollte ich gar nicht wissen. Ich hab ihn bloß aufgefordert, sich in Zukunft mit dem Alkohol vorzusehen.«

Ihre Rechte war so fest um das Tempo geballt, dass die Knöchel weiß hervortraten. Zur perfekten Darstellung der Dulderin fehlte bloß der feuchte Blick. Doch sie bemühte die Nummer zu oft. Keine Ehefrau hätte sich mit derart lauem Gewäsch abspeisen lassen. Nicht nachdem ihr Angetrauter sie öffentlich so blamiert hatte.

Denn was sie da schilderte, ging ans Eingemachte. In einer Kleinstadt, wo jeder jeden kennt und man sich über die Beete des Nachbarn das Maul zerreißt, muss die Fassade halten, selbst wenn dahinter nur Trostlosigkeit tobt. Sonst ist man gesellschaftlich geliefert.

Aber sie mauerte. Sie habe mir alles gesagt. Bevor ihr Ton hysterisch wurde, erinnerte ich an den Barscheck, den sie mir ausstellen wollte, packte meine Notizen zusammen und bat sie, mir die Garage zu zeigen.

*

Allzu dringend konnte der Verdacht des Hauptkommissars nicht sein, denn er hatte darauf verzichtet, das Gebäude versiegeln zu lassen.

Hinter der stählernen Flügeltür roch es nach Altöl, Gummi und Benzin. Marion Roth atmete schwer durch und griff zum Lichtschalter. Eine Hundert-Watt-Birne flammte auf. Das Innere barg eine Mischung aus Autowerkstatt und Ersatzteillager, verteilt über gut achtzig Quadratmeter. Falls Roth die Unterlagen hier versteckt hatte, konnte ich lange suchen.

Vornean war der Parkplatz für den XK. Direkt daneben hatte er gebastelt. Auf dem Boden um den Hebebock tummelten sich Schlüssel, Nüsse, Zangen, Kästen mit Schrauben, Kabel, Stahlwolle, Lappen, Ölkannen und Wachs. Erst bei genauerem Hinsehen erwies sich das Wirrwarr als System. Selbst der verstreute Kleinkram gehorchte einer eigenwilligen, fein ausbalancierten Ordnung. Fuhrwerkte sie allerdings darin herum, hatte er garantiert nichts mehr gefunden.

Ich zog die Schubladen des Werkzeugschranks auf, leerte die Taschen zweier Hemden, die in einem alten Wehrmachtsspind hingen, und tastete staubige Borde ab. Außer öligen Taschentüchern, Tabakkrümeln und einer zusammengeknüllten Zigarettenschachtel fand sich nichts. Hinter den steinernen Trögen lagerte das Altmetall. Roth hatte genügend Ersatzteile gehortet, um die Queen Mary flottzumachen. Neben Kisten mit Muffen und Muttern türmten sich mannshoch Reifen. Ich wuchtete Pneus, hob Plastikplanen an, verscheuchte Spinnen, stolperte über Trommelbremsen und rostige Stoßstangen. Ohne Ergebnis.

Unterdessen stand Marion Roth sechs Schritte weiter, machte einen schmalen Mund, zerrte an der Halskette und lauerte darauf, dass ich endlich fertig wurde.

»Was ist das da hinten?« Ich deutete auf die Wand hinter einem zerschlissenen Ledersessel, der unweit eines der wenigen Fenster stand.

Sie seufzte angestrengt. »Das sind seine Trophäen. Dahin hat er sich zurückgezogen, wenn er seine Ruhe haben wollte.«

Beim Nähertreten entdeckte ich diverse Jaguar-Devotionalien. Neben dem Sessel befand sich ein Vertiko. Obenauf, zwischen einer angebrochenen Flasche Whisky und kubanischen Zigarren, entdeckte ich das gusseiserne Modell des XK. Farbabzüge dokumentierten die diversen Stadien der Restaurierung. Daneben hingen Fotos von Veteranentreffen. Mittig prangte die Urkunde von einer Rallye, bei der der Wagen den zweiten Preis gewonnen hatte. Darunter hing das Polaroid eines blonden Mittdreißigers, der auf dem linken Kotflügel des Jaguars saß und angestrengt um ein lockeres Lächeln rang.

»Ist er das?«

Sie nickte wortlos. Im Haus hatte ich keine Bilder von ihm entdeckt. Obwohl die Wand über ihrem Sekretär mit alten Familienfotos geschmückt war.

»Wann ist das aufgenommen worden?«

Sie schien einigermaßen ratlos. »Vor drei oder vier Jahren, denke ich.«

Roth hatte in Berlin und Boston studiert, mit dem Geld seines Vaters. Er sah aus wie einer, der früher viel Sport getrieben hatte, aber jenseits der dreißig aus der Form gegangen war. Obwohl er die Armmuskeln anspannte, gelang es ihm nicht, den Speckwulst einzuziehen, der über seinen Gürtel lappte. Er trug Khaki mit Bügelfalte, irgendwo zwischen leger und martialisch angesiedelt. Fast so, als wolle er jemandem gefallen, der ihm dauernd vom Afrikakorps vorgeschwärmt hatte.

Eine Sekunde lang erwog ich, sie zu fragen, ob ihr Schwiegervater auch unter Rommel gedient habe, so wie mein Alter, aber wahrscheinlich hielt sie Tobruk für eine asiatische Vorspeise und Roth hatte bloß zu viele schlechte Vietnamfilme gesehen.

»Gibt's noch jüngere Aufnahmen von ihm?«

Sie zuckte die Achseln und lächelte bemüht. »Da müsste ich erst suchen.«

Das hörte sich an, als mutete ich ihr etwas zu. Bisher hatte ich ihren Widerwillen auf den Ort bezogen, die stickige Garage, in der sie sich unwohl fühlte, weil er hier, statt sich ihr zu widmen, das Fahrgestell seiner englischen Raubkatze getätschelt hatte. Nun befremdete mich der Ton. Es war die gleiche Mischung aus Abfälligkeit und gekränktem Trotz, mit der sie über die Ohrfeigenszene beim Ball berichtet hatte.

Ich musterte Roths Gesichtszüge, die hohen Geheimratsecken unter dem zurückweichenden Haaransatz, seine lang gezogenen Lachfalten, das üppige Kinn und den sinnlichen, etwas zu weichen Mund. Um Augen und Wangenpartie war der Ausdruck bereits verwaschen. Ein verblühter Sonnyboy.

Dir fällt schwer, dich von deiner Jugend zu verabschieden, dachte ich. Du bist nicht dort angekommen, wo du mal hinwolltest, und du ahnst, dass du da nie ankommen wirst. Dir dämmert, du wirst nicht besser, nur älter, und du kannst dir den Irrtum nicht verzeihen. Kein Wunder, dass du säufst. So verzweifelt, wie du kämpfst, dir und der Welt zu beweisen, dass du noch Biss hast. Obwohl du den Glauben daran längst verloren hast.

Ich pfiff meine Phantasie zurück. Es war bloß eine Momentaufnahme. Roths Miene konnte alle möglichen Ursachen haben. Vielleicht spannte er den Bizeps gar nicht an und die Bügelfalten waren purer Zufall. Was ich in das Bild las, entsprach im Zweifel bloß dem, was ich hineinlesen wollte. Bedenklich höchstens, was mich selbst betraf. Wo seine Aufzeichnungen versteckt waren, verriet es mir jedenfalls nicht. Marion Roth wartete bereits an der Tür. Ich riss mich los.

»Wieso hat er sich eigentlich auf Herzchirurgie spezialisiert?«

Sie kräuselte verwirrt die Brauen. »Warum fragen Sie?«

Vorhin hatte sie erwähnt, dass Roth senior in Hannover eine gut gehende Privatpraxis betrieb. Als Internist. Mit weit über siebzig.

»Reizte ihn das Fachgebiet?«

»Worauf wollen Sie hinaus?«

»Verdiente er im Krankenhaus mehr?«

Sie schüttelte den Kopf und gönnte mir ein mokantes Lächeln. »Reich kann man als angestellter Arzt nicht werden. Richtiges Geld verdient immer nur der Chef.«

So, wie sie dazu seufzte, klang es, als sei sie ständig Gefahr gelaufen, sozial abzustürzen. Dabei hatten sie und ihr Mann in vier Wochen mehr eingespielt als andere anderswo im ganzen Leben. Für eine Sekunde hatte ich den dringenden Wunsch, sie zu packen und ihr zu sagen, was ich von derlei Wohlstandsgequengel hielt. Stattdessen biss ich mir auf die Zunge und würgte es runter.

Mittlerweile standen wir draußen. Es hatte zu regnen aufgehört. Im Fliederbusch tschilpte eine Lerche.

»Weshalb ist Ihr Mann nicht bei seinem Vater eingestiegen?«

Sie ließ sich Zeit mit der Antwort, kehrte mir den Rücken und schloss erst mal ab.

»Die beiden verstanden sich nicht sehr gut«, meinte sie dann. »Markus konnte meinem Schwiegervater nichts recht machen.«

Das angedeutete Lächeln sollte wohl bedauernd wirken. Doch dahinter quoll Genugtuung. Ihr hatte er offenbar auch nie etwas recht machen können. In diesem Augenblick wusste ich, dass sie ihn früher im Bett genauso angelächelt hatte.

Klar, Ursache und Wirkung sind ein weites Feld. Womöglich kam sein Saufen zuerst. Oder das Auto. Vielleicht hatte er sie tausendmal betrogen und war ein erbärmlicher Liebhaber gewesen. Aber so, wie sie lächelte, hätte ich mich an seiner Stelle nicht in der Garage verkrochen, sondern wäre aufgestanden und gegangen.

Kurz darauf saß ich im Lada und zählte die vergilbten Parkscheine auf der Ablage. Mein Rücken fühlte sich verspannt an. Dabei hätte ich ekstatisch sein müssen. Endlich hatte ich den ersehnten Auftrag, trug vierhundert in bar und einen Scheck über zweitausend am Busen. Falls es mir gelang, Marion Roth eine Woche bei Laune zu halten, brauchte ich vorläufig nicht mehr ans Taxifahren zu denken. Trotzdem war mir flau. Denn mein Honorar war so ziemlich das Einzige, was mir gefiel. Der Rest bereitete mir Bauchschmerzen.

Zwar zwang mich niemand, meine Auftraggeberin zu mögen, doch wenn ich den Verdacht ausräumen sollte, sie habe ihren Gatten ermordet, steigerte es die Erfolgschancen ungemein, wenn ich mein Engagement nicht nur heuchelte. Ansonsten war ich einigermaßen ratlos, wo ich ohne die Unterlagen ansetzen sollte. Das Bild, das sie mir von ihm vermittelt hatte, blieb so schwammig wie die Mundpartie auf dem Polaroid. Ob Roths Vorwürfe auf Einbildung fußten oder er tatsächlich im Begriff gewesen war, einen Skandal aufzudecken, blieb offen.

Vielleicht konnte mir Dickmais weiterhelfen. Auf meine Anrufe reagierte er zwar auch nicht, aber da er angeblich arbeitslos war und Marion Roth süffisant hatte durchblicken lassen, dass er mindestens ebenso durstig sei wie ihr verstorbener Mann, mied er eventuell bloß Gläubiger.

Der Motor hustete beim Zünden. Die Kerzen mussten dringend gewechselt werden. Eine Minute danach rollte der Lada den Deich entlang nach Westen. Ich versuchte, mich an meinem unverhofften Wohlstand zu erfreuen, aber mein Mund schmeckte schal. Stattdessen kam mir Marion Roths Genörgel über den miserablen Verdienst ihres Mannes wieder hoch. Früher hatte ich auch mal gewusst, was richtiges Geld ist. Bis ich mich nach Afrika verirrte und begriff, dass ich keinen Schimmer hatte.

Ich dachte an die Straßenszenen, damals in Khartum, entsann die Horden Wartender, die sich vor den Backstuben drängten, ihr Gezeter, Stoßen und Schlagen, das Flehen der Bettler und die Augen derer, die leer ausgingen. Wer im Sudan genug besaß, um sich täglich Brot zu leisten, war ein fortgeschrittener Glückspilz. Dick wurde trotzdem keiner, weil das Brot eh nie für alle reichte. Hierzulande waren die Armen fett. Die Übrigen fraßen kastrierte Leichtkost und ließen sich den Speck absaugen. Magerte ihnen dabei das Gemüt ab, buchten sie eben zwei Wochen Kenia und flogen nach Nairobi, wo die Leute zwar nichts zu lachen hatten, aber es noch richtig konnten.

Kiesel kullerten mir durch die Eingeweide. Ich hielt an der Böschung und langte nach dem Wasser, das ich unterm Beifahrersitz spazieren fahre, trank einen halben Liter, legte den Kopf in den Nacken und sog die Luft durch die Nase.

Bei genauerem Hinsehen hatte das, was da in mir hochkroch, herzlich wenig mit Marion Roth zu tun. Eher mit den unverdaulichen Brocken, an denen ich seit zwanzig Jahren kaute.

*

Lauenburg ist ein beschauliches Städtchen am Nordufer der Elbe. Über dem steil aufragenden Geesthang, von wo aus man über den Fluss weit in das Elbtal blicken kann, residierten einst askanische Herzöge, die die Salzstraße von Lüneburg nach Lübeck kontrollierten und den Stecknitz-Kanal ausheben ließen, eine der ersten künstlichen Wasserstraßen Europas. In der Unterstadt am Flussufer künden noch heute aufwendig verzierte Fachwerkhäuser vom früheren Reichtum der Stadt. Eine große Brücke verbindet den südöstlichsten Zipfel Schleswig-Holsteins mit Niedersachsen, an die Kais verirrt sich gelegentlich ein Kümo, und vor der Kulisse der Altstadt strahlt die »Kaiser Wilhelm«, ein antiker Raddampfer, der sommers Ausflügler stromaufwärts bis Hitzacker und Dömitz bringt.

Die Straße von der Brücke aus führte durch das Vorwerk und über den Elbe-Lübeck-Kanal durch den Ostteil der Unterstadt an Werft und Yachthafen vorbei in einem großen Bogen auf die B5. Dickmais wohnte in der Oberstadt, wo Lauenburg nicht mehr ganz so prächtig glänzte und sich die Bausünden der Sechziger mit Hartz IV ein Stelldichein gaben. Der schmutzig gelbe dreistöckige Klinkerkasten, hinter dessen zu klein geratenen Fenstern gerüschte Gardinen klebten, bestach nicht unbedingt als die Art Domizil, mit der ehemalige Pharmareferenten angeben. Immerhin lockte vor der Haustür ein legaler Parkplatz. Einige der Anrainer gingen hier offenbar noch arbeiten.

Die kniehohe Buchsbaumhecke um den verwahrlosten Vorgarten duftete streng nach Tierliebe. Es gab sechs Mietparteien. Dickmais' Klingel war die dritte oben rechts. Auf mein Drücken kam keine Reaktion. Als ich eben erwog, bei den Nachbarn zu fragen, näherte sich eine Rentnerin mit frischer Dauerwelle. Sie setzte stöhnend zwei pralle Lidl-Tüten ab und begann in ihrer Manteltasche mit Schlüsseln zu klimpern.

»Ich will zu Herrn Dickmais«, erklärte ich. »Scheint keiner da zu sein. Haben Sie eine Ahnung, ob er verreist ist?«

»Verreist?« Sie hob spöttisch die beiden braunen Striche, die sie statt Brauen auf der Stirn trug, und beäugte mich skeptisch. »Hat er Schulden bei Ihnen?«

»Wär mir neu. Ich bin der Freund eines Freundes. Oder denken Sie, ich sei vom Finanzamt?«

Ihre fleischige Unterlippe wanderte nach vorn. »Nicht wirklich, aber man weiß ja nie …« Sie wies mit dem Kinn in die Richtung, aus der sie gerade gekommen war. »Versuchen Sie's mal in der ›Melone‹. Da vorn gleich auf der Ecke. Da ist er sonst immer um diese Zeit.«

Als ich durch den Windfang trat, waberte mir der säuerliche Dunst von Rauch, abgestandenem Bier und ranzigem Männerschweiß entgegen.

Meine Augen brauchten eine Weile, um sich an das Schummerlicht zu gewöhnen. Aus den Deckenlautsprechern rieselte »Delila«. Das passte zu dem antiquierten Rotamint, der zwischen Garderobe und Klo vor sich hingurgelte. Hinter der Theke stand ein kahler Mittfünfziger und wienerte lustlos Aschenbecher. Über ihm prangten nikotingebeizte Repros von Winston Churchill und Al Capone. Ein Stück weiter entdeckte ich Adenauer, Albers und Chaplin. Alle unterm Harthut. Wahrscheinlich war der Laden eingerichtet worden, als »Mit Schirm, Charme und Melone« durch die Schwarzweißröhren der Republik flimmerte und alle Kerle von Diana Rigg träumten. Falls der Schuppen je bessere Tage gesehen hatte, waren sie lange her.

Ein halbes Dutzend Nachmittagstrinker brütete über Gläsern. Da ich auf Anhieb niemanden ausmachen konnte, der wie ein ehemaliger Pillenhöker aussah, orientierte ich mich an der Theke.

»Tach, Chef. Ich suche einen Gernot Dickmais. Soll hier Stammgast sein.«

Der Glatzkopf knurrte unwirsch. Unter seinen blutunterlaufenen Augen baumelten massige Tränensäcke. »Bin ich die Auskunft?«

Ich griff in die Brusttasche meines Hemds, zückte zehn Euro, glättete den Lappen auf dem Schanktisch und schob ihn ihm zu. Er streifte das Geld mit einem wegwerfenden Blick.

»Wenn du hier nix trinken willst, machste besser 'n Abgang. Ich hab was gegen neugierige Nasen.«

Da schrappte rechts von mir ein Stuhl.

»Schon gut, Harry.«

Der Mann saß vier Meter weiter allein am Tisch. Vor sich ein leeres Schnapsglas und ein drei viertel gelenztes Helles.

»Herr Dickmais?«

Er deutete ein Nicken an. Sein flachsblondes Haar war ausgedünnt, und das ungesund glänzende Rosa der Gesichtshaut verriet, dass er den Schnaps häufiger mit Bier runterspülte.

»Was wollen Sie?«

Indessen hatte Harry es sich anders überlegt und fuhr seine feuchte Tatze aus, um das Pfund einzusacken. Ich schnalzte tadelnd und steckte das Geld langsam wieder ein. Harry wandte sich grummelnd ab.

»Es geht um Markus Roth«, sagte ich. »Haben Sie 'n paar Minuten Zeit?«

Dickmais zeigte mir sein gelbes Gebiss.

»Seh ich aus, als ob ich dringende Termine hätte?«

Eine halbe Stunde später saßen wir rauchend vor meinem zweiten Kaffee und seinem dritten Bier. Auf die Nachricht von Roths Tod hin hatte er bloß halblaut geflucht, leer gekaut und resigniert genickt.

»Ich wusste, dass das nicht gut ausgehen würde …«

»Was?«

»Na, diese ganze Geschichte.«

»Welche Geschichte?«

»Wer sich so einer Lobby entgegenstellt, muss sich warm anziehen. Das sind Leute mit glänzenden Verbindungen. Ehrenwerte Stützen der Gesellschaft. Fühlen die sich an den Karren gefahren, sieht man sehr schnell alt aus. Was meinen Sie, wie viel in großen Laborpraxen gemauschelt wird? Bei Kardiologen ist es nicht anders. Die decken sich alle gegenseitig, und die Funktionäre von den Kassen, die sie kontrollieren sollen, sind entweder ahnungslos oder gekauft.«

»Geht's etwas konkreter?«

»Nirgendwo in Europa wird so großzügig indiziert wie bei uns. Nirgendwo ist es leichter, völlig überflüssige, teure Medikamente auf den Markt zu bringen. Mit Gesundheit hat das wenig zu tun, sondern nur mit Geschäft. In Wahrheit denken die sich ständig neue Gebrechen aus, mit denen sie die Versicherten schröpfen können …«

Aber außer Allgemeinplätzen über korrupte Mediziner konnte ich ihm wenig entlocken. Über Roths Privatleben wusste er so gut wie nichts. Seine Augen badeten in Glimmer, der Mund stand halb offen, und die Zunge schlurfte.

Ich fragte mich, ob Roth ihm je etwas anvertraut hatte. So, wie es aussah, hatten die beiden bloß ein Glaskollektiv gebildet und Weltschmerz getauscht. Da kam er plötzlich auf den toten Patienten zu sprechen.

»Die Sache muss kurz vor unserer letzten Verabredung passiert sein. Das hat ihn ziemlich mitgenommen.«

Ich lüftete verständnislos die Brauen. »Welche Sache?«

»Ich denke, Sie haben gerade mit seiner Frau gesprochen«, grinste er. »Hat sie Ihnen denn nichts davon erzählt?«

»Nein.« Ich fluchte innerlich. »Wann war das?«

»Ungefähr vor drei Monaten. Ein junger Mann, bei dem man einen Routineeingriff gemacht hatte. Irgendeine harmlose Sache, bei der normalerweise nichts schief geht. Der Mann landete als Notfall bei ihm im OP ...« Dickmais lehnte sich zurück und machte eine dramatische Pause. »Roth legt Ihnen jeden Bypass. Aber bei 'nem septischen Schock kann auch er nur noch beten.«

»Wie bitte?«

»Der Mann starb an 'ner Blutvergiftung.«

»Langsam.«

»Roth sagte, das sei nicht anders zu erklären, als dass die Katheter verschmutzt gewesen wären.«

Dickmais leerte das Glas, wischte den Schaum von der Oberlippe und rief Harry zu, er solle ihm noch ein Helles zapfen. Ich überschlug, wie viele er sich vorher bereits einverleibt hatte.

»Das heißt, erst der Eingriff hat den Mann umgebracht?«

»So habe ich ihn verstanden.«

»Also waren die Katheter nicht vernünftig sterilisiert?«

Dickmais beugte sich über den Tisch, stieß auf und hüllte mich in eine süßliche Bierwolke. »Das sind Einwegteile«, lächelte er. »Die kann man gar nicht sterilisieren.« Im Zurücksacken drückte er die Zigarette aus, warf die Stirn in Falten und bleckte die Zähne. »Kapiert?«

Ich nickte blöde.

Roth hatte Steinhausen gesagt, der Abrechnungsschwindel hinge mit einem »krassen Hygieneskandal« zusammen. Eine tödliche Sepsis war in der Tat krass. Wieso hatte meine Auftraggeberin davon nichts erwähnt? Bisher war es der einzige Hinweis, dass ihr Gatte nicht nur phantasiert hatte.

»Wissen Sie, ob Roth mit Willemsen darüber gesprochen hat?«

»Mit wem?«

»Mit dem Chef des Herzzentrums.«

In dem Moment erschien die Glatze und pflanzte das Blonde auf den Tisch. Dickmais schlürfte andächtig.

»Das sind doch alles Verbrecher«, verkündete er.

»Wer? Willemsen?«

»Willemsen auch.« Dickmais stellte ächzend das Glas ab und zuckte resigniert die Achseln. »Die Industrie schmiert Ärzte, Kassen und Politiker. Da läuft nichts ohne. Was meinen Sie, warum es noch immer keine Positivliste gibt und Medikamente bei uns ein Vielfaches kosten wie anderswo in der EU?«

Es drohte wieder grundsätzlich zu werden. Er setzte sich auf und suchte meinen Blick.

»Weil sie alle korrupt sind …«

Sein Hemdkragen bettelte um Gallseife. Er war schlecht rasiert und roch.

»Die Gesundheitsreform ist ein Witz«, nuschelte er. »Pure Augenwischerei. Weshalb hat der Patentschutz auf pharmazeutische Produkte so endlos lange Laufzeiten?«

Die rhetorische Frage kam kombiniert mit feuchter Aussprache. Ich wich zurück, um weiterem Sprühregen zu entgehen.

»Was weiß ich? Weil die Entwicklung so teuer ist? Im Moment interessiert mich nur Willemsen.«

Dickmais beugte sich vor. »Ha!« Seine flache Hand klatschte triumphierend auf den Tisch. Mein Kaffee schwappte über. »Wissen Sie, welche Profitraten die Pharmaunternehmen in den letzten zehn Jahren durchschnittlich hatten?«

»Nein«, sagte ich. »Aber mein Freund Steinhausen.«

»Wer?«

Anscheinend ließ ihn nun auch das Kurzzeitgedächtnis im Stich.

»Das ist der Journalist, von dem ich Ihnen erzählt habe. Der Mann, an den sich Roth gewandt hat.«

Bei der Erwähnung des Toten schwenkte er innerlich um, stierte ins Bier und wurde gefühlvoll. »Roth hatte noch Ideale«, erklärte er. »Im Gegensatz zu mir …«

Was ich bisher über den Chirurg in Erfahrung gebracht hatte, klang anders, aber ich ließ mich gern belehren.

»Ich bin ein Schwein«, stellte er fest, während sein Blick zu schwimmen begann. »Ich hab meine Abfindung eingesackt und die Schnauze gehalten. Obwohl ich wusste, dass das Trimethoprim entsorgt gehörte.«

»Das was?«

»Trimethoprim-Sulfamethoxazol. Ein Breitband-Antibiotikum. Setzt man unter anderem bei Typhus ein.« Er rülpste. »Ausgezeichnetes Mittel. Bloß nicht Jahre nach dem Verfallsdatum. Bohl von der Interpharma war da anderer Meinung. Für Afrika, sagte er, sei es noch gut genug. Drei Viertel der Neger stürbe sowieso an Aids.«

Sein herber Lacher endete in einem Schluckauf. Ich spürte, wie sich meine Nackenhaare regten.

»Bohl?«

»Dr. Oswald Bohl. Das Verkaufsgenie der Interpharma.«

»Wohin gingen die Medikamente?«

Bevor er antwortete, winkte er dem Kahlkopf und deutete auf sein halb volles Glas.

»Äthiopien, Somalia, Sudan. Das meiste als Hilfslieferungen.«

Einen Moment lang blickte ich wieder durch die verdreckte Windschutzscheibe des grauen Bedford-Lorrys, der im Konvoi mit drei anderen Lastern Hilfsgüter aus Port Sudan für Überschwemmungsopfer in den Süden bringt. Höre das Röhren des überheizten Motors, rieche Öl, Schweiß und Staub und spüre feinen Sand zwischen den Zähnen.

Günther hatte die Sache organisiert. In Khartum, bei einem Büro der UNO. Es sei der direkteste Weg nach Juba. Außerdem könnten wir so wenigstens was Sinnvolles tun, sagte er. Schließlich warteten die Kinder auf das Zeug.

Die Fahrt sollte vier Tage dauern und dauerte vierzehn. Unterwegs krallten wir uns an verrutschende Gepäckstücke, kauten Staub und gruben bis über die Achsen versackte Räder aus dem Mahlsand. Hinter Kosti, wo die Bahntrasse aus dem Norden endete, gab es kaum noch Wegmarkierungen, nur gelegentlich mal ein Fahrzeugwrack und abgeknickte Telegrafenmasten.

Irgendwann endlich erreichen wir Malakal, stehen im alten Militärkrankenhaus, einer Ziegelbaracke aus Kolonialtagen – die Fenster aus löchrigem Fliegendraht, je Raum achtzig Betten, zwei Kinder pro Bett. Ich betrachte den Kleinen mit dem Greisengesicht. Seine stumpfe Haut schimmert wachsgrau. Er ist keine drei, aber hat längst alles Leid gesehen, das in zwei Seelenlöcher passt.

Jetzt ist er müde, zu müde, um die trägen, blauschwarzen Fliegen zu verscheuchen, die überall auf ihm herumkriechen, seine eitrigen Lider säumen, sich mit gierigen Rüsseln auf seine großen, wunden Augen tasten. Der chinesische Arzt neben uns wiegt erschöpft den Kopf.

Sein holpriges Englisch echot durch mein Ohr: »You just come too late ...«

Hier saß ich nun, zwanzig Jahre später. Dachte an den Jungen. Und an Günther. Mein Magen krampfte sich zusammen. Noch immer. Immer wieder.

»Hilfslieferungen?«

»Da wird kaum kontrolliert. Die Nummer ist ganz simpel. Alles, was man braucht, sind frische Verpackungen. Geht die Sendung in ein Land, wo eh kein Mensch Deutsch spricht, kann man sich den Stress sparen. Fällt's trotzdem auf, war's 'n bedauerlicher Irrtum. Dann haben die Leiharbeiter beim Verladen eben Scheiße gebaut und die Paletten verwechselt.«

Außer Zementsäcken, Schaufeln, Mischmaschinen, Plastikplanen und Saatgut hatten sich auf den Ladeflächen der Bedfords auch Pappkartons mit Medikamenten getürmt. Ich erinnerte mich noch an die Beschriftung, die in Englisch, Französisch und Arabisch darauf hinwies, dass das Zeug stets kühl zu lagern sei. Keine ganz leichte Übung bei vierzig Grad im Schatten. Da half es, dass auf den Gepäckbergen mindestens dreißig Menschen hockten. Die schützten das verderbliche Gut wenigstens vor der mörderischen Sonne. Nach Malakal kamen wir trotzdem zu spät. Ein paar Tage eher, und die Kinder hätten vielleicht überlebt.

Ich riss mich zusammen.

»Das läuft mit Wissen der Firmenleitung?«

Dickmais streifte sich über seinen schütteren Schopf und nickte trübsinnig.

»Ich konnte bloß nichts beweisen. Da zog ich die Arschkarte.«

Wieder glitt ein feuchter Film über seine Augen. Noch ein Bier, und er zerfloss.

»Was hat das alles mit Roth zu tun?«

»Mit Roth?« Sein glasiger Blick wirkte irre. »Nix«, lachte er, während ihm ein Speichelfaden aus dem Mundwinkel rann. »Zumindest nicht, dass ich wüsste.«

*

Einigermaßen ernüchtert von der Happy Hour blinzelte ich in den bleigrauen Himmel. Falls zutraf, was der Expharmareferent mir da eben eröffnet hatte, brauchte ich nicht mehr lange zu rätseln, ob Roth ermordet worden war.

Doch Dickmais arbeitete nicht nur tapfer an seinem Leberschaden, er witterte auch Verschwörungen wie andere Börsendaten. Außerdem war Roth selbst vom Fach gewesen. Da mutiert ein rätselhafter Todesfall rasch zum verschleierten Kunstfehler und wächst sich ein halbes Promille weiter zur finsteren Intrige aus. Weshalb hatte er nicht die Behörden eingeschaltet und dafür gesorgt, dass der Tote obduziert wurde, sondern sich stattdessen bei Dickmais ausgeweint? Konnte er seinen Verdacht nur einer mitfühlenden Säuferseele auftischen, weil ihm jeder andere sofort einen Vogel gezeigt hätte? Und wieso hatte die Witwe mir den Vorfall unterschlagen? Schließlich musste Roth ihr erläutert haben, wie er darauf kam, dass in Hitzacker doppelt abgerechnet wurde.

Was jedoch, wenn Roth nun nicht gesponnen hatte und Dickmais zwar versoffen war, aber die Wahrheit sagte? Dann begab ich mich gerade auf sehr dünnes Eis. Ohne im Entferntesten die Folgen abschätzen zu können. Genauso nassforsch und blind wie damals bei unserem Ausflug an den Weißen Nil.

Ich nahm die B5 Richtung Geesthacht. Von dort die Autobahn durch die Vierlande, vorbei an Curslack und Neuengamme. Um fünf sollte ich Conny aus dem Büro abholen. Mittlerweile war es zwanzig vor. In Moorfleeth wurde gebaut. Der Verkehr staute sich bis Allermöhe. Ich schwenkte ab, verfuhr mich fast zwischen den monströsen Logistik-Terminals, die man dort in die Marschwiesen geklotzt hat, überquerte die Lübecker Autobahn und bekam irgendwann endlich die Andreas-Meyer-Straße zu fassen, sodass ich mich durch Billbrook und Rothenburgsort in den Südosten der Stadt vorarbeiten konnte.

Meine Gedanken kreisten um den toten Patienten, die Fingerabdrücke auf Roths Werkzeug und die chaotische Garage. Außerdem ging mir Dickmais' Medikamentengeschichte nicht aus dem Kopf. Ich ärgerte mich, da nicht nachgehakt zu haben. Allein schon wegen Günther.

Ich sehe ihn vor mir, einen hellhaarigen, schlaksigen Jungen, der am Elbstrand bei Övelgönne im Sand liegt, den Schraubverschluss einer Weinflasche würgt und mir erzählt, er wolle nach Kenia.

Wir feiern meine Freiheit. Gerade haben sie mich entlassen. Ich bin wieder Zivilist und darf gehen, wohin ich will. Die letzten Monate sind anstrengend gewesen. Nachträglich zu verweigern ist nicht ganz einfach, wenn du die Grundausbildung bereits hinter dir hast, sie dich für brauchbares Menschenmaterial halten und Pläne mit dir haben.

Er habe sich in Kenia bei einem UNICEF-Projekt beworben, erzählt Günther.

»Das ist eine Besamungsstation für Rinder. Im Massai-Gebiet.« Er lacht. »März geht es los.«

Günther ist ein hoffnungsloser Fall. Zumindest für die Offiziere beim Bund. Einer, der schon mit siebzehn alle Fakten über den Kapitaltransfer der Entwicklungsländer in den Norden parat hatte und die Lügen des Gemeinschaftskundelehrers Punkt für Punkt auseinandernahm. Manche sehen in ihm nur das begüterte Bürgersöhnchen aus Blankenese, das Frantz Fanon liest und sich bei amnesty engagiert. Doch ich habe beim Trampen mal erlebt, wie er dazwischen ging, als drei ältere Typen auf einer Raststätte einen Polen fertig machen wollten. Seitdem mag ich ihn.

Er reicht mir die Flasche und grinst. »Na, was denkst du?«

Ich nehme einen kräftigen Schluck und genieße, wie mir der Kadakra die Kehle runterrinnt.

»Wie kommst du hin?«

»Mit der Lufthansa. Die fliegen nach Nairobi.«

»Fahr doch über Land«, sage ich. »Dann komm ich mit.«

»Über Land?«

»Immer den Nil hoch. Durch Ägypten und den Sudan. Du bist doch auch noch nie auf einer Felluka gesegelt, oder?«

»Du bist ja irre. Das ist halb Afrika. Da gibt es keine Autobahnen. Da gibt es noch nicht mal Straßen. Höchstens Pisten.«

»Na und?«

»Das dauert Monate.«

»Ist doch egal. Mich hält hier nichts.«

Ich will bloß weg. Weit weg. Den klebrigen Geruch des Baus vergessen, die notschwulen Schläger, den Stumpfsinn, die Enge und die geleckten Sadisten in Uniform, die jede Karte ziehen, um dich dafür zahlen zu lassen, dass sie sich in dir getäuscht haben.

Das Wohin ist mir gleich. Hauptsache, es lenkt von dem ab, was gewesen ist. Je mehr Action, desto besser.

Er nickt langsam, guckt auf die Elbe, greift nach der Flasche und nimmt einen tiefen Zug. »Wenn wir das alles über Land machen wollen, müssen wir im Herbst los.«

»Fein.«

Herbst passt mir hervorragend. Ich habe sowieso keine Lust, mir Gedanken darüber zu machen, was ich in den langen Nächten veranstalte, die dann wieder auf mich warten.

Drei Monate Schlachthof. Abteilung Altfette. Im November habe ich genug beisammen. Wir reisen über Jordanien nach Ägypten.

Vor Wadi Halfa, dem Grenzkaff am Südrand des Nasser Stausees, dümpeln wir erst mal fünf Tage in praller Sonne auf Reede. Das Schiff ist heillos überfüllt, es gibt nirgendwo Schatten, und der Gestank der zusammengepferchten Menschen lässt die Duftkulisse des Knasts verblassen. Als der Zoll uns endlich gestattet, an Land zu gehen, ist unser Proviant aufgezehrt. Die Lok, die uns durch die Wüste in die Hauptstadt bringen soll, leidet an Maschinenschaden. Trotzdem bleibt bis Khartum alles relativ milde. Dort haben die meisten Rucksacktouristen die Nase voll und kehren um. Hartnäckigere versuchen, mit dem Flugzeug nach Kenia zu gelangen.

Günther nervt die Angestellten der deutschen Botschaft. Schließlich treibt er jemanden von der UNO auf, der uns an den Konvoi mit Hilfsgütern vermittelt. Wir brechen nachts auf, als es noch kühl ist, von einem staubigen Platz in der Neustadt aus, unweit der Landzunge, wo weißer und blauer Nil zusammenfließen.

Das letzte Hilton, in dem ein Notaggregat über die täglichen Stromsperren hinwegtröstet, eine Klimaanlage den Gluthauch der Wüste vertreibt und eisgekühlte Drinks den Sand im Mund und die Blicke der Armen wegspülen, steht in Khartum. Südlich davon gibt es nur noch Wüste, Savanne und Sumpf. Wer da reist, braucht viel Zeit und Geduld.

Nach Malakal sind es zwei Wochen. Bis Juba noch mal eine. Dort stellen wir fest, dass es sich schwierig gestaltet, voranzukommen. Achtzig Meilen weiter wird gekämpft. Das Regime von Idi Amin Dada liegt in den letzten Zügen. Mit den ersten Schauern der Regenzeit, die Wege in Schlammlöcher verwandeln, schwappt der Bürgerkrieg über die Grenze. Er spült Scharen von Flüchtlingen in die Stadt.

Erst sind es die, die vor der Soldateska des Diktators weglaufen. Dann fällt Kampala. Tansanische Truppen rücken nach Norden vor. Plötzlich kurven monströse Limousinen durch die Stadt, übersät von blutig roten Lehmspritzern, die Karossen der vertriebenen Führungsclique. Binnen Stunden kursiert überall Geld mit dem Konterfei des feisten Schlächters. Kofferweise haben seine Handlanger es mitgeschleppt. Nun tauschen sie dicke Bündel davon gegen ein paar sudanesische Pfund.

Die einzige feste Straße führt durchs Kriegsgebiet. Kurz vor unserer Ankunft haben vier Australier versucht, auf dieser Route nach Kenia zu gelangen. Sie sind keine halbe Tagesreise weit gekommen. Ein Fahrer aus dem Süden hat ihre gefledderten Leichen neben einer verlassenen Straßensperre gesehen. Nach einem Putschversuch in Khartum liegt der Flugverkehr auf unbestimmte Zeit lahm. Flussschiffe legen bloß acht bis zehn im Jahr an. Vorläufig ist keines zu erwarten.

Ostafrika kann bezaubernd sein. Die kurzen Augenblicke der Dämmerung entschädigen für die Mühsal des Tages, den Schweiß, den Durst, die Fliegen und die Moskitos. Dort, wo sie noch nicht von zivilisatorischen Segnungen entstellt ist, scheint die Natur intakt. Die Bauern, Viehzüchter und Jäger sind genügsam. Herrscht keine Dürre, werden sie satt.

Anderswo regiert der Mangel. Juba hat offiziell siebzigtausend Einwohner. Niemand weiß, wie viele in der Vorstadt hausen. Alle festen Gebäude stammen aus der Kolonialzeit, ansonsten gibt es nur Lehmhütten, Pappverschläge und in Unterkünfte verwandelte Fahrzeugwracks. Die Pfade dazwischen liegen voller Exkremente. Selten, dass Leute über zwanzig keine Zahnlücken haben. Arme leben im Freien, sie sind nackt und tragen höchstens Lumpen um die Scham. Der Anblick von Blinden, Krüppeln, Kindern mit aufgeblähten Wasserbäuchen und Nabelbruch ist normal. Ich lerne, wie Bilharziose aussieht und Lepra. Und auch wie schnell das innere Empören stumpf wird, das Mitleid abstirbt, in Taubheit, Kälte, Angst umschlägt.

Keine hübsche Lektion.

Die Luft ist drückend und schwül. Schwarze Wolken ziehen über uns hinweg, ohne abzuregnen. Zwanzig Reisende sind in der Stadt. Fast alle wohnen im »African Hotel«. Alle wollen weiter, warten und hängen fest. Und dann kommt die Pest.

Wochen zuvor, an einer Wasserstelle in der Steppe, hat uns ein ostdeutscher Ingenieur gewarnt. Bei Juba solle es Fälle von Beulenpest gegeben haben. Er rät, einen großen Bogen zu machen.

»Weitet sich die Seuche aus, wird das Gebiet gesperrt und Sie kommen da nicht mehr raus.«

Anfangs scheint sich die Seuche auf die Armenviertel zu beschränken. Bis das Militär eines Nachts die gesamte Stadt umstellt, Kontrollpunkte errichtet und die Zufahrtswege abriegelt. Am nächsten Morgen klagt Günther über Schmerzen in den Leisten, und die Lymphknoten unter seinen Achseln sind zu kirschgroßen Murmeln geschwollen.

Nun rächt sich, dass wir auf dem Lehmboden schlafen, denn es wimmelt von Ratten. Diese Ratten tun uns nichts. Sie sind fett und menschenscheu. Aber sie haben Flöhe, und Flöhe übertragen Pest.

Günther bleibt gelassen. Noch gibt es Sulfonamide, und er geht davon aus, dass die ihn vor dem Gröbsten bewahren. Ich bringe ihn zum Spital, in den abgezäunten Bau zu den anderen Pestkranken, etwa zwanzig Männern, die auf durchgelegenen Feldbetten und lakenlosen, verwanzten Matratzen liegen. Der einzige Wasserhahn befindet sich im Freien, wo die Männer auch ihre Notdurft verrichten. Anfangs nimmt Günther es sportlich, witzelt über das kernige Ambiente und malt mir aus, wie er die Erfahrungen später verwerten wird. Zunächst schlagen die länglichen, weißen Pillen, die der ägyptische Arzt ihm im Sechs-Stunden-Rhythmus zuteilt, auch an. Doch fünf Tage später, als ich dem Doktor die allmorgendliche Schachtel »Winner« in die Hand drücken will, von der wir stets gemeinsam eine zu rauchen pflegen, bevor er mich durch den rostigen Zaun ins Innere des Isolierbereichs lässt, macht er ein bedenkliches Gesicht.

Günther hat hohes Fieber. Er stöhnt vor Schmerzen. Am selben Nachmittag phantasiert er bereits. Der Arzt wiegt bloß hilflos die Hände.

»Es ist mir ein Rätsel. Ich kann's nicht erklären …«

»Tun Sie was, um Himmels willen«, schreie ich.

»Ich versuch alles, was ich kann, mein Freund. Glaub mir.«

Obwohl ich weiß, dass er das wirklich tut, packte ich ihn am Kragen. Während ich merke, wie das Wenige, was ich von der Welt zu diesem Zeitpunkt noch zu verstehen glaube, in mir zerbricht.

*

Warmes Blau kroch durchs Fenster. Die Zeiger der Uhr, die zwischen alten Emailleschildern und Schellackplatten tickte, zeigten auf halb zehn. Axels Küche liegt nach hinten. Sie blickt auf die so genannte Terrasse, einen lang gestreckten Hof, der von einer Reihe schmaler, zweistöckiger Häuser flankiert wird. Solche Höfe wurden Ende des vorletzten Jahrhunderts dutzendweise aus dem Boden gestampft, als Ersatz für die Arbeiterunterkünfte, die damals dem Freihafen und der Speicherstadt weichen mussten. Unserer ist nur noch auf der rechten Seite bebaut. Die linke Seite hat die Royal Air Force im Herbst 1944 zerlegt. Dort stehen jetzt drei Birken und eine Linde, der mit Knöterich überwucherte Verschlag für die Mülltonnen und eine Kinderschaukel.

Wir wohnen in einer sympathisch ergrauten Mietskaserne unweit des Schlachthofs, die nie ganz so verwahrlost war wie die meisten Häuser in der Nachbarschaft, weshalb sie bisher auch davor verschont geblieben ist, von Spekulanten luxussaniert zu werden. Wer zwischen Karokiez und Schanze fette Beute machen will, hält sich lieber an Slumlords.

Axel stand am Herd und goss uns gerade den vierten Mokka ein. Conny hatte dankend abgelehnt, aber er hatte noch eine lange Nacht vor sich und ich war in Kaffeelaune. Bin ich aufgedreht, tanke ich gern Koffein. Mitunter auch mehr, als es mir gut tut.

Alles Wesentliche war besprochen, der morgige Tag durchgeplant. Während ich nach Hitzacker fuhr, würde er versuchen herauszufinden, wie der Mitarbeiter von »Transparenz Jetzt« hieß und Detekteien auflisten, die Willemsen beauftragt haben könnte, um Roth zu beschatten.

Eine einsame Fliege summte über Tellern im Handstein. Axel stieß leise Verwünschungen aus und suchte fluchend nach dem Lappen.

Axel kocht seinen Mokka im Stieltopf und schenkt das Gebräu prinzipiell in kleinen, türkischen Teegläsern mit Goldrand aus. Die Gläser sind hübsch, aber für ihn nicht sehr praktisch, da seine Hände zittern und er meist die Hälfte verschüttet. Theoretisch bräuchte er nur zu etwas größeren Gefäßen zu wechseln, und das ewige Nachwischen entfiele. Doch dagegen sperrt er sich. Das sei nicht stilecht, sagt er, und so verstauben die Tassen, die ich ihm vor Jahren gestiftet habe, jungfräulich auf dem Bord.

Conny hatte sich die getarnte Werbeseite aus dem Lüneburger Tageblatt gegriffen. Sie überflog den Artikel, bis sie auf die Passage stieß, in der Willemsen damit zitiert wurde, dass für ihn der Patient auch immer Gast sei. Die fand sie so amüsant, dass sie laut auflachte.

»Klingt das nicht reizvoll? Urlaub an der Herz-Lungen-Maschine …«

Axel, der mir gerade mein Glas hingestellt hatte, deutete auf die Zeitung in ihrer Hand. »Wie heißt die Tante noch mal, die das verbrochen hat?«

Connys Augen wanderten über das Papier. »Marianne Drescher. Sie leitet die Ressorts Lokales und Kultur.«

»Drescher passt wie Arsch auf Eimer«, schnaufte er beidhändig an seinem Mokka schlürfend.

Ich zuckte die Achseln. »Vermutlich lebt das Tageblatt von Inseraten der Klinik.«

»Werd ich prüfen.« Er ließ sich in den Drehsessel fallen. »Erst mal guck ich mir den ›Bund der niedergelassenen Kardiologen‹ an. Die haben 'ne ganz vielversprechende Heimseite.«

»Ich brauche alles über den Ablauf, was du finden kannst. Obwohl Dickmais ratteldicht war, schnallte er sofort, dass ich keinen Schimmer hatte.«

Conny ließ das Blatt fahren, gähnte demonstrativ und schielte zur Uhr hin.

»Schon klar«, sagte Axel. »Indikation, Procedere und Preise ...«

»Ich hab Hunger.« Conny setzte sich auf und sah mich an.

»Ja. Gleich.«

»Wieso musst du eigentlich noch einen Kaffee trinken? Ich denk, dein Partner soll arbeiten, damit du morgen schlaue Fragen stellen kannst.«

»Ihr geht eh in fünf Minuten.« Axel schob sich die verrutschte Brille wieder zurecht. »Was noch?«

»Versuch herauszufinden, ob die Dinger sich sterilisieren lassen«, sagte ich.

»Ist das nicht eher was für den Menschen von ›Transparenz Jetzt‹? Ich dachte, die arbeiten mit Fachleuten.« Conny reckte sich und lächelte. »Vielleicht hat der ja sogar eine Kopie von Roths Papieren.«

»Vielleicht«, sagte ich. »Mal sehen, was Strien sagt.«

Sie hob die Brauen. »Strien?«

»Der Internist am Herzzentrum, der mit Roth Squash gespielt hat.«

»Frag ihn mal, wieso sein Freund in Bleckede lebte, wenn er jeden Tag nach Hitzacker musste.«

»Ich nehme an, er hatte keine Lust, nach Feierabend dauernd Patienten zu begegnen. Strien wohnt in Lüneburg. Das ist noch weiter.«

»Okay, Kinder.« Axel ächzte wie einer, der den Gang nach Canossa antreten muss. »Das könnt ihr auch oben besprechen.«

Er deutete zum Monitor, wo eine wandernde Textzeile als Bildschirmschoner ihr Unwesen trieb, arrangiert in Violett auf Enzianblau: »Is you is or is you ain't my baby?«

Axel liebt Louis Jordan.

Sein Stuhl schwang herum. Die Rechte griff nach der Maus. Er braucht sich nur zu drehen, schon sitzt er vor der Tastatur.

Connys Kopf wippte zur Seite. Sie sah mich auffordernd an. »Du hast gehört, was der Mann gesagt hat.«

Ich trank aus.

»Danke für den Kaffee«, flötete sie Axel zu.

Doch er war bereits vertieft.

Eine Minute später schloss sie uns oben auf. Wir leben in meiner ehemaligen Junggesellenbude. Als ich einzog, kannte ich Conny zwar schon, aber bis zu unserem Alsterspaziergang hätte ich mir nie träumen lassen, je mit ihr zusammenzuwohnen. Danach ging es ziemlich schnell. Sie hatte keine Lust, ständig ihre Wäsche hin und her zu tragen. Da ich mehr Platz hatte und in Axels Nähe bleiben wollte, zog sie zu mir. Vorher allerdings wusch sie noch die Stuckrosetten aus, schliff das Ochsenblut von den Wohnzimmerdielen und half mir, die Profiltüren abzubeizen. Anschließend bearbeitete sie die Wände mit Farbpigmenten und hängte ihre Aquarelle auf. Dann hatte sie genügend Duftmarken gesetzt und meine eher minimalistisch frugale Bleibe in ein sanft verspieltes Wohnambiente verwandelt. Nun kochte sie Spaghetti, während ich mich am Laptop mit der Homepage von »Transparenz Jetzt« vertraut machte.

Die Initiative war im Zuge des Herzklappenskandals entstanden und ein Zusammenschluss von Ärzten und Verbraucherschützern, die Schlamperei, Verschwendung und Kunstfehler dokumentierten, öffentlich zu machen suchten und Kampagnen lostraten. In den zehn Jahren ihrer Existenz hatte »Transparenz Jetzt« sich erfolgreich mit allen großen Spielern der Gesundheitsbranche angelegt, aber war trotz zahlloser Klagen vor Gericht noch nie gescheitert, weil sämtliche von ihr angeprangerten Fälle blendend recherchiert waren.

Dass ich bisher noch nichts über die Organisation gehört hatte, lag daran, dass sie relativ wenig mediale Aufmerksamkeit erfuhr. Axel war sie sofort ein Begriff gewesen. Allerdings hatte er auch gleich bemerkt, dass es nicht leicht sein würde, Roths Kontakt aufzutun. »Wer in dem Sumpf Transparenz herstellen will, muss verdeckt arbeiten, sonst hat er im Vorfeld schon Heerscharen von Anwälten an der Backe.«

Auf der Website erfuhr ich nun garstige Details über Luftrezepte an Universitätskliniken, Abrechnungspraktiken deutscher Laborpraxen und Rabatte von Zulieferern, las über Preiskartelle, Gemauschel zwischen organisierter Ärzteschaft und Kassen, Umsatzgarantien für notleidende Apotheker und die kreative Lobbyarbeit der medizinischen Industrie.

Irgendwann schreckte mich Connys »Kommst du?« hoch. Ich hatte den Tag über nichts gegessen, doch als wir dann in der Küche vor der Pasta saßen, verspürte ich kaum Appetit. Dabei hatte Conny sogar Kerzen angezündet und Sets aufgelegt. Das tut sie sonst nur an hohen Feiertagen.

»Ist was?«

»Nein, wieso? Was soll sein.«

»Also wie gesagt, sie kommt da in ihrem nostalgischen Hippie-T-Shirt, zeigt gepiercten Bauchnabel und frisch blondierte Spitzen ...«

Conny sprach mal wieder von der Kollegin, die sie gerade einarbeitete. Die war vierundzwanzig, extrem modebewusst und bemüht, bei Connys debilem Vorgesetzten Primärreflexe zu wecken. Augenscheinlich erfolgreich, sonst hätte Conny nicht so nachhaltig gelästert. Ich gab mir Mühe, interessiert zu gucken, aber war nicht bei der Sache. Conny ließ die Gabel sinken.

»Langweile ich dich?«

»Wie kommst du darauf?«

»Weil du mir so gebannt zuhörst.«

»Entschuldige. Ich bin noch mit dem Tag beschäftigt.«

»So?«

Offenbar erwartete sie, dass ich ihr zumindest erklärte, was mich bewegte, aber da ich ihr nicht die Laune verderben wollte, hielt ich den Mund und stocherte betreten in meinem Tomatensalat herum, bis sie hörbar seufzte.

»Du sitzt vor den Spaghetti, als würdest du bestraft. Sonst brauchst du keine zehn Sekunden, um sie wegzuputzen.«

»Das ist es nicht«, beeilte ich mich. »Es schmeckt ausgezeichnet.«

Sie verdrehte die Augen. »Sondern?«

Ich schob den Teller beiseite, hob die Schultern und sah sie an. »Dickmais hat mir vorhin geschildert, wieso man ihn gefeuert hat. Er arbeitete für einen Laden namens Interpharma. Das scheint eine Art pharmazeutischer Vertrieb zu sein. Keine Ahnung, ich hab nicht groß nachgefragt, weil er schon ziemlich abgefüllt war und mir von Roth erzählen sollte. Jedenfalls hatte sein Chef abgelaufene Medikamente nach Ostafrika verschoben, irgendwelche Antibiotika, die eigentlich Sondermüll waren. Die wurden als Hilfsgüter deklariert und in Notstandsgebiete geschickt. Er wollte dabei nicht mitspielen, konnte nichts beweisen und hat sich am Ende lieber seinen Abgang vergolden lassen.«

»Wie heißt dieser Menschenfreund?«

»Dr. Oswald Bohl. Als Dickmais ihn darauf hinwies, erklärte er, das sei egal. Halb Afrika stürbe sowieso an Aids.«

Conny zeichnete mit der Gabel Linien in die Pesto-Reste auf ihrem Teller. »Glaubst du ihm die Geschichte?«

»Sonst mag Dickmais vielleicht Stuss geredet haben, aber dieser Teil klang äußerst überzeugend.«

»Ostafrika, ja? Das ist doch der Sudan? Habt ihr nicht damals auch Medikamente da runtergeschafft?«

Ich kaute leer. »Kistenweise«, sagte ich schließlich. »Nach Malakal. Wegen der Überschwemmungskatastrophe. Für die kranken Kinder.«

Es blieb einen Moment lang still. Aus dem Pesto-Rest auf ihrem Teller war eine Dahlie entstanden. Conny malt gern Blumen. Farbenprächtige Aquarelle voller Blüten, Schmetterlinge und Libellen.

Sie sah auf. Eine Strähne hatte sich vor ihr rechtes Auge gelegt. Sie wischte sie weg.

»Und nun fragst du dich, ob das nicht auch solches Gift war.«

»Es geht mir nicht aus dem Kopf. Obwohl ich weiß, dass es müßig ist.«

Ihre Hand streichelte über meinen Unterarm. Ich zuckte die Achseln. Sie lächelte. Ich war gerade dabei, zurückzulächeln, als es an der Wohnungstür klingelte. Ich verzog gequält das Gesicht und wollte aufstehen.

»Lass«, sagte sie und erhob sich. »Das wird Irina sein. Die wollte noch mal kurz vorbeikommen ...«

Irina war die Mutter der Zwillinge aus dem zweiten Stock. Conny ging zur Tür. Es war Irina. Ich begrüßte sie kurz, bevor sie mit Conny ins Wohnzimmer ging. Irina ist eine bleiche, dunkelhaarige Frau von Mitte dreißig, die trotz schlechter Zähne ein schönes Lächeln besitzt, dem man nicht ansieht, auf welchen Umwegen sie damals aus Sarajevo hierhergekommen ist.

Sie sammelte Kleidung für »Süd-Ost«. Das »Süd-Ost-Zentrum« waren vier Zimmer einer Initiative in Eimsbüttel, wo Flüchtlingsfrauen vom Balkan hinkonnten, um Deutsch zu lernen und das Erlebte aufzuarbeiten. Die meisten von ihnen kamen aus Bosnien, aber ihre Herkunft spielte keine Rolle. Alle sprachen Serbokroatisch und hatten Ähnliches hinter sich, egal ob sie nun katholisch, orthodox oder Richtung Mekka beteten. Sofern ihnen das Beten nicht gründlich vergangen war.

Während die beiden Frauen vorne redeten, wusch ich ab und rauchte eine. Anschließend warf ich mich auf den Futon im Schlafzimmer und bemühte die Fernbedienung. Herr Wickert moderierte gerade das Weltgeschehen. Sonst finde ich Ulli meist amüsant, weil er so hübsch zwinkert, wenn er offizielle Lügen vorträgt. An diesem Abend allerdings riss das auch nichts mehr raus. Obwohl Conny irgendwann reinkam und sich an mich kuschelte.

Es gab nichts Neues. Der Rohölpreis stieg. Ein Reifenhersteller stellte Massenentlassungen in Aussicht, die Koalition verschärfte die Auflagen für Hartz-IV-Empfänger. Brandenburgs Innenminister bestritt, die jüngsten Überfälle auf Schwarze seien »fremdenfeindlich motiviert«. Im Zentrum von Bagdad hatte eine Autobombe zwanzig Schulkinder zerfetzt, während der US-Präsident bei einem Treffen mit NATO-Partnern bekräftigte, der Krieg gegen den Terror verlange von allen Opfer. Als der deutsche Verteidigungsminister ankündigte, das Engagement der

Bundeswehr in Afghanistan zu verstärken, stand Conny wortlos auf und ging raus. Ich blieb liegen, bis der Frontbericht von der Börse zum Fußball wechselte. Wir trafen uns im Flur vor dem Kleiderschrank. Sie sortierte Sachen aus.

»Für Irina«, sagte sie bloß.

Obenauf lag ihr blaues Sommerkleid. Das geblümte, das sie damals angehabt hatte, als wir uns an der Alster trafen. Ich spürte, wie es mir einen hellen Stich gab.

»Das auch?«

»Da pass ich eh nicht mehr rein.«

»Vielleicht in drei Monaten wieder.«

»Wer weiß.«

»Sie wird es kaum zu würdigen wissen.«

»Hauptsache, ich weiß es.«

Conny fing meinen Blick auf, während sie eine Bluse vom Bügel nahm und glatt strich, leise amüsiert. »Es darf ruhig ein bisschen wehtun.«

Sie lag längst ruhig atmend neben mir, ihr Haar wie ein dunkler Fächer auf dem hellen Kissen ausgebreitet, da starrte ich noch ins Grau der Decke und rätselte, ob sie mit ihren Opfern neidische Geister zu befrieden hoffte oder über kleine Trennungen übte, sich auf den Schmerz der großen vorzubereiten.

Es gab keine Antwort. Oder zu viele. Jedenfalls stieß ich unterwegs nur auf immer neue und lauschte dem Gelärme meines Pulsschlags, bis ich mich vollends im Labyrinth schwatzwütiger Gedanken zu verirren drohte. Da rumorten Dickmais und Irina, der verunglückte Roth und der namenlose Patient. Der lächelte plötzlich Günthers naives, unschlagbares Lächeln, das so gar keine Angst vor der Welt zu kennen schien.

Ich stand auf, ging ins Bad und schaufelte mir Wasser ins Gesicht. So wie früher, wenn ich meinen Kater auszutreiben suchte. Hinterher stierte ich in ein triefendes Antlitz und sagte mir, dass das alles lange her und der Fremde da mit den brennenden Augen im Spiegel inzwischen trocken sei, dank Gottes Gnade und eines Haufens unverdienten Glücks. Dann stellte ich mich auf den Balkon, sog an der Nachtluft, glotzte auf die Dächer und lauschte dem Murmeln der Stadt. Bevor ich mich wieder hinlegte, las ich ein Kapitel im Blauen Buch. Manchmal hilft das. In dieser Nacht half es nichts.

Ich sitze in der Kabine des Lasters. Voraus die Staubfahnen der anderen Lorries. Der Himmel ist graugelb. Wir rumpeln durch die Wüste. Längs der Piste alle paar hundert Schritt leere Öltonnen, gestrandete Landrover, halb zugeweht von Sand, ein monströser Caterpillar, bis über die Achsen versackt. Dann sind wir in der Savanne, rollen durch einen Buschbrand. Riesige, pechschwarze Vögel flattern über dem Feuer. Sie sind groß wie Geier und ihre Hälse gefiedert.

Plötzlich bin ich im Spital von Malakal, stehe vor dem Bett des Kleinen, klaube die Fliegen von seinem Gesicht. Bis es immer mehr werden und ich sie nicht mehr fortwischen kann. Überall ist blaugrün, lila schillerndes Geschmeiß. Die Luft wächst ins Dunkle. Als ich ihre Chitinpanzer zwischen den Zähnen spüre, beginnen sie, sich an meine Glieder zu klumpen, und zwingen mich zu Boden.

Ich bin längst blind, die Lungen leer gepresst, im Fallen jedoch, das ganz sanft abläuft, guckt mich ein anderes Paar Augen an, starr und hellblau, aus einer verzerrt grinsenden Maske, die auf einer Lache aus schwarzem Blut treibt, in die das Neon an der Decke Reflexionen malt. Die Augen haben nichts in Malakal verloren. Sie gehören nach Bangkok, ins Foyer des »Crown Hotel«.

Es ist Goldlocke. Der Mann, der gelegentlich mit mir redet, seit ich ihm auf dem abgetretenen Linoleum der ehemaligen »Rest 'n Recreation« Absteige an der Sukhumvit Road seine Waffe in den Mund gesteckt habe. Dort, wo sonst sentimentale Säcke aus Iowa ihren Schreibstubendienst in Saigon zum Fronteinsatz bei Khe San umlügen, und andere kleinen Mädchen an die Wäsche gehen, die jünger sind als ihre Enkelin daheim.

Goldlockes Gesicht verschwimmt, nimmt die Züge des Mannes im Park an, das gelbe Grinsen, bevor er mich am Arm packt, in seiner Hand die Puppe meiner Schwester. Die Puppe heißt Josephine und hat blaue Schlafaugen, die sperrangelweit offen stehen. So gläsern und starr wie die von Goldlocke. Sie hängt kopfüber. Gleich wird er sie beiseite werfen, ins klamme, modrig riechende Herbstlaub, mir die Hose runterreißen und sagen, dass es jetzt den Arsch voll gibt, weil ich nicht artig gewesen bin. Dabei habe ich nur die Puppe gesucht. Die Puppe, die er ihr gestohlen hat. Ich will schreien und weiß, ich kann es nicht.

»Jacob, Liebster. Du knirschst, als ob du Steine kaust.«

Conny war über mich gebeugt. Draußen graute der Morgen.

»Du bist völlig verschwitzt. Hast du Fieber?«

Sie sah aus wie in der Nacht, als sie mich aus der Kälte zurückholte. Ich streckte die Hand nach ihr aus, bis sich unsere Finger verschränkten.

»Es tut gut, neben dir aufzuwachen«, flüsterte ich. »Wann habe ich dir das das letzte Mal gesagt?«

Statt einer Antwort strich sie mir über die Wange.

»Hast du wieder von ihm geträumt?«

»Du kamst grade noch rechtzeitig.«

Ein kurzes Lächeln. »Denkst du immer noch an die Geschichte von diesem Dickmais?«

Mein Mund schmeckte plötzlich sehr trocken. »Auch.«

Sie ließ sich auf den Rücken fallen und guckte an die Decke. Irgendwann wandte sie den Kopf. »Es geht gar nicht nur um die Medikamente, die du damals mit nach Malakal geschafft hast, oder?«

»Nein.«

Obwohl das Zimmer im Halbdunkel lag und ich ihre Augen mehr ahnte als sah, wusste ich, dass sie es wusste. Dabei hatte sie Günther nie getroffen. Oder je den besoffenen Jähzorn erlebt, der mich noch Jahre später beutelte, wenn ich daran dachte, unter welchen Qualen er gestorben war.

»Du konntest nichts dafür, Jacob«, sagte sie fast bittend. »Es hätte ebenso dich treffen können.«

Ich schwieg. Ihr war so klar wie mir, dass er ohne mich nie in Juba gelandet wäre. Ich und kein anderer hatte ihn zu der Reise überredet.

DREI

Gegen acht klingelte ich an Axels Wohnungstür. Obwohl ich Schlüssel besitze, warne ich ihn grundsätzlich vor. Er saß am Tisch und sortierte Ausdrucke. Offenbar hatte er die ganze Nacht über im Netz gefischt. Seine Brille hing auf halber Höhe, und das schüttere Haar bettelte um eine Bürste. Meine Optik begeisterte ihn auch nicht.

»Du siehst beschissen aus …« Er schüttelte missbilligend den Kopf, schwang herum, griff nach einem der Gläser und schubste es in meine Richtung. »Mokka ist im Thermos.«

Während ich mir eingoss, grub er in seinem Fang und ordnete die Blätter vor meiner Nase. Ich erkannte Röntgenaufnahmen menschlicher Herzen und schematische Skizzen schlangenartiger Gebilde. Anscheinend Katheter.

Er warf mir einen schrägen Blick zu. »Bist du überhaupt aufnahmefähig?«

»Geht so. Leg los.«

Dreißig Sekunden später wusste ich, dass die Masse der hauchdünnen, bis zu anderthalb Meter langen Plastikschläuche bloß dazu diente, Befunde zu erstellen.

»Das ist der Schweineschwanz.« Axel schnaufte und deutete mit dem Kugelschreiber auf eine der Skizzen.

»Schweineschwanz?«

»Genau. ›Pigtail‹ heißen die Teile. Ist Neudeutsch. Ich hab's für dich übersetzt. Weil wir uns schon so lange kennen. Der dient der Diagnose, und zwar hier, an dieser Stelle …«

Er zerrte an einer der Kopien des Herzmuskels und krakelte mit dem Kugelschreiber darauf herum.

»Begriffen?«

Ich nickte matt.

»Bei Bedarf, also wenn das Gefäß zu mehr als fünfundsiebzig Prozent verengt ist, setzt man Ballons.«

Er lehnte sich zurück, rollte die Augen und schmatzte angeregt. »Das ist der Vorgang, der uns interessiert. Der nennt sich ›Angioplastie‹. Da die Katheter über Haut und Hohlorgane zum Herzen wandern, heißt er komplett ›perkutane transluminale Coronar-Angioplastie‹, kurz PTCA. Alles klar?«

Statt einer Antwort leerte ich das Glas und schenkte mir nach.

Axel deutete auf das vordere Ende einer der Schlangen, wo eine lang gezogene Verdickung zu erkennen war.

»Das ist der Ballon. Den bugsiert man zu den verengten Gefäßpartien. Dort wird er aufgepumpt, presst von innen gegen die Wand der Arterie, drückt sie nach außen, vergrößert so ihren Durchmesser, und das sauerstoffhaltige Blut kann wieder durch. Leider nur haben Gefäße die schlechte Angewohnheit, sich wieder zusammenzuziehen, und weil man sie nicht dauernd mit frischen Ballons füttern kann, hat man sich was einfallen lassen …«

Es raschelte. Das folgende Blatt zeigte mehrere Rundkörper, die wie gerollter Maschendraht aussahen.

»›Stents‹. Die falten sich auf, wirkten wie Ballons und bleiben drin.«

Nach dem dritten Glas Mokka regten sich langsam meine Lebensgeister.

»Perfekt.«

»Denkste.« Axel lächelte schlau. »Die Crux ist, dass Blutplättchen an den Dingern kleben bleiben. Ruckzuck produzierst du genau den Effekt, dem du vorbeugen willst: Das Gefäß verstopft.«

»Klingt wie die Wahl zwischen zwei großen deutschen Volksparteien.«

»Genau«, grinste er. »Allerdings sind neuere so beschichtet, dass es geht, weshalb Stents zunehmend Ballons ersetzen …«

In den nächsten fünf Minuten gab er mir einen Exkurs über die chemische Komposition des Beschichtungsmaterials. Die raffinierte Oberflächenstruktur der possierlichen Plastikgitter ließ mich eher kalt. Ich hätte lieber erfahren, was Stents kosteten. Er jedoch hatte Feuer gefangen und dozierte erbarmungslos weiter.

Ich seufzte ergeben und guckte aus dem Fenster auf den Hof.

Eben schlurfte Alma Siemsen zu den Mülltonnen, in der Hand den Ascheimer mit Küchenabfällen. Sie wohnte seit sechsundsechzig Jahren in der Terrasse. Ebenerdig, ohne Keller, auf muffigen achtunddreißig Quadratmetern, wo sie vier Kinder großgezogen und ihren einzigen Mann tot gepflegt hatte.

Mittlerweile musste sie fast neunzig sein. Sie stammte vom Darß und war als junges Mädchen nach Hamburg gegangen, zu »Herrschaften in Stellung«.

Dann lernte sie Kalle kennen, wurde schwanger, flog raus und zog in die Terrasse. Kalle war Schweißer bei »Blohm und Voss«. Viel hatte sie von ihm nicht gehabt. Vor dem Krieg war er wegen Flugblättern in Fuhlsbüttel gelandet, von dort direkt ins Strafbataillon gekommen und aus der französischen Gefangenschaft mit Tuberkulose zurückgekehrt. Rechtzeitig, um sich im Winter '47, als es nichts zu heizen gab und das Waschwasser in der Küche fror, die Lunge aus dem Hals zu husten. Da war ihr Ältester zwölf. Sie ging damals »Reinemachen beim Engländer«.

Einmal stahl sie aus der Kantine Haferflocken. Der »Captain«, ein Emigrant aus Wien, ertappte sie und stellte sie zur Rede. Ihre »Lütten« hätten Hunger, erklärte sie. »Oder schall ick tausehn, wie se mi een nach 'n annern wechstaarvt?«

Der Wiener sprach kein Platt. Doch statt sie zu melden, kam er tags drauf vorbei, sah sich wortlos um, ging zum Jeep, holte Corned Beef, Kekse, Milchpulver, Trockenei. Und Zigaretten. Zum Tauschen für den schwarzen Markt. In Zukunft solle sie Bescheid sagen, wenn sie was für ihre Jungs bräuchte.

Das berichtete sie Conny und mir übrigens, nachdem sie uns geschildert hatte, wie die Bomber der RAF die linke Seite der Terrasse in Schutt gelegt hatten und dass der britische Offizier eigentlich ein österreichischer Jude war, dessen Eltern die Nazis in Riga erschossen hätten.

Emaille klöterte auf Hartplastik.

Ich checkte meine Uhr. Die Pressekonferenz war auf halb elf angesetzt. Ich wollte pünktlich sein. Obwohl Axel mir die Wegbeschreibung ausgedruckt hatte, musste ich mich vor Ort noch ein wenig umsehen. Langsam drängte die Zeit.

»Ich will los«, unterbrach ich ihn. »Gib mir endlich ein paar Zahlen.«

Er sah irritiert auf. »Was für Zahlen?«

»Preise.«

»Hör mal«, korrigierte er Nase rümpfend den Sitz seiner abgesackten Brille. »Ein Hauch Hintergrund täte dir nicht weh …«

»Das sind Perlen vor die Säue. Als ich zur Schule ging, war Lehrermangel. Chemie habe ich sowieso immer geschwänzt. Also, sag an!«

Er verdrehte die Augen. »Kassen und Ärztevertreter handeln Sonderentgelte aus, die auf betriebswirtschaftlichen Kalkulationen wie Personalbindungszeit und Materialeinsatz fußen.«

»Wie hoch?«

»Das variiert.«

»Zwei, drei Zahlen, Liebling!«

Ein stummes Seufzen.

»Es gibt Pauschalsätze für Angioplastien. Die liegen um dreitausendsechshundert. Das sind allerdings nur Durchschnittswerte …«

Räuspernd begann er unter Notizen zu graben, zückte Tabellen und stellte ächzend fest, dass er mehr Daten bräuchte.

»Schon gut«, sagte ich ab und stand auf.

»He«, kam es beleidigt. »Da scheuchst du mich die ganze Nacht durchs Netz, und dann hast du nicht mal Zeit, dir die Resultate anzuhören.«

Vorsichtshalber blieb ich gleich stehen.

»Die tatsächlichen Sachkosten liegen weit unter dem, was so als Sonderentgelt vereinbart wird. Eine Linksherzkatheter-Untersuchung kostet real knapp dreihundert, die Pauschale beträgt etwa achthundert, und der wirkliche Aufwand für PTCAs pendelt statt bei dreisechs irgendwo bei fünfzehnhundert.«

»Das ist doch was«, lobte ich und kroch ins Leinenjackett.

Er hüstelte indigniert, lehnte sich zurück und wippte. Ich sackte die Rauchwaren ein und schob Carlos Telefon in die Tasche.

»Danke für deine Mühe. Heut Abend bin ich hoffentlich etwas wacher, und du kannst mir alles über perkutane transluminare Koronarplastien erzählen.«

»Transluminale Coronar-Angioplastien«, rief er gequält.

*

Die A1 Richtung Süden war voll. Bis zum Kreuz Maschen brauchte ich dreimal so lange wie veranschlagt. Dahinter dünnte der Asphalt zwar aus, aber als ich an Lüneburg vorbeifuhr, war es schon Viertel nach zehn. Zum Glück hatte die Frau, bei der ich mich angemeldet hatte, mir eine Mappe mit Redebeiträgen avisiert. Außerdem sind Pressekonferenzen selten atemberaubend. Es sei denn, es ist der 9. November und der Informationssekretär des ZK verhaspelt sich vor laufenden Kameras.

Hitzacker war heiß. Als ich aus dem Auto stieg, schwammen die Luftmoleküle über dem Pflaster. Der Wetterumschwung hatte sich schon am Abend zuvor angekündigt. Inzwischen war das Thermometer in die oberen Zwanziger geklettert.

Das Herzzentrum lag auf einem Geestrücken südwestlich der Altstadt. Es bestand aus einer Ansammlung neuerer Gebäude, die durch verglaste Gänge miteinander verbunden waren. Zum Hang hin thronte ein imposanter Altbau aus der Kaiserzeit, der aufs Elbtal blickte und so wirkte, als habe er mal als spätklassizistisches Kurhotel gedient. Dort fand die Pressekonferenz statt.

An der Rezeption im Foyer saß ein blondes Geschöpf von Anfang zwanzig, das mir geschmeidig lächelnd den Weg zum Frühstückssaal wies, wo eine unwesentlich ältere Dame mit Presseinfos und Namensschildchen auf Nachzügler wartete. Während sie mich abhakte, überflog ich die Gästeliste. Frau Drescher vom Lüneburger Tageblatt war auch da. Gehrken von der Mordkommission dagegen suchte ich vergeblich. Doch das musste nichts heißen.

In dem lang gestreckten, mit Eichenparkett ausgelegten Saal saßen ungefähr fünfzig Menschen parallel zu einer hohen Fensterfront. An der Stirnseite des Raums, leicht erhöht durch eine flache Bühne, war das Podium platziert. Offenbar hatten die Veranstalter nicht mit Sonne gerechnet, sonst hätten sie Vorhänge bemüht oder für Durchzug gesorgt. Den meisten war es augenscheinlich zu heiß. Sie schwitzten auf Stuhlreihen, fächelten sich Luft zu oder schielten zum Büfett, das an der Querwand gegenüber den Fenstern stand.

Ein grauhaariger Mensch namens Gotthilf Echternach, laut Tischbeschriftung Vorsitzender des Klinikkuratoriums, bedauerte eben mit öliger Stimme die wirtschaftliche Misere, beschwor Aufbruchsstimmung und lobte die Akzente, die die Herzklinik unter der Leitung von Prof. Dr. Willemsen setze. Der dergestalt Gepriesene saß am äußeren Rand der Bühne und lächelte sein Golferlächeln.

Ich klemmte mich auf das erstbeste Sitzmöbel neben einen Mann mit Notizblock und beäugte die restliche Prominenz. Neben dem Bürgermeister von Hitzacker, einem fülligen Apoplektiker, der vergessen hatte, den mittleren Knopf seines Jacketts zu lösen, saß eine magere Staatssekretärin aus Hannover, deren zartrosa Lippenstift im Grau ihres Gesichts nahezu grell wirkte. Links von ihr stützte ein Bankmensch sein akademisch gestähltes Haupt auf zwei Finger, während der glatzköpfige Vertreter des Architekturbüros schweißüberströmt mit seinem zu eng geknüpften Schlips kämpfte, was Frau Dr. med. Mechthild von Meyerling, die faltig, fein und silbergrau frisiert als Grande Dame des Beirats antrat, mit noblem Naserümpfen goutierte. Ich kam keine Sekunde zu früh. Offenbar neigte sich der offizielle Teil dem Ende zu. Echternach war bereits dabei, die Runde zu schließen.

»Nachdem es nunmehr hoffentlich gelungen ist, Ihnen alle wesentlichen Aspekte der Erweiterung näher zu bringen, bleibt mir nur, Ihnen allen für Ihr Erscheinen zu danken.«

Der Kuratoriumsvorsitzende wies mit einem Armschwung breit lächelnd auf die übrigen Teilnehmer des Panels. Auf erstes, zaghaftes Hüsteln folgte erleichtertes Stühlescharren. Der Bursche neben mir stöhnte halblaut »Laberbacke« und verstaute seinen Notizblock. Man erhob sich. Die Ungeduldigen strebten direkt ans Büfett. Andere zückten Mikrophone und belagerten das Podium. Ich griff eine Hand voll Kanapees ab und schob mich in die Nähe von Willemsen, der aufgestanden war und soeben Artigkeiten mit der grauen Maus aus dem Ministerium tauschte, als sich eine adipöse Frühvierzigerin unter heftigem Ellbogeneinsatz zu ihm vordrängelte. In ihrem Schlepptau trottete ein schlaksiger Fotograf, den es offenbar eher zu den kalten Platten zog.

»Herr Professor …«

»Ah, Frau Drescher.«

Sie sah aus, wie sie hieß, trug ein ambitioniertes Brillengestell und guckte Willemsen an, als bekäme sie vor Begeisterung gleich Schluckauf.

»Gelungen. Besonders, wie Sie das Team vorgestellt haben. Das kam so frisch rüber.«

»Danke. Übrigens hat mir Ihr Beitrag neulich auch ganz hervorragend gefallen.« Willemsen entblößte ausgezeichnete Kronen, während Dreschers Begleiter sich stumm Richtung Büfett absetzte. »Würden alle so über uns berichten, hätten wir keine Imageprobleme mehr.«

»Spielen Sie damit auf die Anfeindungen an, denen Sie als privatwirtschaftlich arbeitendes Haus ausgesetzt sind?«

Ihre Frage war anscheinend weniger auf den Klinikchef gemünzt als auf die Dame aus Hannover, deren Mund zum Strich wurde.

»Es fällt vielen eben nicht ganz leicht zu akzeptieren«, lächelte er, »dass wir anderen Sachzwängen unterliegen als öffentliche Einrichtungen.«

Drescher setzte sofort nach. »Kein Wunder, nachdem jahrzehntelang hemmungslos Versorgungsmentalität geschürt worden ist. Aber wer von privaten Investoren erwartet, dass sie Philanthropen sind, ist wirklich atemberaubend weltfremd.«

Die Graue aus Hannover murmelte etwas von dringenden Terminen und drehte ab. Willemsen sah ihr kurz hinterher und zuckte mit dem Mund.

»Die hat Ihnen doch auch gerade wieder vorgeworfen, dass Sie sich zu sehr am Gewinn orientieren«, glubschte Drescher.

»Nun, sie vertritt nicht unbedingt Echternachs Linie«, konzedierte er süffisant. »Was es für uns natürlich nicht einfacher macht.«

»Gerade jetzt, nach dem tragischen Tod Ihres Chirurgen.«

»Auch.«

»Schreckliche Geschichte«, sagte sie. »Zu diesem Zeitpunkt.«

Er grinste tapfer. »Noch halten sich Ihre Kollegen ja mit Spekulationen zurück. Jedenfalls mit Spekulationen, die uns betreffen.«

»Trotzdem sollten Sie dazu Stellung nehmen. Wir könnten ein

kurzes Interview machen. Selbstverständlich läge der Schwerpunkt auf der Erweiterung. Außerdem plane ich eine Serie über Persönlichkeiten, die sich für die wirtschaftliche Belebung der Region einsetzen. Dafür wären Sie doch geradezu prädestiniert ...«

Während sie sprach, wanderte sein Blick durch den Raum. Einen Bruchteil lang blieb er an einer rasant gekurvten, langmähnigen Raubkatze von Anfang dreißig hängen, die gerade die Suada eines bebrillten Langweilers über sich ergehen ließ. Beider Blicke trafen sich kurz, glitten dann weiter.

Wer war die Blonde? Sie sah aus wie Sharon Stones kleine Schwester. Ich starrte auf ihre makellose Brust und suchte nach dem Namensschild. Man hatte vergessen, sie zu taufen. Dabei brauchte sie mindestens einen Waffenschein.

»Nun«, warb Drescher, »was sagen Sie dazu?«

Willemsens Lächeln füllte sich mit Leere. Er war bereits woanders.

»Gern«, sagte er. »Das ist eine blendende Idee. So bald es geht. Machen Sie etwas mit Frau May aus.«

Drescher litt unter milder Gesichtsentgleisung. »Wie bitte? Wo ich jetzt hier bin, böte es sich doch an. Außerdem habe ich extra unseren Fotografen mitgebracht.«

Der Klinikchef seufzte bedauernd und warf ein demonstratives Auge auf seine Uhr. »Jetzt geht es leider nicht. Die Präsentation hat mich bereits den halben Vormittag gekostet. Ich kann meine Patienten nicht noch länger warten lassen ...« Er gönnte ihr sein soigniertes Lächeln. »Obwohl es mich natürlich reizen würde. Gerade mit einer so anregenden Gesprächspartnerin wie Ihnen ...«

Er hatte sie voll im Griff. Knipste er den Golfercharme an, schmolz sie. Knipste er ihn aus, bettelte sie um mehr. Drescher schluckte verzweifelt. Willemsen drückte ihr ungemein verbindlich die Hand und raffte seine Papiere zusammen. Im Abgehen streifte er grußtechnisch Echternach und die zerknitterte Dame vom Kuratorium.

»Ich darf mich empfehlen.«

Echternach wunderte sich. »Schon?«

»Leider«, grinste der Klinikchef gehetzt. »Die Pflicht ruft ...«
»Denken Sie daran, was ich Ihnen über die Anleger gesagt habe!«
»Selbstverständlich.«
»Das hat absolute Priorität. Ich zähle auf Sie.«
Willemsens Nicken war nahezu ein Diener. »Meine besten Grüße an den werten Herrn Gemahl.«
Das ging an Frau von Meyerling, die hoheitsvoll ihre Reptilienfalten rüschte. Willemsen entschwebte.
Drescher gesellte sich mit bedripstem Gesicht zu dem mageren Fotografen, der kauend am Büfett stand, angelte ein Lachsbrötchen und fauchte:
»Musst du ständig fressen?«
»Bloß weil du dauernd Diät machst.«
Ich sah mich nach dem blonden Gift um und entdeckte sie nirgends. Der Saal begann sich zu leeren. Echternach und Meyerling plauderten über die letzte Saison in Bayreuth. Ich blätterte zu selten im Feuilleton, um daraus Honig zu ziehen. Hing ich hier viel länger rum, fiel ich bloß auf. Also klemmte ich mir die Pressemappe unter den Arm und machte mich dünne.

*

Draußen holte ich nach, was ich in der Frühe verpasst hatte, ging über das Gelände und folgte der einspurigen Straße, die von der rückwärtigen Seite des Komplexes aus in den Ort führte. Die Klinik grenzte an ein Kiefernwäldchen, in dem sich ein Friedhof befand. Vor seinem Eingang, vierzig Meter abseits der Straße, stand ein Granitfindling für die Gefallenen der letzten beiden Weltkriege.
Gedenksteine sind die Fahrkarte ins Vergessen. Ich musterte die Flechten, die sich an den Klotz schmiegten, blätterte in Gedanken durch das Fotoalbum aus meines Vaters Militärzeit, das bei mir zu Hause herumliegt, sah die kleinen Schwarzweißabzüge mit Halbwüchsigen in Tropenuniform vor der Kaserne, frisch kostümiert als Krieger, die unbeholfen für das Kameraauge posierten, das Siegergrinsen derselben Milchbärte neben irgendwel-

chen Panzern in der Libyschen Wüste, und auch die steinigen Hügel von Monte Cassino, die ihnen das nassforsche Grinsen gründlich ausgetrieben hatten. Neben den meisten der Gesichter standen kleine handschriftliche Kreuze mit »gef. am« oder »verm. bei«. Ort und Datum. Oft nur ein Fragezeichen. Ausgeschrieben hatte er es nie. Gegen Ende dann aus Frankreich ein paar Abzüge von den Gräbern. Vielleicht um ihn daran zu erinnern, dass sie nicht alle ihre Toten bloß so liegen gelassen hatten.

Dort klebte auch der Brief eines Hauptfeldwebel Taprogge vom November 1944 an seine Mutter. Er habe die traurige Pflicht ihr mitzuteilen, dass ihr Sohn nach Gefechten um eine Brücke bei Baccarat vermisst werde. Bleibe nur zu hoffen, dass er sich irgendwann aus der Gefangenschaft melde. Falls ja, bäte er um Nachricht. Es waren persönlich gehaltene Zeilen, überraschend einfühlsam, ohne martialischen Zauber und den obligatorischen »deutschen Gruß«.

Es dauerte, bevor mein Vater sich melden konnte, und noch eine Weile länger, bis ihn seine Mutter wiedersah. Ungefähr sieben Jahre, nachdem er der Einladung gefolgt war, für Führer und Vaterland am großen Schlachten teilzunehmen. Immerhin erlebte er das Kriegsende, anders als die allermeisten seiner Klassenkameraden oder der sympathische Hauptfeldwebel Taprogge, den es »kurz vor Schluss, auf den letzten Drücker« noch erwischte.

Eine Weile hielt ich Zwiesprache mit dem bemoosten Soldatenkreuz und fragte mich, welche Schreiben wohl dieser Tage in den Schubladen schlummerten. Falls unsere Jungs am Hindukusch Pech hatten und man den Angehörigen erklären musste, wieso ihr hoffnungsfroher Sprössling als Fleischabfall im Plastiksack nach Hause kam. Trotz all der tapferen Fernlenkwaffen.

Irgendwo trällerte eine Lerche. Da drangen von der Straße her die Schritte eines Mannes. Er spazierte an der Schneise vorbei Richtung Stadt, war kaum drei Sekunden in meinem Blickfeld und bemerkte mich nicht. Doch ich erkannte ihn. Nach seinem etwas übereilten Abgang vor einer Viertelstunde schien er nun wieder viel Muße zu haben. Eben setzte ich an, ihm zu folgen, als ein mintgrün lackiertes BMW Cabrio durchs Panorama glitt. Am Steuer saß die Blonde. Ich hörte, wie sie bremste. Eine Wagentür klappte. Der Motor jaulte auf. Ich fiel in Trab und lief zurück zur Straße. Der Roadster war verschwunden. Willemsen auch. Im Hain schrie ein Käuzchen.

Ich fuhr hinunter in die Altstadt, besorgte mir einen Schwung Zeitungen und setzte mich in das Eiscafé neben dem Brunnen. Viel fand ich nicht. Der Unfall war eine Nachricht von vorgestern, selbst für Provinzblätter, und die nachgereichten Notizen fielen dürftig aus. Offenbar hielt Hauptkommissar Gehrken sich bedeckt.

Um drei wollte ich Strien am Fähranleger in Bleckede treffen. Bis dahin blieb noch Zeit, den Unglücksort zu inspizieren. Vielleicht hatte die Polizei ja etwas übersehen und Roths Papiere waren beim Aufprall aus dem Wagen geschleudert worden und schlummerten nun irgendwo unterm Laub. Manchmal hat man Glück.

Die Elbuferstraße wand sich durch bewaldete Anhöhen, sattgrüne Senken und rumpelige Dörfer mit slawischen Namen, an denen die letzten achtzig Jahre spurlos vorübergegangen zu sein schienen. Zwischendurch blitzte immer wieder der Fluss auf, ein helles, gleißendes Band, das in der Mittagshitze flirrte. Vor Alt Garge kam ein Waldstück voller Steigungen und Gefälle. Roth war etwa einen Kilometer vor dem östlichen Ortsschild verunglückt, aber es gab so viele Kurven, dass ich die Strecke zweimal abfahren musste, bevor ich die Stelle fand. Alle Markierungen waren entfernt. Nichts zu erkennen, außer ein paar Schrammen auf dem Asphalt, abgerissenem Laub und den Profilen der Bergungsfahrzeuge, die sich in den weichen Boden der Böschung gebissen hatten. Einige Schritte unterhalb am Hang schimmerte das nackte, verletzte Holz einer mächtigen Buche. Ich setzte zurück, stieg aus und versuchte, den Unfallablauf zu rekonstruieren. Die Rinde war in Brusthöhe verletzt. Anscheinend hatte der Jaguar sich schon auf der Straße überschlagen, war gegen den Baum geschleudert worden, abgeprallt und durchs Unterholz gepflügt. Roth musste sofort tot gewesen sein.

Ich suchte in großem Umkreis, watete durch Brombeersträucher, stolperte über morsche Zweige und grub in moderndem Laub, doch das Glück schwänzte.

Zehn Minuten später parkte ich in der Kleinen Straße vor der Nummer sechs. Ich kam unangemeldet. Für gewöhnlich bemühe ich das Handy. Doch der rote Ford stand in der Einfahrt. Marion Roth war offenbar daheim.

Sie öffnete mir unfrisiert im Morgenmantel und trug Ringe unter den Augen. Sie habe sich krankschreiben lassen. Ich blieb im Flur stehen, um es kurz zu machen.

Nein, stöhnte sie entnervt, Papiere habe sie keine gefunden, obwohl sie alles durchgegangen wäre. Dafür seien Gehrken und sein Assistent schon wieder da gewesen. Ich berichtete ihr von meinem Treffen mit Dickmais.

»Er sprach von einem Todesfall, der Ihren Mann aufgewühlt habe. Die Sache muss etwa drei Monate zurückliegen. Es ging wohl um einen jungen Mann, der nach einem Routineeingriff starb. Angeblich an einem septischen Schock.«

Ihre Rechte wanderte grübelnd an die Stirn. »Richtig. Ich erinnere mich. Markus sagte, er müsse sich an dem Katheter infiziert haben.«

»War das vielleicht der Auslöser für seinen Konflikt mit Willemsen?«

»Schon möglich«, seufzte sie, als belästige ich sie mit Belanglosigkeiten. »Jetzt, wo Sie es sagen.«

»Das ist nicht ganz unwesentlich, wenn es um die Frage geht, ob Willemsen ein Motiv gehabt haben könnte, Ihren Mann zu beseitigen.«

Ich war bemüht, nicht allzu vorwurfsvoll zu klingen, doch ihr Mund wurde schmal. Sie kreuzte die Arme vor der Brust.

»Es ist mir eben entfallen.«

Ich schluckte trocken, einigermaßen entgeistert. Sie besaß ein Diplom und unterrichtete Halbwüchsige, von denen das Wohl und Wehe meiner alten Tage abhing. Wieso unterschlug sie mir alles, was sie entlastete? Wofür hatte sie mich überhaupt geheuert?

Mit einem Mal war mir flau, was unter anderem daran lag, dass ich außer drei Kanapees nur Kaffee gefrühstückt hatte.

Höchste Zeit, dass ich mich um meinen Blutzuckerspiegel kümmerte. Vorher erkundigte ich mich allerdings noch mal danach, ob der Club »Unitas« sonst auch das Ambiente für Eifersuchtsdramen bot.

»Der Verein veranstaltet Bankette und Tanzabende«, sagte sie lächelnd. »Man kommt zusammen, um unter sich zu sein.«

»Nichts Geschäftliches?«

Meine Frage erntete ein kurzes, affektiertes Hüsteln. Hin und wieder rede man wohl auch mal über Lokalpolitik, aber das sei Sache der Männer.

»Sie wissen schon, wie das läuft. Gemeinderatswahlen, Ausschreibungen und so weiter.«

Ich nickte, obwohl ich keinen Schimmer habe, wie man Ackerin Bauland umwidmet, Erschließungspläne fabriziert oder sich an Subventionströpfe hängt.

»Damen sind übrigens nur als Gäste zugelassen«, verkündete sie neckisch. »Die dürfen bei Entscheidungen nicht abstimmen.« Ihr schelmisches Grinsen ließ Abgründe ahnen.

»Ah ja …«

Der Club schien der Lokalmafia die standesgemäße Arena zu bieten, um Allianzen zu schmieden und potenzielle Komplizen anzubaggern, doch mittlerweile nagte echter Hunger an mir und meine Neugierde auf die Bleckeder Hautevolee ließ rapide nach.

»Hatte er dort Feinde?«

Sie guckte verständnislos, schüttelte den Kopf und gönnte mir ihr Pädagoginnenlächeln, als litte ich unter Zwangsvorstellungen.

»Und Freunde?«

»Freunde?« Statt einer Antwort lachte sie auf. Kein hübsches Lachen, aber vermutlich ihr erstes an diesem Tag. Im Flur war es zugig und mir plötzlich sehr dringend nach Gehen zumute.

*

Ich fuhr zum Fähranleger. Der liegt im Deichvorland, am Ende des ausgebauten Treidelpfads, wo der Stichkanal in die Elbe mündet. Linkerhand davon steht ein schlichter Flachbau. Das Innere ist auf rustikal gequält, riecht muffig und ist mit Trödel, Fischernetzen und alten DDR-Memorabilien garniert. Draußen gibt es nur klassische Plastikbestuhlung, dafür gucken einem beim Kauen nicht alte Uniformen der Grenztruppen zu, und die Aussicht ist einmalig.

Ich war zu früh dran, setzte mich auf die Terrasse und bestellte Forelle. Die wurde gebraten gereicht und schmeckte vorzüglich. Der Rest bereitete mir Sodbrennen. Normalerweise stellen mich die Motive meiner Auftraggeber vor keine Rätsel. Bei Marion Roth geriet ich ins Schwimmen.

Entweder sie war sträflich naiv, oder sie wollte, dass ich sie für einfältig hielt. Nur wozu? Die wenigsten Mörder heuern jemanden, um die Hintergründe ihrer Tat auszuleuchten. Es ergab keinen Sinn. Außer sie hatte eine heimliche Liaison mit Willemsen, war ihm hörig und wollte dringend für ihn auf die Anklagebank.

Mein zweiter Kaffee fror bereits. Strien war noch immer nicht aufgetaucht. Verabredungen zu halten ist aus der Mode. Deswegen gibt es Handys. Wer höflich ist, sagt ab. Pünktlich zum vereinbarten Termin. Strien war beinahe höflich. Eine halbe Stunde, nachdem die Gräten abgeräumt waren, flötete Carlos Funktelefon.

»Tut mir leid, dass ich mich erst jetzt melde.« Er klang gehetzt. »Wir hatten einen Notfall. Ich bin noch in der Klinik.«

»Geht's später?«

»Ausgeschlossen«, stieß er hervor. »Um sechs muss ich in Lüneburg sein.«

»Schade. Eine Frage. Vor drei Monaten starb ein junger Mann nach einem Kathetereingriff. Erinnern Sie sich?«

Ich hörte, wie er die Luft einsog.

»Wieso?«

»Was war die genaue Todesursache?«

»Weshalb wollen Sie das wissen?«

»Es scheint für Markus Roth sehr wichtig gewesen zu sein.«

»Darüber darf ich Ihnen keine Auskunft geben«, sagte er. »Ich hoffe, das verstehen Sie. Es fällt unter meine Schweigepflicht.«

Jemand rief ihn. Er entschuldigte sich, legte die Hand auf die Sprechmuschel, wechselte ein paar Sätze.

»Ich muss Schluss machen.«

»Warten Sie«, rief ich. »Es ist wichtig. Sie brauchen mir nur mit Ja oder Nein zu antworten. Ist er an einer Sepsis gestorben?«

Am anderen Ende blieb es still. Er hatte bereits aufgelegt.

Ich glotzte eine Weile auf den Fluss. Dann rief ich in der Klinik an und ließ mich mit Willemsens Büro verbinden. Eine Rosemarie May nahm ab. Sie klang resolut, aber nicht unzugänglich. Ich sei ein alter Freund von Roth, der helfe, die Angelegenheiten des Verstorbenen zu regeln. Ob der Herr Professor im Hause sei? Ihr Zögern verriet, dass er inzwischen wieder da war. Bevor sie mich verbindlich abwimmeln konnte, drückte ich auf die Tränendrüse.

»Es tut mir leid, Sie damit so zu überfallen. Es ist wirklich dringend.«

»Ich werde sehen, was ich tun kann. Bitte bleiben Sie dran ...«

Sie parkte mein Ohr in der Warteschleife, wo es ein paar Takte lang mit elektronischem Mozart kämpfen durfte. Dann knackte es.

»Ginge es jetzt gleich?«

»Ich brauche etwa eine Dreiviertelstunde.«

»In Ordnung.«

Fünfunddreißig Minuten danach betrat ich Willemsens Sekretariat. Eine ergraute, kurzhaarige Mittfünfzigerin mit herbem Zug um den Mund saß hinter einem säuberlich aufgeräumten Schreibtisch. Ihr Raum strahlte Nüchternheit aus, durchsetzt von den Duftnoten einer allein stehenden Frau: Topfpflanzen, Katzenfotos, Urlaubspostkarten von Kollegen. Anscheinend fiel sie in die traditionelle Sparte Vorzimmerdrachen, die übliche Mischung aus Muttersatz und Höllenhund. Es könne dauern, erklärte sie. Der Chef sei noch unterwegs.

Ich bedauerte, so ungelegen zu kommen, und nahm ungefragt Platz. Sie bot mir Kaffee an. Die Maschine stand im Schrank, zusammen mit einem echten Service von Hutschenreuther. Ich bedankte mich artig, schlug Milch und Zucker aus, bastelte noch ein wenig an meiner Legende und ließ durchblicken, dass ich Roth längere Zeit nicht gesehen habe, weil er einigermaßen kapriziös gewesen sei.

»Mit ihm zusammenzuarbeiten war für Sie bestimmt auch nicht immer ganz einfach ...«

Sie reichte mir die Tasse und verzog süßsauer die Strichlippen.

»Wem sagen Sie das. Keiner konnte es ihm recht machen. So oft, wie er sich beim Chef beschwerte.«

Mein einfühlsames Nicken lud sie zum Nachlegen ein.

»Wenn der Herr Professor sich dann nicht auf der Stelle kümmerte, war Polen offen.« Sie schüttelte den Kopf.

Gerade wollte ich Genaueres erfragen, da rauschte Willemsen mit wehenden Kittelschößen durch die Tür. Er erblickte mich, streckte die Hand aus und strahlte. Als hätte ich soeben seinen Tag gerettet.

»Sie müssen Herr Fabian sein?«

Sein Händedruck war fest und trocken. Das Lächeln offen. Er zählte zu den Menschen, denen es sofort gelingt, ihrem Gegenüber zu suggerieren, es sei ein gesteigerter Gewinn für das Dasein als solches. Genauso wie der Bursche damals beim Bund. Ein Meister in Menschenführung. Ansonsten wirkte er ebenso zäh wie durchtrainiert und ging ohne weiteres als gut konservierter Spätvierziger durch, obwohl er wahrscheinlich acht bis zehn Jahre älter war.

Ob wir uns schon mal begegnet seien? Morgens, bei der Pressekonferenz. Da wäre ich wohl nicht schnell genug gewesen. Er lächelte. Nun sei ich ja hier. Während dieser paar Sätze hatte er mich in den hohen, hell gestrichenen Raum gelotst, der ihm als Büro diente. Ein gut zwanzig Quadratmeter großer Orientteppich schluckte unsere Schritte. Gegenüber der Tür stand ein wuchtiges Schreibmöbel, parallel dazu gab es zwei große, dreiflügelige Fenster. Eine Sitzecke mit vier Ledersesseln, an der Wand ein rechteckiges Gemälde, im Querformat, abstrakt. Wir ließen uns auf den Sesseln nieder.

Nachdem Frau May ihm eine Tasse gebracht und mir nachgeschenkt hatte, strickte ich noch ein paar Sätze an meiner Geschichte und kam dann zum Punkt.

»Mir geht es um die letzten Monate. Seine Frau sprach davon, dass es Differenzen zwischen Ihnen beiden gegeben habe?«

Willemsen wechselte das übergeschlagene Bein, rüschte die Lippen und prüfte mein Gesicht.

»Differenzen ist zu viel gesagt. Auf mich wirkte er schlicht und ergreifend überarbeitet. Er war ein fähiger und engagierter Mediziner, aber er neigte bisweilen dazu, manches zu persönlich zu nehmen.«

»Inwiefern?«

Er lächelte diplomatisch. Als wäge er ab, ob es lohne, ein famoses Zitat auf mich zu verschwenden, wie das hübsche »De mortuis nihil nisi bene«. Offenbar roch er, dass ich in Latein immer miserabel gewesen war und Appelle an mein Taktgefühl hier nichts fruchteten.

»Ich möchte da ungern ins Detail gehen. Doch ich hielt es für meine Pflicht, ihn vorübergehend von dem Druck, unter dem er stand, zu befreien.«

»Welchem Druck?«

»Es kommt bei unserer Arbeit oft zu Belastungen, die für Außenstehende nicht immer nachvollziehbar sind.«

»Wie dem Tod eines Patienten, der nach einem eher harmlosen Eingriff an einer Blutvergiftung stirbt?«

Er warf seine Stirn in Falten und lächelte ungläubig. »Hat er ihr das wahrhaftig erzählt?«

Gemeint war offenbar Roths Witwe. Ich nickte. Willemsen sah an mir vorbei aus dem Fenster ins Grüne und kratzte sich mit der Rechten die Schläfe.

»Ließ er sich ihr gegenüber auch über die Katheter aus, die dabei angeblich benutzt worden waren?«

»Ja.«

Er lachte tonlos auf. »Und er behauptete, dass sie die tödliche Sepsis ausgelöst hätten?«

»Richtig«, erwiderte ich und griff zu meiner Tasse. Nun doch einigermaßen überrascht. »Also war die Todesursache keine Sepsis?«

»Unsinn«, kam es wegwerfend. »Die existierte nur in seiner Phantasie …«

Seine Augen schweiften ab, als hielte er stumme Zwiesprache mit der alten Ulme, die vor dem Fenster stand. Sein Oberkörper verrutschte ein wenig, als er mich wieder fixierte. Eine Sekunde lang schien er nicht mehr ganz so locker. Sonst lag ihm gewiss nichts ferner, als vor irgendwelchen Figuren, die die Dreistigkeit besaßen, ihn unangemeldet aus seiner Tagesroutine zu reißen, Interna auszubreiten. Zudem so unappetitliche. Aber Roth hatte das Kind bereits im Brunnen versenkt. Also riss er sich zusammen. Blieb der souveräne, offene, auch dieser Prüfung gewachsene Klinikchef.

»Bei der Sache gab es zwar Probleme mit Kathetern beziehungsweise einem der Katheter, aber die waren völlig anderer Natur, als Roth es sich einredete.«

Einen Moment lang war ich verwirrt. »Welche?«

»Wissen Sie, wie ein Stent funktioniert?«

»Der weitet verengte Arterien.«

Willemsens Mund zuckte kurz. »Normalerweise jedenfalls. Wird dabei allerdings das Innere der Gefäßwand, die so genannte Intima, durch den Katheter verletzt oder reißt sie, weil das Gewebe zu brüchig ist und sich nicht mehr dehnt, kommt es zu minimalen Einblutungen, die genau den gegenteiligen Effekt haben. Das passiert zwar extrem selten, doch wenn es passiert, bildet sich ein Blutgerinnsel und die Arterie verstopft. Dann muss man sofort einen Bypass legen. Treten vor diesem Hintergrund zusätzliche Komplikationen auf, kann es dramatisch werden.«

Seine Rechte kraulte noch immer die Schläfe. Der linke Arm hing locker über die Sesselseite. Er saß zurückgelehnt, ein Bein breit übergeschlagen.

Auf den Werbegrafiken, die Axel aus dem Netz kopiert hatte, trugen die Ballons so neckische Namen wie »Rocket«, »Gemini« oder »Comet«, als arbeiteten deren Entwickler nicht für Pharmakonzerne, sondern für die NASA. Das Teil, das die tödliche Fissur ausgelöst hatte, hieß vermutlich »Big Bang«.

Der Klinikchef spitzte die Lippen. »Der Patient war erst Anfang dreißig und die Intervention nicht ganz einfach. Es kam zu der eben geschilderten Krisis, die in diesem Alter sonst so gut wie nie auftritt. Wir mussten operieren. Roth leitete das Team. Er tat sein Bestes, aber die Gesamtkonstitution des Kranken war zu schlecht. Er verlor ihn. Hinterher machte er sich Vorwürfe. Als er die Schuld bei sich nicht fand, suchte er sie anderswo.«

Er pausierte und gönnte mir einen nachdenklichen Blick.

»Sehen Sie«, sagte er gedehnt, wobei seine Stimme einen fast mitfühlenden Ton annahm, »für uns ist der Tod immer eine Niederlage. Je jünger der Betreffende, umso schrecklicher. Jeder Arzt fragt sich hinterher, ob er wirklich alles getan hat. Für Roth müssen diese Zweifel unerträglich gewesen sein. Sie nahmen die Dimension persönlichen Versagens an.«

Sein Blick wanderte wieder nach draußen. »Verdeutlichen Sie sich die Lage: Da liegt ein junger Mensch, der noch das ganze Leben vor sich hat. Sie sollen ihn retten und scheitern, müssen kapitulieren, sich eingestehen, dass Sie mit all Ihrem Wissen und Können am Ende sind. Sie sind es, der zu verantworten hat, dass und wann der letzte Versuch schließlich abgebrochen wird. Diese Entscheidung zu fällen ist immer schwer.«

Ein abgeklärtes Mundzucken. »Aber wir sind eben bloß Ärzte, keine Götter. Unsere Macht hat Grenzen. Wir können das Ende bloß verschieben. Das ist alles.«

So redet einer, dem wenig Menschliches fremd ist. Nur erklärte es nicht, wieso Roth von einer Sepsis gesprochen hatte.

»Wie kam er denn darauf, dass der Katheter eine Blutvergiftung ausgelöst hatte?«

Willemsen hob die Schultern. »Weil er sich zu völlig abstrusen Mutmaßungen verstieg. Ich bin seinen Vorwürfen nachgegangen. Sie waren haltlos. Eigentlich hätte ich mich von ihm trennen müssen.«

»Warum haben Sie das nicht getan?«

Er lächelte, diesmal eine Spur müder. »Genau das war ja mein Dilemma. Ich kann nicht dulden, dass einer der Operateure Unsicherheit verbreitet. Aber ich schätzte Roth. Seine Schwierigkeiten schienen mir privater Natur. Ich wollte ihm die Chance geben, sich zu fangen. Deswegen habe ich ihn aus dem OP genommen. Offenbar habe ich seinen Zustand zu optimistisch beurteilt.«

Die Antwort kam ohne Zögern. Er sah mir direkt in die Augen und wirkte völlig entspannt. Es konnte beides sein. Gutartige Nachsicht mit einem, der alles getan hatte, um keine zu verdienen. Oder die hübsche Umschreibung dafür, wie elegant er den lästigen Störenfried kaltgestellt hatte. Bevor er ihn endgültig auf Eis legte.

Es klopfte an der Tür. Frau Mays grauer Schopf erschien im Rahmen.

»Verzeihen Sie, Herr Professor, ich habe Herrn Echternach in der Leitung. Es geht um die Anleger.«

Willemsen nickte. »Sofort.« Er erhob sich und lächelte das entschuldigende Lächeln eines viel beschäftigten Mannes. »Ich denke, wir haben alles Wesentliche geklärt.«

Ich stand auf. Er reichte mir die Hand.

»Bitte übermitteln Sie Frau Roth meine besten Wünsche. Ich habe ihr zwar schon geschrieben, aber bin noch nicht dazu gekommen, sie aufzusuchen.«

Mittlerweile befand er sich hinter dem Schreibtisch und ich mich fast an der Tür, wo Rosemarie May lauerte. Er griff zum Hörer.

»Stellen Sie durch.«

»Ach ja, noch was.« Ich drehte mich um, als sei es mir gerade erst eingefallen. »Kann ich mich kurz in seinem Büro umsehen? Seine Frau vermisst einige Unterlagen.«

»Warten Sie«, rief er der Sekretärin zu, irritiert. »Was für Unterlagen?«

»Persönliche Aufzeichnungen. Nichts Dienstliches. Sie glaubt, dass er sie möglicherweise in der Klinik gelassen haben könnte.«

Es war bloß ein Test. Ich wollte sehen, wie er reagierte. Hatte in Roths Schreibtisch je etwas Interessantes gelagert, tat es das drei Tage nach seinem Ableben bestimmt nicht mehr. Falls doch, sprach es dafür, dass Willemsen ihm wirklich wohl gesonnen gewesen war.

»Gern«, lächelte er milde. »Bloß werden Sie da nicht mehr viel finden. Frau May hat das Büro vorgestern früh ausgeräumt. Wir brauchten einige der Untersuchungsergebnisse, die er auf dem Schreibtisch hatte. Alles Übrige ist nebenan. Sie können es gern mitnehmen. Wir wollten es Frau Roth sowieso dieser Tage zukommen lassen.«

Er hob den Hörer ans Ohr. Noch immer lächelnd. Ich dankte ihm und schloss die Tür.

*

Strien hatte mich versetzt und Willemsen sich keine Blöße gegeben. Bislang gab es nichts Greifbares. Nur einen Haufen Widersprüche. Blieb die Narkoseärztin. Wo ich schon mal in Hitzacker war, konnte ich sie eigentlich gleich anrufen. Immerhin wandte ich mich als Freund eines Verstorbenen an sie, mit dem sie eng zusammengearbeitet hatte. Da erübrigt man ein paar Minuten. Fürs eigene Gewissen.

Sie war zu Hause und klang unkompliziert. Gute Stimme. Ironisches Timbre. Sie erklärte sich nach wenigen Sätzen dazu bereit, mich zu treffen. Auch sofort. Ich schlug ihr das Eiscafé vor. Sie zauderte einen Atemzug lang, meinte dann, es passe ihr besser, wenn ich bei ihr vorbeikäme. Das fand ich mutig. Schließlich konnte ich ja auch der Neffe von Charles Manson sein.

Fünf Minuten später hielt ich neben einem modernen Apartmentblock am Hang. Ein vierstöckiger Bau mit großzügigen, treppenartig angelegten Balkons. Drumherum viel Grün. Der Eingang lag zum Parkplatz hin, auf dem ein Haufen schicker Autos herumstand, die verrieten, dass hier keine Sozialhilfeempfänger hausten. Christine Teuscher wohnte in der vierten Etage. Eben wollte ich klingeln, da blitzte etwas Türkises in meinem Augenwinkel auf. Acht Meter weiter, fast verdeckt von einem Range Rover, glänzte ein türkises BMW Cabrio. Der Z3 von Sharon Stones kleiner Schwester. Es rieselte mir heiß übers Genick.

Sie öffnete die Tür mit schnurlosem Telefon am Ohr und zeigte blendend gepflegte Zähne, umrahmt von weich geschwungenen Lippen. Ein Hauch Spott um den Mund. Grüne Augen, bernsteinfarbene Einsprengsel. Lange, dunkle Wimpern, darüber scharf konturierte Brauen. Sie winkte mir, näher zu treten, warf den Kopf zurück und lachte in den Apparat. Dadurch geriet ihre Sonnenbrille ins Rutschen. Die diente ihr als Haarspange und war über die Stirn in ihre Mähne geschoben. Sie korrigierte den Sitz des Gestells, vergaß dabei die Hand einen Augenblick lang zwischen den Locken, spielte selbstvergessen mit einer Strähne. Sie besaß schöne Finger, schmalgliedrig und ringlos.

Ich mag große Frauen. Barfuß war sie fast so lang wie ich. Locker über eins achtzig. Sie hatte sich umgezogen und war ziemlich sommerlich gewandet. Die hellblauen Shorts kontrastierten apart mit dem zarten Braun ihrer Beine. Dazu trug sie ein blaugrünes, ärmelloses Top und eine Halskette aus Türkis. Doppelt gelegt. Anscheinend zählte sie zu dem Typ, der kein Hehl aus Farbvorlieben macht. Sogar ihre Zehennägel waren blau lackiert.

»Jaaa«, gurrte sie eben in den Apparat, »ganz sicher, bevor ich losfahr ...«

Sie spitzte die Lippen, gönnte der Sprechmuschel einen Kusslaut und unterbrach die Verbindung. Ob mir recht sei, wenn wir uns nach draußen setzten? Ich bejahte.

»Hier entlang.«

Sie ging vor. Ihr Parfum roch angenehm. Ich tippte auf Nina Ricci. Eher klassisch und teuer. Vom Interieur des Apartments bekam ich nicht viel mit. Ihr Hüftschwung lenkte mich zu sehr ab. In der Peripherie registrierte ich eine Bang-&-Olufsen-Anlage. Ansonsten gab es viel Glas, Stahl und Leder. Cremefarbene Couch, heller Berberteppich, darüber ein Miró. Kein betont individualistisches Ambiente, aber auch keine Sheraton-Atmosphäre. Man kann sich hässlicher einrichten.

Wir landeten auf der Terrasse. Anscheinend hatte sie sich gerade gesonnt. Neben einem Liegestuhl lag bäuchlings der neue »Medicus«. In dem Glas zwanzig Zentimeter weiter perlte klare Flüssigkeit um ein Stück Limone.

Was ich trinken wolle? Ich bat um Mineralwasser.

»Mit oder ohne?«

»Mit.«

Sie meinte Kohlensäure. Sonst hätte ich vermutlich »ohne« gesagt. Bei dem Lächeln.

»Eis?«

»Warum nicht.«

Sie lud mich ein, es mir bequem zu machen, und verschwand in der Pantry. Ich sah ihr nach. Spürte dieselbe Hitze im Rücken wie eben vor dem Haus. Beim Anblick eines ziemlich gewöhnlichen Sportwagens.

Bevor mein Testosteronschock überhandnahm, griff ich eines der zwei zusätzlichen Sitzmöbel, begutachtete die Flussebene und dämpfte den Schub mit einer Dosis Nikotin. Die Übung fiel nicht ganz leicht.

Eine halbe Stunde und zwei Zigaretten weiter hatte ich die späte Nachmittagssonne im Rücken. Sie saß mir gegenüber. Im Liegestuhl.

»Gewiss, wir sind ein kleines Team«, erklärte sie eben. »Da lernt man sich schon ein wenig kennen. Aber Roth war niemand, der andere so ohne weiteres an sich heranließ. Der Einzige von uns, mit dem er häufiger privat verkehrte, war Strien.« Sie langte nach ihrem Glas und nippte. »Mitunter war ihr Ton schon recht lax.«

Ich grunzte fragend.

Sie antwortete mit einem kurzen Lächeln. Melancholisch amüsiert. »Strien zog ihn mit seinem Oldtimerspleen auf. Roth konterte, indem er sich über Striens ehrenamtliches Engagement lustig machte.«

»Was treibt Strien denn so?«

»Er sammelt Spendengelder für Kriegskinder auf dem Balkan.«

Als ich neugierig die Brauen lüftete, legte sie nach.

»Vor ein paar Jahren ging doch dieser Bremer Bürgermeister für die EU nach Mostar, erinnern Sie sich?«

Ich nickte. Der Mann war einer der wenigen Politiker, die nicht ständig durch Talkshows tingelten und ihre Visage von der Werbung breittreten ließen. Eine sympathische Ausnahme.

»Der ließ damals so einen Aufruf los«, sagte sie. »Seitdem organisiert Norbert das für uns. Im Namen der Klinik. Wir schicken medizinisches Gerät und Medikamente. Dieser Tage bereitet er wieder eine Sendung vor. Ins Kosovo.«

Ich spielte mit dem Eis in meinem frisch aufgefüllten Glas.

»Wohin denn da?«

»In eines der Lager im Norden. Fragen Sie mich jetzt bitte nicht nach dem Namen.«

Auf einmal wusste ich, weshalb mir Strien auf Anhieb sympathisch gewesen war. Er erinnerte mich an Günther, fünfzehn Jahre älter, mit anderem Schnitt um die Augen, dunkleren Haaren und härteren Lippen, aber demselben naiv-sarkastischen Zug um den Mund. Sein Engagement überraschte mich nicht sonderlich. Es passte. So wie es zu Günther gepasst hätte. Ich kam auf Roth zurück.

»Was hat er Ihnen denn gesagt, als Willemsen ihn in die Nachsorge versetzte?«

»Dass das der Chef so entschieden habe.«

»Sonst nichts?«

»Nein.«

»Sie haben ihn nicht gefragt?«

»Sicher. Er war nicht der Typ, der sich Kollegen anvertraute.«

»Die Katheter hat er nie erwähnt? Nicht mal beiläufig, in anderem Zusammenhang?«

Sie schüttelte die Mähne, räkelte sich, rieb ihre Unterschenkel aneinander und gönnte mir die spöttische Andeutung eines Schmollmunds. »Wieso interessiert Sie das so? Ich dachte, Sie kümmern sich um die Hinterbliebene?«

»Weil diese Operation vor drei Monaten, von der ich Ihnen erzählt habe, offenbar der Grund für seine Auseinandersetzungen mit Willemsen war.«

»Behauptet wer?«

»Unter anderem seine Frau.«

»Seine Frau?« Sie ließ die Sonnenbrille auf die Nase sacken, beäugte mich über die Gläser hinweg, bevor sie den Kopf nach hinten sinken ließ.

»Ihr Chef hat es mir gerade bestätigt.«

Ich sah, wie ihre Hände um die Armlehnen glitten, als wolle sie sich aufsetzen. »Was hat er Ihnen bestätigt?«

»Dass Roth ihm vorwarf, der Patient sei durch einen verschmutzten Katheter zu Tode gekommen.«

Eine Strähne war ihr in die Stirn gefallen. Sie schob sie mit der Linken beiseite. »Davon höre ich heute zum ersten Mal. Außerdem bin ich Anästhesistin. Roth war Chirurg. Die sind eine Spezies für sich.«

»Wie darf ich das verstehen?«

Sie lachte knapp auf. »Über dem Chirurg steht höchstens Gott. Aber dass Ihr Freund an Gott glaubte, wage ich zu bezweifeln.«

Ich begriff erst jetzt, dass sie Roth nicht nur nicht mochte, sondern er ihr zu nahe getreten war. Fragte sich bloß, auf welcher Ebene.

»Wir können ruhig Deutsch miteinander reden.«

Ihr Kopf ruckte ein wenig. Das Lächeln versiegte.

»Tun wir das denn nicht?«

Sie gab auf, mir gefallen zu wollen. Vor fünf Minuten noch hatte sie mit laszivem Lockenschwenk mein Mineralwasser nachgefüllt.

»Was Sie da andeuten, klingt, als seien die Misshelligkeiten zwischen Roth und Willemsen eher persönlicher Natur gewesen.«

»Ich deute gar nichts an«, kam es kühl. »Nur war Roth nun mal nicht ganz unkompliziert.«

»Willemsen ist Kardiologe, richtig?«

»Und zwar ein sehr guter.«

Dass sie den Klinikchef vorhin in ihr Auto geladen hatte, konnte purer Zufall gewesen sein. Nicht jede appetitliche Angestellte geht automatisch mit dem Chef ins Bett, nur weil ihre Kollegen sich gern das Maul zerreißen. Nun allerdings kam mir der Nachsatz eine Spur zu heftig.

»Sie mögen ihn?«

Es war ein Schuss ins Blaue, unverschämt, aber nicht unbedingt anzüglich.

»Wie bitte?«

Ihr Ton war scharf genug für die rote Karte.

»Als Vorgesetzten.«

»Ich kann mich jedenfalls nicht beklagen …« Sie setzte sich auf, schwang ihre Beine vom Liegestuhl und lächelte kalt. Ein Rauswurf-Lächeln. »Was Roth Ihnen über Willemsen erzählt hat, weiß ich ja nicht.« Damit erhob sie sich. Ich blieb sitzen.

»Und die fachliche Seite?«

»Es gibt wenige, die ihm das Wasser reichen können. Fragen Sie Strien.«

Sah ganz so aus, als sei mein Kredit erschöpft. Es wurde höchste Zeit für bessere Miene. Also hievte ich mich aus der Sitzgelegenheit und dankte ihr für die Gastfreundschaft. Im Abgehen lobte ich die umwerfende Aussicht von ihrem hinreißenden Balkon und das entzückende Ambiente. Ein harmloser Schwachkopf, der das falsche Register zieht, weil seine Hormone verrückt spielen und er sie eigentlich bloß besteigen will, jetzt, gleich und nachher sowieso. Ich weiß nicht, ob sie das milder stimmte. An der Tür wirkte ihr Lächeln jedenfalls fast wieder professionell. Sie gab mir sogar die Hand.

»Wie kommt es, dass Sie sich nicht mehr an den Eingriff erinnern? Der ist schließlich kein Vierteljahr her.«

Sie ließ meine Hand los. »Wissen Sie, was wir hier täglich so zu bewältigen haben? Wie oft ich einspringen muss, weil ein Kollege ausfällt? Dann habe ich ungefähr drei Minuten Zeit, mir die Krankenakte anzusehen und zu entscheiden, wie ich dosiere. Da geht es jedes Mal um Leben und Tod. Selbst wenn die OP glatt läuft. An manchen Tagen sind das drei, fünf oder ein Dutzend kritischer Situationen. Soll ich die alle etwa präsent haben? Da bekäme ich ja Alpträume.«

»Roth hat anscheinend noch stundenlang versucht, den Mann zu retten.«

Ihr Blick spiegelte eine merkwürdige Mischung aus Verletztheit und Bedauern. »Das hätte er für jeden anderen auch getan.«

Auf dem Parkplatz zog ich Zwischenbilanz. Roths Witwe tanzte mit undurchsichtigen Schatten. Willemsens Sekretärin schilderte den Toten als Querulant und ihr Chef ihn als Fall für den Psychiater. Teuscher gab vor, von nichts zu wissen, aber ließ durchblicken, er sei ein arroganter Rüpel gewesen. Der Einzige, der Roths Angaben bislang bestätigte, war Dickmais. Ich stocherte noch immer wie blind im Nebel.

Gestern Abend, als wir den Fall besprachen, hatte Axel festgestellt: »Sieh's mal so. Du hast zwar keinen Schimmer, aber Marion Roth ist glücklich. Zieh die Grütze noch zwei Wochen lang durch, dann sind wir im grünen Bereich.«

Das suchte ich mir nun auch einzureden. Trotzdem. Falls Roths Vorwürfe zutrafen, stocherte ich nicht nur im Nebel, sondern auch in dem einen oder anderen Wespennest, und dummerweise verriet den Tierchen niemand, dass ich nur als harmloser Witwentröster antrat.

Strien war meine letzte Chance, mir Klarheit zu verschaffen. Bevor ich mich an den Menschen von »Transparenz Jetzt« wandte. Also zückte ich Carlos Tragbares und versuchte es mit »Action replay«. Klappe, Schnitt und »Strien, die zweite«. Selber Platz. Selber Ort. Nur einen Tag später.

*

Zu Hause erwartete mich ein Zettel von Conny. Sie wäre frühestens gegen elf zurück. Sie ginge mit Irina zu »Süd-Ost«. Im Anschluss daran habe sie Arbeitsgruppe. Bei Iannis. Iannis betrieb ein griechisches Speiselokal am Eppendorfer Weg. Er besaß Belladonnaaugen und tätschelte die unteren Rückenpartien seiner weiblichen Gäste wie kein Zweiter, während er ihre Kerle mit Gratis-Ouzo ablenkte, um deren Schock über die Rechnung zu betäuben.

Ich stand verschwitzt im Flur und spürte, wie es mir unverhofft durchs Zwerchfell zirpte. Doch das lag vermutlich weniger an meiner Furcht vor Iannis' magischen Händen als daran, wie lebhaft ich selbst vorhin auf die aparte Anästhesistin angesprungen war. Also trug ich die Babyboxen vors Bad, legte »Never make your move too soon« auf und parkte meine gemischten Gefühle unter der Dusche.

Manche werfen B.B. King vor, nur Popschrott zu produzieren, aber er hat Tracks gezaubert, die rau, roh und wahrhaftig sind. Zehn Takte davon blasen alles weg, was an weichgespültem Blues-Brei so durch die Charts wabert. Während ich mich abtrocknete, gönnte ich mir noch die Version von »Into the Night«, die B.B. vor den Knackis in St. Quentin abgeliefert hat. Dann griff ich mir ein frisches Hemd und rief Axel an.

Zehn Minuten später schoben wir über das Schulterblatt. Das ist die Hauptstraße der nördlichen Schanze. Ihren Namen verdankt sie einem toten Grönlandwal, dessen Schulterknochen hier einst die Pforte einer Schänke zierte. Walgebein und Schänke sind Historie, dafür wimmelt es inzwischen von Espressozapfstellen und Bars.

Das Pflaster war gepackt mit Volk. Was sich an Möbeln auf den Gehweg hatte zerren lassen, stand draußen. Wer keinen Sitzplatz fand, nutze Kühlerhauben, Treppenstufen und Gesimse. Eigentlich hatten wir uns ins »Café unter den Linden« setzen wollen, doch das quoll genauso über wie der Garten hinter der Flora. Also disponierten wir um und fuhren nach Teufelsbrück. Neben dem Gebäude der DLRG ist unter der Woche gewöhnlich Platz. Heute musste ich Axel erst ausladen, bevor ich den Lada zwischen einen silbergrauen Porsche und einen weinroten Land Cruiser gezwängt bekam. Ohne Akrobatik schaffte ich es selbst nicht aus der Seitentür. Dabei rächte sich, dass der Lada nur sporadisch eine Waschanlage sieht. Seine Flanke färbte ab. Ich nahm mir vor, morgen nicht nur endlich die Zündung zu checken, sondern ihm auch eine Wäsche zu gönnen.

Auf der Promenade wälzten sich Spaziergängermassen, und obwohl sich die Sonne bereits hinter die Baumwipfel über der Elbchaussee verkrochen hatte, tobten am Strand noch scharenweise Hunde und Kinder. Segler pflügten durchs Wasser. Von Waltershof kommend glitt ein riesiger Containerfrachter elbabwärts. An der leuchtend grünen Bordwand prangte in monströsen Blocklettern der weiße Schriftzug der »Evergreen Line«. Eben ging die Lotsenbarkasse längsseits.

Axel wollte Richtung Blankenese. Unterwegs begann er weiterzureferieren, was er über Katheterkardiologie herausgefunden hatte. Auf Höhe der Jacobstreppe fand sich eine freie Bank. Während ich mir eine ansteckte, breitete er Statistiken auf den Knien aus, raschelte mit Papier und skizzierte mir das Panorama einer boomenden Branche.

»Die Anfänge der Katheterkardiologie liegen über vierzig Jahre zurück. Da begann ein Bursche namens Dotter damit, Gefäße zu weiten. Ab Ende der Siebziger dann schossen in Deutschland Katheterlabors wie Pilze aus dem Boden.«

Er wühlte in den Ausdrucken, verlor einen Stoß Blätter und fluchte.

»Zwischen 1984 und 1994 kletterte die Zahl der jährlichen Katheteruntersuchungen von rund 86.000 auf 357.000. Im selben Zeitraum stiegen Angioplastien, die wesentlich teurer sind, um das Einunddreißigfache an, und zwar von knapp 2.800 auf über 88.000 pro Jahr. Vier Jahre später gab es 528.500 Katheteruntersuchungen und 146.642 PTCAs. Damit ist Deutschland absoluter

Spitzenreiter in Europa. Italien leistete sich 279 Angioplastien pro Million Einwohner. Hierzulande waren es Ende der Neunziger sechsmal so viele, nämlich 1.667. Lass dir das mal auf der Zunge zergehen.« Er sah mich über den Brillenrand hinweg an.

»Na schön«, sagte ich. »Es gibt einen irren Anstieg von PTCAs. Was sagt uns das?«

»Was uns das sagt?« Er bedachte mich mit einem betrübten Blick. »In den letzten dreißig Jahren haben sich die Ausgaben im Gesundheitswesen verzehnfacht. Von siebenundzwanzig auf zweihundertsiebzig Milliarden.«

»Okay. Nur was hat die Kostenexplosion mit den PTCAs zu tun? Die sind doch angeblich x-mal billiger als jeder Bypass?«

»Klar«, schielte er gequält. »Dennoch lässt die Häufung bloß zwei Schlüsse zu: Entweder leiden immer mehr Leute an Herzverfettung oder man therapiert eben, was sich gut abrechnen lässt. Wir liegen zweihundert Prozent über dem europäischen Schnitt. Da wird richtig Geld umgesetzt. Aber obwohl wir uns sechsmal so viele Angioplastien leisten wie die Italiener, leben wir nicht länger. Die Chance, an einem Infarkt zu sterben ist in Hamburg statistisch so hoch wie in Neapel.«

Vom Strand her drang das helle Saugen der Brandung. Die Schleppwellen des Evergreen-Liners begannen an die Böschung zu rollen.

»Du hältst die Masse der PTCAs für Schmu?«

Axel sah aufs Wasser und zupfte an seinem Bärtchen. »Die Techniken sind besser geworden, und es gibt inzwischen achtzehn Millionen Deutsche mehr, trotzdem frage ich mich, ob der rasende Anstieg tatsächlich die kardiovaskuläre Lage der Nation widerspiegelt.«

»Was dann?«

»Ich halte es für eine elegante Methode, die Angst vorm Herztod abzuschöpfen. Du indizierst einfach etwas großzügiger. Solange die Kasse dafür zahlt, verdienst du dich blöde.«

Ich setzte mich auf. »Die Beitragssätze liegen längst jenseits der Schmerzgrenze. Bis in den Himmel wird man sie kaum schrauben können.«

»Logo«, lächelte er. »Folglich wird gekürzt. Der Witz ist, dass man an dem, was du abrechnest, zuallerletzt spart. Herzleiden sind was anderes als Fußpilz. Kein Politiker kann sich leisten, da den Rotstift anzusetzen.«

»Was ist mit den Kassen?«

»Keine Ahnung. Sollten die zu sehr auf die Kosten schielen, was sie eh nicht tun, weil die Funktionäre alle im Trockenen sitzen, kochst du sie eben damit weich, dass du für nichts garantieren kannst. Notfalls drohst du, ihren Geiz in die Medien zu tragen. Dann spuren sie. Sonst laufen ihnen die Beitragszahler weg.«

»Klingt wie 'ne Lizenz zum Gelddrucken.«

Er grinste. »Es ist besser. Du steuerst den Bedarf. Bei vollem Inflationsausgleich.«

*

Später in der Nacht gerieten Conny und ich aneinander. Auslöser war eine Dose Baked Beans. Die verzehrte ich direkt aus dem Blech, nachdem ich gegen halb zwei völlig ausgehungert von Carlo gekommen war, in der Küche stand und außer vier vertrockneten Mohrrüben und einer Hand voll Rauke nichts Essbares vorfand. Conny hatte schon geschlafen und ertappte mich über dem beiseite gebogenen Deckel. Ob ich mir die Bohnen nicht wenigstens aufwärmen wolle? Ich verneinte wortlos, weil ich zu sehr mit Schlingen beschäftigt war.

Nouvelle Cuisine ist eher was für Leute, die gern auf nacktes Porzellan beißen. Ich bin bekennender Gourmand. Heiße Baked Beans unterscheiden sich von kalten höchstens dadurch, dass man sich daran die Zunge verbrennt. Das erläuterte ich ihr, sobald ich die Büchse geleert und mir eine Nachtischzigarette gedreht hatte.

Die Küche ist Raucherzone. Trotzdem fächelte sie demonstrativ. Ich sei ein Barbar. Ob ich mir etwa einbilde, es könne alles weitergehen wie bisher, wenn das Baby erst da sei? Ich war müde. Also sagte ich, ich fände Hülsenfrüchte dufte. Die alten Griechen hätten dauernd Linsen gefressen und seien damit ziemlich weit gekommen.

»Frag mal Iannis.«

Sie überging den Einwand. Ihr Kinn deutete auf die Handgerollte.

»Offenbar ist dir deine Gesundheit genauso gleichgültig wie unsere Zukunft.«

Weder noch stimmte, aber ich war nicht in der Laune, Erklärungen abzugeben. Irgendeine Laus war ihr über die Leber gelaufen, und meine Lust, das jetzt, mitten in der Nacht, auszubaden, hielt sich in Grenzen.

Ihre Iris glänzte pechschwarz. »Wie stellst du dir das eigentlich vor, wenn wir hier zu dritt sind?«

»Heute lieber gar nicht. Es war ein langer Tag.«

Sie warf den Kopf zurück und lachte höhnisch auf. »So? Wann dann?«

In besserer Verfassung hätte ich sie in den Arm genommen. Vermutlich brauchte sie das, und vielleicht wäre es dann gut gewesen. Doch das brachte ich nicht. Stattdessen sagte ich ihr, sie solle sich wieder hinlegen und mich in Ruhe lassen.

»Du qualmst die Bude voll, dass einem schlecht wird.«

»Kein Mensch zwingt dich, mir dabei zuzusehen.«

Sie rammte die Hand in die Hüfte und setzte ein Bein vor. »Bist du dir drüber im Klaren, dass ich mitrauchen und den Gestank deiner Zigaretten ertragen muss?«

»Du lässt keine Gelegenheit aus, drauf rumzureiten. Nicht mal um kurz vor zwei. Mag sein, dass mein Rauchen gesteigerter Schwachsinn ist. Was du da veranstaltest, hat mit Vernunft allerdings auch herzlich wenig zu tun.«

»Ich bin schwanger, verstehst du?«

Spätestens an diesem Punkt hätte ich rausgehen müssen. Ohne weiteren Kommentar. Innerlich die Straßenseite wechseln. Dafür war ich zu müde. Oder zu wund.

»Ja«, würgte ich. »Leider. Du setzt es ständig als Knüppel gegen mich ein. Ich kann nicht mal mehr eine Dose Bohnen essen, ohne von dir dran erinnert zu werden.«

»Wie bitte?«

»Unser Kind kann nichts dafür, dass du glaubst, dir den falschen Vater ausgesucht zu haben …«

Über ihre Augen zog sich ein feuchter Schleier. »Was?«

»Du weißt, je mehr du nörgelst, desto weniger höre ich zu. Egal. Du nörgelst weiter. Inzwischen fühle ich mich in den eigenen vier Wänden nur noch wie ein beschissener Gast.«

Sie wurde bleich. Tränen schossen ihr in die Augen. »Meinst du das ernst?«

Ich fing mich. Es war bereits zu spät.

»Du bist ein selbstsüchtiges, unreifes Arschloch.«

Die Küchentür schlug zu. Direkt vor meiner Nase. Ich hörte, wie sie ihr Bettzeug ins Wohnzimmer trug. Ich rieb mir den Nacken, ärgerte mich und hoffte, dass sie es sich anders überlegte, doch während der nächsten zwei Zigarettenlängen blieb vorn alles still. Irgendwann stand ich auf und trollte mich ins Bett. Da lag ich dann und sah den meditativen Kreiselbewegungen der Flugsau zu. Aber die verrieten mir auch nur, was ich längst wusste. Ich hatte ihr genau das geboten, was Carlo den Vollidioten nannte.

Morgens verließ sie das Haus, ohne mich zu wecken. Ich wachte verkatert auf und schlich ebenso angeschlagen wie lustlos zu Axel. Dort telefonierte ich ungefähr zwanzig Detekteien durch, in der vagen Hoffnung, dabei auf die eine zu stoßen, die Willemsen geheuert hatte, um Roth zu beschatten. Ohne Erfolg. Wer »absolut diskret in allen Wirtschaftsbereichen ermittelt«, fällt auf vergessliche Buchhalter kaum rein, selbst wenn die vorgeben, Rechnungen begleichen zu wollen.

Gegen halb elf, als ich mich seelisch gerade auf die nächste Abfuhr einstellte, rief Marion Roth an. Sie war völlig aufgelöst. Die Landeszeitung schrieb auf Seite eins von einem »Mordkomplott im Fall Roth«. Ihr Name wurde mehrmals erwähnt. Entweder Gehrken war an die Presse gegangen, oder einer seiner Mitarbeiter hatte geplaudert. Der Tröster war gefordert.

Also warf ich mich in den Lada und fuhr nach Bleckede. Dort versuchte ich dann, den Hauptkommissar zu erreichen. Gehrken war nicht da und seine Kollegin nicht befugt, mir Auskünfte zu erteilen. Ich probierte die Pressestelle. Dort nahm ein lustloser Mensch ab, der über den Fall nicht orientiert war. Ob er nachfragen könne? Nein, das ginge nicht. Ich müsse warten, bis sein Vorgesetzter wieder da sei. Der wäre zu Tisch. Wann er zurück sei, wisse er nicht. In die Benutzung des Faxgeräts hatte ihn auch niemand eingewiesen. Ob ich überhaupt Journalist sei? Ich wünschte ihm einen schönen Tag. Währenddessen saß meine Auftraggeberin mir mit rot geränderten Augen gegenüber, die Hände zu Fäusten geballt vor dem Mund, dazwischen ein zerknülltes Papiertaschentuch. Sie guckte wie Alice im Wunderland.

»Was soll ich denn jetzt bloß machen?«

Dummerweise war Humpty Dumpty schon von der Mauer gepurzelt. Alles, was ich ihr anbieten konnte, war ein verbindliches Achselzucken und ein frisches Taschentuch.

»Bisher wissen wir nicht mal, ob das überhaupt aus Gehrkens Büro kommt. Vielleicht handelt es sich um reine Spekulationen. Immerhin ist der Artikel mit einem dicken Fragezeichen versehen. Sie sollten Ihren Anwalt bitten, die Sache zu klären. Bei der Polizei und der Redaktion.«

»Wieso tun Sie das nicht?«

»Weil Ihr Anwalt gegenüber der Behörde als Ihr Bevollmächtigter auftreten kann. Die werden sich hüten, ihm keine Auskunft zu erteilen, ob und was die Pressestelle da verzapft hat. Ich kann die nicht halb so schick auf ihre Pflichten hinweisen wie er.«

Sie sah mich zweifelnd an und biss sich auf die Unterlippe. Ich warf einen Blick auf meine Uhr.

»Mehr können wir momentan nicht tun. Und da ich gleich losmuss, schlage ich vor, Sie rufen den Mann jetzt an. Dann wissen wir spätestens morgen Bescheid.«

»Ich? Meinen Sie?«

Ich nickte tapfer. Ihr Hausjurist konnte nicht viel falsch machen, und wo es ihn nun mal gab, brauchte ich mich nicht unnötig zu exponieren. Sie hatte Glück und traf ihn im Büro an. Er versprach, sich zu kümmern.

Zehn Minuten später saß ich auf der Terrasse beim Fähranleger. Die Sonne schien, und der Himmel leuchtete blau. Ich machte noch einen Anlauf, Conny zu erreichen. Aber sie war nie am Platz, wenn ich anrief.

Wenigstens war Strien pünktlich. Das riss mich aus meinem Gegrübel. Zwei Minuten vor drei rollte ein dunkelblauer Golf auf den Parkplatz neben dem Stichkanal. Strien stieg aus, winkte und kam mit eiligen Schritten auf mich zu. Er war genauso schlecht rasiert wie vor vier Tagen und wirkte ähnlich abgehetzt. Offenbar sein Normalzustand. Er setzte sich bloß mit halbem Gesäß auf den Stuhl und spielte ständig mit seinen Autoschlüsseln. Erst nachdem ihm die Kellnerin ein Hefeweizen gebracht und er mit durstigen Schlucken drei Viertel davon hinuntergestürzt hatte, begann sich seine Fahrigkeit etwas zu legen. Ich ging in Vorleistung und berichtete ihm von meinem Gespräch mit Dickmais und den Kathetern.

»Seit vorgestern versuche ich herauszufinden, was da wirklich passiert ist. Willemsen hat mir bestätigt, dass der Tod dieses Patienten der Grund dafür war, weshalb er Roth in die Nachsorge versetzt hat, doch er behauptet, die Sepsis habe Markus sich ausgedacht, weil er sich nicht damit abfinden konnte, dass der Mann auf seinem OP-Tisch starb.«

»Was sagt denn Christine?«

»Frau Teuscher? Die hat so viele Operationen zu bewältigen, dass ihr Gedächtnis überfordert ist.«

Strien saß vornübergebeugt und kaute an seiner Unterlippe. Die Zigarettenschachtel in seiner Rechten bildete eine Achse zwischen Daumen und Mittelfinger, die er mit der Linken rotieren ließ.

»Was ist mit Ihnen? Ist Ihr Gedächtnis auch überfordert, oder erinnern Sie sich an den Mann?«

Er schüttelte stumm den Kopf, seufzte und sah an mir vorbei auf den Fluss.

»Natürlich«, sagte er dann. »Er litt an einer Herzrhythmusstörung. So was zu beseitigen ist Routine. Ich sollte ihn durchchecken und ihm alles erklären, damit Willemsen ihn sich gleich am nächsten Morgen vornehmen konnte ...«

Eben legte die Fähre an, Stahl kratzte über Beton, und der Lärm der anfahrenden Autos mahlte seine Worte nieder. Er kniff die Augen zusammen und wartete.

»Das war an einem Freitag. Irgendwann Anfang März. Das weiß ich, weil ich über das Wochenende freihatte und Willemsen dafür extra erscheinen musste, obwohl er sonnabends normalerweise nicht arbeitet.«

Seine Kaumuskeln zuckten zwei-, dreimal. Müde, älter, aber trotzdem so, dass ich wieder über die Ähnlichkeit mit Günther staunte.

»Als ich am Montag in die Klinik kam und von Roths gescheitertem Noteingriff in der Nacht zum Sonntag hörte, war ich völlig bedient.«

»Haben Sie noch den Namen des Patienten parat?«

Er wandte den Kopf und sah mich melancholisch an. »Detlev Böhmer.«

»Woran ist Herr Böhmer denn nun gestorben?«

»Das wissen Sie doch längst.«

»Also hatte Markus Recht?«

Ich war als Duzfreund des Toten eingeführt und nannte Roth eisern beim Vornamen. Eben brachte die Kellnerin Strien ein weiteres Bier. Er dankte ihr und trank hastig.

»Zumindest was die Sepsis anlangt …«

Ich registrierte, wie ich unwillkürlich schlucken musste. Bis zu diesem Augenblick hatten meine Zweifel überwogen, die Vorbehalte, vielleicht auch die Hoffnung, die Welt sei nicht ganz so garstig, wie Dickmais sie sah. Jetzt konnte ich Roths Verdacht nicht mehr als paranoiden Säuferwahn abtun. Der Nebel begann sich zu lichten, und die Kälte kroch an mir hoch. Ich begriff, dass ich längst mitten auf dem Eis stand.

»Wer hat Sie informiert?«

»Christine. Die hatte an dem Wochenende Bereitschaft. Zusammen mit Markus.«

»Was hat sie Ihnen erzählt?«

»Sie hat mir die Symptome beschrieben. Das reichte.«

»Willemsen behauptet, die Intima sei bei dem Eingriff verletzt worden.«

Strien grinste bitter. »Das mag ja auch sein, obwohl ihm solche Pannen äußerst selten unterlaufen. Die Todesursache war es gewiss nicht. Doch das dürfte er Ihnen gegenüber kaum zugeben.«

»Wie hat sich der Mann infiziert?«

»Irgendwelche Keime müssen direkt in die Blutbahn gelangt sein. Sonst wäre es nicht so schnell gegangen.«

»Vielleicht lag es wirklich an den Kathetern?«

Er schüttelte den Kopf. »Die sind eingeschweißt und werden nach Gebrauch sofort entsorgt. Da kann es gar nicht zu Verwechslungen kommen.«

Die Selbstverständlichkeit, mit der er »entsorgt« sagte, störte mich. Ich benutze das Wort zwar auch dauernd, doch es verblödet. Abfall gibt es nur, wo Überfluss herrscht, und nur dort, wo die Fülle jedes Maß sprengt, kann sie Sorge bereiten.

»Sämtliches Untersuchungswerkzeug wird nur einmal verwendet?«

Er nickte. »Und zwar genau um solche Fälle wie von Herrn Böhmer zu vermeiden.«

Axel hatte mir eine Preisliste vorgelegt, auf der die Sachkosten aufgeschlüsselt waren, von Koronarkathetern, Führungsdrähten, Druckdornen und peripheren Verweilkanülen bis hin zu Lochtüchern, Latexhandschuhen und den Pfennigbeträgen für das Kontrastmittel.

»Teurer Spaß.«

Strien zuckte die Achseln. »Wie man's nimmt. Schließlich geht es um die bestmögliche Behandlung der Patienten.«

Oder um die größtmögliche Summe, die die Kasse zahlte.

»Wie viele Eingriffe macht man denn so in Hitzacker am Tag?«

»Das hängt davon ab. Ich schätze irgendwas zwischen dreißig und fünfzig.«

»Welches Verhältnis von Linksherzkatheteruntersuchungen und PTCAs?«

»Die meisten, die zu uns kommen, haben bereits eine einschlägige Diagnose. Da läuft es im Zweifelsfall auf 'ne Angioplastie raus.«

Rechnete ich drei Katheter pro Eingriff, bei vierzig Interventionen pro Tag, an zwanzig Arbeitstagen im Monat, kam ich auf zweitausendvierhundert Stück. Roth hatte von einem kriminellen Hygieneskandal gesprochen. Gekoppelt an einen phänomenalen Beschiss der Kassen.

»Rein theoretisch könnte man die Dinger aber auch mehrmals einsetzen?«

»Sicher.« Strien lächelte irritiert. »Doch das würde man sofort merken. Allein schon wegen der Verpackung. Außerdem kann man die gar nicht vernünftig sterilisieren. Dazu müsste man sie auf neunzig Grad erhitzen. Dann wird das Material spröde.«

Mir schoss durch den Kopf, wie ich als Schuljunge Butterbrotpapier aufheben musste. Das wurde benutzt, bis es nur noch aus zerknitterten Rissen bestand und in den Ofen wanderte. Zellulose heizt hervorragend. Besonders wenn sie fettgetränkt ist. Das Wort Recycling kam erst ein Dutzend Jahre danach auf.

Der Internist war jünger als ich, aufgewachsen zwischen Cola-Automaten und Milky-Way-Riegeln. Für den kleinen Appetit zwischendurch. Dem fiel die gnadenlose Verschwendung gar nicht mehr auf. Willemsen war Nachkriegskind. Der hatte als Junge nicht aus der Dose getrunken, sondern aus dem Wasserhahn. Falls es überhaupt eine intakte Wasserleitung gab und er nicht zur Pumpe laufen musste.

»Und wenn man's nun drauf anlegte? Wenn man sie reinigte und neu verpackte? Wäre das sehr kompliziert?«

»Nein«, sagte Strien. »Nur wozu?«

»Um jedes Mal einen neuen abzurechnen.«

Endlich kam bei ihm an, worauf ich hinauswollte.

»Wissen Sie, was Sie da sagen?«

»Bisher spekuliere ich bloß darüber, worum es möglicherweise geht.«

»Wobei?«

Er war hellwach. Offenbar hatte er wirklich keine Ahnung, wovon ich sprach. Außerdem war die Katze sowieso längst aus dem Sack.

»Bei der Sache, der Markus auf der Spur war.«

Er schluckte hart und wurde noch eine Spur blasser.

»Markus sah die Ursache der Sepsis in dem Katheter. Kurz vor seinem Tod sagte er, dass es an der Klinik zu mörderischen Betrügereien gekommen sei. In Zusammenhang mit Kathetern.«

»Woher ...«

»Von ihm. Er kam leider nicht mehr dazu, mir die Details zu verraten.«

»Mein Gott.« Strien stöhnte auf, als fielen ihm gerade diverse Schuppen von den Augen. »Das ist ja ungeheuerlich.«

Seine Hände krampften sich um die Schläfen. Danach blieb es eine Weile still. Er glotzte ins Weite. Fassungslos.

»Was hat Markus Ihnen denn erklärt, als er nicht mehr operieren durfte?«

»Er hat es mir eben nie erklärt«, krächzte er. »So macht sein Verhalten natürlich Sinn.«

Sein Unterkiefer arbeitete. Er schluckte, bevor er zu den Zigaretten griff. Durch seine Finger lief ein leises Zittern.

»Einmal sagte er, er habe die Schnauze voll von all der Korruption. Aber ich bezog das auf Klinikinterna.«

»Welche?«

»Das Gerangel zwischen der Verwaltung und den Frontschweinen im OP.«

»Wie hat man sich das vorzustellen?«

Strien fuhr sich durch die Haare, lehnte sich zurück und kaute an Rauch.

»Willemsen zählt zu der Sorte Chefs, die auf internen Wettbewerb setzen. Deswegen schürt er gern die Rivalitäten unter den Ärzten und spielt die Abteilungen gegeneinander aus. Mit dem Ergebnis, dass alle versuchen, auf Kosten der anderen zu punkten.«

Offenbar fiel der Kardiologe in die Sparte Führungskräfte, die Machiavelli gelesen haben. Vielleicht log er deswegen so philosophisch abgeklärt.

»Nachdem Willemsen ihn versetzt hatte, kapselte Markus sich immer mehr ab und ging mir aus dem Weg. Wir redeten kaum noch. Nicht mal in der Klinik.« Striens dunkle Augen wirkten wund.

»Sie dachten, er nimmt Ihnen irgendwas übel?«

Ein wortloses Nicken. Er zerquetschte die Glut, legte den Kopf zurück und ließ die Luft aus den Lungen entweichen. In einem Stoß.

»Ich hätte ihn ja auch mal fragen können! Statt mich mit irgendwelchen Floskeln abspeisen zu lassen, von denen wir beide wussten, dass sie gelogen waren.«

Wir schwiegen. Ein Kohlefrachter, dessen Deck echte zwei Handbreit über der Wasserlinie lag, kämpfte sich flussauf. Eine dicke Frau mit nackten Armen und bunter Schürze trat ans Heck und kippte Küchenabfälle in den gelbbraunen Schaum. Sofort schwebte ein halbes Dutzend Möwen ein, trudelte kreischend überm Kielwasser und stritt sich um die Brocken.

»Wann haben Sie ihn das letzte Mal gesprochen?«

»Am Tag des Unfalls. Da war er wie immer.«

»Ich meine privat.«

Er sah über den Fluss.

»Abends davor. Als ich seiner Frau was vorbeibrachte.«

Ich erinnerte mich an das Klingelgeräusch, das ich während des ersten Anrufs gehört hatte, und daran, dass ich vergessen hatte, Marion Roth danach zu fragen.

»So gegen halb neun?«

Seine Augen kehrten zu mir zurück. Er lächelte schmal.

»Genau. Sie sind ja gut orientiert.«

»Wie lange?«

»Keine Viertelstunde. Er hatte in der Garage zu tun, und ich wollte zu ihr.«

Wieso hatte sie mir Striens Visite verschwiegen? Weil sie ihn für vertrauenswürdig hielt? Das tat ich auch. Gleichwohl.

Er erzählte, dass er Setzlinge bei ihr abgeliefert habe, von seiner Vermieterin, die nebenbei eine kleine Gärtnerei betrieb, wo Marion Roth gelegentlich kaufte.

»Es muss schlimm für sie sein«, sagte er eben. »Jetzt fangen auch noch die Zeitungen an, in der Sache zu wühlen.«

»Nicht nur die Zeitungen. Die Kripo verdächtigt sie.«

Seine Augen wurden weit. »Wie bitte? Das hat sie mir gar nicht erzählt. Aber das ist doch völlig absurd.«

»Könnte sein, dass Sie mit der Einschätzung allein dastehen. Eine ganze Reihe Indizien sprechen gegen sie.«

Er schüttelte den Kopf und lachte böse auf.

»Wenn Markus einer durch Katheter verursachten Sepsis auf der Spur war, liegt doch auf der Hand, dass es hier um ein ganz anderes Komplott geht. Waren Sie nicht gestern auf der Pressekonferenz?«

»Ja, und?«

Strien blickte sich um, bevor er sich vorbeugte. »Wird bekannt, worüber wir hier reden, ist die Finanzierung des Projekts gestorben. Dann kann Willemsen den Laden dicht machen ...« Er war wieder auf die Stuhlkante gerutscht. Ein befremdliches Feuer im Blick. »Die Erweiterung ist bloß eine Notmaßnahme. Man hat den Investoren zu hohe Rendite versprochen. Nun drohen einige Anleger, ihr Kapital abzuziehen. Durch die Expansion soll Geld mobilisiert werden, um ihre Ansprüche zu befriedigen. Anscheinend setzt das Kuratorium darauf, dass sich der Ausbau zügig amortisiert und endlich die Überschüsse einspielt, die man sich ursprünglich erhofft hat.«

»Woher wissen Sie das?«

»Von Bekannten, die Leute kennen, bei denen der honorige Herr Echternach Klinken putzt.«

»Also sind die unter Druck?«

»Und wie!«

Seine Stimme war heiser vor Aufregung. Die Lust am Untergang kam mir etwas zu plötzlich.

»Genau das ist das Problem«, bremste ich ihn. »Unter anderem.«

»Was?«

»Dass die den Laden dicht machen könnten.«

»Wie?«

»Von Marion Roth hängen keine Arbeitsplätze ab.«

»Sie meinen ...« Er lachte ungläubig auf. »Ich bitte Sie! Die Polizei würde nie so weit gehen.«

»Aber gewiss auch nicht weinen, wenn ihr erspart bliebe, gegen das Herzzentrum zu ermitteln.«

Als der Groschen bei ihm fiel, nüchterte er schlagartig aus.

Ich drehte mir eine Zigarette und überlegte. Viele Freunde schien Roth nicht gehabt zu haben. Weder im Herzzentrum noch anderswo. Doch ich brauchte einen, der ihn gemocht hatte. Einen, der sich auf Willemsens Territorium auskannte.

»Vielleicht können Sie mir helfen. Markus hat Unterlagen aus der Klinik gesammelt, um seine Vorwürfe zu belegen.«

Ein Hoffnungsschimmer flackerte durch Striens Blick. »Wenn Sie die den Beamten zeigen ...«

»Würde ich gern. Leider sind sie verschwunden.«

»Oh.« Er sackte zurück. Zwei Sekunden später richtete er sich wieder auf. »Dann müsste man eben versuchen, sie zu rekonstruieren.«

»Gute Idee. Verraten Sie mir auch, wie?«

»Erst mal würde ich mir alte Patientenakten vornehmen. Man bräuchte sich nur die Abgänge der letzten zwei Jahre ansehen. Wo man auf Unregelmäßigkeiten stößt, erstellt man entsprechende Suchmasken und nimmt die einzelnen Akten unter die Lupe.«

»Wer soll das machen?«

Er zögerte einen Moment und lächelte. »Sie.«

»Frau May wird mich kaum einladen, ihren Computer zu benutzen.«

»Kein Problem. Bei Nachtdiensten bin ich häufiger allein. Dann bringe ich Sie ins Archiv.«

»Das geht so einfach?«

Er stülpte die Lippen vor, betastete sein Kinn und nickte. »Vielleicht schon morgen. Der Kollege, mit dem ich eingeteilt bin, ist krank.«

»Fliege ich auf, habe ich eine Menge Ärger am Hals und Sie sind Ihren Job los.«

Er zuckte die Achseln. »Ich bin Markus das schuldig. Außerdem werden Sie nicht auffliegen.«

»Sie sind risikofreudiger, als Sie aussehen.«

»Kein Spiel ohne Einsatz.«

»Das ist ein ziemlich hoher Einsatz.«

»Wie man's nimmt.« Er grinste schräge. Genauso frech, wie Günther gegrinst hatte.

»Was ist mit dem Logbuch? Spuren hinterlasse ich allemal.«

»Sie benutzen Roths Passwort. Das haben wir vor einigen Monaten ausgetauscht. Für Notfälle.«

»Marschiert der Tote während Ihrer Nachtschicht ins Archiv, ist doch sofort klar, wer dahinter steckt.«

Er lächelte. »Das System ist schon älter. Ich hab seinerzeit aus reiner Neugierde mal geprüft, ob es fit für den Jahrtausendwechsel ist. Dabei bin ich auf verschiedene Lücken gestoßen. Sonst würde ich Ihnen das gar nicht erst vorschlagen.«

Meine Chancen, allein weiterzukommen, waren gleich null,

und die Zeitungen machten Anstalten, sich auf Marion Roth einzuschießen. Aber letztendlich gab sein Grinsen den Ausschlag.

»Es gibt da eine Akte, die mich besonders interessiert«, sagte ich. »Obwohl die vielleicht noch nicht im Archiv ist.«

»Welche?«

»Die von Detlev Böhmer.«

Zwanzig Minuten später war der Plan in Sack und Tüten. Zum ersten Mal seit ungefähr sechzig Stunden hatte ich das Gefühl, einen Schritt weitergekommen zu sein.

*

Vor den Elbbrücken nahm der abendliche Stau Formen an. Der Asphalt speicherte die Hitze. Um mich herum hockten entnervte Visagen hinter getöntem Glas. Der Lada besitzt keine Klimaanlage, nur eine für sibirische Winter konzipierte Heizung, deren Regler klemmte. Ich fuhr offen.

Zehn Meter weiter kreischten Hupen. Vier Rotznasen reckten feixend Finger aus einem schwarzen Golf. Ein bejahrter Ford mit Kölner Kennzeichen, der sich falsch eingeordnet hatte, war vor ihnen zwischen den Spuren gestrandet. Am Steuer ein älteres Männchen, die schütteren Haare wie gerupft vom Kopf abstehend, das sich umdrehte und flehend die Hände hob. Der Golf ging zum Stakkato über. Hamburg ist eben das sprichwörtliche Tor zur Welt. Das kriegen rheinische Frohnaturen sofort zu spüren. Als der Achttonner neben mir in die Hupattacke einstimmte, war der Kölner bereits grün im Gesicht. Ich ließ meine Scheinwerfer aufflammen und lud ihn zum Einfädeln ein. Dazu schenkte ich ihm das sonnigste Lächeln, das ich auf Lager hatte. Es dauerte, bis der alte Knabe begriff, dass er erlöst war. Dann machte er im Sitzen mehrere Bücklinge und verlor vor Dankbarkeit beinahe das Gebiss.

Trotzdem fühlte ich mich hinterher fast wie ein netter Kerl. Gut genug, um noch mal zu versuchen, Conny anzurufen. Sie war nicht da. Also schellte ich bei Axel durch. Der sagte mir, dass sie mit Carlo unterwegs sei.

»Er hat sie grade erst abgeholt. Sie wollten irgendwelche Bretter besorgen.«

Gott sei Dank, dachte ich und spürte, wie ich innerlich aufatmete.

»Wie war sie drauf?«

»Woher soll ich das wissen?«

Es blieb eine halbe Sekunde lang still. Nur atmosphärisches Rauschen. Er räusperte sich.

»Das Gleiche hat sie mich übrigens auch gefragt. Reg dich ab.«

»Ach ja?«

Aber zu weiteren Auskünften war Axel nicht bereit.

»Was ist bei dem Gespräch mit Strien rausgekommen?«

Ich gab ihm eine kurze Zusammenfassung. Er schnalzte mit der Zunge.

»Also scheint Willemsen die Sache zu arrangieren.«

»Möglicherweise zusammen mit seiner Schreibkraft. Die kann anscheinend mehr als nur tippen.«

Strien hatte angedeutet, dass die reizende Frau May nicht bloß rechte Hand sei, sondern auch die administrativen Zügel im Griff halte.

»Wie viele Katheter benötigen die so im Monat?«

»Ich schätze, an die zweitausendvierhundert. Er sagt, sie machen überwiegend Angioplastien. Dann wären's mehr. Angenommen, sie benutzen jeden nur zweimal und sparen pro Stück bloß fünfzehn Euro, landest du übers Jahr immer noch bei einer Viertelmillion.«

Er flötete leise. »Wie willst du das verifizieren?«

»Indem ich ein paar Akten lese.«

»Akten?«

»Details später.«

»Hmm …«

Bei so viel Lob bekäme ich glatt einen seelischen Ständer, meinte ich.

»Solltest du auch«, schnarrte er. »Ganz kurz, bevor dir die Wäsche platzt: Ich hab inzwischen herausgefunden, wie unser Freund von ›Transparenz Jetzt‹ heißt.«

»Wie heißt er, und wie ist seine Nummer?«

»Gemach. Du rufst ihn besser übers Festnetz an.«

»Warum?«

»Vertrau mir einfach, ja? Ich weiß, dass dir das schwer fällt, aber ab und an darfst du dich ruhig auf mein Urteil verlassen.«

Der Verkehr kam langsam wieder in Fluss. Ich warf einen Blick auf die Kaianlagen zur Linken, genoss das Licht auf der Norderelbe und drehte die Musik laut.

Kurz darauf stand ich neben dem Herd und fragte, ob es Kaffee gebe. Axel saß am Tisch über der »Elbe Jeetzel Zeitung«.

»In der Thermoskanne«, brummte er, ohne aufzusehen.

Ich nahm mir und studierte schlürfend den Bildschirmschoner. »You're my satin doll«. Krapprot auf Gelb. Anscheinend war er gerade in einer Ella-und-Duke-Phase. Aus den Boxen über dem Schreibtisch drang jedenfalls »Caravan«. Ich glotzte suchend auf die Schreibfläche vor seinem Computer. Irgendwo hier musste die Nummer herumschwirren. Aber auf den zahllosen Notizzetteln mit kryptischen Stichwörtern, Internetadressen und Links fand sich nichts.

»Neben dem Telefon«, knurrte er lesend.

Tatsächlich. Ein kleines gelbes Rechteck, auf das er »Dr. Siegfried Kaienburg«, eine mir unbekannte Vorwahl und einen achtstelligen Behördenanschluss gekliert hatte.

»Anscheinend auch ein Kardiologe«, murmelte er, in die Zeitung vertieft. Ich checkte meine Uhr, tippte die Zahlen ein und stellte den Apparat laut. Es gab Beamte in Deutschland, die um diese Zeit noch arbeiteten. Axel schrak hoch, vom Wählgeräusch alarmiert.

»He! Halt mal!«

Er fuchtelte protestierend mit den Armen. Ich drehte mich von ihm weg. Was ich Kaienburg fragen wollte, wusste ich auch ohne lange Diskussion. Sonst rannte der Bursche nachher nur aus dem Büro. Im selben Moment nahm am anderen Ende schon jemand ab.

»Spreche ich mit Dr. Siegfried Kaienburg?«

Ein sattes »Ja« erscholl. Bestimmt, aber wenig begeistert. Ein beschäftigter Mensch, der gestört wird.

»Mein Name ist Jacob Fabian. Ich berate Marion Roth, die Frau von Markus Roth. Es geht um Ihr Gespräch mit ihm.«

»Hören Sie, Herr …«

Er verschleppte das letzte »R«, sodass es wie ein »äh« klang. Ich half ihm auf die Sprünge.

»Fabian.«

»Hören Sie, Herr Fabian: Ich weiß nicht, wie Sie an diese Durchwahl gekommen sind, aber …«

»Über ›Transparenz Jetzt‹ …«

»Wie dem auch sei«, tönte es kühl. »Es muss sich um ein Missverständnis handeln …« Aus dem Augenwinkel bekam ich mit, wie Axel sich krümmte, schmerzhaft das Gesicht verzog und die Hände gequält in die Luft reckte. Mir schwante, dass ich eventuell doch eine Spur zu forsch losgeprescht war. »Falls diese Frau zu irgendwelchen Gesprächen Fragen hat«, meinte Kaienburg kalt, »wendet sie sich am besten an ihren Gatten. Guten Tag.«

Es klickte. Danach akustische Asche. Ich legte den Hörer auf, drehte mich mit einer Verwünschung um. Axels Finger tanzten hilflos zwischen Luftmolekülen.

»Warum hast du Kretin nicht aufgelegt?«

»Weil's wie 'n harmloser Verwaltungsanschluss aussieht.«

»Ist es auch«, zischte er pfeifend. »Nur geben die die Nummer von ihm normalerweise nicht raus. Das hättest du raffen müssen, als er dich nach der Durchwahl fragte. Es hat mich viel Schweiß gekostet, da ranzukommen. Die sind richtig zickig, was ihre Leute angeht …« Er schlug sich die Hand vor die Stirn und machte Geräusche. »Warum hast du ihm auch noch deinen Namen gegeben!«

Richtig. Der Name. Den hatte ich sogar wiederholt. Sodass Kaienburg ihn mitschreiben konnte. Was hatte mich geritten? Die Euphorie, endlich Roths Vorwürfe bestätigt zu wissen? Der niedliche Plan, den Strien ausgeheckt hatte?

Gemeinhin wundern sich die Leute zwar, doch bei den wenigsten klingelt es im Kopf. Wer liest schon noch Kästner? Heutzutage rangeln Henning Mankell und Dan Brown auf den Bestsellerlisten. Aber Jacob ist kein sehr häufiger Vorname, zumindest nicht in meiner Generation.

Egal. Kaienburg war Kardiologe und Erich ihm vermutlich das letzte Mal in der Unterprima über den Weg gelaufen.

»Was jetzt?«

Axel blickte mich fragend an. Tiefer in den Dreck ließ sich der Karren kaum fahren. Wer nichts mehr zu verlieren hat, kann nur gewinnen. Also drückte ich die Wahlwiederholungstaste.

»Va banque.«

Axel schlug vorsichtshalber ein stummes Kreuz. Kaienburg nahm den Hörer ab. Ließ ein unwirsches »Ja« los. Wahrscheinlich besaß er noch keinen Apparat, auf dessen Display man ablesen konnte, wer anrief, doch er konnte es sich denken.

»Legen Sie bitte nicht auf«, sagte ich. »Markus Roth ist vor vier Tagen mit dem Auto verunglückt, als er mir Unterlagen übergeben wollte. Seine Frau vermutet, dass er ermordet worden ist und das mit der Sache zusammenhängt, der er auf der Spur war. Inzwischen habe ich aus anderer Quelle Anhaltspunkte dafür, dass Roths Verdacht nicht unbegründet war. Sie sind der Letzte, mit dem er darüber gesprochen hat.«

Es blieb einen Moment lang still.

»Das tut mir aufrichtig leid«, kam es dann. »Dieser Unfall, meine ich.« Er räusperte sich. »Alles andere ist Sache der Behörden.«

»Dummerweise interessiert sich die Kripo bisher nicht für die Katheter, sondern verdächtigt Frau Roth. Für die Polizei wäre sie die bequemste Lösung.«

»Drücken Sie sich deutlicher aus.«

»Ich will herausfinden, ob und wer aus der Klinikleitung von Roths Tod profitiert haben könnte.«

Kaienburg schwieg einen Moment. »Was ist mit seinen Unterlagen?«

»Die sind verschollen. Unser einziger Anhaltspunkt ist der Kontakt zu Ihnen.« Ich ließ ihm einen Atemzug lang Zeit, damit der Appell sich setzen konnte. »Wenn Sie mir nicht glauben, sprechen Sie mit seiner Frau. Die wird Ihnen bestätigen, dass …«

»Gut. So machen wir's.«

»Sie haben ihre Nummer?«

»Entscheidender ist, ob sie die Ihre hat.« Damit unterbrach er die Verbindung.

Axel atmete hörbar aus und wog die Luft über den Handflächen. Ich nickte, drehte mir eine Zigarette und rollte sie zwischen den Fingern. Jetzt konnten wir nur noch beten. Axel warf mir die Streichhölzer zu, schob mit halbem Grinsen die Zeitung beiseite und deutete aufs Schachbrett.

»Was ist? Bist in Stimmung?«

Zwanzig Minuten später stierte ich auf die braunen und weißen Quadrate, während er am Herd das Brodeln des Mokkas überwachte. Billie Holiday hauchte »I cover the waterfront«. Ich hätte mich auch lieber an die Elbe verpfiffen, statt zu rätseln, wie ich meine angeschlagenen Truppen neu ordnete. Dafür wusste Axel nun, was Strien und ich besprochen hatten.

Berichte ich ihm, sitzt er nur da, wippt, zwirbelt sein Bärtchen, brummt gelegentlich oder glotzt ins Leere. Bisweilen dreht er sich auch abrupt um und tippt etwas in den Computer. Oder er steht auf und schiebt eine frische CD ein. Aber er ist die ganze Zeit über präsent. Hinterher hakt er nach.

»Ich verstehe nicht, wieso Strien dir hilft.«

»Weil ich ihn dazu eingeladen habe. Marion Roth ist ihm sympathischer als sein Chef. Den hält er für ein korruptes Schwein.«

Er nahm den Stieltopf von der Flamme und drehte das Gas ab. »Bist du sicher?«

Ich schüttete die letzten Tabakkrümel in ein Blättchen. Meine Streichhölzer waren auch schon wieder alle.

»Außerdem war er Roths Freund. Die Geschichte hat ihn ziemlich mitgenommen. Er guckte wie der XK. Nach dem Unfall.«

Axel ließ ein zweifelndes Schnalzen hören. »Nur weil ihm die Sache an die Nieren gegangen ist, riskiert er Arbeitsplatz und Approbation?«

Ich zuckte die Achseln und schob ihm mein Glas zu. »Auf dem Golf, den er fährt, kleben hinten Sticker von »amnesty« und »Ärzte ohne Grenzen«. In seiner Freizeit sammelt er für Kriegskinder. Er ist jung, unverheiratet und wohnt im Zweifelsfall nur zur Miete.«

Axel ließ sich wieder in den Drehsessel fallen und knetete seine Barthaare. »Ob nun mit oder ohne Bausparvertrag. Vor Moralisten sollte man sich hüten.«

»Sagst du?« Ich stand auf, langte nach dem Anzünder neben dem Herd und bemühte Hein Gas um Feuer. »Angenommen, Strien arbeitet für Willemsen, kann er sich nichts Dümmeres einfallen lassen, als mich ins Archiv zu bitten. Patze ich da, fällt der Verdacht zwangsläufig auf seinen Chef.«

»Mag sein«, raunzte Axel. »Gut gemeint und zu schlecht gemacht kann genauso fatal sein. Selbst wenn er dich nicht in die Pfanne hauen will.«

»Solange die Papiere verschollen bleiben, gibt es keinen anderen Weg.«

»Wie will er den Zugriff verschleiern?«

»Er sagte, das ginge. Das System sei älter. Er habe sich intensiv damit beschäftigt, schon vor Jahren, wegen der Jahrtausendwanze.«

»Wie?« Er kratzte sich den Schopf. »Die arbeiten mit einem sieben Jahre alten System?«

Ich zuckte die Achseln. »Keine Ahnung.«

Axel verbringt viel Zeit vor seinen zwei Rechnern. Im Gegensatz zu mir spricht er Programmiersprachen und weiß, wie man sich Zugriff verschafft. Autorisiert und weniger autorisiert.

Ich brachte die Dame in Sicherheit. »Du bist am Zug.«

Er nickte stumm, schob nachdenklich die Unterlippe vor und zog den schwarzen Läufer. »Gardé.«

Ich fluchte leise und schickte die Dame auf die Flucht. Axel stellte ihr mit dem Turm nach.

Es ist mir rätselhaft, wie er das anstellt. Da brüte ich und entwerfe raffinierte Strategien, während er am Computer friemelt oder Mokka neben Gläser gießt. Jeder andere müsste richtig nachdenken, um meine Variante zu kontern. Er wirft bloß einen Blick und durchkreuzt den Plan. Eine harte Prüfung für mein Ego.

Ich schlug den Turm. Der war zwar doppelt gedeckt, aber der Dame blieb wenig Wahl. Teurer konnte sie ihre Haut nicht verkaufen.

»Wann soll die Aktion steigen?«

»Bald. Vielleicht schon morgen. Er ruft mich an.«

Die Dame fiel. Vier Züge weiter stand ich im Schach. Der weiße König, allein auf weiter Flur. Umzingelt von feindlichen Offizieren. Weit abgeschlagen, am Rand des Feldes, zwei einsame Bauern.

»Matt.«

Ich sah aufs Brett. Die Lanzen sind gesplittert, das Klirren der Schwerter verhallt. Über dem zerstampften Gras des Schlachtfelds dampft das Blut der gemähten Leiber. Stille. Nur das Seufzen des Winds, der gleichgültig über die Toten streift.

Axel lehnte sich zurück und schlürfte an seinem Glas.

»Revanche?«

In dem Moment klingelte es an der Tür. Ich ging öffnen. Im Halbdunkel des Treppenhauses stand Conny.

»Ich hatte gehofft, dass du hier bist.«

Ihr Kopf war schräg gelegt. Sie lächelte unsicher, bevor sie mit beiden Händen nach meiner Rechten griff.

»Darf ich?«

Ich brauchte zwei Sekunden. »Klar …«

»Entschuldige letzte Nacht. Manchmal merk ich einfach nicht, wann ich den Rand halten muss.«

Der Ausdruck ihrer Augen tat mir wohler als die Worte. Ich spürte den Druck ihrer Hände, sah, wie sie ernst wurde, schluckte und wusste wieder, warum ich sie liebte und dass ich sie wahrscheinlich noch lieben würde, wenn ich zahnlos war und ihr Glanz von vorgestern.

»Dito«, würgte ich heiser. »Ich tue mir nur selber weh, wenn ich dich verletze …«

Ich nahm sie in den Arm. Wir hielten uns eine Weile. Irgendwann ächzte sie vor Erleichterung, und wir mussten beide lachen.

»Gehen wir essen?«

»Gute Idee.«

Es rumorte an der Haustür. Carlo tauchte auf. In den Pranken ein Stapel Bretter.

»Alles klar, ihr zwei?«

Conny wandte halb den Kopf, ohne mich aus den Augen zu lassen. »Ja.«

»Fasst mal mit an.«

*

Sobald wir das Holz nach oben getragen hatten, versuchten wir unser Glück im Viertel. Violetter Cirrus leckte am nordwestlichen Himmel. Die Akazie gegenüber blühte, und es roch nach Flieder, Benzin, altem Bratfett und Sommer. Leider waren wir nicht die Einzigen, die im Freien speisen wollten.

Die Schanze ist angesagt. Nicht nur bei Werbenasen, Webdesignern und Art Directors, die horrende Mieten hinlegen, um einen letzten Hauch kreativen Schmuddelcharmes abzugreifen, sondern auch bei Vorstadtkids aus Pinneberg, die mal an die Zitzen der verruchten Metropole fassen wollen. Bald wird man die paar Punks, Penner und Proleten, die noch in der Nachbarschaft hausen, unter Denkmalschutz stellen müssen. Für die Touristen.

Wir kämpften uns durch die Susannenstraße bis zum Schulterblatt, bevor wir die Flagge strichen und beschlossen, aufs nördliche Eimsbüttel auszuweichen. Conny schlug ein Chinarestaurant Ecke Lutheroth- und Telemannstraße vor. Wir nahmen Carlos Schiff. Bei unserer Ankunft wurde gerade ein Tisch frei. Das Trottoir hatte Berliner Dimensionen und gewährte Axels Rollstuhl üppig Auslauf. Conny orderte. Ihr »Ché chè« wirkte Wunder. Keine Minute später lachten uns die Getränke an.

Ich schilderte den dreien die finanzielle Bredouille der Klinik. Conny wunderte sich.

»Die haben ohnehin schon eine zu knappe Eigenkapitaldecke. Wie soll der Ausbau sie sanieren?«

»Schnellere Profite. Darauf zumindest hofft das Kuratorium. Nun putzt der Vorsitzende Klinken.«

»Demnach war Roth nur hinter Willemsen her?«

»Sieht so aus.«

Sie trank einen Schluck und prüfte meine Augen. »Du hast dich auch schon völlig auf ihn eingeschossen. Was macht dich so sicher?«

»Er log, als ich ihn auf den toten Patienten ansprach.«

»Es könnte ihm bloß um den Ruf seines Hauses gehen.«

»Sicher.«

»Solange die Akten nicht auftauchen, ist der Einzige, der uns Gewissheit verschaffen kann, Kaienburg«, meinte Axel.

»Kaienburg?«

»Der Typ von ›Transparenz Jetzt‹, mit dem Jacob vorhin telefoniert hat.«

Die Vorspeisen kamen. Unter einem Dutzend kleiner Verbeugungen drapierte der Kellner Schüsseln. Conny quittierte seine Beflissenheit mit gnädigem Nicken. Carlo zerrte sich aus der Schräglage hoch und beschnupperte angeregt seine gebratenen Teigtaschen. Ich kippte meine frisch angezündete Zigarette.

»Rauchen killt eh nur die Geschmacksnerven«, erklärte Conny, bevor sie meinen gequälten Blick auffing, sich mit der flachen Hand auf den Mund schlug und grinsend »Sorry« sagte.

»Wo sie Recht hat, hat sie Recht«, fiel Axel mir schmatzend in den Rücken. »Unlängst habe ich 'ne Studie über den Mund-und-Rachenraum gelesen. Teer und Nikotin haben verheerende Folgen für die Reproduktion der Schleimhäute.«

»Das ist der Fluch des Internet: sinnlose Informationshäppchen, die Hirnwindungen verkleistern und verbale Diarrhoe auslösen.«

»Wie bitte?«

Axel kaute verständnislos. Mit offenem Mund. Conny lächelte.

Ich erwog halblaut, demnächst eine Selbsthilfegruppe für rauchende Stehpinkler zu gründen.

»Die lade ich dann immer zu uns auf den Balkon ein …«

Ihre Stäbchen wanderten in meine Schale und fischten ein Stück Scampi heraus.

»Mmm«, gurrte sie, »vorzüglich!«

»Schön, dass es dir schmeckt.«

In dem Moment begann mein beiges Jackett Geräusche zu machen. Axel zuckte hoch. Conny runzelte die Stirn. Nur Carlo ließ sich nicht beirren und kaute gleichmütig weiter.

Es war Kaienburg. Der Kontakt sei rein informell, erklärte er gleich als Erstes. Frau Roth täte ihm leid. Ich zückte den Kugelschreiber, suchte Papier und fand keines. Conny schob mir einen Stapel Servietten zu, die ein allerliebster roter Aufdruck mit Kalligraphie und Jasminblüten zierte. Doch es gab nicht viel mitzuschreiben. Sämtliche Stichworte passten auf eine Serviette. Abschließend zögerte Kaienburg kurz. Ob ich morgen früh Zeit hätte? Er müsse erst mittags an seinem Arbeitsplatz sein. Eben noch hatte er sich wegen des Telefonats in die Hose gemacht, nun schlug er ein Treffen vor.

»Gern. Wo und wann?«

Der Lada wartete zwar auf Motorcheck und Waschanlage, aber außer frustrierenden Telefonaten mit maulfaulen Informationsdiensten lag nichts an.

Kaienburg beschrieb mir den Weg nach Schneverdingen, einem Kaff in der Lüneburger Heide, gut eine Fahrtstunde südlich von Hamburg.

»Der Abzweig ist kurz hinter Welle«, sagte er. »Bis dann.«

Ich parkte den Knochen neben dem Teller und holte tief Luft. »Hoppla!«

Die anderen guckten neugierig.

»Sag schon«, drängte Conny.

Carlo kaute knirschend an Teigtaschen. Axel meinte, ich solle es ruhig noch ein wenig spannender machen.

»Kaienburg und Roth haben häufiger telefoniert und sich einmal getroffen. Roth brachte ihm Ausdrucke von Abrechnungen mit. Kaienburg meint, das Zeug lege nahe, dass Willemsen seit Jahren die Kassen linkt.«

Axels Augen leuchteten auf. »Also besitzt er 'ne Kopie?«

»Nein. Roth war Perfektionist. Er wollte den Kram komplettieren, bevor er ihn an ›Transparenz Jetzt‹ weitergab. Dazu kam er nicht mehr.«

Axel verzog enttäuscht das Gesicht, und die Hand, die eben noch begeistert den Bart gekrault hatte, klatschte schlaff auf den Tisch. Conny spitzte die Lippen. Sie wusste, dass jetzt noch was kam.

»Der Witz ist, dass Kaienburg Willemsen längst im Verdacht hatte, als Roth ihn ansprach. Er bemüht sich seit geraumem, die Staatsanwaltschaft fürs Herzzentrum zu interessieren.«

»Wegen der Katheter?«

Ich nickte. »Allerdings anders gelagert. Willemsen wurde März '99 Chef in Hitzacker. Kurz darauf wechselte die Klinik den Zulieferer für Ballons und Stents. Im Prinzip ist Katheter gleich Katheter. Die Qualitäts- und Preisunterschiede sind marginal ...«

»Kein Urschleim jetzt«, unterbrach sie mich. »Wieso wechselte Willemsen den Zulieferer?

»Wegen der Rabatte. Die geben Nachlässe von bis zu fünfundzwanzig Prozent.«

»Aber die Kasse zahlt den vollen Preis?«

»Genau. Der Rest versickert unterwegs.«

»In der Tasche von Willemsen?«

»Oder desjenigen aus der Verwaltung, der ihm beim Fälschen der Bücher hilft.«

Axel runzelte die Stirn. »Das sind kleine Fische. Dafür riskiert kein Klinikchef die Karriere.«

»Das fand die Staatsanwältin, die Kaienburg anspitzte, auch«, sagte ich. »Vor ungefähr acht Wochen dann kontaktierte ihn Roth und tischte ihm die Geschichte von der Mehrfachnutzung der Einwegteile auf. Da ergab die Rabattarie auf einmal Sinn.«

»Also ermittelt die Staatsanwaltschaft bereits?«

»Nein. Kaienburg wollte Roths Unterlagen abwarten.«

Conny schob sich eine Strähne hinters Ohr. »Ihr schätzt, die Katheter bringen ihm im Jahr eine Viertelmillion, zuzüglich der Rabatte. Wie hoch lägen die?«

»Falls er die Marge voll ausschöpft, wären das noch mal fünfzig bis sechzig«, sagte Axel.

»Da muss 'ne alte Frau lange für stricken.«

Carlos Finger griffen nach der letzten Wonton-Tasche. Erst stippte er sie in die Sojasauce, danach in das Schälchen mit dem süßsauren Gemisch. Es knackte laut, als er zubiss.

»Wie verpackt er die Nummer auf 'm Papier?«

»Offiziell kauft die Klinik vermutlich alle Katheter frisch ein.«

Conny sah mich an und klopfte sich mit dem Zeige- und Mittelfinger nachdenklich auf die Lippen. »Er braucht mindestens zwei Helfer. Für die Katheter tut es 'n Handlanger. Die benutzten Teile in einer stillen Minute aus dem Müll zu holen, abzuspülen und wieder einzutüten ist kein Drama. Spannender ist der Job in der Verwaltung. Das leistet nur eine Fachkraft, die alle Abläufe kennt und Zugriff hat. Der muss er was bieten.«

Ich dachte an die gepflegten Topfpflanzen, den Christstern

und die niedlichen Katzenfotos, die ich in Willemsens Vorzimmer hatte bewundern dürfen. »Die hat er. Seine Sekretärin.«

Axels Rollstuhl knarrte. Er stieß halblaut auf, spreizte die Finger und wog skeptisch den Kopf. »Das hört sich alles wunderbar schlüssig an, aber es bleibt pure Spekulation.«

»Richtig«, seufzte Conny und angelte ein Stück Fisch aus meinem Schälchen. »Lasst uns endlich weiteressen. Kalt ist es eh schon.«

Da, wie aufs Stichwort, meldete sich wieder mein Funktelefon. Sie schielte entnervt und streckte den Arm aus.

»Gib her! Das Kackding wandert jetzt in die Tonne. Auf der Stelle.«

»Hia wandert nüscht inne Tonne, Kleene«, raunzte Carlo.

»Mach halblang«, wehrte ich sie lachend ab und führte die Leihgabe ans Ohr.

Es war Strien. Seine Stimme klang hölzern. »Ich wollte Ihnen bloß kurz Bescheid geben. Ich musste eben noch mal in die Klinik. Da hab ich es gleich überprüft.« Er holte tief Luft.

»Und?«

»Die Akte ist weg.«

Ich schluckte. Mein Gaumen war plötzlich wie ausgetrocknet. Es rieselte mir kalt übers Genick. »Und die Eingriffsprotokolle?«

»Nichts.«

»Sie haben alles gecheckt?«

»Eingriffsprotokolle, Arbeitspläne, Belegungslisten. Nirgends ein Hinweis. Als hätte der Mann nie existiert ...«

Es blieb ein paar Sekunden lang still.

»Sind Sie noch dran?«

»Ja«, hörte ich mich sagen. Halb taub.

»Übrigens scheint es morgen zu klappen. Also nehmen Sie sich nicht zu viel vor.«

VIER

Als ich aufwachte, stand der Wecker auf halb drei. Conny schlief. Draußen schien die Sonne. Meine Armbanduhr meldete zwanzig nach sieben. Um halb neun musste ich in Schneverdingen sein. Ich fuhr hoch, stürzte schlecht rasiert eine Tasse kalten Kaffee runter, weckte Conny und trabte zum Lada. Der Tank war fast leer, und die Zündung rotzte. Ungewaschen war die Karre auch noch immer. Ich nahm die alte Reichsstraße durch Harburg und hangelte mich auf der B75 über Dibbersen bis zum Trelder Berg.

Entlang der Bundesstraße zog sich das gesichtslose Weder-Noch, das Eigenheimzulage, Pendlerpauschale und Schwäbisch Hall aus dem Traum vom Wohnen im Grünen gemacht haben. Wiesen waren unter Baustoffcentern und Neuwagenparadiesen erstickt, zwischen denen sparprämienbegünstigte Fertighäuser wucherten. Stadteinwärts wälzte sich die Karawane der Bürosklaven. Meine Spur war leer genug, um die zerquetschten Igel zu zählen. Hinter dem Abzweig auf die B3 wurde es endlich lichter. Felder wechselten mit Birkenhainen und Krüppelkiefern, Heidekraut und grauweißem Sand.

Vor Jahren, als eine Zeit lang laufend Taxifahrer überfallen worden waren, hatte Carlo mich mal in diese Gegend mitgenommen, nachdem er mir ungefragt eine Pi 08 Parabellum organisiert hatte. Mit der erschien er eines Morgens, packte sie auf den Küchentisch und sagte, er wisse zwar, dass ich nicht auf Wummen stehe, aber ein Messer im Hals sei übler. Dann fuhren wir in eine von Panzern zerpflügte Wüstenei, wo die britische Armee alles platt gewalzt hatte, was an Wachholder, Heidschnucken und Hermann Löns erinnerte, und ballerten auf mit Heidesand gefüllte Plastikflaschen. Hinterher tat mir die rechte Hand weh und der tote Heimatdichter leid. Wenig später fasste man die Taximörder. Carlo wollte die Pistole nicht zurück. Also packte ich sie wieder in das muffige grüne Filztuch, in dem sie die letzten fünfundvierzig Jahre verbracht hatte, und vergaß sie zwischen den nie benutzten Leinenschnupftüchern meines Großvaters. Dort läge sie heute noch, wäre ich nicht nach Thailand gereist.

In Bangkok erschoss ich einen Mann. Mit seiner eigenen Automatik. Die Sache war andersherum geplant, ich hatte Glück, er Pech. Es quält mich nicht, dass er tot ist, und ebenso wenig, dass ich es war, der ihn tötete. Aber ich werde nie vergessen, was sich in mir abspielte, bevor der Schuss losging.

Seitdem weiß ich, dass meine Abscheu vor Waffen nur die Kehrseite der Faszination ist. Ich war nie Pazifist, aber bildete mir ein, gegen den Machtrausch gefeit zu sein, in den solche Mordwerkzeuge einen versetzen können. Doch das ist bloß eine Frage der Umstände. Sind die richtig falsch, erliegst du der Versuchung. Ähnlich wie beim Rückfall ins Glas. Faktoren, die du bestenfalls hinterher rekonstruieren kannst und die dir im Zweifelsfall genau dann einen Streich spielen, wenn du dir einbildest, du hättest es im Griff. Plötzlich hat es Gewalt über dich, und all der Ekel, den du mal davor empfunden hast, ist ausgelöscht.

Als ich auf dem Mann kniete, von dem ich Sekunden zuvor noch geglaubt hatte, er werde mich gleich erschießen, spürte ich triumphale Erleichterung. Und etwas anderes, viel Dunkleres, das ich bis dahin nicht mal als Phantasie gekannt hatte. Die Lust, das eigene Entsetzen in seinen Augen gespiegelt zu sehen. Die Einladung, panische Ohnmacht gegen gottgleiche Allmacht zu tauschen. Es dauerte keine zehn Sekunden. Und es war eine zu viel.

Deshalb holte ich die Pi 08 kurz nach meiner Rückkehr aus dem Schrank und versenkte sie in der Elbe. Genau so, wie ich den Alkohol aus meinen vier Wänden verbannt habe. Ich will nicht unnötig mit dem Teufel flirten. Er begegnet mir oft genug.

Ein paar Kilometer vor Wintermoor bog ich links ab. Kurz darauf kam Schneverdingen. Kaienburg und ich waren beim Brink verabredet, dem zentralen Platz im Ortskern. Es sei gar nicht zu verfehlen. Deshalb landete ich beim ersten Anlauf auch am Bahnhof, wo eine rüstige Radlerin im Rentenalter mir nahe legte, zu wenden. Sie zeigte Mut zur Zahnlücke und rollte das »R«, wie es Leute tun, für die Hochdeutsch zeitlebens erste Fremdsprache bleibt. Ich wäre auch mit ihrem Platt klar gekommen, doch sie wollte den Städter offenbar nicht überfordern.

Der Brink war dreieckig und baumbestanden, flankiert von Raiffeisenbank, Sparkasse und Geschäften. Dazwischen befand sich die Eisdiele, in der wir uns treffen wollten. Es war sieben nach halb und die Eisdiele geschlossen. Kaienburg traf um Viertel vor neun ein. In einem blauen Volvo mit Soltauer Kennzeichen, der langsam um den Platz zirkelte. Soweit ich durch das Verbundglas ausmachen konnte, war er rothaarig und Mitte vierzig. Wir tauschten ein erkennendes Nicken. Er stieg aus und kam auf mich zu. Sonnenbrille, kurzärmeliges Hemd und Schlips, kräftiges Kinn, füllige Lippen, die Wangen mit Narbenkratern übersät. Mindestens einsneunzig, um Bauch und Hüfte bereits fleischig und offensichtlich darum bemüht, lässig zu wirken, während er mich auf Anhieb als verklemmt bestach. Etwa einen Meter vor mir blieb er stehen, ohne die Verdunkelung aus dem Gesicht zu nehmen.

»Herr Fabian?«

»Schön, dass Sie es geschafft haben«, lächelte ich bemüht und streckte die Rechte aus.

Sein Händedruck war feucht. Auf der hohen Stirn glänzte Schweiß.

»Der Laden hat geschlossen.« Ich wies zur Eisdiele. »Ich weiß ja nicht, wie es Ihnen geht, aber ich bräuchte dringend einen Kaffee.«

Er konsultierte seine Uhr. »Wir könnten zum ›Höpen‹. Wenn's nicht ganz so nobel sein muss«, sagte er mit kurzem Seitenblick auf den Lada, »gäbe es auch die ›Heideklause‹. Da kriegen Sie garantiert Ihren Kaffee.«

»Hervorragend. Am besten, Sie fahren voraus.«

Drei Minuten später rollte der Lada auf den gelben Kies neben der Gaststätte zwischen seinen Volvo und einen silbergrauen Benz aus Pirna. Die »Heideklause« war in einem zweistöckigen Backsteinbau untergebracht. Kaienburg wartete am Eingang.

»Es ist eher rustikal«, warnte er.

Er hatte nicht zu viel versprochen. Die eigentliche Schankstube ging von der Diele ab. Drinnen lauerten ein Dutzend Eichentische. Quer zum Tresen dräute eine wuchtige Wacholderlandschaft in Öl, deren düsteres Timbre zu der brusthohen, braun gebeizten Holztäfelung passte. Darüber, im Ocker des nachgedunkelten Wandlacks, prangten Geweihe, Bocksgehörn und verwitterte Schützenschilder. Das ungebrochene Flair der späten Fünfziger. Perfekt für ein Remake der »Akte Odessa«. Hinter der Theke stand eine teigige Mittvierzigerin in Schürze, die sich an einem Geschirrtuch festhielt. Außer einem blassblonden Vertretertyp in Polyesteranzug, der offensichtlich zu dem frisch gewachsten 190er gehörte, waren wir die einzigen Gäste. Kaienburg nahm die Pilotengläser ab und parkte sie in der Brusttasche.

»Hinten raus gibt es noch 'ne Kegelbahn«, erläuterte er ungefragt.

»Ah ja.«

Anscheinend kegelte er gern. Oder er besaß trotz der herben Fassade ein sonniges Gemüt. Das brauchte man, wenn man hier häufiger einkehrte.

Der Vertreter mopste sich. Er probierte ein Plastiklächeln, als brenne er drauf, uns Damenunterwäsche anzudrehen. Wir ließen ihn mit seinem Grinsen allein und platzierten uns am vordersten der drei Fenster. Es gab Frühstück. Mit oder ohne Setzei. Ich pfiff auf das Cholesterin und bestellte mit. Kaienburg streichelte sich gedankenvoll den Unterkiefer, bevor er das Gleiche orderte.

Er wirkte nervös und verkrampft, so, als habe er unterwegs Angst vor der eigenen Courage bekommen und sei sich unschlüssig, ob er nicht besser sofort aufstehen und das Weite suchen solle. Also lächelte ich besänftigend, dankte ihm nochmals für seine Bereitschaft, mich zu treffen, bat ihn, alles, was ich sagte, vertraulich zu behandeln, um ihm anschließend die Geldnöte der Klinik, das Risiko eines Eklats und das mögliche Mordmotiv zu skizzieren.

»Wenn das stimmen würde«, sagte er, »ginge es um weit mehr als um Abrechnungsbetrug.«

»Richtig.«

»Sie glauben also«, sagte er rau, »dass Roth deswegen sterben musste?«

»Immerhin war er drauf und dran, mit der Geschichte an die Presse zu gehen.«

Kaienburg lehnte sich zurück und glotzte einen Moment lang an der vergilbten Spitzengardine vorbei auf die Straße. Ich beugte mich vor und legte nach.

»Das Herzzentrum braucht dringend neue Anleger. Da droht Roth plötzlich quer zu schießen und schwerste Beschuldigungen zu äußern. Willemsen ist sowieso unter Druck. Geraten die Vorwürfe an die Öffentlichkeit, platzt nicht nur der Ausbau, sondern er hat reelle Chancen, seinen Job loszuwerden und hinter Gitter zu wandern. Was täten Sie an seiner Stelle?«

Ich sprach einigermaßen schnell und aggressiv. Es wirkte. Kaienburgs Skepsis begann zu bröckeln.

»Willemsen hat Ihnen gegenüber also abgestritten, dass es sich bei dem fraglichen Todesfall um eine Sepsis handelte?«

»Er hat mir sogar die Komplikationen geschildert, die während des Eingriffs angeblich aufgetreten sind. Es wirkte sehr überzeugend. Allerdings bin ich mir inzwischen fast sicher, dass er gelogen hat.«

Die Tür hinter dem Tresen schwang auf, und die Serviererin näherte sich mit zwei großen Tabletts. Wir verstummten.

Der gebratene Speck duftete vorzüglich, die Brötchen waren knusprig, und der Kaffee blieb beim Eingießen schwarz. Ich spürte plötzlich, wie leer mein Magen war und stürzte mich auf die Eier.

Der Handlungsreisende bat laut um die Rechnung. Er stammte tatsächlich aus Sachsen. Sechzehn Jahre nach dem Sektkorkengetöse geisterten ehemalige FDJ-Kader durch die Westprovinz und verscherbelten dem erotisch unterforderten Klassenfeind Reizwäsche. Nur gut, dass Erich und Margot das nicht mehr mitbekamen. Sobald wir wieder ungestört waren, hakte Kaienburg nach.

»Wieso glauben Sie, dass er lügt?«

Ich musste erst einmal aufkauen und runterschlucken.

»Weil es jemanden gibt, der Roths Version bestätigt.«

»So? Wen denn?«

Er klang ungehalten. Möglicherweise störte ihn mein Appetit. Wenn ich hungrig bin, neige ich zum Schaufeln. Er hingegen speiste wie ein echter Herr.

»Ein Facharzt, der den Mann betreut hat.«

Kaienburg sah interessiert auf. Messer und Gabel ruhten. Ein Kollege, zudem einer, der mit dem fraglichen Fall betraut war, war ernst zu nehmen.

»Da Willemsen so überzeugend klang, habe ich ihn gebeten, vorsichtshalber noch mal die Krankenakte zu prüfen«, sagte ich und atmete durch. »Doch das geht leider nicht.«

»Wieso?«

»Sie ist weg.«

»Wie bitte?«

»Der Name des Patienten steht nicht mal mehr im Computer.«

Kaienburg erbleichte. »Was ist mit den Eingriffsprotokollen?«

»Unauffindbar.«

Der Mund meines Gegenübers stand halb offen, sodass ich das zerkaute Eiweiß auf der Zunge studieren konnte, bevor er mehrmals hastig schluckte.

»Mein Gott.«

Ich blieb am Ball. »Wer könnte daran interessiert sein, dass diese Akte verschwindet? Roth? Schwerlich. Roth brauchte Belege. Der Einzige, der davon profitiert, ist Willemsen. Falls er lügt. Denn so ist er die inkriminierenden Indizien los und muss sich höchstens mit Gerüchten rumschlagen, die ein Toter in die Welt gesetzt hat.«

Kaienburg fing unverhofft an zu husten, würgte und nahm Zuflucht zu seinem Kaffee. Ich gönnte ihm eine Pause, um den Happen zu verdauen.

»Also«, ich strich die Krumen auf meinem Teller zusammen, »wieso stirbt ein Patient Stunden nach einem Routineeingriff an einer Blutvergiftung?«

Bis vor einer Minute hatte er noch gehadert. Nun stieß er den Teller abrupt beiseite und schüttelte angewidert den Kopf.

»Wissen Sie, als Roth mir erklärte, in Hitzacker werde mit miserabel sterilisierten Kathetern gearbeitet, war ich skeptisch. Ich verdächtige Willemsen zwar seit geraumer Zeit, Preisnachlässe auszuhandeln, dieser Vorwurf allerdings schien mir schlicht zu ungeheuerlich. Aber jetzt ...«

Er sah grau aus. Einen Moment lang fragte ich mich, ob ihm

übel geworden sei. Bis ich merkte, dass hinter der Blässe Wut steckte.

»Sollte das wirklich stimmen, muss Willemsen umgehend das Handwerk gelegt werden.«

»Reden Sie mit der Staatsanwältin. Vielleicht gelingt Ihnen ja jetzt, die Dame zu bewegen, ein Ermittlungsverfahren einzuleiten. Hier geht es um mehr als illegale Rabatte.«

»Richtig.« Kaienburg setzte sich auf. Als riefe er sich innerlich zur Ordnung. »Wann sehen Sie unseren Zeugen?«

»Sie meinen den Arzt?«

Er nickte und ließ ein entschlossenes Räuspern hören.

»Wahrscheinlich noch heute.«

»Klären Sie, ob er bereit ist, auszusagen. Ich garantiere Ihnen, dass ich alles tun werde, um die Staatsanwältin von der Dringlichkeit der Sache zu überzeugen.«

*

Zwanzig Minuten später war ich unterwegs nach Bleckede. Marion Roth hatte mir auf die Box gesprochen und um meinen Besuch gebeten. Ich versuchte, sie zurückzurufen, aber es war ständig besetzt.

Als ich in der Kleinen Straße ankam, schwante mir, wieso. Drei kamerabehängte Männer standen auf dem Pflaster vor dem Grundstück. Ich hupte mir den Weg frei und parkte den Lada neben der Garage. Sie öffnete erst, nachdem ich Sturm geklingelt hatte.

Im Zuge einer Pressekonferenz, bei der es um eine Messerstecherei unter Jugendlichen ging, war Hauptkommissar Gehrken erneut zum Unfall ihres Mannes befragt worden. Obwohl er bloß erklärt hatte, dass sein Team »bislang kein Gewaltverbrechen« ausschließen könne und in »alle Richtungen« ermittele, witterte das lokale Presserudel nun offenbar Beute. Ihr Telefon lief seit dem Morgen heiß. Daraufhin hatte sie den Hörer abgenommen und eine Null gewählt.

Ich berichtete ihr von dem Treffen mit Kaienburg. Da das Wetter dazu einlud, zogen wir irgendwann auf die Terrasse um. Wann genau ich ihr mitteilte, dass ich nun zu wissen glaube, wer den angeblichen Journalisten beauftragt habe, weiß ich nicht mehr. Vermutlich noch drinnen.

Strien, den sie auch alarmiert hatte, erschien knapp eine Dreiviertelstunde nach mir. Ich gab ihm ein paar Stichworte zu meinem morgendlichen Rendezvous und fragte, ob er gewillt sei, mit der Staatsanwältin zu reden.

»Natürlich unter der Voraussetzung, dass sie Ihre Aussage diskret behandelt.«

Er zögerte, als sei ihm die Sache unbehaglich.

»Für wie vertrauenswürdig halten Sie diesen Kaienburg?«

»Ich denke, er steht zu dem, was er sagt.«

»Haben Sie ihm meinen Namen genannt?«

»Nein.«

Strien sah an uns vorbei zum Deich. Marion rückte auf die Vorderkante ihres Korbsessels.

»Was für Vorbehalte hast du?«

»Es kommt etwas plötzlich. Sobald ich aussage, darf ich mir eine andere Stelle suchen.«

Dass er sich mit einem Mal Sorgen um seinen Job machte, überraschte mich.

»Nicht jeder Überbringer schlechter Nachrichten wird geköpft. Wenn Sie Echternach rechtzeitig einweihen, könnten Sie die Leiter auch rauffallen. Immerhin geben Sie ihm die Chance, sich für die Katastrophe zu wappnen.«

»Welch Trost.« Strien grinste gequält. »Na schön. Ich werde es mir überlegen.«

Marion Roth schenkte uns Kaffee nach. Dann lächelte sie und wechselte das Thema.

»Was macht dein Transport ins Kosovo?«

Strien war in Gedanken woanders gewesen. Er ruckte hoch.

»Der Lkw soll Dienstagabend los«, sagte er, »aber wir mussten schon zweimal verschieben. Der Zoll macht Ärger, angeblich wegen der Ausfuhrbestimmungen. Man sollte meinen, die Behörden kämen einem entgegen, aber die zwingen uns einen irren Papierkrieg auf. Obendrein gibt es Probleme mit dem Transit durch die Slowakei und Ungarn. Dabei haben wir auf derselben Route schon häufiger Sachen verschickt, ins gleiche Camp.«

»Wohin geht Lieferung?«, fragte ich.

»In den Norden des Kosovo. Nach Mitrovica.«

»Ist das nicht der Ort, wo es immer wieder Streit zwischen Albanern und Serben gibt?«

Strien nickte. »Die Stadt ist faktisch geteilt. Im Norden wohnen Serben, im Süden Albaner. Dazwischen liegt der Fluss ...« Seine Kiefermuskeln tanzten. »Da hat die UNO '99 ein provisorisches Lager für Roma eingerichtet, deren Viertel kurz nach dem Einmarsch der NATO von den nachrückenden Albanern abgebrannt wurde. Das Lager befindet sich auf der Abraumhalde der Trepca-Mine. Der gesamte Boden ist mit Schwermetallen verseucht. Aber die Roma, die dort Zuflucht gesucht haben, können nicht in ihre Häuser zurück. Sonst schlagen sie die Albaner tot. Nun vegetieren da sechshundert Vertriebene. Fast alle haben Bleivergiftung. Die Kindersterblichkeit ist extrem hoch ...« Striens Blick schweifte wieder Richtung Deich.

»Die sitzen da seit 1999?«

»Als man das Camp installierte, wusste man, dass das Wasser und der Boden kontaminiert sind, aber es sollte ja nur eine Übergangslösung sein.«

»Schrecklich«, sagte Marion. »Und die Soldaten? Tun die denn nichts?«

Strien hob resigniert die Schultern. »Die KFOR beschränkt sich darauf, die Grenze zwischen den Stadthälften zu sichern. Wenn albanische Nationalisten Roma angreifen, sehen sie weg. Zigeuner hatten noch nie eine Lobby.«

»Wer kümmert sich um diese Menschen?«

»Offiziell die UN-Mission im Kosovo, doch die hat sie sieben Jahre lang erfolgreich vergessen. Bis kürzlich ein deutscher Arzt Haarproben von sechsundsechzig Kindern aus dem Lager nahm und die höchste Konzentration toxischer Schwermetalle darin feststellte, die je in menschlichem Haar gefunden wurde.« Strien lachte böse auf und schüttelte den Kopf. »Nun hat die UNO eine alte Kaserne renovieren lassen und plant, die Familien umzuquartieren. Dummerweise ist der Bau keine hundert Meter vom Lager entfernt. Da will niemand hin ...«

Er griff sich an die Stirn und lächelte angestrengt. Ich nickte, obwohl er keine Antwort zu erwarten schien, sondern bloß nach seiner Tasse langte und sie in einem Zug leerte, als wolle er den üblen Nachgeschmack wegspülen.

»Was bringen Sie runter?«, fragte ich.

»Medikamente. Vor allem Antibiotika. Wir müssen uns darauf beschränken, die Folgen der horrenden hygienischen Bedingungen zu mildern und das Risiko von Typhus und Ruhr einzudämmen.«

»Fahren Sie selber mit?«

»Diesmal nicht.«

Er streifte sich durchs Haar und griff nach seinen Zigaretten.

»Waren Sie schon öfter unten?«

»Zu oft …«

Irina hatte Conny und mir damals von Durchfallerkrankungen in einer der Zeltstädte berichtet. Am schlimmsten sei es für Kinder. Die vorhandenen Arzneimittel reichten nie aus.

Strien atmete tief durch: »Da herrschen Zustände, die sich hier kein Mensch vorstellen kann. Das Fernsehen zeigt ja nur halbwegs erträgliche Szenen. Der Rest wird zensiert. Außerdem unterschlagen die Bilder den Gestank.«

Wir schwiegen eine Weile. Jeder mit sich und seinen Gedanken beschäftigt. Schließlich stand Marion Roth auf, um frischen Kaffee zu machen. Ich checkte meine Uhr. Sie war versorgt und Strien wirkte nicht mehr sonderlich redselig. Daheim warteten die Listen der Detekteien, die es noch abzuarbeiten galt. Außerdem wollte ich mit Steinhausen telefonieren. Der verhandelte gerade mit dem »Spiegel« und plante, in den nächsten Tagen nach Hamburg zu kommen.

Doch ich hatte Strien noch nicht nach dem Streit zwischen Teuscher und Roth befragt. Wo wir gerade so entspannt beisammensaßen und unsere Gastgeberin außer Hörweite war, nutzte ich die Gelegenheit.

»Was für ein Verhältnis hatten die beiden eigentlich?«

Strien schien peinlich berührt.

»Worauf wollen Sie hinaus?«

»So wie sie sich über ihn äußerte, klang es nicht unbedingt, als habe sie ihn geschätzt. Vielleicht benutzte er ja nur das falsche

Rasierwasser, aber eventuell hatte ihre Antipathie auch andere Gründe.«

Er zuckte die Achseln. Meine Frage war ihm unangenehm. »Aus derlei habe ich mich immer rausgehalten.«

»Woraus?«

»Tratsch über Kollegen.« Er gönnte mir ein schmales, vieldeutiges Lächeln.

»Das finde ich sehr sympathisch. Trotzdem bin ich neugierig. Zumal sie so vergesslich ist, was die Operation anlangt.«

»Wer?«, tönte es da in meinem Rücken. Marion Roth stand hinter mir, in der Hand die Thermoskanne. Ihre Stimme klang überraschend scharf. Sie sah Strien fragend an. Er wich ihrem Blick aus. Sie blieb abwartend stehen, also griff ich nach meiner Tasse und drehte mich zu ihr um.

»Wir reden über das Betriebsklima in der Klinik. Ich habe Herrn Strien nach seiner Einschätzung persönlicher Vorlieben und Eifersüchteleien gefragt. Wir waren gerade bei Frau Teuscher. Die scheint Herrn Willemsen sehr zu schätzen.«

»Ach ja?« Das kam ziemlich spitz.

»Sie hält ihn für eine echte Koryphäe …« Ich hielt Marion Roth lächelnd die Tasse hin. »Eine noch, dann muss ich wirklich los.«

Sie mied meine Augen und schenkte ein. Zwei steile Falten auf der Stirn, dieweil Strien geschäftig rauchte und an uns vorbeisah.

*

Im Nordwesten schimmerte ein letzter heller Streifen über dem Horizont, als ich den Lada vor dem Wäldchen beim Herzzentrum abstellte. Die letzten fünfhundert Meter ging ich zu Fuß. Strien erwartete mich auf dem Parkplatz hinter dem Hauptgebäude. Parallel zu einem der Neubauflügel. Er löste sich aus dem Schatten des Vordachs, sobald ich auf den Seiteneingang zusteuerte.

»Wir haben Glück. Der Wachschutz ist gerade durch.«

»Sekunde.« Ich berührte ihn am Arm und blieb stehen. »Habe ich das vorhin richtig verstanden?«

»Was?«

»Markus und Christine Teuscher hatten was miteinander?«

Im Kunstlicht wirkte Striens Gesicht extrem blass. Er schien mit sich zu kämpfen.

»Bestätigt hat er es mir nie. Im Winter habe ich sie mal zusammen gesehen. In Hamburg. An der Elbe. Die Situation war einigermaßen eindeutig.«

»Haben die beiden Sie bemerkt?«

Er verzog den Mund. Es wirkte irgendwie gequält.

»Glaub nicht. Dafür waren sie zu abgelenkt.«

»Hmm …«, grunzte ich unwillkürlich, da mir erst jetzt dämmerte, dass er sich möglicherweise selbst für die Teuscher erwärmt hatte. Oder es noch immer tat.

»Hat Markus Ihnen gegenüber denn mal was Persönlicheres über sie verloren?«

Striens Hand wanderte ans Ohr. Er zupfte es sich ein paar Mal.

»Einmal, als wir über ihr etwas eigenartiges Verhältnis zu Willemsen sprachen, deutete er an, dass sie wohl einen Vaterkomplex habe …«

»Inwiefern?«

»Ihren eigenen hat sie sehr früh verloren. Er soll die Familie verlassen und sich später totgefahren haben. Ziemlich tragische Geschichte. War angeblich hochintelligent, trank bloß zu viel.«

»Das hat Markus Ihnen erzählt?«

Strien nickte wortlos.

Entweder log Strien, oder Roth war ein taktloser Schwachkopf gewesen. Zugleich ergab die Verbindung zwischen Teuscher und Roth nun zum ersten Mal Sinn. Sofern zutraf, was ich gerade gehört hatte. Das Süchtige in ihm hatte sie angezogen. Darauf war sie durch ihren Vater konditioniert.

Ich stellte sie mir als Fünfjährige vor, wie ihr Papi, den Cognacschwenker in der Linken, sie auf den Schoß hob, ihr die weißblonden Locken streichelte und beschwörend ins Ohr raunte, dass sie seine kleine Prinzessin sei. Es für immer bliebe. Real hatte sein Schwur höchstens so lange gehalten wie seine Dröhnung, aber in ihrem Kleinmädchenherzen die Gewissheit eingegraben, dass wahre Hingabe stets unter Weinbrand- oder Whiskyfahne segelte. Oder sie schuld daran sei, dass Papi hatte fortgehen müssen, und sie darum ein Leben lang versuchte, seinem Ersatzmann alles recht zu machen.

Derlei Verstrickungen gibt es häufiger. Davon leben ganze Berufszweige: Psychotherapeuten, Ärzte, Drogenhändler und Zuhälter.

Gewiss, möglicherweise hatte ihr Verhalten völlig andere Ursachen. Einiges allerdings passte hervorragend in das Raster. Von ihrer Bereitschaft, mich spontan zu treffen, über die Art, wie sie mir zunächst zu gefallen gesucht hatte, bis hin zu dem abrupten Stimmungswechsel, als ich die goldene Spielregel des Schönredens nicht einhielt.

»Wissen Sie, wie lange das zwischen den beiden ging?«

Striens »Keine Ahnung« kam gequetscht. Außerdem waren seine Finger schon wieder am Ohrläppchen zugange. Er warf einen nervösen Blick auf die Uhr. Halb drängend, halb bittend. Ich wusste, was ich wissen wollte, und obwohl sich dadurch ein Haufen neuer Fragen auftat, war dies weder die Zeit noch der Ort, sie zu stellen.

»Sie haben Recht«, sagte ich. »Wir sollten langsam.«

Er atmete auf. »Hier entlang.«

Quer zur doppelten Glastür lag ein langer, aseptisch wirkender Flur, der mit Halogenstrahlern ausgeleuchtet war. Seitwärts gingen Labors und Behandlungsräume ab. Alles wirkte verlassen. Die Patienten seien in anderen Gebäuden untergebracht, sagte Strien. Nachts verirre sich selten jemand hierher. Nach ungefähr fünfzig Schritten erreichten wir die Treppe zum Keller. Unten war eine feuerfeste Stahltür. Er zückte einen Schlüsselbund und öffnete.

Kaltröhrenlicht brach sich am weiß gestrichenen Beton eines Vorraums, von dem drei Gänge abzweigten. Wir schwenkten in den mittleren ein und folgten dem Gewirr von Heizungsrohren und Wasserleitungen, das unter der Decke längslief, bis wir auf eine Schwelle stießen. Dahinter waren die Wände gemauert. Offenbar der Altbau. Es ging im Zickzack vorwärts. Die Luft summte. Je weiter wir kamen, desto stärker schwoll das Geräusch an.

»Was ist das?«

»Der Generator. Zusätzlich gibt es noch ein Notstromaggregat.«

Der Untergrund war ein Irrgarten. Für einen, der oben arbeitete, kannte Strien sich hier erstaunlich gut aus. Wir passierten Verschläge, in denen ausrangierte Bettgestelle und medizinisches Gerät verstaubten, und erreichten schließlich wieder ein Treppenhaus. Gegenüber den Stufen lagen zwei grau gestrichene Türen.

»Da wären wir«, verkündete er.

Er schloss auf. Angeln quietschten leise. Klimpernd flackerten Neonröhren auf. Wir befanden uns in einem rechteckigen, mindestens sechzig Quadratmeter großen Raum. Mittig stand eine monströse Computeranlage. Stahlschränke säumten die Wände. An den Längsseiten waren sie T-förmig verlängert, sodass sie bordartige Unterabteilungen bildeten. In der rechten Ecke gab es eine Nasszelle mit Klosett und Waschtisch. Ernüchtert wanderte mein Blick über die Front der Zugläden und Aktenschränke. Hier konnte ich Wochen stöbern, ohne fündig zu werden.

»Wie lange, sagten Sie, geht Ihre Nachtschicht?«

Strien grinste. Anscheinend hatte er sich wieder gefangen.

»Keine Sorge. Sie brauchen ja nur zu kopieren.«

Er ging an einen der Schränke und kehrte mit einem Stapel CD-ROMs zurück, die er auf dem Tisch stapelte.

»Das sind digitale Röntgenbilder. Alle Befunde der letzten Monate, sozusagen für den Hausgebrauch, als Ergänzung der Eingriffsprotokolle. Ich kann die Bilder dann später auf meinem PC vergleichen. Zunächst mal zeige ich Ihnen, wie man die Dateien abruft.«

Er setzte sich vor den Rechner und tippte Roths Code ein. Ich zog mir einen Drehstuhl heran und sah ihm über die Schulter.

»Wie sind die geordnet?«

»Chronologisch. Sie dokumentieren den Zustand vor dem Eingriff und danach.«

Er führte mir vor, wie man Aufnahmen markierte und einzeln ablegte. Ich wiederholte den Vorgang unter seiner Aufsicht.

»Jetzt wollen wir uns mal das Register ansehen.«

Fünf Klicks weiter waren das Programm gewechselt und der Ordner geöffnet.

»Wir interessieren uns für Abgänge nach Kathetereingriffen. Unter septischen Schocks werden sie kaum abgelegt sein.« Er hackte in die Tasten. »Das ist das Verzeichnis«, erläuterte er. »Ich guck nur eben rasch …« Er legte die Maus beiseite. Seine Finger flogen über das Keyboard. »Na, komm schon«, knirschte er ungeduldig.

Der Rechner servierte uns Datensalat, bis er bei einer leeren Seite anlangte. Strien schüttelte irritiert den Kopf. Versuchte es erneut. Und noch einmal. Dann drehte er sich zu mir um. Sein Gesicht war bleicher als sonst.

»Hier ist auch nichts. Kein Eintrag.«

»Geht's über alte Back-ups?«

»Das habe ich bereits versucht, aber eventuell klappt es so.«

Es dauerte etwa drei Minuten, bis er laut schnalzte und auf den Bildschirm deutete, wo uns lange Listen mit Dateinamen anlachten.

»Schlagen Sie doch mal den toten Patienten nach.«

»Bin schon dabei …«

Fünf Sekunden später hatte er ihn.

Detlev Böhmer war zweiunddreißig Jahre alt geworden und bei der Barmer versichert gewesen. Die Katheterintervention hatte am 13. März stattgefunden. Die anschließende Notoperation auch. Von einer Sepsis las ich nichts. Doch ich verstand sowieso nicht viel. Statt meiner hätte Axel die Akte lesen müssen. Der blättert häufiger im Pschyrembel.

»Offizielle Todesursache?«

»Nicht zu fassen«, stotterte Strien. »Genau so, wie Willemsen es Ihnen gesagt hat.«

Er glotzte auf den Bildschirm, bis er auf einmal zu grinsen anfing, leise kichernd »Natürlich« murmelte, nickte und wieder die Tasten zu bearbeiten begann. »Insuffizienzen«, frohlockte er. »Versuchen wir's damit. Vermeintliche Insuffizienzen …«

Wenige Sekunden später tauchte eine Tabelle mit Namen und Zahlen auf.

»Ist es das?«

Er nickte. »Jetzt muss ich es nur noch spezifizieren. Sonst markiert er Ihnen alle Abgänge.«

Das Verzeichnis sortierte sich neu.

»Da haben wir's«, lächelte er.

Dann zeigte er mir, wie ich an die Unterdateien herankam. Eben war ich im Begriff, mit dem Kopieren anzufangen, als sein Kittel Laute machte. Er fluchte ertappt, checkte seine Armbanduhr und zerrte den Pieper aus der Tasche.

»Oje. Ich bin weit über die Zeit.« Er sprang auf, warf mir einen gehetzten Blick zu. »Sie kommen zurecht?«

»Denke schon.«

»In ungefähr drei Stunden hol ich Sie hier wieder ab.«

Ich brummte zustimmend und widmete mich dem Monitor. Bis ich hörte, wie sein Schlüsselbund klöterte. Ich schwang herum.

»Strien!«

In zwei Sätzen war ich bei der Tür. Er stand bereits im Gang, die Linke auf der Klinke, den Schlüssel in der Rechten. Drauf und dran, mich von außen einzuschließen.

»Was zum Teufel machen Sie da?«

Er guckte verdattert. »Ich schließe ab.«

»Das sehe ich.«

Er lachte peinlich berührt. »Das ist bloß zu Ihrer Sicherheit, für den Fall, dass der Wachschutz durchkommt.«

Auf die Runden der Wachmänner hatte er mich vorbereitet, nur nicht darauf, dass er mich einzusperren gedachte.

»Gewiss«, lächelte ich. »Trotzdem.«

Ich streckte die Hand aus. Vertrauen ist fein. Manchmal allerdings ziehe ich Lenins Maxime vor.

»Für den Fall, dass der Schuppen abbrennt. Sie bekommen ihn ja zurück.«

Wir standen keinen Meter mehr voneinander entfernt. Sein Blick flackerte, glitt dann nach unten. Er gab sich einen Ruck, seufzte demonstrativ und würgte den Schlüssel durch den Ring am Bund.

»Hier.«

Er atmete angestrengt aus und sah mich einen Moment lang an, als habe er mir gerade einen entscheidenden Gefallen getan. Ich ließ ihm den Spaß und grinste handzahm.

»Danke.«

»Schließen Sie hinter mir zu. Die prüfen gelegentlich die Türen.«

»Schon begriffen.«

»Bis nachher.«

»Alsdann.«

Er eilte in hurtigen Sprüngen die Treppe hoch. Bevor ich abriegelte, sah ich ihm zwei Sekunden lang hinterher. Mit unverhofft gemischten Gefühlen.

In den nächsten siebenundachtzig Minuten ging ich einmal pinkeln, doch nur, weil mir die Blase zu platzen drohte. Ansonsten hockte ich vor dem Monitor und starrte verstört auf den Bildschirm. Viel zu kopieren gab es nicht.

Knapp ein Viertel der Dateien, die Strien für mich spezifiziert hatte, waren auf wundersame Weise verschwunden, und da ich jede andere x-beliebige Krankenakte einsehen konnte, begriff ich, dass das Gerät genau das tat, was es tun sollte. Denn auch die Unterverzeichnisse gaben nichts her. Von einhundertachtzehn in Frage kommenden Vorgängen waren dreiundzwanzig gelöscht. Allerdings hatte man pikanterweise vergessen, das Zugangsverzeichnis zu tilgen. So ließen sich immerhin Alter, Geschlecht und Todestag der Verschollenen nachvollziehen. Und aus irgendeinem Grund existierte das Duplikat der Akte Böhmer noch. Komplett. Jemand brauchte sie anscheinend. Als Rückversicherung. Oder als Druckmittel.

Ich begann, die restlichen Vorgänge und Namen auf der Liste zu sichern. Damit konnte ich mich wenigstens auf die Suche nach Angehörigen machen. Die besaßen vielleicht alte Befunde, Doppel von Rechnungen und Totenscheine.

Der Computer war schon älter und der Brennerschlitz oben, direkt unter der Tischplatte. Vermutlich war hier noch nie eine Kopie angefertigt worden, denn die Arbeitsfläche, auf der die Tastatur stand, ragte rund vierzig Zentimeter in den Raum. Um die CD-ROM zu wechseln, musste man in die Hocke gehen. Gerade hing ich unter das graue Resopal gebeugt, um die dritte einzulegen, als ich im Gang Männerstimmen hörte. Unwillkürlich schoss mein Kopf hoch und stieß gegen die Arbeitsplatte. Das reichte, um den Stapel bereits gebrannter Kopien scheppernd auf den Beton purzeln zu lassen. Zwar hatte ich sie mit zwei Griffen wieder zusammengerafft, doch im selben Moment stockten bereits die Schritte hinter der Tür.

»Da war doch was …«

Jemand probierte den Drücker.

»Abgeschlossen.«

»Das hab ich ganz deutlich gehört.«

»Komm, mach kein' Larry. Was soll schon sein?«

Der, der zuerst gesprochen hatte, ließ sich nicht beirren.

»Schließ auf«, befahl er energisch.

Der andere stöhnte genervt. Es hörte sich an, als wäre ihm eher nach Feierabend, aber er wurstelte gehorsam am Schloss.

»Der geht nicht rein.«

Kein Wunder. Striens Schlüssel steckte von innen. Ich biss mir auf die Lippen und hoffte, dass sie es drangaben und sich verzogen.

»Hast überhaupt den Richtigen?«

»Logo.«

Das kam von dem Feierabendfreund. Er rüttelte frustriert an der Klinke.

»Da muss was im Schloss sein …«

Langsam lief er sich warm.

»Vielleicht ist da einer drin. Wir sollten oben Bescheid sagen.«

Das hörte sich nicht unbedingt an, als ob sie bald locker lassen würden. Ich killte den Bildschirm und sah mich um. Die Falle war perfekt. Nirgends Platz, um mich zu verstecken. Außer im toten Winkel direkt hinter der Tür. Die ging nach links auf, in den Raum hinein. Daran anschließend, keine vierzig Zentimeter weiter, kam die Querwand.

Es gab drei Möglichkeiten. Warten und Stillhalten, bis sie gingen. Fingen sie allerdings an, sich ernsthaft für das Schloss zu interessieren, konnte das dauern, und ob ich später ohne Ärger vom Gelände kam, stand in den Sternen. Aufmachen und den Schlüssel vorzeigen. Mit dem hinzuzitierten Strien an der Seite ließen sie mich eventuell sogar gehen. Damit jedoch wäre der Internist den Job los, und ich durfte mir abschminken, je mehr über Klinikinterna zu erfahren. Außerdem zögerte ich schon zu lange. Selbst wenn sie mir abkauften, dass ich sie vom Klosett aus nicht gehört hatte. Die dritte Option war die riskanteste. Doch wenn es klappte, war ich sie los und konnte ungestört weiterarbeiten.

Ich dankte dem Schöpfer, dass die Nacht so mild war und mein Jackett auf dem Rücksitz des Lada lag. Bis zur Tür waren es fünf Schritte. Der Schalter für das Deckenlicht befand sich rechts neben mir. In Höhe des Bauchnabels.

»Lass mich mal.«

Das war die Stimme des Energischen. Während sein Kollege beiseite trat und ihm Platz machte, zog ich Striens Schüssel ab, löschte mit der Linken die Neonleuchten und zwängte mich in die Ecke hinter der Tür. Es war stockfinster. Nur die Kontrolllampe des Rechners glomm verräterisch. Der Schlüssel rutschte von außen ins Schloss.

»Was hast du denn. Geht doch.«

Der Zylinder knirschte. Dann wurde die Klinke runtergedrückt. Die Tür schwang auf. Ein heller Streifen Licht ergoss sich auf den Betonfußboden. Mitten drin der Schatten des Wachmanns, der einen Fuß in den Raum setzte. Seine Hand tastete nach dem Lichtschalter. Die Deckenleuchte ging an. Im selben Moment knisterte es laut. Durch das statische Rauschen des tragbaren Funksprechgeräts drang verzerrt eine Stimme.

»Micha? Olaf? Eure Pizza ist da.«

»Sekunde mal, Heinz«, sagte der Muffel im Gang. »Bleib dran …«

Der andere stand direkt neben mir. Ich hörte, wie er die Luft einsog, und roch die Ausdünstungen von Schweiß, Rasierwasser und Nikotin. Es blieb vier oder fünf Sekunden lang still.

»Was ist?«, drängte sein Kollege.

»Nix«, erklärte er ungläubig. »Dabei hätt ich schwören können …«

»Hab ich dir doch gleich gesagt. Nu komm schon.«

Es knackte, als er die Taste des Walkie-Talkies drückte.

»Alles klar, Heinz. Wir sind unterwegs.«

Das Licht ging aus. Die Tür klappte zu. Der Schlosszylinder mahlte.

»Hoffentlich haben die da nicht wieder so viele Peperoni raufgeknallt. Davon krieg ich immer Sodbrennen …«

Ihre Schritte entfernten sich. Ich schloss die Augen und lehnte den Hinterkopf gegen die Wand, bis das Brennen des Adrenalins nachließ. Dann wandte ich mich wieder dem Computer zu.

Röntgenablichtungen menschlicher Herzen sind für Laien oft zum Verwechseln ähnlich. Ich schlief beim Kopieren fast ein. Bis ich vor lauter Langeweile danebenhaute, unverhofft am falschen Ende der CD landete und plötzlich hellwach wurde. Denn obwohl ich in einer völlig anderen Akte gelandet war, saß ich vor demselben Bild. Ich rieb mir die Augen und klickte zurück. Tatsache. Es unterschieden sich nur Namen, Datum, Alter und Uhrzeit. Der Rest war identisch. Sogar das fehlende Komma in der dritten Zeile der Indikation stimmte überein. Ich stierte auf den Monitor. Eine der Aufnahmen gehörte mit Sicherheit zum falschen Patienten. Oder sogar beide.

Axel hatte vermutet, dass auch bei relativ Gesunden Eingriffe vorgenommen wurden, die gar nicht Not taten. Das hier war die Steigerung. Man jubelte Leuten falsche Röntgenaufnahmen unter, die sie zu Schwerkranken machten. Hinterher beweisen, dass die Intervention überflüssig gewesen war, konnte niemand. Es sei denn, man besaß dieselben CD-ROMs wie ich.

FÜNF

Der Anruf kam um zwanzig vor sechs. Zehn Minuten zuvor hatte ich mich von Strien verabschiedet, in den Lada gesetzt und war von Hitzacker aus auf die Nebenstrecke nach Neu Darchau eingeschwenkt, um ein Stück durch den Staatsforst zu fahren.

Erstes Licht leckte an den Kronen der Kiefern, flutete um die Spitzen der Tannen und brach wie ein seidiger Fächer durch die Wipfel der Buchen. Die Luft roch nach Laub und Harz. Außer einem Eichelhäher, der meinen Weg querte, traf ich niemanden. Pendler benutzen die B216. Ich genoss den Duft des Waldes und das Flirren der Farben.

Irgendwo auf halbem Weg zwischen Meudelfitz und Wietzetze fiepte Carlos Faustkeil. Das konnte eigentlich nur Strien sein, dem noch was zum Schwund der Dateien eingefallen war.

»Hallo, Jacob.«

Conny klang eigenartig weit weg.

»Wieso bist du schon wach?«

Normalerweise schlief sie bis sieben.

»Eben rief ein Mann an. Anonym. Ich wollte schon auflegen, weil ich dachte, es sei einer der Perversen, die nicht schlafen können, da fragt er mich, ob mir die Frühlingsrolle gestern Abend geschmeckt hat.«

Ich spürte, wie sich meine Nackenhaare aufrichteten.

»Er bedrohte mich. Offenbar will er, dass du aufhörst. ›Hör gut zu, Schlampe‹, sagte er, ›wenn dir dran liegt, dass das kleine Schlitzauge in deinem Bauch die Gelegenheit kriegt, Windeln vollzukacken, sorgst du besser dafür, dass dein Macker seine Nase aus Hitzacker raushält‹.«

Ihre Stimme wirkte noch immer seltsam distanziert. Mein Mund schmeckte nach Staub. Woher wusste er, wer ich war? Hatte man ihn auf mich angesetzt, weil ich für Marion Roth arbeitete, oder war er über mich gestolpert, als er sie ausspionierte?

Egal. Es lief aufs Gleiche hinaus. Wer andere unter Druck setzen will, muss herausfinden, wo sie verwundbar sind. Bei mir brauchte er da nicht lange zu suchen. Conny war schwanger und wenig mobil. Somit erfüllte sie alle Kriterien für das, was die ritterlichen Militärs der Neuzeit ein »weiches Ziel« nennen.

»Er wusste, dass du nicht zu Hause bist«, sagte sie. »Zum Schluss wies er mich noch darauf hin, dass ich das Licht im Vorderzimmer ruhig wieder ausmachen könne.«

Sie ließ zwei Sekunden verstreichen, während mir Wut und Ohnmacht im Nacken tobten.

»Also stand er direkt vor der Tür. Vielleicht steht er da immer noch.«

»Unwahrscheinlich«, würgte ich, obwohl ich dasselbe dachte.

»Es könnte eine Falle sein.«

»Kaum. Sonst hätte er dich nicht angerufen, sondern abgewartet ...«

Vermutlich spekulierte der Anrufer darauf, dass Conny vor Angst durchdrehen und mir die Hölle heiß machen würde. Stattdessen nahm sie an, sie sei bloß der Lockvogel. Doch das haute leider nicht hin. Sofern er nicht nur bluffte.

»Sag Carlo Bescheid. Wenn ich drauftrete, bin ich in einer Stunde bei euch.«

»Ich komm schon klar«, erklärte sie. »Hauptsache, du passt auf dich auf.«

»He, Conny.«

»Was denn?«

»Ruf ihn an. Jetzt ...«

Es blieb still.

»Bitte!«

»Sollte ich mich einsam fühlen, hole ich mir bei Axel 'n Kaffee ab, okay?«

Sie legte auf.

Übertriebene Vorsicht ist höchstens im Hinblick aufs Rauchen Connys Problem. Doch diesmal schätzte sie das Kräfteverhältnis falsch ein, und dummerweise rostete Carlos antike Parabellum im Elbschlamm. Statt zu grübeln, ob es schlau gewesen war, mich davon zu trennen, alarmierte ich ihn besser. Er wirkte schlaftrunken, aber begriff auch ohne viele Worte. Während er sich eine Frühstückszigarette ins Gesicht steckte, grummelte er nur: »Parkste nich imma artig det Taxi vor der Tür? Wem biste 'n da uff 'n Senkel jelatscht?«

Das fragte ich mich auch. Dem Klinikchef war ich höchstens lästig gefallen, und das appetitliche Fräulein Teuscher hielt mich für einen schwanzgesteuerten Schwachkopf. Das reichte kaum, um meine Beschattung anzuleiern.

»Irgendwer hat geplaudert. Entweder die Witwe oder Strien.«

Ich hörte, wie er den Rauch zwischen den Zähnen einsog.

Rechter Hand huschte eine Rodung vorbei. Über dem tauverhangenen Gras waberte milchiger Dunst. Am äußeren Rand ästen eine Ricke und ihr Kitz. Der Himmel zwischen den Bäumen changierte in Malvenfarben und Königsblau. Es versprach, ein schöner Tag zu werden. Die Idee, dass da draußen einer lauerte, der es auf Conny abgesehen hatte, schien völlig absurd. Zugleich war es so real wie der zauberhafte Sommermorgen und das, was manche der Flüchtlingsfrauen aus Bosnien, für die Irina Kleider sammelte, ihr gelegentlich mitteilten. Sofern sie den Mut aufbrachten, darüber zu reden, und nicht sprachlos blieben. Wie die meisten.

Verdammt, dachte ich.

Carlo holte mich zurück.

»Kiek gleich mal bei der Tante vorbei«, brummte er. »Kläret ab. Ich halte hier Stallwache, bis du aufläufst.«

*

Zwanzig Minuten später schrie ich Marion Roth an. Sie trug Morgenrock und begriff nicht, wie ihr geschah. Ich war ihr ins Wohnzimmer gefolgt und hielt sie bei den Schultern gepackt.

»So glauben Sie mir doch«, beschwor sie mich bebend. »Ich habe mit niemandem über Sie gesprochen. Wirklich. Mit keinem Menschen. Außer mit Strien, aber das war ja in Ihrem Beisein …«

Was genau mich überzeugte, weiß ich nicht. Vielleicht, dass sie nicht in ihre übliche Dulderpose verfiel. Ich ließ sie los. Sie taumelte zwei Schritte zurück. Der flüchtig zugebundene Gürtel ihres Morgenmantels war verrutscht und darunter ein rosa Negligé zum Vorschein gekommen. Sie zerrte mit der Linken am Gürtel, während sie den Kragen unter dem Kinn umklammerte. Das Haar hing ihr wirr ins Gesicht. Sie atmete heftig.

Ich hatte sie aus dem Schlaf gerissen, sie bedroht und eingeschüchtert, aber erst jetzt begriff ich, wie erbärmlich mein eigener Auftritt war: bloß eine groteske Farce dessen, was Conny keine Stunde zuvor von meinem anonymen Geschlechtsgenossen serviert bekommen hatte.

»Entschuldigen Sie«, stöhnte ich. »Es tut mir leid. Ich bin ziemlich durcheinander. Es war eine lange Nacht.«

Ich wollte gehen, fand den Absprung nicht, und so standen wir beide ein paar Sekunden lang wortlos da. Bis sie unsicher lächelte, auf mich zutrat und mir die Hand auf den Unterarm legte.

»Schon gut«, kam es, während ihr Daumen über mein Hemd streichelte. »Sie machen sich eben Sorgen um Ihre Frau.«

Ich spürte, wie es mir den Hals zuschnürte.

Innerlich hatte ich sie längst abgeschrieben, sie gewogen, eingetütet und wegsortiert. Auch mit dem direkt bevorstehenden Ende unserer Geschäftsbeziehungen, das auf die Szene, die ich eben hingelegt hatte, folgen würde, war ich versöhnt. Doch das, was da in ihren Augen schimmerte, traf mich völlig unvorbereitet. Es war echte Anteilnahme.

Eine heiße Welle Scham brandete mir über den Rücken. So klein wie in diesem Augenblick hatte ich mich lange nicht mehr gefühlt. Ich lebte seit Jahren ohne Alkohol und bildete mir ein, mich meinen gröbsten Charaktermängeln gestellt zu haben. Nun war ich unversehens wieder mit dem arroganten Arschloch konfrontiert, das andere gnadenlos aburteilt und seinen verblendeten Größenwahn als reife Menschenkenntnis feiert.

»Ich hole uns erst mal einen Kaffee«, sagte sie, während ihr Lächeln tapferer wurde. »Der ist zwar von gestern, aber besser als nichts.«

Sie verschwand in der Küche und kehrte mit der Thermoskanne und zwei Tassen zurück.

Ich ließ mich in einen Sessel fallen und massierte mir die Schläfen. Der Kaffee war sogar noch warm. Marion Roth setzte sich aufs Sofa und schob mir den Aschenbecher zu. Obwohl es keine sechs war, packte ich das Gift aus. Meine Finger tanzten. Drei tiefe Züge dämpften die ärgsten Entzugssymptome.

Ich betrachtete meinen Atem, der als graubrauner, V-förmiger Strahl in den Raum vorstieß, sich an den Rändern ballte, Haufenwolken bildete, ausfranste und in flachen Schwaden durch den Raum waberte. Früher hatte ich diesen Anblick mal sexy gefunden. Inzwischen stieß er mich ab. Seit mindestens fünfzehn Jahren rauchte ich nicht mehr, weil es mir Spaß machte, sondern weil ich höllisch nervös wurde, wenn der Nikotinspiegel zu sehr absackte.

Marion Roth hob die Augenbrauen.

»Halten Sie es für möglich, dass dieser Mensch Sie hier gesehen hat und Ihnen gefolgt ist?«

Dieselbe Frage hatte ich mir in den vergangenen zwanzig Minuten ungefähr drei Dutzend Mal gestellt. Ohne Ergebnis. Ich unterdrückte einen Hustenreflex und schüttelte den Kopf.

»Unwahrscheinlich. Ich checke regelmäßig den Rückspiegel. Da war nichts.«

Ich sah aus dem Fenster. Strien musste das Leck sein. Irgendwer hatte ihn zum Reden gebracht. Oder er war unvorsichtig gewesen und hatte sich verplappert.

»Der Mörder ist doch sicher an Markus' Material interessiert«, bohrte sie. »Immerhin hat er diesen angeblichen Reporter engagiert.«

»Gewiss«, nickte ich und lächelte gequält.

Zunächst hatte ich auch vermutet, dass man versuchen würde, über sie an die Papiere heranzukommen. Doch nichts deutete darauf hin, dass sie observiert wurde. Also besaßen die Drahtzieher die Unterlagen bereits, oder ihnen lag nichts mehr daran. Oder das Thema hatte sich mit Roths Ableben erledigt. Seine Frau ließen sie in Frieden, weil die ohnehin nichts wusste. Als ich das Szenario erneut Revue passieren ließ, wurde mir plötzlich flau. Ich hatte etwas Entscheidendes übersehen. In der Welt von GPS und Mikrochips benötigt man zum Überwachen von Menschen keine Menschen mehr. Ein Gramm Technik tut es auch.

Bingo, Bruder, dachte ich. Willkommen im einundzwanzigsten Jahrhundert.

Vor nicht mal vier Wochen hatte Axel mir grinsend einen der Security-and-Surveillance-Kataloge unter die Nase gehalten, die er gelegentlich orderte. Darin fand sich neben allerlei garstigem Spielzeug wie Reizgassprays, Kampfmessern und Elektroschockern fast alles, was der legale Markt an Überwachungsschnickschnack hergab: Infrarot- und Kleinstkameras, Richtmikrofone, Suchautomaten, Peilsender und Wanzen. Der meiste Kram war witzlos und diente nur dazu, bei der Kundschaft Eindruck zu schinden. Raffiniertes Equipment rechtfertigt Preise. Grundsätzlich jedoch konnte sich jeder technisch halbwegs versierte Hintertreppenschnüffler eine Lauschausrüstung zusammenstellen, von der die Geheimdienstler des Kalten Kriegs nie zu träumen gewagt hätten.

Wieso war ich nicht eher darauf gekommen? Schließlich hatte der angebliche Journalist ihren Mann sogar besucht. Im Kopf spielte ich die Situation durch: Roth und sein Gast plaudern. Marion hat sich bereits empfohlen, weil sie das Gedröhne ihres Gatten nervt. Der Gast muss nachher noch fahren und hält sich beim Whisky zurück. Dafür trinkt der Herr des Hauses umso mehr. Irgendwann fordert die Natur ihr Recht. Roth bittet, ihn kurz zu entschuldigen. Nun hat der andere zwei bis drei Minuten Zeit.

»Ist Ihnen nicht ganz wohl?«

Ihre Stimme klang besorgt. Sie sah mich forschend an, die Brauen zu dunklen Halbmonden gewölbt.

»Sagen Sie, erinnern Sie, wo der Abendblattmensch sich bei seinem Besuch in Ihrem Haus aufgehalten hat?«

Sie zupfte an ihrer Unterlippe. »Ich glaube, er saß im gleichen Sessel, in dem Sie jetzt sitzen. Wieso?«

Unwillkürlich fuhren meine Finger in die Ritze zwischen Polster und Kissen. Im »Salon Kitty«, wo die Gestapo Diplomaten und Militärs hatte aushorchen lassen, waren die Mikros auch zwischen Matratzen und Plüsch versteckt gewesen.

Sie runzelte die Stirn. »Was machen Sie denn da?«

»Nun«, eierte ich ertappt, weil ich nicht wusste, wie ich ihr erklären sollte, dass ich erst jetzt auf den hässlichen, aber eigentlich nahe liegenden Gedanken gekommen war, ihre Intimsphäre könne verwanzt sein, »vielleicht hat er Ihnen irgendwo ein Souvenir hinterlassen.«

»Wie bitte«, meinte sie ratlos, »ein was?«

Ich beugte mich vor und drückte meine Zigarette aus. »Etwas, um Sie und Ihren Mann abzuhören.«

»Wovon reden Sie?«

»Einem Minisender.«

Ihr Mund klappte mehrmals auf und zu. Es verschlug ihr die Sprache. Sie sah sich um, Abscheu im Blick.

»Aber wo hätte er …«

»Wahrscheinlich in Nähe des Telefons.« Ich erhob mich. »Gestatten Sie?«

Sie nickte stumm.

Es war ein blinder Treffer. Die Wanze klebte unter dem Beisetztischchen, direkt hinter einem der Beine, dort, wo das Adressbuch lag, aus dem sie Dickmais' Anschrift für mich herausgesucht hatte. Sie war nicht viel dicker als drei aufeinandergestapelte Centmünzen und sah wie ein großer Polsternagel aus. Mit einem hauchdünnen, etwa sechs Zentimeter langen Stück Draht daran. Entdeckt hätte man sie frühestens beim übernächsten Umzug.

Als ich ihr das Teil hinhielt, spreizte Marion Roth angewidert die Finger, als drängte ich ihr tatsächlich ein widerliches Insekt auf, also ließ ich die Wanze in das halb volle Glas mit abgestandenem Mineralwasser fallen, das vom gestrigen Abend noch auf dem Tisch stand. Sie zu zertreten, wäre Schwachsinn gewesen. Vielleicht tauchte das gleiche Modell in einem von Axels Katalogen auf, außerdem wollte ich sie Carlo zeigen. Der kennt sich mit solchem Spielzeug aus.

Marion Roth saß kerzengerade. Die Augen weit aufgerissen. »Heißt das, er hat alles, worüber wir in diesem Raum gesprochen haben, mitbekommen?«

Ich zuckte bedauernd die Achseln. »Sieht so aus. Wenigstens alles, was in Reichweite von dem Ding da gesagt wurde.«

Schamröte flutete ihre Wangen. »Mein Gott«, stammelte sie. »Dieses Schwein!«

Während sie nach Luft rang, fragte ich mich, wie der Bursche Roths Telefonate belauscht hatte. Die Raumwanze bekam immer nur die Hälfte mit. Folglich brauchte er noch eine. Im Apparat.

Marion Roth besaß ein schnurloses Modell, das gestattete, den Gesprächspartner spazieren zu tragen. Das Gehäuse bestand aus zwei Kunststoffschalen und der Ladekammer für den Akku. Hinten gab es eine schmale Einsparung für Schraubenzieher. Ersatzweise probierte ich den flachen Bart eines Sicherheitsschlüssels.

Die Hörkapsel meines »W 28« wiegt knapp hundert Gramm und hat den Umfang einer der fetttriefenden Plastikbouletten, die beim Schotten zwischen Pappbrötchen geklatscht als »Viertelpfünder« über Resopal wandern. In ihrem Gerät war sie auf das Format einer achtel Briefmarke geschrumpft. Ohne das daumennagelgroße Stück Tesafilm, das zwei Zentimeter daneben auf der Platine haftete, wäre der Sender mir allerdings nicht unbedingt aufgefallen.

Ich löste das Zellophan. Dann streifte ich die Linse am Rand des Glases ab. Sie schwebte langsam auf den Boden des Gefäßes. Unterwegs lösten sich drei kleine Luftblasen und stiegen lautlos an die Oberfläche.

Marion Roths Gesicht war kreideweiß.

*

Um kurz nach sieben bog ich in die Schanzenstraße ein. Drei Minuten später stand ich vor unserem Haus. Nirgends eine Spur von Carlos Kombi. Als ich in Bleckede losgefahren war, hatte ich noch versucht, Conny Bescheid zu sagen, aber nicht mal den Anrufbeantworter erreicht, und mir gesagt, dass sie wahrscheinlich den Stecker aus der Dose gezogen hatte. Nun rollte mir dieselbe üble Hitze übers Genick wie vorhin. Was, wenn Carlo aus irgendeinem Grund zu spät gekommen war?

Ich hetzte die Treppe hoch. Die Wohnungstür war nur zugeschlagen. Beim Öffnen rief ich ihren Namen. Keine Antwort. Niemand im Flur. Der vordere Raum leer. Die Türen zu Küche und Bad angelehnt, die zum Schlafzimmer sperrangelweit offen. Ihre Bettdecke achtlos zur Seite geworfen, der Futon kalt. Mach dich nicht irre, beschwor ich mich. Carlo ist zu Fuß gekommen, und sie sitzt mit ihm unten bei Axel.

Ich nahm drei Stufen auf einmal, rutschte auf dem Treppenabsatz aus, knallte mit dem Knie gegen das Holzgeländer und hinkte ins Erdgeschoss.

Unterwegs nagte ein Satz an mir, das Bruchstück einer Szene, die mein Vater mir geschildert hatte. Die hatte sich unweit von hier zugetragen, am Grindel, in einer Mietskaserne wie dieser, aber in einer anderen Zeit.

Er hatte einen Freund nach Hause begleitet. Der fand die Wohnung, die er mit der Mutter teilte, leer vor. Auf dem Küchentisch, neben den Tellern fürs Abendessen, lag ein Zettel. Mit drei hingekritzelten Worten darauf. »Ich bin abgeholt.«

Die Suppe auf dem Herd, sagte mein Vater, sei noch warm gewesen. Er war für den anderen zur Stadthausbrücke gefahren, wo die Geheime Staatspolizei saß. Man erteilte ihm sogar Auskunft. Schließlich trug er Uniform mit Frontkämpferabzeichen und dem Bändchen fürs Eiserne Kreuz. Doch der Transport war bereits abgefertigt und rollte. Nach Osten.

Ich stand vor Axels Tür, glotzte aufs Schloss und starrte eine Sekunde lang in den glühenden Rachen des Wolfs. Zwei Kurze jetzt. Gegen die Angst. Nein, besser gleich die ganze Flasche. Drück es weg. Mach dich taub. Taub genug, das zu begraben, worum du schreist.

Meine Hände zitterten, als ich den Schlüssel ansetzte.

Das Ticken der Küchenuhr schabte durch die Stille. Axel saß im gestreiften Pyjama am Tisch, vor sich die Zeitung. Ich fragte ihn im Stehen: »War Conny hier?«

Er sah auf, halb besorgt, halb amüsiert. »Alles okay. Sie ist mit Carlo Brötchen holen.«

»Ich hab sein Auto nirgends gesehen. Oben, in der Wohnung, vor dem zerwühlten Bett, dachte ich einen Moment lang …«

Axel hievte ein Glas aus dem Handstein hinter sich und schob es mir zusammen mit der Thermoskanne zu. »Sie müssten gleich zurück sein.«

Mein Wahnsinn ist ein Kontinent, den er nie bereist. Aber er hat Phantasie und die Geduld eines Krüppels, der weiß, dass Genesung immer nur ein Ideal ist.

Ich ließ mich auf einen Stuhl fallen, goss mir ein und schlürfte das Gebräu in einem Zug aus. Meine letzten zwei Zigaretten waren in der Mitte durchgebrochen. Ich zündete einen Stummel an und sammelte mich, während er nachgoss.

»Und sonst?«

»Roths Bude war verwanzt.«

Er sog die Luft ein, als sei ihm jemand aufs Hühnerauge getreten. Ich fischte die Teile aus der Jackentasche und packte sie ihm unter die Nase.

»Zwei Stück hab ich gefunden.«

»Sind das alle?«

»Hoffentlich.«

Axel kramte in der Schublade hinter sich und förderte eine Lupe zutage. Dann stupste er die Wanzen so lange, bis sie keine zehn Zentimeter von seinem Gesicht entfernt lagen, schob das Vergrößerungsglas dazwischen, krümmte den Nacken, zog die Oberlippe hoch und kniff die Lider zusammen. Schließlich rückte er die Brille zurecht und schielte mich über ihren Rand hinweg an.

»Hätten wir auch eher drauf kommen können.«

Ich drückte den Stumpen aus und nickte stumm. Axels Rücken sackte wieder nach hinten. Er zwinkerte erregt und fing an zu wippen.

»Wie hat sie reagiert?«

»Sie hat sich erst wieder beruhigt, als ich ihr versprach, nachher noch mal vorbeizukommen, um Nachlese zu halten. Damit sie sich wieder unbefangen bewegen kann.«

Der Drehsessel kam quietschend zum Halten. Axel runzelte fragend die Stirn.

»Wie willst du das anstellen?«

»Carlo kennt da jemanden, der für Kiezgrößen den Kammerjäger macht. Der verleiht Spürgerät.«

Carlos Biographie ist bunt. Er redet selten darüber, aber dass er nach Ostknast und Ausbürgerung an die Elbe übersiedelte, hatte nichts mit der Vorliebe für norddeutsche Backsteinarchitektur zu tun, sondern mit seiner Abscheu vor Geheimdiensten. Doch im Gegensatz zu mir und Axel vermochte er eventuell einzuordnen, was die Wanzen leisteten und wonach wir noch zu suchen hatten.

Axel fuhr sich mit der Rechten an den Ziegenbart, schlang ein loses Ende um den Mittelfinger, wälzte sich hoch und humpelte zum Herd. In der Nachbarwohnung röhrte eine Klospülung.

»Und sonst? Wie war's im Archiv?«

Der Rest der Nacht holte mich wieder ein. All das, was ich seit Connys Anruf verdrängt hatte. Ich erzählte von den Röntgenaufnahmen und Böhmers Akte. Als ich fertig war, schwieg er eine Weile. Dann schnalzte er halblaut. Es klang beinahe anerkennend.

»Clever eingetütet. Und? Wo sind die Kopien jetzt?«

»Die hat Strien. Der will sie sich in den nächsten Tagen ansehen. Ich habe bloß diese Liste.« Ich griff in die Brusttasche und warf eine CD-ROM auf den Tisch.

»Was ist das?«

»Willemsens Friedhof. Von Dezember '99 bis Februar '06. Die, denen seine Cleverness so schlecht bekommen ist, dass er ihre Krankenakten hat vernichten lassen. Dreiundzwanzig Männer und Frauen, die nach einem Kathetereingriff in Hitzacker gestorben sind. Ihre Namen waren separat abgelegt. Die haben sie vergessen zu löschen. Alles Übrige ist getilgt. Kein Stück Papier. Keine Datei. Nichts.«

Irgendetwas mit meiner Stimme haute nicht hin. Auf der Liste waren auch Kinder. Unter anderem eine Melanie. Melanie wäre in diesem Monat neun geworden. Und ein kleiner Lukas. Der war sechs gewesen. Als ich ihre Namen wiederholte, hatte ich Blei auf der Brust. Spürte den Sog aus hilfloser Wut, gegen den ich die halbe Nacht angekämpft hatte, und das vertraute schwarze Loch. Tief drin in meinem Inneren. Elend und gottlos.

»An die neueren Unterlagen bin ich nicht rangekommen. Wir können es ja hochrechnen. Mittlerweile sind es gewiss mehr …«

Axel hielt die Espressokanne in der Hand. Er stand auf einmal ganz still. Ich sah aus dem Fenster. Ein Schwarm Spatzen flatterte aufgeregt um den Knöterich bei den Mülltonnen. Die alte Siemsen. Ich hörte, wie sie ihren Emailleeimer ausklopfte, atmete durch und zündete mir die andere Hälfte der Zigarette an. Meine Finger tanzten.

»He …« Axel setzte die Kanne ab, humpelte um den Tisch herum und packte mich an der Schulter.

»Was?«

Ein schiefes Grinsen. »Weißt du noch, was du zu mir gesagt hast, als ich die Schlinge gefunden hatte?«

»Nein.«

»Du hast gefragt, ob ich schon gefrühstückt hätte.«

Ich wischte mir mit der Hand über die Augen. »Was soll das jetzt?«

»Das war gut.«

»Ja, und?«

Er ächzte. »Ihr habt da doch so einen Spruch. Von wegen der Gelassenheit, Dinge hinzunehmen, die ihr nicht ändern könnt ...«

»Das ist kein Spruch. Das ist ein Gebet. Aber funktionieren tut's leider auch nicht immer.«

»Egal. Halt dich dran. Du kannst da jetzt nichts tun. Hör auf, dich selber fertig zu machen.«

Er drehte sich um und zerrte Holzbretter aus dem Regal. Eines fiel ihm runter. Er fluchte leise, bückte sich, hob es auf und knallte es vor mir auf den Tisch. Die Tür des Kühlschranks quietschte leise.

Ich entsinne mich des milden Sommermorgens, vor Jahren, keine drei Wochen nach meinem Einzug. Ich kam von der Nachtschicht und hatte die Taxe noch nicht abgegeben. Er hockte im Rollstuhl unter den Briefkästen. Bisher kannten wir uns nur vom Sehen, aber sonst grüßte er, und obwohl der Hausflur nicht hell war, bemerkte ich, dass er schlecht aussah. Ich blieb auf dem Treppenabsatz stehen. Fragte, ob er sich nicht wohl fühlte. Er lächelte, als habe er sich gerade beide Daumen gequetscht. Alles in Ordnung. Trotzdem danke.

Die Sonne lachte, und der Wagen stand vor der Tür. Außerdem hatte ich Hunger. Also lud ich ihn ein, frühstücken zu fahren. Hübsche Idee, antwortete er, nur habe er leider kein Geld. Falls er die Kutsche meine, die wäre für lau. Ein Ei würde ich ihm auch spendieren. Er sah mich zweifelnd an, lächelte und gab sich einen Ruck. In dem Moment glitt ihm der Strick aus der Hand. Eine gelbe Nylonschnur, säuberlich zum Henkerknoten geknüpft. Sie kringelte sich auf den kackbraunen Fliesen wie eine Viper.

Es dauerte, bis der Groschen bei mir fiel. Die Schlinge hatte im Briefkasten auf ihn gelauert, neben der Zeitung. Als Morgengruß an den stotternden, kurzsichtigen Krüppel aus dem Erdgeschoss. Von irgendeiner Made im Haus, die zu feige war, ihm ins Gesicht zu spucken. Er beugte sich runter, um sie vom Boden aufzulesen. Seine Hand schrappte so heftig über die Fliesen, dass einer seiner Fingernägel abbrach. Als er wieder hochkam, war er grau vor Schmerz, doch seine Stimme blieb fest. Ich solle besser allein fahren. Es wäre heute nicht sein Tag.

Echte Kämpfer kommen in allen Verpackungen. Manche sitzen im Rollstuhl, tragen Kompottglasbrillen und sehen aus wie der letzte Heuler.

*

Das Schloss klapperte. Conny erschien kauend in der Küche. Ihre Wangen atmeten pfirsichfarbenen Teint. »Endlich«, strahlte sie, wischte sich einen Krümel aus dem Mundwinkel und spitzte kussbegierig die Lippen. Morddrohungen schmeckten anders, fand ich. Hinter ihr tauchte Carlo auf. Er wirkte weniger ausgeschlafen, biss unrasiert auf Rauch und verbreitete die sonnige Aura eines Berbers mit chronischer Gallenkolik.

Axel ließ ausnahmsweise mal die Gläser stehen und hievte Tassen vom Haken. Conny packte Franzbrötchen aus. Die Teile ähneln platt gedrückten Croissants und werden mit Zimt gebacken. Vermutlich sind sie ein Relikt aus der Franzosenzeit, als die Grande Armée den Hamburger Dom in einen Pferdestall verwandelte und die Vorstadt abfackelte, um freies Schussfeld zu haben.

Der Anrufer sei nicht mehr ganz jung gewesen, erklärte sie. Übers Telefon ließe das Alter sich sowieso nie richtig einschätzen.

»Norddeutscher Dialekt. Ich hab versucht, seine Stimme auf dem AB festzuhalten, aber es ging zu fix. Bevor ich beim Gerät war, legte er auf. Danach hab ich sofort bei dir angerufen. Um dich zu warnen.«

So munter, wie sie kaute, ging sie offenbar noch immer davon aus, dass der Typ mich im Visier hatte. Es war Zeit für hässliche Wahrheiten.

»Wenn, hat er's eh eher auf dich abgesehen.«

Ihr Kopf ruckte. »Was meinst du?«

Ich nahm eine von Carlos Zigaretten und rollte sie zwischen den Fingern. »Bei dir geht er nicht nur das geringere Risiko ein, er darf sich auch sicher sein, dass ich seine Ansage ernst nehme.«

Sie schluckte, legte das Backwerk beiseite und faltete die Hände über ihrem Bauch. Das tut sie öfters, wenn sie angespannt ist. Carlo schob mir das Feuerzeug zu. Sie guckte an uns vorbei aus Axels verdrecktem Küchenfenster auf den Hof. Ihre Handknöchel schimmerten weiß. Sie lächelte dünn.

»›Willst du den Affen erschrecken, schlachte den Hahn‹ ...«

Das war eine Redewendung, die ihre Mutter mal bemüht hatte, als sie über die Politik der indonesischen Generäle sprach.

»Er hat nichts davon, wenn er dich tötet. Sinn der Übung ist, mir den Auftrag zu verleiden.«

»Schon klar«, erwiderte sie trocken. »Um sein Versprechen zu halten, braucht er ja auch gar nicht so weit zu gehen.«

»Du und das Kind gehen vor. Soll ich die Sache hinschmeißen?«

Sie sah mich an. Blasser jetzt. Ihre Fröhlichkeit fortgeblasen.

»Die Aussicht, dass da einer mit dem Messer auf mich lauert, finde ich nicht so irre charmant.«

»Ja oder nein?«

»Was ist die Alternative?«

»Dass ich dich ab jetzt zur Arbeit fahre und du nicht mehr ohne Begleitung das Haus verlässt.«

»Scheiße.« Sie lachte wütend auf, lehnte sich zurück und ließ ihren Hinterkopf gegen die Wand sacken. Dann atmete sie durch und sah mich wieder an.

»Meint er es ernst?«

»Keine Ahnung. Er ist feige. Sonst hätte er sich an mich gehalten. Das heißt nicht unbedingt, dass er blufft. Heut Nacht habe ich herausgefunden, dass man die Akten von dreiundzwanzig Patienten, die in Hitzacker nach Kathetereingriffen gestorben sind, gelöscht hat. Außerdem weiß ich jetzt, dass Willemsen mich angelogen hat.«

»Mein Gott ...« Sie umschlang ihren Oberkörper und schloss einen Moment lang die Augen. »Dreiundzwanzig Menschen?«

»Vierundzwanzig. Plus Roth. Außerdem hab ich nur die Zahlen bis Februar.«

Sie biss sich auf die Unterlippe, während Carlo angewidert aufstöhnte. Danach blieb es ein paar Sekunden lang still. Irgendwann erhob sich Axel und rumorte schweigend am Herd.

»Was denkst du, Jacob?«

»Er hat dir gedroht. Du entscheidest.«

»Du bist gut. Ich soll entscheiden, ob Willemsen weitermorden darf, ja? Du weißt ganz genau, dass ich keine Lust habe, vor solchen Figuren zu kneifen. Ich hab dich gefragt, was du denkst.«

Conny war nach vorn gefedert. Ihre Stimme klang scharf.

»Der Anruf zeigt, dass Jacob anfängt, Willemsen auf die Füße zu treten«, mischte sich Axel ein. Sie ignorierte ihn.

»Ich bin auf die Namen einer ganzen Reihe toter Kinder gestoßen«, sagte ich. »Mir vorzustellen, dass das so weitergehen soll, dreht mir den Magen um. Im Übrigen teile ich Axels Einschätzung. Wir sind nah dran. Strien wertet die Kopien aus. Kaienburg redet mit der Staatsanwältin. Wenn alles gut geht, liegen der Durchsuchungsbeschluss für die Klinik und Willemsens Haftbefehl in zwei oder drei Tagen vor. Sobald Willemsen eingefahren und das Beweismaterial übergeben ist, dürfte die Sache gelaufen sein.«

»Drei Tage«, sagte sie und lächelte tapfer. »Die schaffen wir schon irgendwie.«

»Uns gibt es ja auch noch«, grunzte Carlo.

»Genau«, echote Axel.

*

Manchmal hilft kalt duschen. Bis halb neun hatte ich Conny zur Arbeit gefahren und war retour. Bevor ich dann zum Fernsprecher trabte, um Steinhausen anzurufen, stellte ich mich unter die Brause. Hinterher fror ich wenigstens anders.

Steinhausen war begeistert, als er von dem Anruf und den Wanzen hörte. Umso besser. Jetzt käme Bewegung in die Sache. Der zuständige Redakteur beim »Spiegel« sei gerade dabei, seinen Chef zu erwärmen. Ginge alles glatt, säße er morgen im Zug nach Hamburg. Ob ich ihn am Dammtor abholen könne?

»Wart's ab, was ich da zutage fördere, wenn die mitspielen und mir Rückendeckung geben …«

Steinhausen klang, als ginge der heilige Georg mit ihm durch. Der, der mit der Lanze des geschliffenen Worts Korruptionsdrachen erlegt. Oder er hatte Benzedrin geschmissen. Jedenfalls litt er unter einer Anwandlung von Größenwahn. Schließlich kannten wir unseren Gegner nicht und hatten keinen Schimmer, welche Geschütze er auffuhr, wenn er sich in die Ecke gedrängt fühlte.

»Hast du nicht verstanden? Die haben eben gedroht, Conny den Bauch aufzuschlitzen, und du willst mit 'ner halbgaren Story beim ›Spiegel‹ vorturnen?«

»Jacob!«, brüllte er, als sei ich taub. »Ein feistes Feature ist das beste Mittel, um diese Pfeifen in die Schranken zu weisen. Glaub mir. Nichts fürchten die mehr. Das nimmt den Druck von dir und Conny.«

»Den Druck? Du verwechselst da was. Es geht hier nicht um dein Konto …«

»Hab schon verstanden.« Er lachte. »Mach dir keine Sorgen. Das besprechen wir morgen. Hier ist gleich Redaktionskonferenz. Ich muss Schluss machen.« Damit wünschte er mir gute Nerven und hängte ein.

Ich war einigermaßen geplättet, was nicht nur daran lag, dass ich zu viel geraucht hatte und die Telefonzelle nach Urin stank. Ich stieß die Tür auf, glotzte auf die Erdbeerbude vorm Eingang zur S-Bahn und grübelte über das Sprichwort nach, das Conny vorhin zitiert hatte. Stephan kam aus dem Ruhrpott und verstand kein Chinesisch. Außerdem gab er in diesem Spiel höchstens den Affen.

Es wurde höchste Zeit, Hinrichs zu konsultieren. Die Sache wuchs mir über den Kopf. Ich raffte mich auf, griff zum Hörer und tippte die Nummer der Staatsanwaltschaft ein. Dr. Hinrichs sei bei Gericht. Ich bat seine Sekretärin, ihm auszurichten, es ginge um das Rosenbouquet.

Hinrichs kenne ich seit der Sache mit Stumpke. Damals leitete er die Ermittlungen gegen den korrupten Veterinär. Ich schanzte ihm dieselben Materialien zu, die ich Steinhausen übergab, sowie ein paar schwarze Tonbandaufnahmen, die ihm wesentlich auf die Sprünge halfen, als es anschließend darum ging, Stumpkes Komplizen in der Fleischmafia festzunageln. Obwohl der Fall sich zum veritablen Skandal auswuchs und Kreise zog, die Medien ihm im Nacken saßen und sein oberster Dienstherr ihm die Hölle heiß machte, war Hinrichs so honorig, mich und meinen Klienten rauszuhalten. Seitdem reden wir bei Bedarf. Allerdings klären wir das grundsätzlich durch die Blume, weil wir nicht auf Mithörer scharf sind.

Ich versuchte, Francesco zu erreichen. Das ist der Mann, der unseren Fleurop-Service organisiert. Doch obwohl Francesco sonst immer erreichbar ist, entweder im Laden oder über Handy, nahm er nicht ab. Heute war einer der Tage, die Gott einem schenkt, um an Murphys Gesetz zu erinnern.

Die Nacht saß mir wie Blei in den Knochen, mein Nacken schmerzte, und ich hätte mich am liebsten aufs Ohr gehauen, die Decke über den Kopf gezogen und der Welt meinen verlängerten Rücken gezeigt. Aber Marion wartete. Also trat ich die angerauchte Zigarette aus, rief Carlo an und ging zum Treffpunkt.

*

Der Benz parkte keinen Steinwurf von der Ruine der alten Flora. Carlo blätterte rauchend in der »Morgenpost«. Er hatte sich rasiert und in ein hellblaues Sakko geworfen, eines von der Sorte, die Lino Ventura trug, wenn er mit strammer Hüfte kämpfte, und das Carlo Ende der Siebziger bereits drei bis fünf Nummern zu klein gewesen sein musste. Ich gab mir Mühe, meine Miene im Griff zu behalten. Trotzdem zuckte ich offenbar unwillkürlich mit dem Mund, denn er feuerte die Zeitung grußlos auf die Ablage. Ich solle gefälligst den Rand halten. Der Fachmann für Abhörgeräte sei schließlich nicht auf seinem Mist gewachsen.

Ich blieb gleich beim Thema. »Hast du das Teil gekriegt?«

Gemeint war der Detektor. Sein Daumen deutete über die Schulter auf das Sammelsurium aus Wolldecken, Werkzeug, Wagenheber und undefinierbarem Ramsch, das hinter uns auf der Ladefläche lag.

»Als ich ihm sagte, er hätte es am frühen Abend zurück, war alles milde.«

Die Hightech-Wünschelrute lag unter einer der diversen Decken. Sie mutete wie eine Mischung aus Minensuchgerät und Geigerzähler an, aber war angeblich »das ultimativ Edelste«, was der Markt hergab.

»Wie viel?«

»Fünf Scheine.«

»Hoppla.«

»Wat 'n?«

Sein Ton schwankte zwischen Entrüstung und Mitleid. Ich zuckte die Schultern. Wenn er wollte, konnte er mir erzählen, im Himmel sei Jahrmarkt. Er schnippte die Kippe aus dem offenen Seitenfenster, haute den Gang rein und bog nach rechts ins Schulterblatt ab. Bei »1000 Töpfe« wurde angeliefert. Vor uns staute es sich.

»Der Preis ist absolut korrekt«, erklärte er, während er einer Rothaarigen vor uns im Renault winkte, sich einzufädeln. »Selbst wenn er einen Riesen verlangt hätte, wäre die Tante noch gut bedient gewesen. Gehandelt habe ich bloß, um den sportlichen Aspekt nicht völlig zu vernachlässigen.«

Der Rotschopf warf ihm so nervös wie erleichtert durch den Rückspiegel eine Kusshand zu, um danach fast ihren Vordermann zu rammen, beim Schockbremsen den Motor abzuwürgen und zwei Fehlstarts hinzulegen.

»Nimm's leicht, Mausi«, brummte er. »Wessen Tag isset schon heute ...«

Wir arbeiteten uns über den Pferdemarkt Richtung Budapester und Ost-West-Straße vor. Auf dem Heiligengeistfeld dräute die graue Masse des Flakbunkers. Das Ding ist so hoch wie drei Häuser und hat ein Dutzend Stockwerke, die Hälfte davon unter der Erde. Ich steckte mir eine Zigarette an und berichtete von dem Telefonat mit Steinhausen.

»Er hat den ›Spiegel‹ heiß gemacht. Morgen will er herkommen, um dem Chefredakteur die Story zu verkaufen.«

»Bleib locker. Uffdrehn kannste immer noch.«

Carlo hatte Recht. Trotzdem trieb mich sein Gleichmut auf die Palme. Da keiner in der Nähe stand, kurbelte ich das Seitenfenster runter und hielt den Ellenbogen ins Freie. Besser, ich nahm meinen Zustand nicht zu persönlich.

Irgendwo auf Höhe der Amsinckstraße fragte er mich dann, was eigentlich mit der Pi 08 sei.

»Die hab ich entsorgt«, sagte ich.

Er warf mir einen ungläubigen Seitenblick zu. »Wie?«

»In der Elbe.«

»Wann?«

»Kurz nach der Rückkehr aus Thailand.«

Seine massige Hand langte nach den Zigaretten. »Wieso?«, grunzte er verstört. »Die war doch sauber. Wenn du Schiss hattest, dass dir die Bullen auf die Bude rücken, hättest sie bei mir parken können.«

»Darum ging's nicht.«

Er fingerte eine Camel aus der Packung und klopfte ihr Ende neben dem Steuer auf die Ablage. »Worum denn?«

»Ich schlief beschissen. Ohne das Teil im Haus würd's vielleicht besser, dachte ich.«

»Etwa wegen der Nase, die dich da in Bangkok platt machen wollte?«

»Auch.«

Er gab sich Feuer, blies den Rauch aus dem Seitenfenster und schüttelte missbilligend den Kopf.

»Scheiße«, knurrte er. »Die war antik.«

In seiner Stimme wallte ein Hauch ergriffener Ehrfurcht.

»Ich hab dich vorher gefragt, ob du sie wiederhaben willst.«

»Woher sollte ich auch wissen, dass du sie gleich in die Elbe schmeißt.«

Neben uns huschte der kreischende Neonschick einer Tankstelle vorbei. Ich entsann mich, wie ich wach gelegen hatte, den Blick in die diffusen Umrisse des Stucks gekrallt, damit die Augen abgelenkt blieben und aufhörten, sich zu erinnern. Irgendwann hatte ich das Laken beiseite getreten, die Pi 08 in einen Stoffbeutel gepackt, war zu den Landungsbrücken gelatscht und hatte mich aufs Achterdeck der ersten Barkasse gehockt, die nach Finkenwerder übersetzte. Auf Höhe der Lotsenstation, genau in Strommitte, wo die Fahrrinne ausgebaggert ist, warf ich den Beutel ins Kielwasser. Eine Lachmöwe schrie auf. Sonst bekam es keiner mit. Als ich wieder auf dem Anleger in St. Pauli stand, kroch die Sonne gerade über den Horizont.

Die Ampel vor uns sprang auf Rot. Carlo ging in die Eisen. Der Daimler kam quietschend zum Stehen. Seine Kaumuskeln zuckten.

»Das war 'ne echte Sieben-Komma-fünf-Parabellum ...«

Über all die Jahre hatte er sich nie nach dem Ding erkundigt. Nun stilisierte er es plötzlich zur Reliquie.

»Ich weiß«, sagte ich. »Die Standardwaffe des deutschen Offiziers ...«

»Was soll das jetzt heißen?«

Mein Ekel vor der Waffe hatte nicht nur mit mir und Goldlocke zu tun gehabt, sondern auch mit der Zeit, aus der sie stammte, und einer Begegnung, die ich Jahre zuvor gehabt hatte. Es ist dieselbe Art Ekel, die mich anfällt, wenn Fernsehmoderatoren scheinbar abgeklärt von deportierten Palästinensern reden. Obwohl jedes Kind weiß, dass dieses Wort für das, was da passiert, nicht mehr gilt. Nicht mehr im Deutschen. Ab Herbst 1941. Seitdem bedeutet es etwas anderes, und jeder Versuch, ihm den ursprünglichen Sinn wieder einzuhauchen, bezeugt sträfliche Vergessenheit. Oder weit Übleres.

»Kurz nach unserem Ausflug in die Heide traf ich 'n alten Mann«, sagte ich. »Der behauptete, er sei Deutschrusse und stamme aus Kiew. Mag sein, dass ich ihn fragte, jedenfalls sprachen wir über das Massaker in der Schlucht von Babi Yar.«

»Wo?«

»Babi Yar. Bei Kiew. Da tötete eine Einsatzgruppe Ende September 1941 innerhalb von zwei Tagen vierunddreißigtausend Juden. Hinterher brauchte die SS über hundert Lkw, um die Kleider der Ermordeten fortzuschaffen. Die kamen heim ins Reich, zur nationalsozialistischen Volkswohlfahrt.«

Es wurde grün. Die Fahrzeuge vor uns fuhren an. Carlo ließ den Gang kommen und trat aufs Gas.

»Was hat das mit der Pi 08 zu tun?«

»Der Alte erzählte, dass der Zeigefinger des Hauptmanns, der damals bei ihnen einquartiert war, vom Austeilen der Fangschüsse tagelang dick angeschwollen gewesen sei. Das glaubte ich ihm auf Anhieb. Wenigstens, was die Schwellung des Fingers angeht. Von wessen Hand er da sprach, weiß ich nicht. Vielleicht war's auch seine eigene.«

Carlo starrte geradeaus, kurbelte die Scheibe hoch und lehnte sich gegen die B-Säule. Mittlerweile waren wir auf der Zufahrt zur Autobahn. Er sog an der Camel, ließ sie im Mundwinkel hängen und schaltete hoch.

»Tja dann«, brummte er.

»Was, tja dann?«

»Na, du weißt ja, diese Vergangenheitsgrütze ist nicht so meine Welt.«

Er kniff das rechte Lid zusammen, weil ihm der Rauch ins Auge stieg, checkte den Rückspiegel und wechselte die Spur.

»Ich versteh schon, dass dich das wurmt«, hatte er mir mal gesagt. »Mich kotzt das auch an. Aber bilde dir ja nicht ein, dass du damit irgendwem nutzt. Und zähl nicht auf die, die heute so betroffen tun. Das sind die Ersten, die sich morgen klein machen und das Maul halten.«

»Mag sein«, hatte ich entgegnet. »Hoffentlich liegst du falsch.«

»Ist so. Keiner von denen, die uns da im Alter von sechs den Schwur von Buchenwald eingetrichtert haben, hat protestiert, als die Bonzen ihre Panzer nach Prag schickten. Im Gegenteil. Die haben alle artig unterschrieben, dass sie den Einmarsch dufte fanden und uns das als Rettung des Sozialismus verkauft.«

»Inzwischen sieht die Welt anders aus.«

»Seit wann? Dass jedes jüdische Naziopfer einen Heiligenschein verpasst bekommt, heißt noch lange nicht, dass irgendwer plant, den Juden die geplünderten Konten und das Zahngold zurückzugeben. Dafür lebt es sich einfach zu gut damit.«

Eine Weile war nur das dumpfe Röhren des Diesels zu hören. Wir schwiegen. Jeder mit sich, der Müdigkeit und dem Kino im Kopf beschäftigt.

Ich dachte an die wässrigen Augen des Deutschrussen und die Art, wie er die altersfleckige Hand hob, mit halb gekrümmtem

Zeigefinger. Als erkläre das alles. Auch an die Bilder ganzer Straßenzüge voller Erhängter, die von Laternenmasten und Balkonen baumelten, entlang der Route, die die Sechste Armee nach Stalingrad genommen hatte, die hastige Notiz auf dem Tisch und die Tatsache, dass brave Reichsbahner stets pünktlich die Züge abgefertigt hatten, ohne sich daran zu stören, dass keiner der zahllosen Fahrgäste, die sie in die neue Millionenstadt bei Krakau beförderten, jemals die Rückreise antrat. Es war müßig.

Heute interessiert sich auch niemand für die Haftbedingungen in den Abschiebeknästen. Obwohl alle wissen, dass es sie gibt und dass das, was sich darin abspielt, nichts mit humanem Strafvollzug zu tun hat. Oft scheint ein bisschen weniger übel eben das Beste, was rauszuholen ist. Selbst wenn man damit ruckzuck wieder beim Schlimmeres-Verhüten landet und sofort mittendrin sitzt.

»Scheiße hat nur eine Moral«, hatte Carlo dazu damals gesagt. »Je kräftiger du in der Kacke rührst, desto mehr stinkt's.«

Ich glotzte auf die Abstandslinien, die links an uns vorbeischossen. Der Benz fraß Asphalt. Ich merkte, wie die Nacht mich einholte. Langsam kroch das Blei aus den Knochen in die Lider.

Auf einmal grinst Goldlocke mich an. Er trägt dasselbe geschmacklose Hawaiihemd wie immer, riecht nach Marlboros und dem ekelhaften, penetranten Parfum, das die Geruchsnerven narkotisiert.

Wir stehen im Foyer des Crown Hotel. Ich starre in seine stumpfen Fischaugen und beobachte, wie er die wulstigen Lippen spöttisch verzieht, in der gleichen Sekunde, in der er das helle Jackett zurückschlägt und sich an den Hosenbund fasst, wo er die Waffe stecken hat. Doch er ist zu geil auf meine Angst, will das Staunen auskosten, den Schock und das Grauen meines Begreifens. Er gehört zu der Sorte, die das brauchen, um ihr eigenes, taubes Selbst zu spüren.

Dann blicke ich in das Blassblau seiner Iris, deren riesige Pupillen durch mich hindurch ins Neonflimmern der Deckenleuchten stieren. Sein Hinterkopf badet in einem Meer von Rot. Ich ziehe den Lauf aus seinem Mund. Meine Hand zittert. Durch eine Wattewand dringt Gebrüll. Bis ich merke, dass ich es bin, der da schreit.

Plötzlich bleckt der Tote die Zähne und steht auf.

Was willst du, frage ich.

Man begegnet sich im Leben immer zweimal, sagt er.

Ich kichere: Im Leben? Du bist Geschichte, Bruder. Ein beschissener Geist.

Er schüttelt spöttisch den Kopf: Alles wiederholt sich. Wusstest du das nicht?

Sieh dich um, krächze ich. Das da auf dem Linoleum ist dein Blut, dein Hirn und deine Pisse. Also halt die Schnauze und lass mich in Ruhe.

Er wellt höhnisch den Mund. Da erst begreife ich, dass wir gar nicht mehr in Bangkok sind, sondern am Empfang der Herzklinik stehen, wo mich kürzlich das adrette Weib im Nadelstreifenkostüm begrüßt hat.

Wir haben das gleiche Spiel gespielt, sagt er. Du bist wie ich. Dafür zahlst du jetzt.

Es war ein Unfall, schreie ich. Du wolltest nicht reden. Kein Mensch konnte ahnen, dass der Schlagbolzen abgefeilt war.

Wen willst du hier verarschen, lächelt er. Es hat dir Spaß gemacht, mir das Eisen in den Hals zu schieben. Gib's zu. Du wolltest wissen, wie das schmeckt. Hinterher.

Das hat nichts mit ihr zu tun. Lass sie gefälligst aus dem Spiel.

Im Krieg gibt's nun mal keine Zivilisten, du Armleuchter. Da gibt es noch nicht mal wirkliche Feinde. Da gibt es nur die, die schon tot sind. Und die, die es noch vor sich haben.

Sein metallisches Lachen dröhnt noch, als ich Conny sehe.

Ihr Gesicht ist weiß, und Schläuche wachsen aus ihrer Nase. Ihr Körper ertrinkt zwischen Kissen. Neben dem Bett steht der bleiche Strien. Er wiegt die Luft über den Handflächen. So wie der ägyptische Arzt vor der Pestbaracke von Juba.

»He, Kutscher …«

Ich schreckte hoch. Eben passierten wir eine der westlichen Ausfahrten von Lüneburg. Carlo musterte mich.

»Wo muss ich raus?«

*

Zwanzig Minuten später waren wir in Bleckede. Der mediale Heißhunger schien abgeebbt zu sein. Zumindest sahen wir keine Reporter. Trotzdem parkte Carlo den Wagen so, dass er von der Straße aus nicht zu sehen war. Marion Roth hatte den Wagen gehört und erschien, um uns zu begrüßen. Carlo trat als nicht näher definierter »Spezialist« auf.

»Bülow«, nuschelte er. »Angenehm.«

Er reichte ihr die Hand und verbeugte sich knapp. Entweder sie überspielte den Schock, oder sein verschwitzter Retrolook machte sie an. Vielleicht begeisterte sie ja auch nur das stramme, silbern schimmernde Teleskopteil, das er in der Linken hielt. Jedenfalls wirkte ihr Lächeln alles andere als blass.

Ich nenne Carlo nie beim Nachnamen. Es dauerte mindestens drei Jahre, bis ich erfuhr, dass er überhaupt einen besitzt. Getauft ist er auf »Karl Heinz«, und wieso er damit nicht hausieren geht, versteht sich von selbst.

Marion Roth bat ihn, ihr zu erläutern, wie die Wanzen funktionierten.

»Das ist ein stimmaktiviertes System«, sagte Carlo. »Wird gesprochen, schaltet sich das Gerät automatisch ein. In der Nähe steht irgendwo der Empfänger, der die Signale aufzeichnet.«

»Wo?«

»Da bin ich überfragt. Die Sender dürften einen Radius von mehreren Kilometern haben.«

Sie sah beeindruckt an ihm hoch. »Müssen denn da nicht laufend die Tonbänder und Batterien gewechselt werden?«

»So ein System verbraucht kaum Strom. Bänder benötigt man auch nicht mehr. Das funktioniert alles digital.«

Sie nickte. »Was wollen Sie jetzt machen?«

»Nachsehen, ob er noch mehr von diesen garstigen Insekten bei Ihnen versteckt hat.«

»Ich weiß«, lächelte sie, »aber wie?«

»Indem Sie mich durch Ihr Haus führen und wir alle Winkel abgehen, in dem jemand so ein Teil versteckt haben könnte.«

Wir teilten uns auf. Sie begleitete Carlo durch die Räume. Ich stöberte derweil in Roths Unterlagen. Vielleicht gab es doch irgendwo einen Hinweis auf seine Papiere. Aber außer Bergen von Oldtimerzeitschriften fand sich nichts. Worüber die beiden plauschten, bekam ich nicht mit. Anscheinend verstanden sie sich. Öfter mal hörte ich verhaltenes Kichern. Carlo ließ sich Zeit. Minutiös tastete er Meter für Meter ab, kroch in Einbauschränke, kletterte auf Hängeböden, prüfte Steckdosen, Sicherungskästen, Staubsauger, Beleuchtungskörper, Bilderrahmen und Bettzeug.

Ich setzte mich auf die Terrasse, blätterte in Jaguarmagazinen und wartete. Nach einer Dreiviertelstunde merkte ich, wie ich ungeduldig wurde. Wozu transpirierte Carlo so engagiert ins enge Jackett? Die Suchaktion diente vorwiegend als therapeutische Maßnahme. Spektakuläre Funde waren kaum zu erwarten. Außerdem hatte er mir selbst erklärt, dass es trotz aller technischer Raffinessen keine Gewissheit gäbe, sämtliche Wanzen aufzustöbern. Es sei denn, man risse die Bude ab.

Bei Placebos zählt zwar die Optik, doch wir hatten noch viel vor. Nach gut neunzig Minuten besuchte ich die beiden, pochte auf das Ziffernblatt meiner Armbanduhr und schielte ihn gequält an. Er nickte. Der Hinweis ließ ihn kalt. Endlich, als er auch in der Garage jede nur ansatzweise wanzenträchtige Nische abgearbeitet hatte, standen die beiden vor dem ehemaligen Schweinestall. Ich stieß dazu. Carlo hängte sein Sakko in den Fliederbusch und wischte sich mit dem nackten Unterarm den Schweiß aus der Stirn. Marion Roth strahlte ihn an.

»Was halten Sie von einer Tasse Kaffee?«

Er schob sich eine Zigarette in den Mundwinkel, setzte das Feuerzeug in Gang, legte den Kopf nach hinten und lächelte breit. Ich bemerkte halblaut, dass es bereits Viertel nach drei sei. Wir hätten doppelt so lange gebraucht wie geplant und heute noch viel vor. Außerdem sei ich hundemüde.

»Ich nehm gern eine«, sagte Carlo da. Er sah mich an und ließ seine Lefzen aufblitzen. »Ein paar Minuten können wir schon erübrigen, oder?«

Das war keine Frage, sondern klang eher wie: »Noch 'ne Lippe, Keule, und du loofst.«

Erst da dämmerte mir, was sich da zwischen den beiden anbahnte. Dabei hätte ihr ständiges Gegurre mich eigentlich vorwarnen müssen.

»Sicher«, würgte ich.

»Na wunderbar«, säuselte Marion Roth und entschwebte ins Haus.

Das Trauerjahr ist auch nicht mehr das, was es mal war.

In der folgenden Viertelstunde verfolgte ich fassungslos, wie Carlo akzentfrei über dänisches Design fachsimpelte und ihrem Mokka applaudierte, als habe er sich in Kaffeerösters Dröhnungsspot verirrt. Als sie ihm das dritte Mal nachschenkte, erwog ich, mich auf den Deich zu verziehen, weil sie weder den Eindruck machten, es eilig zu haben noch gesteigerten Wert auf Zuschauer zu legen. Da klingelte es. Sie schälte sich seufzend aus dem Sessel und ging öffnen.

»Ach, du bist es«, hörten wir sie sagen. »Komm rein.«

»Störe ich?« Es war die Stimme von Strien.

»I wo, Norbert«, log sie glockenhell, aber wenig überzeugend. »Herr Fabian und sein Freund sind da.«

»Wo ich gerade in der Nachbarschaft war, wollte ich mich bloß erkundigen, ob ihr noch mehr gefunden habt.«

Offenbar hatten die beiden bereits telefoniert. Strien folgte ihr ins Wohnzimmer. Beim Anblick von Carlo fror sein Lächeln einen Moment lang ein. Ihre Einladung war lauwarm gewesen, und der behaarte Riese, der da verschwitzt mit aufgekrempelten Ärmeln auf dem Sofa hockte, brachte ihn offenbar aus dem Konzept. Zumal Carlo sich genau dort breit gemacht hatte, wo er sonst saß.

»Herr Strien ist ein Kollege meines verstorbenen Mannes«, sagte Marion. »In den letzten Tagen war er eine echte Stütze für mich.«

Ihr Flöten klassifizierte den Internist irgendwo zwischen Eunuch und Goldhamster. Carlo erhob sich. Es war wie die Begegnung zwischen Gorilla und Bonobo. Strien setzte sich in einen der Sessel. Marion versorgte ihn mit Kaffee, fuhr sich mit der Hand durch die Haare und erklärte, dass ihr der Schreck noch in den Knochen säße.

»Es dürfte dauern, bis ich mich davon erholt habe. Obwohl ich mich jetzt schon wesentlich besser fühle, nachdem Herr Bülow alles gründlich mit seinem wunderbaren Gerät überprüft hat.«

Das Lächeln, das sie Carlo dabei gönnte, war unübersehbar ein Appell, sein wunderbares Gerät nicht allzu rasch wieder einzupacken. Strien schlug die Augen nieder, rührte angestrengt durch seine Tasse und sagte, die Sache sei wirklich ein starkes Stück.

»Wer rechnet mit so was«, pflichtete sie ihm bei. »Bisher glaubte ich immer, das gäbe es nur im Film.«

Strien bemühte seine Zigaretten und murmelte etwas von schlechtem Kino. Marions Wangen zeigten auf einmal rote Flecken. Einigermaßen übergangslos stellte sie fest, dass sie uns ja gar nichts Richtiges angeboten habe.

»Ich glaube, es gibt noch Strudel in der Tiefkühle.«

Sie floh in die Küche.

Strien wandte sich an Carlo und erklärte ungefragt, er wohne in Lüneburg. Das seien bloß zwanzig Kilometer. Da böte es sich an, hin und wieder vorbeizugucken. Carlo, der sonst eigentlich nicht auf den Mund gefallen ist, grunzte nur kurz und griff nach seinen Camel. Irgendetwas lag ihm quer. Mir fiel auf, dass sein rechtes Lid zuckte. Das ist mal genäht worden, und bei Anspannung regt sich die Narbe.

Bevor die Atmosphäre allzu sehr verholzte, unterrichtete ich Strien über Steinhausens bevorstehenden Besuch. Meine gemischten Gefühle, was dessen Featurepläne betraf, behielt ich für mich. Stattdessen versuchte ich mich in vorbeugender Schadensbegrenzung und regte an, dass der Internist sich mit ihm im Anschluss an das »Spiegel«-Gespräch traf. Nicht zuletzt, damit Steinhausen begriff, auf welchem Terrain er spielte.

»Haben Sie schon die Aufnahmen durchgesehen?«

»Nein. Das wird auch frühestens heute Abend was. Nachher haben wir Teambesprechung. Ich gebe Ihnen Bescheid.«

»Wäre schön, wenn Sie's schaffen, bevor Sie mit Steinhausen reden.«

»Klar«, sagte er.

Ich fand, er reagierte ähnlich verhalten wie gestern, als ich ihn gefragt hatte, ob er bereit sei, mit der Staatsanwältin zu reden. Hoffentlich bekam er jetzt, wo sich die Indizien gegen Willemsen häuften, nicht plötzlich kalte Füße.

Aus der Küche drang das Klappern von Geschirr. Marion

Roth erschien mit Tellern und verkündete, der Apfelstrudel befände sich in der Mikrowelle. Sie stellte das Porzellan auf den Tisch und zog sich wieder zurück.

Strien erkundigte sich nach den technischen Daten von Carlos Geigerzähler. Carlo gab Auskunft. Fünf Sätze weiter landeten wir bei den Bleischürzen, die jeder, der im Untersuchungsraum der Klinik arbeitete, tragen müsse. Das heißt, fast jeder.

»Kürzlich gab es da so eine kleine Szene …« Strien hüstelte. Offenbar wollte er etwas loswerden.

»Nun?«, lud ich ihn ein.

»Seit Anfang der Neunziger hat die Klinik relativ viele Patienten aus der ehemaligen Sowjetunion. Wer da zu den Begüterten gehört, lässt sich im Ausland behandeln, und nicht wenige dieser Leute reisen mit Leibwächtern, die rund um die Uhr auf sie aufpassen …« Seine Lippen zuckten, während er die Tasse zwischen den Händen drehte. »Neulich hatten wir da so einen Herrn aus Sankt Petersburg. Den beschützten gleich zwei Männer. Beide im Armani und etwa von Ihrer Statur …«

Er sah Carlo an.

»Als die Schwester ihnen zu verstehen gab, dass sie sich eine Bleischürze überziehen sollten, schüttelten sie den Kopf. Der Patient sprach Englisch. Also bat Willemsen ihn, seinen Männern zu verklickern, dass das zu ihrer eigenen Sicherheit sei. Daraufhin grinsten sie bloß, und einer von ihnen knöpfte seine Jacke auf. Er trug eine schusssichere Weste sowie links und rechts unter der Achsel je ein Pistolenhalfter. Leider hatte Willemsen bereits seinen Mundschutz auf, sodass ich nicht mehr mitbekam, was sich darunter abspielte. Viel Lust, an dem Tag was falsch zu machen, dürfte er nicht gehabt haben.«

Augenscheinlich tat es ihm leid, dass sein Chef so stoisch reagiert hatte. Carlo sah mich an und schnalzte leise. Striens Gesicht wirkte eine Sekunde lang ganz leer. Seine Pointe war im Graben gelandet, und er begriff nicht, wieso.

»Na ja«, tönte er dann heiser. »Ich hab mir sagen lassen, dass ein Gutteil dieser Bodyguards entlassene Elitesoldaten und Polizisten aus irgendwelchen Spezialeinheiten sind. Ob ich da den Mund aufgemacht hätte, weiß ich auch nicht.«

Marion und der dampfende Strudel rollten an. Carlo beugte sich vor und rückte das Holzbrett zurecht, sodass sie den Teller, den sie zwischen den als Topflappen dienenden Handschuhen balancierte, problemlos abstellen konnte.

Sein Lid tanzte schon wieder. Oder noch immer.

Später, als wir zu Füßen des Deichs Richtung Radegast schnurrten und ein einsamer Bussard über uns kreiste, sagte er:

»Ich kenn den Typen.«

»Wen?«

»Strien.«

»Woher?«

Ein wortloses Zucken in den Schultern.

»Bist du dir sicher?«

»Zunächst dachte ich auch, dass ich ihn bloß verwechsele. Doch er ist mir schon mal über den Weg gelaufen.«

Das also war die Ursache des nervösen Lids gewesen. Zumindest eine der Ursachen. Denn die Bleischürzen-Anekdote war ihm genauso übel aufgestoßen wir mir.

»Na, denn denk mal scharf nach«, sagte ich.

Carlo fischte nach einer Zigarette. »Was glaubst du, was ich die ganze Zeit tue?«

»Keine Ahnung. Von frisch gebackenen Witwen träumen?«

Statt mir zu antworten, langte er über meine Knie, drückte das Handschuhfach auf, wühlte in den Musik-CDs und entschied sich für die Beatles. Es war ein Potpourri aus Sergeant Pepper, Abbey Road und dem weißen Album. Als uns die ersten Takte von »Sexy Sadie« um die Ohren plätscherten, fragte ich ihn, ob er zum Todestag von John Lennon auch immer Kerzen ins Fenster stelle.

»Wie kannste da überhaupt fragen? Ich steh auf kurzsichtige Klugscheißer. Hätt ich sonst was mit dir am Hut?«

»Seit wann bin ich kurzsichtig?«

SECHS

Nach dem Wachwerden griff ich mir als Erstes die Liste der Angehörigen, die Axel am Vortag zusammengestellt hatte. Bisher war er auf acht Hinterbliebene gestoßen. Dann trug ich das »W 28« in die Küche, warf eine Kanne Espresso an und ließ die Wählscheibe schnurren. Vor acht Uhr morgens sind zwar die wenigsten Leute in Plauderstimmung, aber Bürovolk erreicht man mit etwas Glück noch daheim. Außerdem wollte ich zunächst nur sondieren. Müde Menschen stellen seltener Rückfragen.

Trotzdem zog ich vier Nieten, bis das erste Mal jemand abnahm. Sie hieß Ingeborg Schlüter, war zweite Hälfte siebzig und lebte seit dem Tod ihres Mannes allein. Der einzige Sohn wohnte in Köln-Esch. Er war geschieden und arbeitete bei Ford, rief aber selten an.

»Nu, wo mein Gerhard wech is, sitz ich bloß rum. Ich hab's innen Knien, wissen Sie, un bin nich gut zu Fuß.«

Ihre Lunge rasselte beim Atmen. Entweder litt sie an Asthma oder hatte lange geraucht. Ich stellte mir eine kränkelnde Frau am Stock vor, gefangen im Käfig einer stickigen Wohnung. An der Wand über dem senfbraunen Sofa hängen gehäkelte Deckchen und ein von Fehlfarben triefendes Gemälde mit röhrendem Hirsch, der aus dem giftgrünen Dickicht des Unterholzes in den violetten Nebel einer Waldlichtung tritt.

Ingeborg Schlüter wohnte in Alt Garge, am Waldring 5, keine drei Kilometer von der Stelle entfernt, an der Roth verunglückt war. Ihr Mann hatte als Schlosser für die Hamburger Elektrizitätswerke gearbeitet. Nach dem Krieg war sie mit ihm aus der zerstörten Stadt nach Alt Garge gezogen, in die firmeneigene Siedlung neben dem Kraftwerk, ganz in der Nähe des Waldbads. Das sei damals das große Los gewesen.

»Die ersten Jahre mussten wir noch in einer von den ollen Baracken wohnen, aber '53 standen die neuen Häuser dann.«

Die Baracken gehörten zu einem Außenlager von Neuengamme, das die HEW während des Krieges betrieben hatte. Frau Schlüter berichtete darüber ganz beiläufig, aber so gern ich mehr über das Schicksal der polnischen und dänischen Häftlinge erfahren hätte, die dort Schuten entladen und Kohle in Loren den Hang hoch hatten schaffen müssen, so sehr saß mir die Zeit im Nacken. Es ging um ihren Gerhard, der mit achtundsiebzig an Herzschwäche gestorben war.

»Der Doktor hat sich ganz rührend um ihn gekümmert, aber all den Krams, den sie noch bi ihm mokt hebbt, hat auch nix genützt.«

Der teure Geräteeinsatz, auf den ich bei »all den Krams« zunächst schloss, entpuppte sich drei Sätze weiter als Standardbehandlung. Anscheinend war der Mann bloß alt gewesen.

»Er hat's ja schon so lange am Herzen gehabt«, seufzte sie. »Wenn ich an die Jahre denke, wo er mir gesagt hat, dass er die zwei Treppen nich mehr schafft.«

»Haben Sie die Papiere aus dem Krankenhaus noch?«

»Die hab ich mei'm Wolfgang damals geschickt. Der muss sich ja um alles kümmern, wenn ich nich mehr bin …«

Wolfgang war der Sprössling mit der niedrigen Telefonrechnung. Ich bat sie prophylaktisch um seine Nummer.

»Sie können aber gern vorbeikommen und selbst mal reingucken«, sagte sie dann. »Ich freu mich immer über Besuch. Sie kriegen auch 'ne schöne Tasse Kaffee. Ich hab Hag und Tchibo.«

»Das ist lieb, Frau Schlüter, aber ich glaub nicht, dass ich's so bald schaffe. Trotzdem vielen Dank.«

»Falls Sie's sich anders überlegen, sagen Sie Bescheid.«

»Mach ich.«

»Wie gesagt, sonst sitz ich hier sowieso bloß rum. Im Fernsehen kommt auch ewig das Gleiche. Da tut mir 'n büschen Abwechslung gut.« Sie litt an fehlender Zuwendung wie andere an Vitaminmangel.

»Ich kann Ihnen nur raten«, rasselte sie abschließend, »werd'n Sie nich alt. Wenn man so allein is un die Knochen nich mehr woll'n, is das nix. Aber das könn' wir uns ja nun ma nich aussuchen …«

In der Tat.

Nach dem Auflegen glotzte ich eine Weile aus der Balkontür auf die Kisten mit Leergut, dachte an die Rentner, die kurz vor Ladenschluss in krachend volle Supermärkte rannten und eine Packung Haferflocken kauften. Nur um an der Kasse mit irgendwem drei Worte wechseln zu können. Conny rumorte im Bad. Draußen schien die Sonne. Das tröstete.

Ich besprach zwei weitere Anrufbeantworter, bevor ich den letzten Anschluss auf der Liste wählte. Er gehörte Eduard Janetzki. Der hatte März vergangenen Jahres seine Frau beerdigt. Sie war dreiunddreißig gewesen.

Als das Freizeichen ertönte, zuckte es mir in den Fingern, die Gabel gleich wieder runterzudrücken. Doch meine Sorgen erwiesen sich als überflüssig. Janetzki klang aufgeräumt. Im Hintergrund dudelte Frohfunk. Ich erläuterte ihm, dass ich für eine Mandantin den Todesfällen im Herzzentrum nachgehe.

»Weil Ihre Frau dort seinerzeit auch behandelt worden ist …«

»Wie sind Sie denn überhaupt auf sie gekommen?«

Für acht Uhr morgens war er gut sortiert.

»Man hat mir ein Verzeichnis von Patienten zugespielt, die angeblich an Herzinsuffizienzen verstorben sind. Der Name Ihrer Frau war auch darunter.«

»Wieso angeblich?«

»Zumindest in einem Fall sind Zweifel angebracht, ob die offizielle Todesursache der Wahrheit entspricht.«

»Habe ich Sie richtig verstanden? Sie sind weder Arzt noch Polizist?«

»Ich recherchiere im Auftrag einer Klientin, die von einem der Todesfälle betroffen ist.«

»Ohne die Unterstützung der Polizei?«

»Bisher. Abgesehen davon, dass ich niemanden grundlos verdächtigen will, dürfte es im Zuge einer offiziellen Ermittlung schwierig werden, noch an die fraglichen Informationen zu kommen.«

»Wer hat Ihnen das Verzeichnis zugespielt?«

»Das lief anonym.«

»So? Wie?«

»In einem hellbraunen Briefumschlag …«

Das Gespräch drohte aus dem Ruder zu laufen. Ging ich nicht bald in die Offensive, erreichte ich nichts, außer dass Janetzki hinterher in Hitzacker anrief.

»Hören Sie«, sagte ich. »Ich glaube nicht, dass es sich um einen Scherz handelt. Wer auch immer mir die Papiere zugeschanzt hat, will offenbar, dass ich Fragen stelle. Dafür kann es nur zwei Gründe geben: Entweder er möchte Verleumdungen in die Welt setzen oder er meint, im Herzzentrum geschehen Dinge, die dort nicht geschehen sollten. Das würde ich gern klären. Dazu benötige ich Ihre Hilfe.«

»Und was habe ich davon?«

Gute Frage. Wie einer, der auf vergoldete Karotten ansprang, klang er nicht. Schadensersatzansprüche rangierten eher hinten.

»Gewissheit.«

Er lachte leise. »Das macht meine Frau auch nicht wieder lebendig.«

»Es erspart anderen möglicherweise das gleiche Schicksal wie ihr. Oder Ihnen.«

Er blieb einen Moment lang still. Die Frohfunktante in seinem Radio kündigte »knackigen Sonnenschein bei tropischen Temperaturen« an.

Mein Mund schmeckte schal. Brachte ich einen, dem sein Frieden mehr wert war als Genugtuung, dazu, halb vernarbte Wunden wieder aufzureißen, hielt ich besser, was ich versprach. Um meinetwillen. Sonst kotzte ich später den Spiegel voll.

Da mengte sich in das Plärren des Radios die Stimme eines Jungen. Er nölte, dass er das Hausaufgabenheft nicht finden könne.

»Dritte Stunde haben wir Deutsch.«

»Dann such«, erklärte Janetzki.

»Hab ich schon«, quengelte der Kleine. »Wenn ich schon wieder ohne das Heft komme, schimpft Frau Jahn.«

Er klang wie neun und so, als interessiere er sich viel mehr für die Pokemon-Sammelkarten, die er im Hort mit Enver und Timmy tauschte, als für die langweilige Bildergeschichte aus dem Schulbuch, zu der er sich einen Text hatte ausdenken sollen.

Sein Vater ächzte. »Was jetzt? Wie oft hab ich dir gesagt, räum dein Zimmer auf.«

Er legte die Hand über das Mundstück, sodass ich von dem Wortwechsel zwischen ihm und dem Sprössling bloß gedämpfte Töne mitbekam.

»Sie erwischen mich zu keinem sehr günstigen Zeitpunkt«, sagte er dann.

»Klar«, meinte ich. »Geben Sie mir Ihre Nummer im Büro. Ich rufe Sie nachher noch mal an.«

Er zögerte eine halbe Sekunde, gab sich einen Ruck und mir die Durchwahl.

»Versuchen Sie's in einer Stunde.«

Conny kam im Slip aus dem Bad, ein Handtuch um die nassen Haare gewickelt. Ich stand an der Tür zum Balkon und inhalierte eine Selbstgedrehte. Sie strich mir mit der flachen Hand über den Rücken. Ich schnippte den Stummel in den Hof.

»Es gibt noch Espresso. Magst du?«

Sie nickte und hockte sich breitbeinig auf den braunen Schemel am Tisch. Ich schenkte ihr den restlichen Kaffee ein. Sie beugte sich vor und gab mir einen Kuss.

»Du bist 'n Schatz.«

Dann deutete sie fragend auf das Telefon.

»Ich bin Axels Liste durchgegangen.«

»Und?«

Ich berichtete ihr von den Telefonaten. Als ich Janetzki erwähnte, sog sie hörbar den Atem durch die Zähne.

»Wie alt ist das Kind?«

»Keine Ahnung. Acht oder neun.«

Sie schüttelte den Kopf. »Was hatte die Frau?«

»So weit kamen wir nicht. Ich rufe ihn gleich im Büro an.«

»Apropos. Hast du Kaienburg schon erreicht?«

»Nein.«

»Also weiß er noch immer nichts von dem Fund im Archiv?«

»Tagsüber war er unterwegs. Und abends war ich zu müde.«

»Das hab ich gemerkt …«

Nachdem wir aus Bleckede zurückgekommen waren, hatte ich

mich ins Meeting getrollt. Da döste ich im Sitzen bereits ständig weg. Zuhause knallte ich mich bloß noch auf den Futon und ratzte.

Conny legte den Kopf schräg. »Und jetzt?«

»Fahr ich gleich bei Francesco vorbei. Wegen des Treffens mit Hinrichs.«

»Das mein ich nicht.«

»Sondern?«

Statt einer Antwort warf sie die Lippen zum Schmollmund auf, räkelte sich und kreiste mit ausgestrecktem Mittelfinger über den nackten Bauchnabel.

Auf einmal klopfte der Puls neben meinem Adamsapfel. Ich spürte, wie mir das Blut in den Unterleib schoss, sah ihr verschleiertes Lächeln, die feucht schimmernden Augen, den Hauch Pfirsich, der sich über ihre Wangen ergoss. Stand langsam auf. Die Beine ihres Hockers schabten über den Fußboden. Sie zerrte das Frotteetuch vom Kopf, schüttelte die Strähnen aus. Als ich ihren Hals küsste, stöhnte sie auf. Ihr offener Mund empfing gierig meine Zunge, während sie ungeduldig an meiner Gürtelschnalle zerrte.

Vierzig Sekunden später drohte der antike Fernsprecher über die Tischkante zu wandern, weil das Möbel, auf das sie sich stützte, so heftig gegen die Wand stieß. Sie wischte ihn mit einem kehligen Laut zurück in die Mitte der Linoleumfläche, warf die Haare in den Nacken und lachte brünstig, als ich ihr das Ohrläppchen leckte und feine Schweißperlen aus ihren Poren trank. Salzige, samtene, köstlich glühende Haut.

Ihr Keuchen wurde lauter, steigerte sich zu lustvollem Schluchzen, bis sie ganz starr wurde und zuckend in einer Serie gurgelnder Schreie brach. Ich kam fast gleichzeitig. Danach nahm ich sie in den Arm, streichelte ihren Bauch und wiegte sie eine Weile, im Stehen, mit Blick auf Himmel und Hinterhof. Bis unser Herzschlag ruhiger ging. Früher hatte ich selten das Bedürfnis, die Frau hinterher zu halten. Bei Conny war das anders. Ich genoss, sie anzusehen und in ihrem Lachen zu baden. Mich einen gestohlenen Augenblick lang darin zu verlieren.

Über den Dachschindeln jenseits der Terrasse ruckten Tauben. Sie streifte sich das Haar aus der Stirn.

»Wann holst du Steinhausen ab?«

»Laut Fahrplan ist er um zehn Uhr siebzehn am Dammtor.«

*

In der Apotheke auf dem Schulterblatt lauerte ein randlos bebrillter Jüngling, der so glatt gegen die deutsche Servicewüste angrinste, dass mir schon beim Reinkommen ganz anders wurde. Trotzdem blieb ich bei meinem Plan und fragte ihn nach Nikotinkaugummis. Es gäbe zwei Stärken. Je zwei oder vier Milligramm. Vier sei nur etwas für wirklich extreme Raucher.

»Dann nehm ich acht.«

»Wie bitte?«

Das Plastiklächeln ging in Warteposition. Acht war gegen die Regel. Darauf hatte ihn der Psycho-Heini beim Wochenendseminar für pro-aktives Verkaufstraining nicht geeicht.

»Macht nix«, sagte ich. »Geben Sie mir die Stärkeren.«

Wenigstens verschonte er mich anschließend mit seinem Grinsen.

Zehn Minuten danach parkte ich auf dem Salvador-Allende-Platz neben dem Bunker gegenüber vom »Abaton«. Bevor ich bei Francesco vorbeifuhr, wollte ich Kaienburg informieren. Mit Janetzki konnte ich auch vom Handy aus telefonieren.

Auf dem Gehweg vor dem »Arkadash« ließ ein Kellner eben Stühle von der Kette. Studenten strömten in Richtung Campus. Als ich mir eine Zeitung holte, passierte ich die Freifläche, wo bis 1939 die Ruine der Synagoge stand. Seit einer Weile ist der Grundriss mit Steinen markiert, sodass der, der will, wenigstens die Leere spüren kann, die geblieben ist.

Es war noch einigermaßen früh, aber die Telefonzelle bereits gut geheizt. Kaienburg dagegen saß an seinem schattigen Schreibtisch. Ich berichtete ihm von dem anonymen Anruf, den Wanzen und meinem Ausflug ins Archiv. Als ich zu den gelöschten Patientenakten kam, hörte ich, wie sein Atem stockte.

»Langsam«, sagte er mit belegter Stimme, »auf wie viele Namen sind Sie da gestoßen?«

Ich nannte ihm die Zahl.

»Und jetzt?«

»Mache ich die Hinterbliebenen ausfindig. Nachher rede ich mit einem Witwer. Dessen Frau war erst Anfang dreißig und vor ein paar Jahren noch fit genug für eine Schwangerschaft.«

Kaienburg räusperte sich skeptisch. »Es gibt schleichende Erkrankungen, die zu irreversiblen Herzschäden führen können«, wandte er ein. »Da reicht eine verschleppte Streptokokkeninfektion.«

»Klar. Eventuell hatte ihr Tod auch andere Gründe. Man sollte es bloß prüfen.«

»Konkrete Belege dafür, dass die offiziellen Angaben nicht stimmen, haben Sie aber bislang nur in dem einen Fall?«

Das Plexiglas der Zelle guckte in die pralle Sonne. Schweiß perlte auf meiner Stirn. Ich fluchte stumm, mir kein kühleres Treibhaus ausgeguckt zu haben. Wieso interessierte er sich so gar nicht für die Liste?

»Da gibt es die Aussage des behandelnden Arztes«, sagte ich.

»Der wäre auch bereit, das zu beeiden?«

»Denke schon.«

»Nur weil später im Zweifelsfall Aussage gegen Aussage steht. Das könnte schwierig werden. Für Ihren Zeugen, meine ich. Falls er hinterher noch in der Klinik arbeiten will.«

Plötzlich war Strien »mein« Zeuge. Außerdem fand ich es übertrieben, dass Kaienburg sich Striens Kopf zerbrach. Zudem an der falschen Stelle.

»Das dürfte seine letzte Sorge sein. Ist Willemsen tatsächlich der Drahtzieher, geht er ganz andere Risiken ein.«

Wir schwiegen ein paar Sekunden.

»Richtig«, kam es dann, als habe er den hässlichen Hintergrund beinahe vergessen. »Das wollte ich sowieso noch mit Ihnen besprechen. Wir müssen umsichtig vorgehen. Sonst gefährden wir möglicherweise Dritte.«

Ich schluckte. Das waren ganz neue Töne. Vor nicht mal achtundvierzig Stunden hatte er noch darauf gefiebert, den Augiasstall auszumisten. Nun wirkte er etwa so enthusiastisch wie ein Grüner, den man auf die Friedensliebe seiner Partei ansprach.

»Ich dachte, Sie wollten sich mit der Staatsanwältin verständigen?«

»Sicher. Ich sehe sie übermorgen.«

»Übermorgen«, krächzte ich. »Waren wir uns nicht einig, dass dringender Handlungsbedarf besteht? Schließlich häufen sich die Hinweise, dass Patienten im Herzzentrum mörderischen Risiken ausgesetzt sind.«

»Und was soll ich tun?«

»Da finden täglich Dutzende von Kathetereingriffen statt. Machen Sie der Dame Druck. Sie soll einen Durchsuchungsbefehl rausgeben, alle verfügbaren Daten auf den Festplatten sichern und die Katheter konfiszieren.«

Er lachte. Verlegen amüsiert.

»Wie stellen Sie sich das vor?«

»So, wie ich es sage. Zwei Dutzend Beamte und ein Achttonner sollten reichen.«

Er holte tief Luft. »Auf bloßen Verdacht hin schließt hierzulande keine Staatsanwältin Kliniken. Der müssen Sie schon triftige Gründe liefern. Die will Fakten sehen. Sonst lacht sie Sie aus. Bevor das Ermittlungsverfahren überhaupt eingeleitet wird, muss seitens der Behörde ein fundierter Anfangsverdacht vorliegen.«

»Hören Sie«, ich senkte die Stimme und zwang mich zur Ruhe, »während wir hier plaudern, wird in Hitzacker munter weiter operiert. Sie und ich wissen, dass es mindestens dreiundzwanzig ungeklärte Todesfälle gibt.«

»Gewiss«, wiegelte er ab. »Nur haben wir irgendeinen Beweis dafür, dass diese Menschen umgebracht worden sind?«

Meine Stirn schwamm. Ich wechselte die nasse Hand am Hörer und raufte mir die Haare. Im Inneren der Kabine waren es inzwischen ungefähr fünfundvierzig Grad. Vor zwei Tagen hatte Kaienburg vor mir gesessen, den Oberkörper über das fleckige Restauranttischtuch gebeugt, und ohne Rücksicht auf die schäumenden Speichelbläschen in seinen Mundwinkeln rigoroses Durchgreifen propagiert. Nun war er die salbungsvolle Besonnenheit in Person. Der aktive Gedächtnisschwund, den er mir da abverlangte, überforderte meine Geduld.

»Menschenskind«, beschwor ich ihn. »Sagen Sie der Frau, es sei Gefahr im Verzug. Damit sind alle auf der sicheren Seite.«

»Glauben Sie mir«, tönte er. »Ich will das Gleiche wie Sie. Aber ich muss sie überzeugen können. Sonst erreichen wir nichts. Mit halbherzigen Maßnahmen ist keinem gedient, außer den Tätern. Dann ist Willemsen gewarnt und geht uns durch die Lappen.«

Er tat, als sorge er sich um schlafende Hunde, während die Tölen längst die Zähne fletschten. Ich verplemperte hier nur Zeit. Er ließ mich systematisch ins Leere laufen. Ich begriff bloß nicht, weshalb.

»Beschaffen Sie die Unterlagen der Angehörigen«, erklärte er eben. »Bringen Sie Ihren Arzt dazu, seine Aussage zu beeiden …«

»Scheiße«, sagte ich laut, als es endlich klickte und der Groschen bei mir fiel.

»Wie bitte?«

»Womit hat er Ihnen gedroht?«

»Wer?« Kaienburg, der immer noch zwischen Eventualitäten pendelte, lachte verstört auf. »Von was reden Sie da?«

»Von demselben, der gestern bei mir angerufen hat.«

»Sie meinen …«

»Genau.«

Kurzes Husten. Erneutes Lachen. Wahrscheinlich hatte er sich für überzeugender gehalten.

»Hören Sie, ich weiß wirklich nicht, wie Sie auf die Idee kommen, irgendwer würde mich bedrohen.«

»Bitte«, sagte ich ruhig. »Ersparen Sie uns das.«

»Sie glauben doch nicht ernsthaft …«

»Wann?«

Sekundenlanges Schweigen. Er war kein Politiker. Sonst hätte er rascher reagiert. Doch als er wieder sprach, klang er so blechern wie ein Parteischatzmeister. Vor dem Untersuchungsausschuss für illegale Spenden.

»Die letzten Tage waren anscheinend etwas viel für Sie. Hier wartet Arbeit. Ich rufe Sie an, wenn ich mit der Staatsanwältin gesprochen habe. Auf Wiederhören.«

Es summte hohl. Die Verbindung war unterbrochen. Einen

Moment lang guckte der Apparat mich verdattert an, dann stieß ich die Tür auf und taumelte ins Freie.

Ich musste mit Hinrichs reden.

*

Francescos Laden liegt fast an der U-Bahn Eppendorfer Baum. Ich parkte Ecke Hochallee und Klosterstern. Üblicherweise kommt Francesco zwischen sechs und sieben vom Großmarkt. Danach bleibt er im Geschäft, versorgt die Pflanzen und frühstückt. Auch heute hing er über den Tresen gebeugt, blätterte in einer Zeitung und kaute.

»Guten Appetit.«

Francesco ist Mitte dreißig. Von dem sizilianischen Papa hat er die grünen Augen und das griechische Profil geerbt. Die Lüneburger Mutti steuerte helle Locken bei. Doch vielleicht stammen die auch aus Cefalu und zierten einen seiner normannischen Urgroßväter. Er deutete auf den halben Laib Schwarzbrot, der in Kniehöhe auf dem Minikühlschrank hinter ihm stand. Zusammen mit Käse, Schinken, eingelegten Tomaten, Oliven und Salat.

»Nimm dir.«

Ich schüttelte dankend den Kopf. »Hab schon.«

Er unterbrach das Kauen und runzelte die Stirn. Ich versprach, vorm nächsten Besuch zu fasten und erkundigte mich nach den Kindern. Francesco war dreifacher Vater und seit zehn Jahren mit einer Sardin verheiratet.

»Und sonst?«

Er deutete auf das Meer von Blumen. »Alles im grünen Bereich. Abgesehen davon, dass Lourdes noch 'n Kind will.«

Ich grinste. Er verzog den Mund.

»Das wird dir früh genug vergehen. Bist doch selber bald fällig. Also üb lieber beten.«

»Kannst mir ja deinen Rosenkranz leihen.«

»Witzbold.« Er sackte wieder auf die Ellenbogen.

»Ist die Order eingegangen?«

»Klar, Sekunde.«

Er schob die Zeitung beiseite, raschelte mit Blumenpapier, förderte darunter einen gelben Merkzettel zutage, schluckte runter und räusperte sich.

»Achtzehn gelbe Teerosen.«

Das hieß, Hinrichs würde gegen achtzehn Uhr bei »Daniel Wischer« sein. Daniel Wischer ist ein Fischrestaurant in der Spitaler Straße, wo man an einer Fülle kleiner Tische zwischen verspätetem Art-déco-Ambiente Gräten sortieren kann. Unsere Treffs dort liefen immer nach dem gleichen Schema ab. Hinrichs ließ sich eine Finkenwerder Scholle und bayrischen Kartoffelsalat aufs Tablett laden und nahm irgendwo Platz. Ich spendierte mir Seelachs, setzte mich daneben und bat ihn ums Salz. So kamen wir ins Gespräch. Der Ort war ausgezeichnet. Man blieb anonym, das tote Seegetier mundete, Tüten verwechseln konnte man auch hervorragend. Dummerweise waren Steinhausen und ich am Nachmittag in Bleckede verabredet. Das Date haute nicht hin.

»Was noch?«

»Nichts.«

»Wie bitte?«

»Niente.«

Normalerweise schlug Hinrichs mehrere Termine vor. Vermutlich glotzte ich zu ungläubig, denn Francesco hielt mir seufzend den Zettel hin.

»Hier steht's schwarz auf weiß.«

Ich fand, dass es eher wie blau auf gelb aussah, aber ließ das Beckmesser stecken.

»Ruf ihn noch mal an. Sag ihm, dass du die Farbe nicht liefern kannst. Biete ihm rosa, orange und weiß an. Selbe Stückzahl.«

»Rosa, orange und weiß«, murmelte Francesco, den Stift zückend. »Wann?«

»Versuch's am Nachmittag. Morgens hat er häufig Termine. Wär gut, wenn du ihn persönlich sprichst.«

»Va bene«, nickte er. »Du meldest dich?«

Er wollte mir noch Blumen für Conny in die Hand drücken, doch als ich ihm sagte, dass die den ganzen Tag über auf dem Rücksitz des Ladas rösten würden, ließ er es sein.

In dem Moment schellte die Glocke an der Ladentür. Eine ambitioniert gestylte Blondine aus dem Harvestehuder Hinterland, die nach Geld und zu viel »Opium« roch, kam ins Geschäft geweht. Sie war auf frühe Dreißig gequält, hatte die Schlacht um die späten Vierzig längst verloren, aber kämpfte unverdrossen weiter. Unter anderem mit einem verwegenen Dekolleté, das die Höcker ihres ausgemergelten Brustbeins einzeln zum Abzählen freigab. Soll sich niemand über die Anorexie pubertierender Girlies echauffieren, solange ihre Mamis so aussehen, als führen sie ständig auf die Beautyfarm nach Bergen-Belsen.

Francesco ließ sein Brot fallen und schoss an mir vorbei. Umsatz winkte. Womit er dienen könne? Sie verschränkte ihre knochigen Hände wie zum Beten, spreizte die Zeigefinger ab und drehte sich sinnierend auf den Absätzen im Halbkreis, bis der Pfeil auf seine Lilien deutete.

»Wie alt sind die?«

»Heute Morgen geholt. Frischer geht's nicht.«

»Gewiss doch«, verzog sie den Mund. »Also jetzt mal im Ernst?«

Er blieb geschmeidig. Schließlich hatte er drei Kinder zu füttern. Bald wären es möglicherweise vier.

»Glauben Sie mir, gnädige Frau, die sind frisch. Schneiden Sie die Stiele zu Hause an und wechseln Sie alle zwei Tage das Wasser. Dann haben Sie in vierzehn Tagen noch was davon.«

»Na schön«, meinte sie. »Ich kann's ja mal versuchen. Hauptsache, sie verblühen nicht gleich.«

»Wie viele?«

»Zwei Dutzend.«

Ich weiß, dass Harvestehude ein hartes Pflaster ist. Doch das Strahlen, das er ihr gönnte, wäre auch durch den Kauf von zweihundert Lilien nicht aufzuwiegen gewesen. Höchste Zeit, dass ich die Kurve kratzte. Sonst machte ich noch den Mund auf und versaute ihm das Geschäft.

Der Bürgersteig ächzte unter der Sonne, die weiß und stechend aus dem Stahlblau eines wolkenlosen Himmels gleißte. Ich kniff die Augen zusammen. Mag sein, ich bilde es mir nur ein oder leide an grauem Star, aber seit einigen Jahren scheint das Licht greller geworden zu sein. Solches Licht kenne ich aus Afrika. Es versengt Gras, verdorrt Sträucher, hinterlässt rissige Erde und staubige Flussbetten. Und es passte hervorragend zu den zwei Zeugen Jehovas, die sich vorm U-Bahn-Eingang an »Wachttürmen« festhielten und stumm den Weltuntergang beschworen.

Laut Radio war die Quecksilbersäule bereits auf neunundzwanzig Grad geklettert. Für den Nachmittag wurden dreiunddreißig Grad angekündigt.

Janetzki war im Büro. Wir verabredeten uns für den Mittag.

*

Der Dammtorbahnhof war in Plastikplanen und das Dröhnen der Presslufthämmer gehüllt, halb zerlegt unter Bergen von Bauschutt. Steinhausen sollte Gleis drei ankommen. Ich erklomm über eine provisorische Holztreppe den Fernbahnsteig.

Der Intercity aus Berlin war verspätet. Eine muffige Lautsprecherstimme verschob sein Eintreffen in immer weitere Ferne. Zum Ausgleich suchte eine Hand voll windschnittiger Damen und Herren, die aus monströsen Lichtkästen für die Deutsche Bahn AG lächelten, mir das »Unternehmen Zukunft« schmackhaft zu machen. Mein Blick wanderte über den aufgerissenen Perron durch die Schwaden des Mörtelstaubs ins zerschossene Metallgerippe des Dachs. Wer Aufbruchstimmung erzeugen will, muss eben erst mal das Hier und Jetzt in einen Alptraum verwandeln.

Steinhausen trudelte knapp vierzig Minuten hinterm offiziellen Fahrplan ein. Er stieg aus dem Speisewagen im vorderen Teil des Zuges, das Jackett überm Arm und den Computer im Handrucksack.

»Sorry, dass du so lange warten musstest. Wenn ich das geahnt hätte, hätt ich mir natürlich 'ne Taxe genommen …« Er zeigte zwei vergilbte, kräftige Zahnreihen.

»Trotzdem schön, dich zu sehen.«

Wir tauschten eine halbe Umarmung, bevor er sein Gepäck schulterte und wir uns auf den Weg zur Treppe machten. Steinhausen war fast so groß wie Carlo und Anfang vierzig, aber wie er so neben mir ging, die Jacke lässig am Zeigefinger, mit hellen, graugrünen Augen, Sommersprossen, Lachfältchen, Wangengrübchen und einem eckigem Kinn, das rotblonde Haar unzeitgemäß über den Hemdkragen lappend, wirkte er zehn Jahre jünger.

»Wann ist der Gesprächstermin?«

»Halb zwölf. Mit etwas Glück bin ich vielleicht sogar noch pünktlich.«

Sein Kopf deutete auf die Baugerüste. »Seid ihr scharf auf Hauptstadtflair? Sieht aus wie ehedem zwischen Potsdamer Platz und Reichstag.«

»Das heißt auf Neudeutsch ›Shop 'n Ride‹. Herr Mehdorn lässt das Gebäude für hundert Millionen schleifen und wirft die entkernte Hülle dem Einzelhandel vor. Vermutlich will er die Fahrpläne durchlässiger gestalten und glaubt, ohne Erlebniseinkauf läuft sonst nix mehr. Von wegen all der dynamischen Wartezeit.«

Der Lada parkte in der Neuen Rabenstraße, an der Ecke zu den Alsterterrassen. Wir fuhren über den Stephansplatz auf den Gänsemarkt, um uns im Schritttempo Richtung Jungfernstieg vorzuarbeiten. En route zeigte ich Steinhausen das Lessingdenkmal, zu dessen Füßen Amüsiermädchen aus dem Valentinskamp Anfang des Jahrhunderts den dänischen König abgelegt hatten, nachdem er sich in ihrem Bordell erotisch übernommen und das Zeitliche gesegnet hatte.

Am Großen Burstah bogen wir in den Rödingsmarkt, machten einen Schlenker und landeten schließlich hinter der Katharinenkirche. Ich stellte den Wagen am Zippelhaus ab, gegenüber der roten Backsteinpracht der Speicherstadt.

Wir gingen gemeinsam bis zum »Spiegel«. Bevor er durch die Glastür ins Innere verschwand, erklärte Steinhausen, er schätze, das Gespräch werde höchstens eine Stunde beanspruchen.

»Ich klopf nur die Schwerpunkte ab. Keine Frage, dass sie scharf drauf sind, aber normalerweise arbeiten sie mit eigenen Leuten, also müssen sie es sich vom Chef abnicken lassen.«

Die Steinstraße ist nur ein paar Schritte vom »Spiegel«-Gebäude entfernt. Acht Minuten später trat ich im sechsten Stock der Hochbahnverwaltung aus dem Paternoster. Die Tür zu Janetzkis Büro stand offen. Ich klopfte ans Holz. Hinter dem Schreibtisch saß ein schnurrbärtiger Mann von Mitte dreißig und ordnete Akten.

»Da sind Sie ja schon«, sah er lächelnd auf. »Wir können sofort. Sekunde.« Der Schnellhefter verschwand auf der Ablage.

Janetzki trug schlipsloses Hemd und Jeans, war einen halben Kopf kleiner als ich und wirkte drahtig. Wache, braune Augen. Dunkles, volles Haar. Knapper, kräftiger Händedruck. Mit einem kurzen Blick auf seine Fliegeruhr stellte er fest, dass er etwa eine halbe Stunde Zeit habe. Er schlug vor, in die Kantine zu gehen.

»Ich muss sowieso was essen, und da ist gerade italienische Woche. Falls Sie auch Appetit haben.«

Die italienische Woche entpuppte sich als hanseatisch dröge, doch bei Tomaten und Mozzarella machte man nicht viel falsch.

Wir setzten uns ans Fenster, einander gegenüber. Janetzki stellte ein halbes Dutzend Fragen, die ich fast alle aufrichtig beantworten konnte. Dann sammelte er sich und schob den Teller beiseite.

»Ich befürchte, ich werde Ihnen kaum weiterhelfen können. Meine Frau ist zwar auch infolge ärztlichen Versagens gestorben, aber den Leuten in Hitzacker kann man daraus keinen Strick drehen. Das verdankte sie ihrem Hausarzt.«

Er faltete die Hände und musterte den Kantinentisch.

»Gegen Ende des Winters klagte sie über Müdigkeit und Atemnot. Zunächst hielt sie es für eine verschleppte Grippe. Der Arzt schrieb sie ein paar Tage krank und sagte, das würde sich schon wieder legen.« Er kaute ein paar Mal leer. »Vorher hatte sie sich nie so gefühlt. Selbst nachdem der Junge kam, ging sie mindestens zweimal in der Woche zum Sport. Jazztanz. Außerdem joggte sie. Täglich. Und auf einmal war sie zu schlapp, um die Treppe hochzukommen. Es wurde nicht besser. Sie bekam Herzrhythmusstörungen. Ließ ein EKG machen. Daraufhin sagte ihr der Doktor plötzlich, sie müsse die Sache stationär abklären lassen. So landete sie in Hitzacker …« Er sah mich an. Seine Augen waren wund. »Dort ist sie am Tag nach der Einlieferung gestorben. Hinterher erklärte der Kardiologe mir, ihr Herzmuskel sei entzündet gewesen. Sie hätten nichts mehr für sie tun können. Es sei ein Wunder gewesen, dass sie es in diesem Zustand überhaupt so lange durchgehalten hätte.«

Er sog die Luft durch die Zähne. Sein Blick floh aus dem Fenster. »Myokarditis heißt das. Zwei Stunden lang haben sie versucht, sie wiederzubeleben. Sie war stark, und sie wollte leben. Aber wenn der Arzt schläft und die Symptome nicht erkennt, reicht der beste Lebenswille nicht.«

»Es tut mir leid.«

Er kniff die Lippen zusammen.

»Danach hab ich alles Mögliche versucht, um wenigstens dem Quacksalber, dem sie da in die Fänge geraten war, das Handwerk zu legen, über Anwälte, Ärztekammer, die Kasse und sogar die Zeitung. Nichts hat geklappt. Irgendwann war ich's leid, bin hin und habe ihn vermöbelt. Dass sie mich nicht eingesperrt haben, verdanke ich einer langmütigen Richterin und meinem Jungen.«

Er grinste schief, guckte auf seine Uhr und stand auf. »Trotzdem wollte ich Sie treffen. Es hätte ja immerhin sein können. Vielleicht können Sie das verstehen.«

»Denke schon.«

Er reichte mir die Hand. »Wenn da wirklich läuft, was Sie vermuten, kann ich nur hoffen, dass Sie denen gründlich den Arsch aufreißen.«

*

Um kurz nach halb eins stieg Steinhausen an der Ecke Ost-West-Achse zu mir ins Auto. Er habe sich entschlossen, noch zwei oder drei Tage zu bleiben.

»Wo wohnst du?«

»Im Interconti.« Er grinste breit und rieb sich die Hände. »Auf nach Bleckede. Ich brenne darauf, diesen Internisten zu befragen.«

Der »Spiegel« hatte angebissen. Ich lenkte den Lada Richtung Autobahn.

Vor Roths Haus parkten vier Autos, der rote Ka, Striens Golf und zwei weitere Wagen, in denen sich wartende Männer lümmelten.

»Ist hier immer so viel Auftrieb?«, fragte Steinhausen. »Die Jungs von der Lokalpresse scheinen die Frau ja voll im Visier zu haben.«

»Die Kripo muss mit irgendwas Neuem nachgelegt haben«, meinte ich. »Gestern war's hier leer.«

Als wir den Pfad zum Eingang betraten, zückte einer der Typen die Kamera und lichtete uns aus dem Seitenfenster seines Opels heraus ab.

»Verdammt«, fluchte ich.

»Moment mal«, sagte Steinhausen, »das haben wir gleich.«

Er drehte um und lief mit energischen Schritten auf den Wagen zu. Der Reporter sah ihn kommen und kurbelte die heruntergelassene Scheibe hoch. Aber er vergaß abzuriegeln. Steinhausen riss die Seitentür auf.

»Den Film!«

»Sind Sie verrückt geworden?«, protestierte der Sitzende verdattert. »Was fällt Ihnen ein!«

Steinhausen neigte dazu, sich einzumischen. Das mag ich. Manchmal allerdings war er eine Spur zu impulsiv. Ich trat neben ihn und lehnte mich auf die Tür. So blieb das, was sich nun abspielte, den übrigen Wartenden verborgen.

Der Reporter war ein blasses Geschöpf mit basedowschen Augen und fettigen, an die Stirn geklatschten Haaren. Manchmal funktioniert die Cowboynummer. Ich streifte ihn mit einem gelangweilten Bullenblick und sah dann übers Autodach weg ins Leere.

»Privatfahrzeug?«

»Ja, verdammt privat«, fauchte das Glubschauge abwehrend. »Wieso?«

»Spar dir den Stress mit dem Wichser«, sagte ich zu Steinhausen. »Wir haben sein Kennzeichen. Ich meld's dem Kollegen vom Abschnitt. Der gibt's als SK siebzehn raus. Dann läuft es übers BKA. Der kleine Scheißer hier wird sich bald wünschen, uns nie über den Weg gelaufen zu sein.«

Ich schlug mit der flachen Hand auf das Blech und machte Anstalten, abzugehen. Steinhausen folgte mir grinsend. Wir waren keine drei Schritte weit, als der Bursche im Opel loswinselte.

»Warten Sie …«

Wir boten ihm Rücken und latschten unbeirrt weiter.

»Es war ein Missverständnis. Selbstverständlich kriegen Sie den Film!«

Ich sah Steinhausen an. Er blieb zögernd stehen. Wir wandten uns um. Das Glubschauge hantierte mit der Kamera, zerrte hektisch den Film aus der Kartusche und wedelt damit durch die offene Autotür.

»Hier.«

»Was meinst du?« Steinhausens Mund zuckte. Ich schwieg.

»Bitte!«, quengelte es hinter uns. »Hören Sie! Ich wollte Ihnen nicht …«

»Okay«, erklärte ich. »Dies eine Mal.« Ich musterte demonstrativ meine Armbanduhr. »Zeit für deinen Feierabend.«

Die Tür rummste, und der Anlasser kreischte auf. Der Opel verabschiedete sich mit jaulendem Keilriemen. Steinhausen nickte zum Fahrzeug des zweiten Pressefritzen, zückte sein Adressbuch und tat so, als schriebe er sich das Nummernschild auf. Der Typ hinterm Steuer hob resignierend die Hände.

»Lass stecken. Ich hab's begriffen.«

Damit legte er den Gang ein und fuhr ab.

Wir gingen grinsend zum Haus. Mit wiegendem Schritten, wie Doc Holiday und Wyatt Earp.

»Was zum Teufel ist SK siebzehn?«

»Keine Ahnung. Klingt gut, oder?«

Steinhausen lachte. »Trotzdem solltest du gelegentlich deinen Dienstwagen wechseln. Die wenigsten Zivilfahnder dürften einen fast dreißig Jahre alten Lada fahren.«

Mittlerweile standen wir an der Haustür. Bevor ich klingeln konnte, öffnete Strien.

»Guten Tag.«

»Hallo«, erwiderte ich. »Das ist Stephan Steinhausen.«

Die Herren tauschten einen Händedruck.

»Ich habe Ihnen eben zugeschaut«, erklärte der Arzt bewundernd. »Das grenzte ja an Zauberei.«

»Gehört zu unserem Service«, sagte ich. »Wo ist Frau Roth?«

»Im Wohnzimmer. Es geht ihr nicht besonders gut.«

Marion Roth hockte mit rot geränderten Augen auf dem Sofa. Vor ihr ausgebreitet lagen Zeitungen. Es gab Fotos von ihr, ihrem Mann, der Kate und dem Jaguar. Dazu entsprechende Überschriften und Untertitel, alle in ähnlichem Tenor gehalten.

»Sie hatten mir ja angekündigt, dass es kein Spaziergang wird«, sagte sie zu mir. »Doch dass die derart ekelhaft über mich herziehen würden, hätte ich mir nicht träumen lassen. Sehen Sie sich das an! Dieses Monster bin ich!«

In einer Mischung aus Weinen und Lachen deutete sie auf ein überregionales Revolverblatt, das darüber mutmaßte, ob sie die »grausige Bluttat« vorbereitet habe, während ihr Gatte Leben rettete.

»Das lesen nun all meine Nachbarn! Jeden Tag wird es schlimmer.«

Wir werteten die Zeitungen aus. Zwischendurch stellte Steinhausen ihr und Strien Fragen, bemühte sein Aufnahmegerät und fütterte den Laptop. Dann rief Marion Roths Anwalt an, den sie morgens bereits darum gebeten hatte, bei der Pressestelle der Polizei zu klären, was die neuerliche Medienattacke ausgelöst haben könnte. Diesmal hatte Gehrken nichts Neues vom Stapel gelassen. Verantwortlich war vielmehr ein bissiger Kommentar im gestrigen Tageblatt, den die Ressortleiterin für Lokales und Kultur verfasst hatte. Drescher legte der Kripo dringend nahe, intensiver im direkten Umfeld des Toten zu ermitteln.

»Was nun?« Marion Roth sah hilflos in die Runde. Strien machte ein bedripstes Gesicht.

»Keine Ahnung, wie Sie die zum Schweigen bringen«, sagte ich. »Mein Anwalt rät mir, juristisch vorzugehen.«

»Wie?«

»Über eine einstweilige Verfügung.«

»Klar. Sie können auch Gegendarstellungen fordern. Aber ob das so irre viel bringt, wage ich zu bezweifeln.«

Steinhausen räusperte sich. »Wie wär's mit 'ner Gegenoffensive?«

»Du meinst einen Artikel?«

Er nickte. »Wir könnten ja auch ein bisschen mutmaßen. Über die Praktiken am Herzzentrum Hitzacker. Oder die sträfliche Tranigkeit der Staatsanwaltschaft, wenn es um Sterbefälle in einer renommierten Privatklinik geht. Machen wir der Kripo und den Kollegen von der Zunft Feuer unterm Gesäß.«

Strien setzte sich auf.

»Hört sich gut an.«

»Ich kenn den Chef der Morgenpost. Wenn ich dem einen Hintergrundbericht nebst Exklusivinterview mit Frau Roth anbiete ...«

»Das wir zusammen schreiben«, warf ich ein. »Hier. An Ort und Stelle.«

»Sicher.« Steinhausen deutete auf seinen Computer. »Das meiste habe ich ja schon zusammen.«

»Was ist mit deinem Arbeitgeber?«

Er zuckte die Achseln. »Die lassen mir 'ne lange Leine.«

»Und der ›Spiegel‹?«

»Glaub nicht, dass ich mir dadurch irgendwas verscherze.«

»Frau Roth?«

Sie schnäuzte sich, gefasster jetzt.

»Je eher, desto besser.«

Steinhausen hatte unterdessen aus der Jackentasche ein silbergraues Siemens hervorgezaubert. Ob es eine Internetverbindung gäbe, um die Daten an die Redaktion zu schicken? Marion Roth nickte. Er kramte im Rucksack und förderte eine elektronische Kamera zutage.

»Bestens.«

»Aber die funktioniert zur Zeit nicht«, sagte sie.

Er sah mich an. »Das heißt, wir müssen hin.«

»In die Redaktion? Kein Problem.«

»Höchstens mit der Zeit. Falls das Ding noch heute raussoll.«

»Heute?«

Er begann, die Zahlentasten zu bearbeiten. Marion Roth stand auf, holte ihr Telefon und reichte ihm den Apparat. »Sie können auch von hier aus. Der ist jetzt sauber.«

»Danke.« Steinhausen tippte die Ziffern ein und lauschte. »Stellen Sie mich bitte zu Herrn Twesten durch. Sagen Sie ihm, Stephan Steinhausen sei dran ... Beides ...« Es dauerte keine zehn Sekunden. Er lächelte. »Hallo, Michael ... Ich bin's, Stephan. Hör mal, wann macht ihr Umbruch?«

Der Artikel las sich gut. Dass es eher ein mit Fakten gespickter Kommentar als ein Feature war, lag in der Natur der Sache. Ohne Recherche konnte Steinhausen nur Mutmaßungen wiedergeben.

Doch sein Interview mit Marion Roth – die »Butter bei die Fische«, wie er sagte – rundete die Sache ab.

Bevor wir abhauten, schoss er noch ein paar Bilder. Anschließend fuhren wir zur Redaktion. Unterwegs warf er seinen Laptop an, speiste die Fotos ein, retuschierte, passte Druckvorlagen an und redigierte die Texte. Mit Bleisatz und Matrize hatte das alles nur noch herzlich wenig zu tun. Kurz vor den Elbbrücken ging seinem Akku zwar der Saft aus, doch da hatte er die Essentials bereits in Sack und Tüten. Zwanzig Minuten danach setzte ich ihn vor dem Eingang der Morgenpost ab. Ich war nicht darauf erpicht, irgendwelchen Zeitungsnasen die Hand zu schütteln, außerdem wartete Conny am Mittelweg. Später trafen wir uns bei Axel, um zu viert Essen zu gehen. Steinhausen verkündete, der Artikel sei im Druck. Er wollte an die Elbe. Axel schlug ein Restaurant in Blankenese vor, unten am Strandweg.

Dort gab es sogar einen freien Tisch, und die Bedienung war ausgeschlafen. Wir tafelten fürstlich, während Stephan Hauptstadtanekdoten zum Besten gab. War er warm gelaufen, sprühte er, und an diesem Abend knallten seine Korken in Serie. Conny japste, es sei »zum Bepissen schön«, und Axel verlor dauernd sein Besteck. »Schreib das bloß auf, Mensch …«

Nach dem Kaffee, als das Feuerwerk abgefackelt war und die beiden anderen sich auf die rote Grütze stürzten, machte ich mit ihm einen Verdauungsspaziergang am Strand. Blütenduft aus den Gärten wehte bis ans Wasser. Auf der Höhe des Jollenhafens, gegenüber vom ehemaligen Mühlenberger Loch, setzten wir uns an die Böschung. Er sprach von Buchplänen und seiner Tochter. Davon, wie weh es ihm tat, sie so selten zu sehen, und dass er ihr gern mal die Elbe zeigen würde.

»Wirst du«, versprach ich.

»Es ist zauberhaft hier«, sagte er. »So friedlich.«

Ich nickte. Der Fluss spiegelte die Malvenfarben der späten Dämmerung und den ins Kobaltblau wachsenden Himmel. Ein gestohlener Augenblick.

Auf dem Rückweg, gegen halb zwei, holten wir in Ottensen drei drucknasse Zeitungen. Ich setzte Conny und Axel zu Hause ab. Dann brachte ich ihn ins Hotel.

SIEBEN

Der folgende Tag verlief milde. Der Himmel blieb blau, obwohl das Barometer ständig fiel. Ich brachte Conny zur Schicht und telefonierte, während Axel durchs Netz turnte. Obwohl wir inzwischen fast alle Detekteien im Geviert Hamburg, Lübeck, Schwerin und Lüneburg angerufen hatten, gab es nirgends einen Hinweis auf den Schnüffler. Vermutlich hatte Willemsen den Mann gar nicht über die Klinik beauftragt, und wir suchten die Nadel im falschen Heuhaufen. Am frühen Nachmittag hatte ich die Nase voll und verpfiff ich mich in den Stadtpark. Zum Schwimmen.

Das Bad liegt eingebettet ins Grüne, flankiert von majestätischen Platanen. Es gibt weder Kacheln noch Chlor, dafür Wildenten, Schwäne und Fischschwärme, deren glitzernde Fülle man bei Sonne unter sich forthuschen sieht. Eine Spundwand trennt das opulente Bassin vom angrenzenden See, bewacht von zwei lasziven Zentauren, die außer Grünspan und Möwenkot nichts am Leibe tragen.

Die Anlage stammt aus Vorkriegstagen, als am Rand des Parks ein riesiges Ausflugslokal stand. Blaurot geklinkerte Terrassen erstrecken sich bis ans Wasser, von wo aus man über den See und die Festwiese bis auf den Turm des Planetariums blickt. Das Bad ist eine Oase in der Stadt. Bei kühlerem Wetter ziehen hier höchstens einige Unentwegte ihre Bahnen. Doch selbst bei Hitzefrei, wenn nacktes Fleisch das Gras pflastert, kreischende Kinder über Rasenfetzen hetzen und das Bassin an den Rändern zu kochen scheint, bleibt Platz zum Abdriften.

Ich ließ mich vom lauen Wasser tragen und träumte. Fast als hätte ich geahnt, dass ich in den nächsten Tagen zwar häufiger würde baden gehen dürfen, aber längst nicht mehr so sanft.

Die Bombe platzte am Nachmittag darauf. Über der Stadt lag drückende Schwüle. Ich war gerade unterwegs, um Conny von der Arbeit abzuholen. Als ich in die Grindelallee einbog, klingelte das Tragbare. Kaienburg war dran. Er meldete sich mit »Herzlichen Glückwunsch«. Seine Stimme troff vor Sarkasmus.

»Heute Morgen ist die Staatsanwältin vor die Presse gegangen. Sie hat alle Vermutungen, die Ihr Herr Steinhausen da in seinem vermeintlichen Enthüllungsartikel verbreitet hat, ins Reich der Phantasie verwiesen.«

»Langsam«, unterbrach ich ihn. »Wovon reden Sie?«

»Nach den Spekulationen Ihres Freunds in der Morgenpost muss es in Lüneburg Anfragen gehagelt haben«, sagte er. »Normalerweise nimmt die Staatsanwaltschaft dazu nie Stellung. Jedenfalls ist derlei noch nicht vorgekommen. Nun kann ich mir die Arbeit der letzten Monate sonst wohin schmieren.«

Ich verstand kein Wort. Nur, dass er außer sich war. Also fuhr ich rechts ran und kurbelte die Seitenfenster hoch. Der Akustik wegen. Obwohl meine Haut klebte.

»Vielleicht verraten Sie mir erst mal, was in der Presseerklärung überhaupt steht?«

»Lesen Sie sie gefälligst selbst.«

Mein Genick brannte. »Hören Sie …«

»Nein«, kam es schneidend. »Sie hören mir zu. Nachdem Sie mein Vertrauen missbraucht und mich derartig kompromittiert haben …«

»Wie das? Sie sind in dem Artikel mit keiner Silbe erwähnt.«

»Ich rede hier von meinen Recherchen. ›Transparenz Jetzt‹ hat einen Ruf zu verlieren. Den haben wir uns hart erkämpft. Wir arbeiten mit Fakten, nicht mit irgendwelchen halbgaren Mutmaßungen, die den Anwälten der Gegenseite in die Hände spielen …«

»Das war ein Testballon.«

»Ein Testballon?« Kaienburgs Stimme überschlug sich fast vor Hohn. »Sie sind nicht mehr ganz bei Trost. Egal. Sollten Sie auf die Idee kommen, meinen Namen oder den meiner Organisation in irgendeiner Form in der Öffentlichkeit zu erwähnen, wird das äußerst unangenehme Folgen für Sie haben. Das verspreche ich Ihnen! Ansonsten verbitte ich mir jegliche künftige Kontaktaufnahmen Ihrerseits.«

Es knackte. Dass Kaienburg nach unserem letzten Gespräch die erstbeste Chance nutzte, mir die Zusammenarbeit aufzukündigen, war wenig überraschend. Aber so? Während ich mich mit schwitzenden Pfoten durch den Stau quälte, hoffte ich, dass die Erklärung der Staatsanwaltschaft bloß ein taktisches Manöver war, um Willemsen in Sicherheit zu wiegen. Ich rief Conny an. Bat sie, gleich eine Kopie mitzubringen. Dann instruierte ich Axel. Damit er Steinhausen Bescheid sagte.

Conny wartete bereits vor dem dpa-Bau, in der Hand zwei Bögen mit Faxpapier. Ich wendete und hielt am Kantstein. Bevor ich aussteigen konnte, um ihr zu öffnen, hatte sie bereits den Schlag aufgerissen und sackte stöhnend ins Polster. Wir tauschten einen Kuss.

»Hier.« Sie gab mir die Kopie. »Das wird dir nicht viel Freude machen.«

Ich überflog den Text. Die Lüneburger Behörde erklärte, dass es nichts zu erklären gab. Roths Tod sei ein Unfall gewesen und der Verdacht des Verunglückten haltlos.

»Vielmehr liegen der Staatsanwaltschaft durch die Untersuchungen des Landeskriminalamts nunmehr zahlreiche Hinweise vor, dass es sich bei den in der Hamburger Morgenpost zitierten Anwürfen gegen die Leitung des Herzzentrums lediglich um persönlich motivierte Behauptungen aus dem Umfeld des Verstorbenen handelt, die jeder sachlichen Grundlage entbehren. Aufgrund der »gezielten üblen Nachrede, der das Herzzentrum Hitzacker ausgesetzt« sei, sähe die Staatsanwaltschaft sich gezwungen, »weiteren haltlosen Spekulationen vorzubeugen« und durch diesen »ungewöhnlichen Schritt Stellung zu beziehen«.

Mein Speichel schmeckte nach Asche. Trotz oder wegen des Nikotinkaugummis.

Das Statement ging weit über eine Ehrenrettung hinaus. Es las sich wie die Solidaritätsadresse an den atlantischen Bündnispartner. Von nun an war der Klinikchef über jeden Zweifel erhaben. Eine kritische Silbe mehr, und es hagelte Unterlassungsverfügungen und Verleumdungsklagen.

»Na dufte«, knirschte ich. »Willemsen hat 'n Freifahrschein, und Roth ist bloß ein gekränkter Lügner, der sich aus lauter Hinterfotzigkeit selber umgebracht hat.«

»Immerhin ist seine Frau damit aus dem Schneider«, sagte Conny. »Alles andere dürfte ihr ziemlich egal sein.«

»So? Tu dir das doch mal rein.« Ich strich das Papier glatt und zitierte laut: »›Der eingangs bestehende Verdacht des LKA auf Fremdeinwirkung ist, was strafrechtlich relevante Konsequenzen anbelangt, ausgeräumt‹. Heißt im Klartext: Sie war's, aber wir können es nicht beweisen. Das ist 'ne amtliche Einladung zum Rufmord.«

Ich gab ihr die Blätter zurück und drehte die Zündung.

»So weit wär die Kripo auch ohne uns gekommen. Allerdings dürfte Hauptkommissar Gehrken eh längst aus dem Spiel sein.«

»Wieso?«

Ich blinkte und fädelte mich ein. »Der Fall ist offiziell abgeschlossen. Sollte er Zicken machen, darf er die Ablage organisieren.«

»Du hältst die Staatsanwältin für gekauft?«

»Nein, nur für eine brave Beamtin.«

Conny runzelte die Stirn.

»Das Teil da«, sagte ich und deutete auf die Presseerklärung, »wird kaum auf ihrem Mist gewachsen sein.«

»Du meinst, sie hat Druck von ihrem Dienstherrn bekommen?«

»Da bin ich mir sogar ziemlich sicher.«

»Wie sollte Willemsen in Lüneburg so viel ...«

»Ich rede von Hannover.«

»Wie bitte?« Sie lachte ungläubig und setzte sich auf. »Willemsen soll Verbindungen bis ins Justizministerium haben?«

»Zumindest kann er Amigos mobilisieren, die dort in den oberen Etagen für ihn vorstellig werden. Wer sonst hätte das Zeug, Untersuchungen in einem Mordfall abzuwürgen?«

Grinsend musterte ich ihr Profil. Sie blickte starr geradeaus.

Axel begrüßte uns mit frischem Mokka. Conny kümmerte sich um die Gläser. Er fiel in den Drehsessel, ließ die Brille auf halbe Höhe rutschen und äugte mich über die Gläser hinweg forschend an.

»Was war das eben mit Kaienburg?«

»Er sagte, ich hätte ihn bloßgestellt und ihm die Arbeit von Monaten versaut. Verbat sich jeden weiteren Kontakt.«

»Armleuchter«, fauchte Axel. »Hätte er den Hintern in der Hose, würd er sich jetzt aus dem Fenster hängen.«

»Oder auch nicht.« Conny reichte mir ein Glas. »Sieht eher aus, als sei der Artikel zu sehr mit der heißen Nadel gestrickt. Nun mauern sie und ihr könnt nicht nachlegen.«

Sie hielt ihm die Presseerklärung hin. Sein Blick glitt über die Seiten. Er kratzte sich den Schopf, sah verstört auf, lachte gequält und sackte nach vorn.

»Das wär's dann wohl.« Seine Hand klatschte wie abgehackt auf den Tisch. »Nun versteh ich auch, warum der ›Spiegel‹ 'n Rückzieher gemacht hat.«

Ich spürte, wie sich meine Nackenhaare aufrichteten. »Der ›Spiegel‹ hat was?«

»Ach ja«, erklärte er rau, das schiefe Grinsen für üble Nachrichten auf den Lippen. »Stephan berichtete eben, dass Augsteins ihm abgesagt hätten. Die Vereinbarung sei hinfällig.« Er hob die Schultern.

»Wohl wegen der Presseerklärung.«

Ich fluchte laut und polkte eine Zigarette aus der hinteren Hosentasche.

»Da müssten die doch erst recht warm werden!«

Conny verdrehte die Augen.

»Das war abzusehen. Kein Grund, deswegen zu rauchen.«

»Ich will jetzt rauchen.« Das Feuerzeug flambierte mir fast die Augenbraue. Aber das war mir egal. »Ungeklärte Sterbefälle. Patientenakten, die sich in Luft auflösen. Ein Chirurg, der tödlich verunglückt, als er ankündigt, die Praktiken in der Klinik anzuprangern. Die zuständige Staatsanwaltschaft stellt das Ermittlungsverfahren ein, bevor es überhaupt angefangen hat. Und Deutschlands größtes Nachrichtenmagazin, das dauernd mit der Fahne des investigativen Journalismus wedelt und sonst jeden Furz zum Skandal hochjubelt, ist plötzlich zu zimperlich, da nachzuhaken? Wo leben wir eigentlich?«

Conny seufzte angestrengt.

»Steinhausens Hüftschuss ging nun mal daneben. Morgen dürfte die Mopo Post von Willemsens Anwalt haben. Der Spaß kann richtig teuer werden. Wozu sollte sich Herr Aust freiwillig denselben Ärger einhandeln?«

»Mag sein, dass wir uns mit dem Artikel nicht unbedingt einen Gefallen getan haben. Trotzdem.«

»Nenn's ruhig beim Namen«, sagte sie. »Das war ein echter Kniefick.«

»Trotzdem bleibt die Faktenlage.«

»Die interessiert keinen mehr. Das ist wie mit der Warnung vorm Wolf. Ihr habt zu früh und zu laut geschrien. Reichen Willemsens Seilschaften wirklich bis nach Hannover, brauchst du dich nicht zu wundern, dass denen der Appetit vergangen ist.«

»Hannover?«

Axel zwirbelte nachdenklich sein Bärtchen. Conny nickte.

»Sagt Jacob jedenfalls.«

Er kratzte sich die Nase.

»Tja. Dann läuft's wie bei den achtzig Millionen von Elf Aquitaine. Keiner hat Lust, sich im Korruptionssumpf nasse Füße zu holen.«

»Verdammt«, sagte ich. »Es gibt Namen, Familienangehörige, Totenscheine, Briefwechsel mit Versicherungen.«

»Vermutlich auch ein Kondolenzschreiben aus Hitzacker. Vom Chef persönlich. Leider ist nichts davon justiziabel. Außer dass da sensible Daten über den Jordan gegangen sind.«

»Das sind Akten, die das Herzzentrum theoretisch jahrzehntelang aufzubewahren hat. Fingen die erst mal an zu graben, fänden sie was.«

»Klemm dir den Konjunktiv«, meinte Conny. »Entscheidend ist, dass sie's nicht wollen.«

Axel pflichtete ihr stumm bei. Als lebten wir in der besten aller möglichen Welten, wo jeder, der bis drei zählen kann, sich ohne allzu langes Hadern mit den lausigen Gegebenheiten arrangiert.

»Natürlich ist es zum Kotzen«, sagte er. »Was willst du machen?«

Ich raufte mir die Haare. »Dann muss man sie eben zwingen.«

»Wie? Etwa mit 'ner Dienstaufsichtsbeschwerde?«

»Vor vier Tagen hat Willemsen mir einen rührenden Vortrag über die Nöte des Medizinergewissens gehalten. Das ist kein Triebtäter. Der weiß, was er tut.«

»Schon klar, in welcher Liga er spielt. Doch das ist nicht mehr dein Bier. Momentan sieht's nicht so aus, als ob die viel Lust hätten, gegen ihn zu ermitteln. Alles, was du jetzt noch tun kannst, ist dir 'ne rote Nase zu holen.«

»Dein Auftrag war, Marion Roth zu entlasten«, erklärte Conny. »Der hat sich erledigt. Mehr ist zurzeit nicht drin.«

Sie strich sich eine Strähne aus der Stirn. Ein leises Tremolo in den langen Fingern. Auch wenn sie sonst ganz kühl schien. Axel nickte. Ich sah die beiden einen Moment lang an und konnte es nicht fassen.

»Wie bitte?«, sagte ich heiser. »Da kommen am laufenden Meter Menschen um. Bloß weil einer, der vor Geld stinkt, den Hals nicht voll genug kriegen kann. Da soll ich den Rand halten und zusehen?«

Axel rollte ächzend die Augen. Ich nahm einen letzten Zug von der Zigarette und zerstampfte die Glut auf der Untertasse.

»Verrat mir mal, wieso du dich über die Euthanasiemorde der Nazis echauffierst, wenn du dich jetzt so tapfer zurücklehnst?«

Conny atmete hörbar durch. »Ruf Hinrichs an«, schlug sie vor. »Der wird dir vermutlich das Gleiche erzählen.«

Mein Puls dröhnte. Ich dachte an Marion Roths Gesichtsausdruck, nachdem ich die Wanzen bei ihr gefunden hatte, an Janetzkis hilfloses Schulterzucken, und an das abgeklärte Lächeln des Klinikchefs, der nie für das Leid belangt werden würde, das er anderen bereitete. Ohnmacht feixte mich an. Meine Faust landete auf dem Tisch. Die Espressokanne tanzte.

»Ich will, dass dieses Schwein dafür zahlt!«

Conny stand entnervt auf und rettete das Geschirr. »Wir etwa nicht?«

»Ihr schmeißt das Handtuch!«

»Weil wir keine andere Wahl haben«, sagte sie. »Ihr habt es gründlich verkackt. Hast du das immer noch nicht begriffen? Eure Optionen sind ausgereizt.«

»Nur die legalen Optionen.«

»Ha?« Sie warf den Kopf zur Seite. »Kaienburg hat sich verkrümelt, der ›Spiegel‹ kneift, und das restliche Honorar dürfen wir wahrscheinlich auch abschreiben. Was stellst du dir vor?«

»Notfalls frag ich den Champ.«

»Bist du nicht mehr dicht? Willst du vielleicht IRA spielen und Willemsen ins Knie schießen?«

»Gute Idee.«

»Mich hat er bedroht. Nicht dich.«

»Du willst, dass ich es lasse? Obwohl er ungeschoren bleibt, weiterhin Tote produziert und Blutgeld abgreift?«

»Ja!«, schrie sie. »Bevor er das da aus dir macht. Guck nur mal in den Spiegel und sieh dir deine Fratze an.«

Axel wippte nervös auf dem Drehsessel und zupfte erregt an seinem Ziegenbart.

»Willst du, dass unser Kind in so ‘ne beschissene Welt hineingeboren wird? Ich nicht.«

Sie wurde blass. Ihre Unterlippe zitterte.

»Hör auf, Jacob! Mit unserem Kind hat das nichts zu tun.«

»Willst du das?«

»Du rücksichtsloses, eitles Arschloch. Du bist keinen Deut besser als der, den du da angeblich bekämpfst.«

»Ach ja?«

»Du willst bloß Rache. Koste es, was es wolle. Dafür ist dir jedes Mittel recht …«

Ihre Sätze kamen stoßweise.

»Aber lass dir eins sagen: Mit Willemsen hat das nichts zu tun. Willemsen ist austauschbar. Es könnte genauso ein anderer sein. Willemsen steht bloß da und lädt dich ein, ihn zu hassen. Und zwar nicht für Roth oder die toten Patienten, sondern für das, was die böse Welt dir angetan hat. Weil du es liebst, dich als Opfer zu sehen, und mit deinen beschissenen Schuldgefühlen von vorvorgestern nicht fertig wirst.«

»Irrtum.«

»Bullenscheiße!«

Sie drängte sich am Tisch vorbei und lief aus der Küche. Ihre Wangen waren nass. Die Wohnungstür knallte.

Axel bearbeitete seinen Bart. »Bravo.«

Ich rauchte und starrte aus dem Fenster in den Hof. Der Knöterich über den Mülltonnen blühte. Tauben gurrten.

Vor ein paar Tagen, als wir über Irinas Flüchtlingsfrauen sprachen, hatte sie erklärt, Groll sei stets eine Frage der Wahl: »Aufs frühere Leiden hast du wenig Einfluss. Bloß, wie du heute damit umgehst.« Das klang weise, aber so abgeklärt hatte ich sie selten erlebt.

Seit dem Drohanruf schreckte sie nachts hoch und tanzte schrille Reigen mit alten Gespenstern. Ich sah zu und konnte nichts tun. Klar hasste ich Willemsen. Für meine Schwäche und das, was sich im Käfig ihrer Phantasie abspielte. Doch das war nicht der Punkt. Vielmehr war es diese Mischung aus Horror und Hilflosigkeit, die sie sich nicht eingestand und mir nun als Einsicht zu verkaufen suchte. Axel wiegte bedenklich den Kopf.

»Lass es, Jacob. Gib's dran.«

Ich riss mich zusammen, langte über den Tisch und griff nach dem Telefon. »Marion Roth muss informiert werden. Mit dem Persilschein für Willemsen hat sich unser Einsatz wahrscheinlich eh erledigt, doch ich will ihr wenigstens anbieten, mit Hinrichs zu reden.«

Außerdem war da noch Steinhausen. Der plante zwar erst morgen zu fahren, weil er sich wegen der kopierten Röntgenaufnahmen noch mal mit Strien treffen wollte, aber nach Augsteins Absage hatte er eventuell umdisponiert. Der Anschluss in Bleckede war besetzt. Vielleicht besser so. Für weitere Gefühlsausbrüche war ich seelisch nicht gewappnet. Bei Stephan meldete sich bloß der Briefkasten. Ich schnappte mir meine Zigaretten und stand auf.

»Wo willst du hin?«

»Raus. Ich brauch Luft.«

Draußen war es fast noch stickiger als in der Küche. Der Gluthauch der letzten Tage hatte sich ins Mauerwerk gekrallt, strahlte von den Fassaden und kroch aus dem Asphalt, als sei die Stadt ein monströser Backofen. Die Demse erinnerte mich an Bangkok. So wie das verklebte, schlecht sitzende Hemd und das fahle Gelbgrau des Himmels, das über den Dächern hockte. Ich wollte zum Wasser. Durchatmen. Sortieren. Als ich die Feldstraße erreichte, zuckte Wetterleuchten am Horizont.

Für Conny war ich ein Sklave meiner Wut, für Axel einer, der sich nicht mit der selbst gemachten Niederlage abfinden wollte. Beides lief aufs Gleiche hinaus: blinden Säufertrotz. Trotzdem lagen sie beide falsch.

Egal, wie schlau es gelegentlich sein mag, sich zurückzuziehen, hier war es Selbstverrat. Und der rächt sich. Immer. Da brauchte ich gar nicht auszurasten und über Unterlassungssünden zu moralisieren. Alle Erwägungen, ob es klüger war, sich klein zu machen, blieben akademisch. Willemsen wusste, dass wir zu viel wussten. Das reichte. Er war keiner, der lose Enden herumliegen ließ. Über kurz oder lang blühte uns das gleiche Schicksal wie Roth.

Oberhalb der Landungsbrücken warf ich mich auf eine leere Bank. Auf der Promenade am Wasser schlichen hitzetaube Urlauber durchs Elbambiente. Tapferere spähten zwischen den Wanten der »Rickmer Rickmers« nach Windjammerflair oder kletterten in eine der Barkassen zur Hafenrundfahrt. Ein paar hundert Meter weiter, an der Überseebrücke, strahlte der weiße Rumpf der »Cap San Diego«.

Je länger ich es hin- und herwälzte, desto klarer wurde mir, dass ich wirklich keine Wahl hatte. Ich musste Willemsen zuvorkommen. Auch ohne Auftrag, Axels Hilfe und gegen Connys Willen. Die Gretchenfrage blieb: Wie? Alles, was ihn nicht sofort matt setzte, war witzlos, und die Uhr tickte.

Auf dem Billigsampler mit »Rhythm 'n Blues«, den Axel gelegentlich hervorkramte, raunte eine dunkle Prinzessin irgendwo: »You better move fast, boy, if you wanna move at all«. Ihr zarter Wink traf den Punkt. Ich musste zügig handeln. Oder es hatte sich ausgehandelt. Die Blaupausen für unsere Beseitigung lagen vermutlich längst vor. Wollte ich Willemsen stoppen, musste ich ihm dieselbe Karte zuspielen. Schrot ins Knie tat es da kaum. Ich puzzelte mit Szenarien, aber blieb immer wieder auf halber Strecke hängen. Der innere Widerstand war zu groß. Gesetze kann man brechen, auch ungestraft. Doch es hat seinen Preis. Es begleitet dich. Selbst wenn du glaubst, dass du keine Wahl hattest und vielleicht sogar im Recht warst. Das ist der beschissene Witz.

Ich stieg die Treppe runter und ging über die Brücken Richtung Fischmarkt. Die »Louisiana Star«, der hässlichere der zwei gefälschten Raddampfer, die auf der Elbe Euro-Disneys Mississippiromantik zu beschwören suchen, spuckte Kundschaft aus. Halbwegs echt wirkte nur der schwitzende Schwarze, der am Bug Leinen verholte, barfuß, in verdreckten Jeans, das T-Shirt bis über die Schultern aufgerollt. Nach »Old Man River« sah er allerdings auch nicht aus. Eher nach Abidjan, beschwerlicher Anreise, schlecht bezahlten Schwielen und einer Hucke voll Heimweh.

Von Osten her grollte Donner. Der Himmel verdunkelte sich. Bloß im Westen schimmerte noch ein trügerischer Fetzen Blau. Wo ich schon mal in der Gegend war, konnte ich auf dem Rückweg gleich bei der neuen Spielhölle vorbeigehen, von der Paul berichtet hatte. Die beiden Holländer waren zwar augenblicklich meine letzte Sorge, aber schaden konnte es nichts.

Beim Ende der Anleger wechselte ich über die alte Rampe der Englandfähre in die Hafenstraße. Vor der »Volxküche« dösten Punks. Aus der Tür dröhnte »Ton, Steine, Scherben«. Doch die braunen Ohrfeigengesichter, die für gewöhnlich am oberen Ende der Treppe lungern und Gras feilbieten, waren vor dem anrückenden Gewitter geflüchtet. Die Balduinstraße lag leer gefegt, außer einer verfetteten Wasserstoffblonden, die ihrem Rottweiler beim Kacken in der Sandkiste zuschaute, entdeckte ich keine Menschenseele. Die Luft knisterte.

In der Silbersackstraße regte sich wieder Leben. Der Kiez rüstete fürs Abendgeschäft. Vom Hans-Albers-Platz her drang das Johlen einer Bande rot gesoffener Ruhrpottvisagen. Bräute im Kampfdress, die Brüste vorgereckt, auf Plateausohlen wippend, damit das Fleisch um den Tangaslip stramm wirkte, markierten Terrain. Ich schritt zügig aus und stellte mich taub. Der Laden, von dem Paul gesprochen hatte, sollte auf der rechten Seite kurz vor der Ecke sein. Doch da waren bloß zwei Kneipen und ein schmaler, mit einer verzinkten Stahltür gesicherter Gang, der zwischen den Häusern nach hinten führte. Nichts, das nach hochkarätigem Spielertreff aussah. Dafür fiel mir ein blauer Golf ins Auge, der auf der anderen Straßenseite stand. Ich stutzte. Der Wagen war in Lüneburg zugelassen. Strien fuhr das gleiche Modell. Seine Nummer hatte ich mir nie gemerkt, aber ich wusste, dass er auf dem Heck Sticker von »amnesty international« und »Ärzte ohne Grenzen« kleben hatte. Acht Sekunden später grinste mich der »amnesty«-Schriftzug an. Daneben die grenzenlosen Ärzte. Ich glotzte auf die Etiketten.

Was trieb Strien auf St. Pauli? Theater und Kabaretts machten frühestens in zwei Stunden auf, und Chiffreanzeigen gab es auch in Lüneburg. Hatte er Vorlieben, die kein Provinzpuff bediente, oder war er gar nicht deswegen hier? Mein Blick glitt über die Häuserfronten, blieb an schmuddeligen Eingängen und glanzlosen Bartüren haften. Was lockte Strien her, außer gepiercten Silikontitten und rasierter Schambehaarung? Am besten fragte ich Carlo. Bei dem musste ich sowieso noch mal nachhaken, ob ihm inzwischen eingefallen war, wo er Strien schon mal gesehen hatte. Carlo wohnte nur drei Straßen weiter. Als ich eben erwog, gleich bei ihm vorbeizugehen, quietschte die Stahltür zu dem Durchgang und spuckte zwei Typen aus, die auf einen roten Pontiac Firebird zusteuerten, der direkt vor dem Golf im Halteverbot parkte. Der eine, ein blonder Pferdeschwanz, der unter der grün gebeizten Football-Lederjacke barbusig war, beäugte kritisch das Schwarz über den Dächern, während er fluchend die Autoschlüssel zückte.

»Dieser abgelutschte Loser. Will hier zocken gehn ohne Marie.«

»Boim fetten Jablonsky isser aber noch gut für zehn«, entgegnete sein kahlgeschorener Begleiter, dessen Muskelhemd tätowierte Anabolikaschultern zur Schau stellte.

»Sacht er«, meinte der Pferdeschwanz. »Koin Stich sieht die Ratte. Und dofüa muss ich nu die Möhre beweg'n.«

»Mach, Mahn. Gleich pisst es hier ab wie Sau.«

Der Blonde plumpste hinters Lenkrad. Das Muskelhemd schnickte die Zigarettenkippe in hohem Bogen aufs Pflaster. Türen klatschten. Der Pontiac verabschiedete sich blubbernd vom Bordsteig und kurvte mit schlingerndem Heck Richtung Reeperbahn. Offenbar waren die Stoßdämpfer im Eimer.

Ich ging die paar Schritte zurück über die Straße und inspizierte das unscheinbare Stahltor. Es war mir einem Patentschloss versehen, zu dem ein paar schmale Kabel liefen. Auch das in etwa vier Meter Höhe angebrachte Halbrund des Kameraauges im Gang und die dezente Gegensprechanlage fielen mir erst bei genauerem Hinsehen auf. Das also hatte Paul gemeint. Ich spürte, wie es mir ungut durch den Magen zog. Von der Pforte bis zu Striens Golf waren es keine zwanzig Schritt.

*

Der Kellner an der Ecke Tal- und Schmuckstraße stapelte gerade Plastikmöbel, da wirbelte ein Windstoß die Papierfetzen aus dem Rinnstein. Er sah erschrocken auf, den Mund halb offen, und schien im nächsten Moment zu erstarren. Der Blitz schlug unmittelbar über ihm ins Dach und zerlegte die alte Hausantenne. Funken prasselten auf den Gehsteig. Donner hämmerte. Ich beobachtete noch, wie er sich einen Stuhl über den Kopf riss und zur Kneipentür wankte. Dann verwandelte sich der Asphalt in einen Teppich brodelnder Krater, aus dem furiose Wasserschleier wuchsen. Autos hielten, die Scheibenwischer ersäuft. Ich gab meine Zigaretten verloren, vergaß das Handy und genoss, wie der warme Guss mir den klebrigen Schweißfilm von der Haut wusch.

Kurz darauf stand ich triefend neben der Glyzinie vor dem »Offsetdruck«. Der Benz fehlte, aber die Harley stand unter dem Vordach. Durchs Fenster schimmerte Licht. Paul öffnete. Carlo sei kurz beim Kurden. Er verschwand im Bad und gab mir ein Handtuch. Ich entsorgte den Tabakbrei aus der Hosentasche und ging in die Werkstatt.

»Hier.« Er warf mir ein Baumwollhemd zu.

»Danke.«

»Tass Kaff?«

Er schlurfte in die Kochnische. Ich nickte und frottierte meinen Kopf. »Sag mal, die Zockerhöhle in der Silbersack, von der du mir erzählt hast, zu der geht's über so einen schmalen Durchlass, richtig?«

»Korrekt.«

»Ab wie viel Uhr spielen die da so?«

Er wischte das halblange Haar hinters Ohr und drehte sich um. »Keine Ahnung. Rund um die Uhr. Der Laden war mal ‘ne echte Adresse. Keine Schmiere, hübsche Hühner, gut gemixte Drinks, immer cleane Ascher. Kamst nur über Empfehlung rein.«

»Warst du da kürzlich mal drin?«

Er brummte verneinend, während er Kaffeepulver in Emaillebecher häufte. »Wieso?«

Ich packte das Handtuch auf einen Hocker und fiel in einen Sessel. »Da kamen zwei Luden raus und stiegen in einen Firebird. Laufburschen. Gaben sich keine Mühe, leise zu sein. Es ging um irgendeinen Spieler, der klamm war und drinnen gerade Trümpfe abgab.«

Heißes Wasser zischte. Er stellte einen Becher vor mir ab, fiel aufs Sofa, griff nach den filterlosen Luckies, die neben dem Aschenbecher lagen, nahm sich eine und schmiss mir die Packung zu.

»Warum fragst du?«

»Vorm Eingang stand der Wagen von einem Burschen aus Hitzacker.«

Paul blies den Rauch in Richtung der beiden Boxhandschuhe, die über dem vergilbten Poster eines vergessenen Fights hingen, bevor er sich mit der tätowierten Hand nachdenklich den Schnauzer strich.

»Du meinst, er hat was mit dem Club zu tun?«

»Ist nur so ‘n Gefühl. Seine Karre parkte vor der Tür, und dann kamen die Nasen raus und redeten über den gestrandeten Zocker. Sie sollten bei irgendeinem Kredithai checken, ob er noch für zehn weitere gut sei. Aber ich mag mich täuschen. Vielleicht besucht er gerade seine Oma, und der fette Jablonsky verleiht überhaupt kein Geld.«

»Waarde …« Paul hob die Brauen. »Wer?«

»Jablonsky. Sagt dir der Name was?«

Er grunzte zustimmend. »Jablo macht in Knete. Ist auch Ankäufer. Hat ‘ne Pfandleihe in St. Georg. Ums Eck vom Hansaplatz. Melkt Junkies. Sollte dein Bekannter bei der Schweinebacke Schulden haben, ist er nicht zu beneiden.«

»Du hast nicht zufällig seine Nummer?«

»Alder!«, kam es beleidigt. »Seh ich so aus, oder was? Das' koin Umgang.« Er verschränkte ächzend die Oberarme und ließ mich seinen fehlenden Eckzahn sehen.

Ich hob entschuldigend die Hände. »War ja nur 'ne Frage.«

Es goss noch immer, aber das Pladdern klang mittlerweile milde. Ich beobachtete, wie sich blaugraue Schwaden unterm Blechschirm der Lampe sammelten, schlürfte Kaffee und rieb mir das Genick. Seit ich über Striens Golf gestolpert war, schwante mir, wieso Carlo partout nicht darauf kam, wo er dem Internisten schon mal begegnet war. Womöglich lag der Ort zu nahe, nämlich direkt vor seiner Haustür. Zu weit weg von Bleckede, dem Deich und den Butterblumen.

»Dieser Laden, würden die da auch einen Arzt aus der Provinz reinlassen?«

Paul lächelte maliziös. »Logo. Zum Rupfen ...«

Die Kippe steckte zwischen seinen braun gebeizten Fingernägeln. Er kniff die Augen zusammen und sog ein letztes sehnsüchtiges Mal daran, als sei es »Acapulco Gold«.

»Erst wird der Kandidat warm gemacht. Man lässt ihn gewinnen, sagen wir bis dreitausend. Pro Nacht. Bis er glaubt, er hat's im Griff. Dann kommt 'n großes Spiel. Is 'ne Ehre, dass er in so 'ner Runde sitzen darf, sagt man ihm. Er fühlt sich gut. Hat auf einmal zehn Riesen vor der Nase. Geht mit. Bei fünfundzwanzig wird die Luft dünn, aber sein Blatt gibt mehr her. Man ist großzügig. Er borgt. Die Punte steigt auf vierzig. Er hat die Hosen voll. Will aussteigen. Doch wenn er jetzt aufgibt, geht er ohne Auto nach Hause. Mit fünfunddreißig Schulden. Eins der Hühner bringt ihm Kaffee. Massiert sein Knie. ›Is bloß 'ne Pechsträhne‹, sagt sie. ›Geht vorbei. Du hast Goldfinger. Nachher blas ich dir einen, wie dir noch nie einer geblasen worden is ...‹ Also bleibt er am Tisch. Holt sich zehn zurück. Muss gleich darauf leider noch mal fünfzehn nachschießen. Riskiert's. Irgendwann, so zwischen fünfzig und achtzig, ist dann daddeldu ...«

Paul rieb mit Daumen und Zeigefinger über den Walrossbart, ließ die haarige Pranke sinken und fixierte mich durch die verrauchte Luft.

Ich friemelte am Feuerzeug. Es war türkis und das Gas fast aufgebraucht. Wahrscheinlich gab es für alles eine harmlose Erklärung. Strien hatte den Golf verliehen, anderswo keinen Parkplatz gefunden oder tatsächlich seine Großmutter besucht. Selbst wenn es zutraf, dass Carlo ihn auf St. Pauli gesehen hatte, hieß das noch lange nicht, dass er spielte, und falls doch, stand er nicht unbedingt bei einem abgewichsten Kredithai in der Kreide, der Fixer stehlen schickte. Trotzdem fühlte es sich nicht gut an. Striens übernächtigte Optik, das gehetzte Auftreten und die ständige Nervosität rückten plötzlich in ein anderes Licht. Auch seine Hilfsbereitschaft, die rührende Sorge um Marion Roth und sein großherziges Angebot, mir Zugang zu den Patientenakten zu verschaffen.

Ich fluchte stumm. Auf mich und meine Einfalt.

»Was los?« Paul pulte entspannt in der Nase. »Siehst mit ‘m Mal so blass aus.«

Bevor ich antworten konnte, schrillte das Telefon. Er wälzte sich vom Sofa, nahm ab, lauschte zwei Takte lang. »Ja. Isser …« Er winkte mit dem Hörer.

Sechs Schritte weiter hatte ich Conny am Ohr. Sie sprach schnell. Ihre Stimme war verzerrt, aber das lag an der bejahrten Sprechkapsel des W 28.

»Gott sei Dank. Ich konnte dich ewig nicht erreichen. Axel hatte auch keine Ahnung, wo du steckst, und dein Handy ist tot.«

»Ich hab’s unterwegs gewässert.«

Ihr erleichterter Lacher klang überdreht. »Oh Gott. Und ich dachte schon …«

Stille. Für zwei Sekunden. Sonst benutzte sie den Namen des Herrn sparsamer.

»Er hat sich wieder gemeldet«, kam es dann. »Aber diesmal hab ich ihn wenigstens auf Band.«

*

Pauls Harley röhrte die Budapester entlang nach Norden. Dass der Engel darauf bestand, mich zu bringen, war mehr eine Geste. Der Regen hatte aufgehört, und bis zu uns waren es keine zwei

Kilometer. Während Fahrtwind meinen Schopf fönte, rätselte ich, wieso sich der anonyme Anrufer ausgerechnet heute wieder gemeldet hatte. Willemsen dachte ökonomisch. Wozu rieb er uns seinen Sieg unter die Nase? Um uns mürbe zu klopfen, weil er reinen Tisch zu machen gedachte? Oder wollte er mir nach dem Triumph noch eine Drohgebärde servieren? Hätte ich, wie ursprünglich geplant, mit Steinhausen telefoniert, wäre ich vielleicht auch auf die dritte Variante gekommen. Aber dieses Gespräch fand nie statt.

Als Paul in die Schanzenstraße bog, rauschte er in einen wadentiefen, gut zwölf Meter langen Pfuhl. Das Vorderrad driftete weg. Während wir durch die Schwebe glitten, sann ich darüber nach, welche Folgen falsche Hast oft hat. Wäre ich, statt barhäuptig in Khakis auf den Sozius der Zwölfhunderter zu klettern, zu Fuß nach Hause getrabt, hätte ich ungefähr sechs Minuten länger gebraucht. Nun hatte Conny beste Aussichten, einen einsamen Abend zu verbringen. Papiere trug ich keine bei mir, und dass ich nach der Schlitterpartie über den Asphalt noch in der Lage war, dem Notarzt meinen Namen zu verraten, war eher unwahrscheinlich. Ich krallte mich fest. Paul brüllte wie ein wütender Wogendrescher, es war ein einziger lang gezogener Schrei, in dem Furcht, Lust und Hoffnung verschmolzen. Sobald der Chopper mit schlürfendem Schlenker in die Waagerechte zurückschnellte und das Vorderrad wieder fasste, ging sein irres Gekreische in orgiastisches Jauchzen über.

»Voll goil, Alder«, johlte er. »Harley, sach ich nur.«

Wir waren klitschnass, aber rollten.

Ich dankte dem Dutzend langmütiger Engel, die eben alle Gesetze der Physik aufgehoben hatten. Neunzig Sekunden danach, als ich von dem Bock abstieg, bibberten meine Knie immer noch. Doch das lag vielleicht auch an den gesunkenen Temperaturen.

Conny stolperte mir auf dem oberen Treppenabsatz in die Arme. Sie hatte meine Schritte gehört und die Wohnungstür aufgerissen, bevor ich die Schlüssel aus der klammen Hose gezerrt bekam. Ihre Schultern bebten. Ich drückte sie, bis das Zittern abflaute und ich ihr Kinn heben konnte. Sie wischte sich einen Tropfen Rotz unter der Nase fort.

»Hast dich vorm Haus extra in ‘ne Pfütze gelegt?«

Unser Anrufbeantworter steht im Flur. Ein putziges Teil aus anthrazitgrauem Plastik, das sowohl die Nummern der Anrufer festhält wie auf Wunsch Gespräche mitschneidet. Ich drückte die Wiedergabetaste.

»... ist die Message bei euch nicht angekommen.«

Er war Norddeutscher. Über dreißig. Kein Stimmverzerrer.

»Wovon reden Sie?«

Das war Conny. Er antwortete mit einem harten Lacher.

»Muss ich dir wirklich erst den Bauch aufschlitzen, Schlampe? Dein Stecher hält sich raus. Das ist meine letzte Warnung.«

Ruhige Stimme. Scheinbar kühl. Trotzdem spürte ich die Würmer, die darin krochen. Fette, weiße Maden. Er klang wie einer, der als Junge streunende Katzen mit Benzin übergossen und angezündet hatte. Es machte ihm Spaß. Er hatte Freude am Quälen.

»Kriegst ihn eigentlich noch ohne Viagra hoch?«, sagte sie da. »Oder ist er sowieso zu kurz?«

Er schmatzte obszön. »Wie du willst. Neuer Plan. Erst er. Damit du was zum Gucken hast.«

Es knackte, als die Aufnahme stoppte. Sie sah mich an. Ich zuckte die Achseln und musterte die Zahlenkombination auf dem Display.

»Ist ‘ne Zelle«, sagte sie. »Ich hab’s schon probiert.«

»Hat er sich am Anfang irgendwo auf die Presseerklärung bezogen?«

Sie schüttelte den Kopf. »Als ich seine Stimme erkannte, hab ich sofort die Maschine angestellt.«

Ich nickte langsam, aber war keinen Deut schlauer. Es ergab keinen Sinn. Es sei denn, der Bursche handelte eigenständig und hatte gar nicht auf Willemsens Direktive hin angerufen.

»Wo steht das Telefon?«

Sie stützte die Linke in ihre Seite, während ihre Rechte ratlos durchs Haar wanderte. »In der Küche. Wieso?«

»Ich muss Carlo sprechen. Vielleicht ist er inzwischen zu Hause.«

Sie streckte den Arm aus und berührte meinen Kragensaum.

»Dusch erst mal. Ich mach uns ‘n Kaffee ...«

Sieben Minuten später hockte ich in trockenen Unterhosen vorm Telefon. Inzwischen war es kurz nach elf und draußen dunkel. Conny rumorte im Flur. Carlo war noch immer unterwegs, und in Steinhausens Hotelzimmer nahm niemand ab. Ich hinterließ die Bitte, er möge mich zurückrufen, und schellte bei Axel durch.

Er schnaufte missbilligend. Marion Roth hatte sich gemeldet.

»Ich musste sie zweimal vertrösten. Sie erwartet deinen Anruf.«

»Wie klang sie?«

»Gefasst.«

»Und sonst?«

»Wie, und sonst? Ob sie dich gefeuert hat? Woher soll ich das wissen?«

»He, Partner …«

»Was denn? Willst du 'ne Ferndiagnose? Sag mir das nächste Mal gefälligst, wo du bist. Oder lass den Knochen eingeschaltet.«

»Tut mir leid wegen heut Nachmittag.«

»Mir auch. Ihr dürft euren Beziehungsstress gern woanders austragen. Ist sonst noch was?«

»Ja«, erwiderte ich. »Einigermaßen bizarr. Striens Golf parkte in der Silbersackstraße.«

»Wie?«

Ich gab ihm einen Kurzreport. Es blieb einen Moment lang still. Als er wieder sprach, klang seine Stimme belegt.

»Bist du dir drüber im Klaren, was das heißt?«

»Hör mal, selbst wenn Carlo bestätigt, dass er ihn auf dem Kiez getroffen hat, sind das bislang reine Vermutungen.«

»Wieso hast du Strien die CD-ROMs mit den Röntgenaufnahmen gegeben?«

»Weil er sie sich zu Hause in Ruhe ansehen wollte. Das hatten wir vorher so abgesprochen.«

»Das hattet ihr vorher abgesprochen?«

»Immerhin haben wir die Namensliste.«

Er kicherte halblaut. »Du träumst. Damit können wir uns den Hintern abwischen. Sollte er tatsächlich für Willemsen arbeiten, ist sie wertlos.«

»Langsam. Ich mag 'n Vollidiot sein, aber ich komm nicht mehr ganz mit. Striens Hass auf Willemsen ist echt.«

»Seit wann schließt das eine das andere aus? So, wie sich's nun darstellt, hat Strien dafür gesorgt, dass du Steinhausen mit Falschmeldungen gefüttert hast. Falschmeldungen, die so fett daneben lagen, dass es für Willemsen ein Klacks war, sie als Stuss zu entlarven und die Behörden dazu zu bringen, eine entsprechende Erklärung vom Stapel zu lassen.«

Es war Striens Idee gewesen, ins Archiv einzubrechen. Dass er die CD-ROMs präpariert haben könnte, war mir nie in den Sinn gekommen. Stattdessen hatte ich sogar den Köder mit den doppelten Röntgenbildern geschluckt. Stimmte Axels Annahme, gehörte ich geohrfeigt. Ich war trotz seiner Warnung auf die Leimrute gekrabbelt, hatte Steinhausen hinterhergezerrt und so dafür gesorgt, dass Willemsen aus dem Schneider war. Denn ob wir oder irgendwer sonst die Staatsanwaltschaft je wieder begeistern konnten, erneut zu ermitteln, war höchst fraglich.

Eine Weile sagte keiner von uns ein Wort. Durch die geöffnete Balkontür drang lautes Werbepausen-Wettgestöhne. Der Nachbar sah gern privat.

»Das ergibt keinen Sinn«, krächzte ich schließlich. »Roth war hinter den Kathetern her. Alles deutet darauf hin, dass es haargenau um die geht.«

»Wär kein Widerspruch.«

»Inwiefern?«

»Taktik. Faule Köder auf der richtigen Fährte. So viele, dass keiner die echten mehr riechen kann. Lies gefälligst mehr Karl May.«

Die adrette Verschwörungstheorie, die so wunderbar in den Zeitgeist der käuflichen Republik passte, zu den Spendenmillionen des verstockten Pfälzer Paten und der Gasprom-Karriere des ehemaligen Autokanzlers, wanderte leise aus dem Fenster. Bevor wir auflegten, bat ich Axel, mir Jablonskys Adresse zu besorgen. Dann wählte ich Carlos Nummer. Paul nahm ab.

»Nada«, sagte er bloß.

Nebenan wurde schon wieder gestöhnt.

Gegen halb eins, als Conny längst schlief, schrillte das W 28.

»Hallo, Kutscher. Paule sagte, du hättest wegen einem Zockerschuppen in der Silbersackstraße gefragt.«

»Da stand Striens Golf vor der Tür. Ich dachte, ich frag mal an, ob du dich jetzt erinnerst, wo du ihn das erste Mal gesehen hast. Könnte es auf dem Kiez gewesen sein?«

Carlo atmete pfeifend aus. »Scheiße«, sagte er dann langsam, als diagnostiziere er gerade Frühformen von Alzheimer bei sich, »nu kommt's mir wieder ...«

Es blieb ein paar Sekunden still.

»Sprich dich aus.«

»Es war am Spielbudenplatz, irgendwann frühmorgens. Ist schon 'ne Weile her. Da stritt er sich mit einem Taxifahrer ...«

»Worum?«

»Fahrgeld. Keine Ahnung. Der andere verpasste ihm eine. Er flog hin, verlor die Brieftasche und musste durch 'ne Pfütze robben, um sie wieder einzusammeln.«

»Wo warst du?«

»Stück weiter im Daimler.«

»Hat er dich registriert?«

»Eher nicht. Ich saß hinter Glas, und er sah aus wie 'n Geist. Als hätt er die ganze Nacht gekokst.«

Oder gezockt. Außerdem hatte Strien ihn im Zweifelsfall wieder erkannt. Darum war er auch um Carlos Gunst bemüht gewesen. Er wollte herausfinden, ob er sich an ihn erinnerte. Wieso hatte ich Strien so blind vertraut? Bloß weil er Roths Verdacht bestätigte und seinen Boss als Lügner hinstellte? Wer Schwachköpfe ködern will, erzählt ihnen, was sie hören wollen. Mich zu ködern war einfach gewesen. Er hatte bloß unser erstes Treffen verschieben und vorher Marion Roth ausquetschen müssen.

ACHT

Am nächsten Morgen schien wieder die Sonne. Kurz vor halb acht klingelte Axel durch, um mir Jablonskys Anschrift zu geben. Ich sagte ihm, dass ich Steinhausen nicht erreichen könne.

»Gestern erwähnte er, dass er auf jeden Fall noch mal mit Dickmais reden wolle«, sagte Axel.

»Vielleicht sind sie ja zusammen irgendwo in Lauenburg versackt.«

Doch bei Dickmais nahm niemand ab.

Bevor ich Conny zur Arbeit fuhr, rief ich meine Auftraggeberin an. Das hatte ich mir am Abend zuvor geklemmt mit der Begründung, dass es schon zu spät sei und es bessere Augenblicke für ratloses Gründeln gäbe. Tatsächlich litt dann mein Schlaf, weil ich nicht wusste, wie ich ihr beibringen sollte, dass man mich so gründlich hatte einseifen können. Während das Zählwerk nun ratterte, dachte ich an ihre Tränen und Steinhausens zuversichtliches Lächeln, sein Artikel werde der Medienmeute Beine machen. Doch sie klang überraschend entspannt. Sobald ich ihr anbot, mit Hinrichs zu reden, wurde sie regelrecht locker. Dabei schätzte sie die Presseerklärung realistisch ein.

»Die Staatsanwaltschaft zur Neuaufnahme der Ermittlungen zu bewegen dürfte schwierig werden. Was schlagen Sie vor?«

Das hörte sich unternehmungslustig an.

»Es gibt da eine Spur, der ich nachgehen will, aber wenn Sie mir unter den gegebenen Umständen den Auftrag entziehen, habe ich vollstes …«

»Halten Sie die Staatsanwältin für korrupt?«

Ihr Ton blieb sachlich, als solle ich jetzt nicht vom Thema ablenken. Ich verschwieg ihr, dass ich Strien verdächtigte. Solange ich für sie arbeitete, musste ich sie nicht unnötig verunsichern. Immerhin betrachtete sie den Internisten als Freund.

»Nein. Anscheinend gibt die Faktenlage nicht mehr her.«

»Und wenn Sie neue Fakten herbeischaffen?«

»Bleibt fraglich, ob die nach dieser Presseerklärung noch irgendjemanden interessieren.«

»Mein Mann mag viele Schwächen gehabt haben. Nur so, wie es da dargestellt wird, war es bestimmt nicht. Dafür lege ich meine Hand ins Feuer.«

Das tat ich mittlerweile auch. Trotz der Brandblasen. »Geben Sie mir zwei Tage. Dann müsste ich überblicken, ob es sinnvoll ist, weiterzumachen.«

Bevor ich mir Strien vornahm, wollte ich Jablonsky ausquetschen. Das konnte dauern.

»In Ordnung«, sagte sie. »Versuchen Sie's.«

Zu diesem Zeitpunkt war nichts mehr in Ordnung. Aber ich war baff, dass ich noch in Lohn und Brot stand, und zu abgelenkt, um mir lange den Kopf darüber zu zerbrechen, weshalb ich Steinhausen nicht erreichen konnte.

Conny drängte sich in meine Optik, pochte den Zeigefinger hektisch aufs linke Handgelenk und stieß Laute aus. Sie müsse los. Ich solle später telefonieren. »Was kann ich dafür, wenn du Carlos Knochen in den Regen hältst?«

Nachdem ich sie ins Auto verfrachtet und am Pförtner vorbei bis zum Glasportal der Presseagentur geleitet hatte, lenkte ich den Wagen spontan nach Südosten, um einen Blick auf Jablonskys Leihhaus zu werfen.

St. Georg liegt hinterm Hauptbahnhof. Als es noch Stadttore gab, verbannten die Hamburger Bürger ihre Aussätzigen hierher. Das tun sie heute wieder. Die Heroin- und Cracksüchtigen, die zwischen Adenauerallee und Langer Reihe die Bordsteige säumen, haben mit der flotten Fontäne auf der Binnenalster wenig zu tun. Sie sind der Abschaum der Überflussgesellschaft, den keiner sehen will, weil er den Appetit verdirbt und die Immobilienpreise versaut. Wie die ausgemergelten Frauenwracks, die zu Dumpingpreisen um Freier betteln, mit ihnen ins Abrisshaus und hinter den Bauwagen stolpern, zwischen Unrat und Kot. Ohne Gummi. Hauptsache, der Kunde schiebt den Lappen für das Stanniolkügelchen rüber, das in der Kuse des Kotzbrockens aus Lagos wartet, der auf der Kirchenallee Katz und Maus mit der Obrigkeit spielt.

Dass das Viertel im Sumpf von Sucht und Beschaffungskriminalität versackt, betrachten die meisten Politiker nur als Verwaltungsproblem. Das drücken sie überforderten Polizisten und Sozialarbeitern auf. Die sollen es deckeln, ansonsten die Schnauze halten und keinen daran erinnern, was dort abgeht.

Ich parkte am Steindamm, in der Nähe vom früheren »Cinema« vor einem Stundenhotel, an dessen Eingang ein türkischer Opa Softeis feilbot. Jablonskys Pfandleihe lag zwei Blocks weiter, im Kellerladen einer Mietskaserne aus den frühen 1890ern.

Zunächst wollte ich nur das Terrain sondieren. Carlo hatte mich gewarnt.

»Halt den Ball flach. Das ist ein echter Sympathiebolzen. Arbeitet angeblich mit Albanern.«

Das Fenster unter dem bogenförmigen Schriftzug »An- und Verkauf« war vergittert. Durch schlieriges Glas blickte man in einen mit lila Velours ausgekleideten Schaukasten, der die Sicht ins Innere versperrte. Dort tummelten sich drei antiquierte Elektrogitarren, mehrere Mischpulte, Verstärker und eine Persianerjacke.

Im Aufgang des benachbarten Hauses kauerte ein Greis von Ende zwanzig, das linke Hosenbein hochgekrempelt, die Spritze neben sich auf dem Treppenabsatz. Er nahm keine Notiz von mir.

Andernorts haben Betriebe wie Jablonskys oft bis mittags dicht. Doch die Tür stand nur angelehnt. Also riskierte ich einen Blick. Der Sandstein der Stufen war rund getreten und die Decke so niedrig, dass ich mich bücken musste. Ich betrat ein schummriges Kabuff, das mal als Meierei oder Fleischerladen gedient haben mochte, zumindest nach den Wandkacheln zu urteilen. Es war mit Regalen vollgestopft, auf denen sich Videorecorder, Plattenspieler, Radios und Fernsehapparate türmten. Vitrinen beherbergten Kameras, Uhren und Schmuck. Der Gang in die Hinterräume stand voller Kartons. Es war stickig und roch nach kaltem Zigarrenrauch. Da das Tageslicht ausgesperrt blieb, ahnte ich zunächst mehr, als ich sah. Immerhin half eine Hand voll Deckenstrahler, den Staubfilm auszumachen, der sich über die Borde zog. Inmitten dieses Ensembles, hinter einem lächerlich klein wirkenden Schreibtisch, saß ein dicker Mensch.

Er wog mindestens drei Zentner und trug ein rosa Rüschenhemd, wie es in den Sechzigern Mode gewesen war. Quer über den feuchten Schädel gelegt klebten fahlblonde Strähnen. Unter der wulstigen Stirn hockten blasse, hervorquellende Augen und ein massiger Zinken. Er wirkte wie Ende fünfzig, aber war vermutlich ein Dutzend Jahre jünger. Carlo hatte nicht zu viel versprochen. Das Herz flog ihm auf den ersten Blick zu.

»Womit kann ich dienen?«

Die ölige Stimme passte zu der weißgrauen Teigvisage, die aussah, als meide er systematisch die Sonne. Der kleine Mund, dessen schlaffe Unterlippe grotesk über dem Kinngrübchen baumelte, war mit Kauen beschäftigt. Vor ihm stand eine halb geleerte Schachtel Pralinen, daneben lagen achtlos verstreut Verpackungsreste.

Ich reichte ihm eine meiner fiktiven Geschäftskarten. »Mit einer Auskunft. Es geht um einen gemeinsamen Bekannten.«

Er studierte die Karte und rüschte amüsiert den Mund. Die üppig beringten Wurstfinger pulten an Silberpapier.

»So? Wen?«

»Norbert Strien.«

Er schob sich das Praliné in den Mund, griff nach der kalten Zigarre, die im Aschenbecher auf der Schreibunterlage ruhte, benetzte ihr Ende mit den Lippen, zückte ein goldenes Feuerzeug, brannte sie an und paffte nachdenklich.

»Ist das ein intimer Freund?«

»Wie viel schuldet er Ihnen?«

Der Mund hinter den blaugrauen Wolken verzog sich zu einem anzüglichen Grinsen. »Es kommt selten vor, dass mich attraktive Männer besuchen. Die meisten sind erbärmlich gepflegt und schlecht erzogen. Sie haben so was erfrischend Naives. Hier reinzuspazieren und mir zu erzählen, irgendwelche wildfremden Menschen schuldeten mir Geld.«

Er warf mir einen neckischen Blick zu, streckte den linken Arm aus und begutachtete affektiert seine Fingernägel.

»Sagen Sie mir einfach die Summe.« Ich griff mir den Stuhl, der vor seinem Schreibtisch stand, und hockte mich verkehrt herum darauf.

Er schüttelte milde lächelnd den Kopf. »Wie hitzig Sie sind.

Hoffentlich vergeuden Sie Ihr Temperament nicht bloß auf Frauen. Das wäre Verschwendung. So, wie Sie gebaut sind.«

Ich beugte mich vor. »Die Summe.«

Sein Oberkörper wanderte zurück. Nun lagen mindestens wieder neunzig Zentimeter zwischen uns. Die Zigarre wechselte in seine Linke.

»Ich befürchte, mein Teuerster, Sie missverstehen mich. Ich kenne Ihren Norbert nicht. Ich habe nicht den leisesten Schimmer, von wem Sie da sprechen. Drücke ich mich deutlich aus?«

Wir beäugten uns einen Moment. Sein Blick flackerte, doch hielt meinem stand. Vielleicht sagte er sogar die Wahrheit. Ihm auf blinden Verdacht hin an die feiste Kehle zu gehen war keine brillante Idee. Also packte ich besser zusammen und ließ ihn in Frieden weiter Pralinen fressen.

Ich schob den Stuhl vor, um aufzustehen. Entweder deutete er das falsch und fühlte sich bedroht, oder er hatte es sowieso vor und witterte eine Lücke. Mit wieselflinkem Griff riss er die Schreibtischschublade auf. Die Mündung einer Walther guckte direkt in mein verdutztes Gesicht.

»Was soll das denn jetzt?« Schließlich war ich eben im Begriff gewesen, mich auf den Heimweg zu machen.

»Setz dich!«

Mit Wummen in der Hand gehen Leute gern zum Duzen über. Handfeuerwaffen vertragen sich schlecht mit Umgangsformen. Ich gehorchte. Das Öl war aus seiner Stimme verschwunden. Die Waffe sah echt aus. Den Sicherungshebel hatte er auch umgelegt.

»Brieftasche.«

Zwei Silben, untermalt vom auffordernden Schwenken seiner Hand. Ich zuckte die Achseln und förderte die Papiere zutage. Braucht man sie, hat man die falschen nie zur Hand. Er studierte stumm meinen Ausweis und spreizte die Lippen zu einem gehässigen Schnalzen, als er die Taxilizenz zu fassen bekam.

»Sieh an, ein kleiner Chauffeur ...«

Es folgte eine Reihe kurzer Schmatzlaute. Dann verhärteten sich seine Züge wieder. Sofern man bei dem Schwabbelkinn davon sprechen konnte.

»Was hast du mit Strien zu schaffen?«

»Dasselbe wollte ich dich fragen, aber du hattest ja angeblich keinen Schimmer.«

»Komm mir nicht auf die Tour. Hat er dich geschickt?«

»Wer, Strien?«

»Wer sonst, du Komiker?«

»Der Einzige, der sich hier wie ein Komiker benimmt, bist du. Ich will wissen, was er dir schuldet, und du hältst mir ‘n Eisen ins Gesicht.«

Er ächzte missbilligend, wie man es bei einem unbelehrbaren Kind tut, das nicht bereit ist, einzusehen, dass es Zeit ist, endlich die Zähne zu putzen und ins Bettchen zu gehen.

»Du glaubst, du kannst hier den Harten markieren, ja? Da haben sich schon ganz andere geschnitten ...« Er wandte den Kopf halb zur Seite und rief: »Jaruslav!«

In den hinteren Räumen rumorte es.

Jaruslav war zwar kein albanischer Name, doch nun beschlich mich zum ersten Mal die Befürchtung, es könne ein Fehler gewesen sein, Jablos Keller zu betreten. Die Sorge verwandelte sich zur Gewissheit, als ein tätowierter Lederkerl am Ende des Gangs auftauchte. Er hätte Carlo überragt und sah aus wie Polens Antwort auf »Hulk Hogan«. Allerdings fehlten ihm Hogans sympathische Gesichtszüge. Er ähnelte eher dem debilen Master Blaster aus »Mad Max III«.

»Die Tür«, befahl Jablonsky.

Der Hüne ließ sich Zeit. Er lehnte gegen die Wand, musterte mich abschätzig und kreuzte die nackten Arme über der schwarzen Weste.

»Was will er?«

»Schnüffeln.«

»Hu?«

»Er hat sich nach dem Doktor erkundigt«, erklärte Jablonsky.

»Nach dem Doktor?«, echote der Schrank. »Vielleicht gehört er zu der schmucken Blonden.«

»Nu mach schon und red nicht so viel«, knurrte Jablo, »sonst kriegen wir noch Gesellschaft.«

Master Blaster löste sich von der Wand. Beim Gehen waren ihm die aufgepumpten Muskelpakete im Weg.

Mein Hirn raste. Sie konnten mit mir veranstalten, was sie wollten. Den Bullen brauchten sie hinterher bloß zu sagen, sie hätten mich für einen Einbrecher gehalten. Ich musste hier raus. Noch acht Atemzüge, und die Falle schnappte zu. Doch Jablonskys Walther war auf meine Nasenwurzel gerichtet. Eben schob sich der Koloss an mir vorbei. Plötzlich, entweder aus Ungeduld oder als Vorgeschmack auf kommende Attraktionen, schlug Jaruslav zu. Meine Reflexe sind eher langsam, und der Hieb kam unerwartet, aber ich konnte ihn mit der Stirn abfangen, sodass es heftiger aussah, als es war. Die Faust glitt ohne größere Wirkung am Jochbein entlang. Jablonsky grinste und war einen Lidschlag lang abgelenkt, das Muskelmonster bereits einen Meter weiter, aufs Zusperren der Ladentür programmiert. Die Mündung der Waffe guckte ins Leere. Jetzt oder nie, dachte ich.

Die Knaben aus Hollywood kriegen derlei gut hin, spätestens beim vierten Take. So viele Anläufe hatte ich nicht.

Ich ließ mich vornüberkippen und hechtete über den Schreibtisch. Zwischen Jablonskys Rattenzähnen hingen Speichelfäden. Er lächelte noch, als er feuerte. Krachen rollte durch den Raum. Ich krallte mich in sein Handgelenk und riss ihn samt Stuhl nach hinten. Im Fallen rammten wir ein Metallbord, das kreischend gegen die Wand schepperte. Ich spürte es dumpf knacken. Jablonsky schrie auf und ließ die Waffe los. Eine Viertelsekunde später hockte ich über ihm und hielt den Finger am Abzug. Er lag mit verzerrter Fratze auf dem Rücken.

»Du miese Sau«, stöhnte er. »Mach ihn fertig, Jaruslav ...«

Ich richtete mich auf und sprang zwei Schritte zurück. Der Bodybuilder hatte sich umgedreht. Er glotzte, Mund offen, Arme abgewinkelt. Ich sah es in ihm arbeiten. Seine Augen wechselten zwischen mir und der Kante des Schreibtischs. Ich zielte auf seinen Solarplexus.

»Lass es, Bruder. Das ist 'ne lausige Idee.«

Er knirschte hörbar mit den Zähnen, aber überlegte es sich anders. Jablonsky wälzte jaulend hin und her. Das Gelenk war anscheinend gebrochen.

»Halt still, Fettsack. Sonst tut dir gleich viel mehr weh.« Ich wandte mich wieder Jaruslav zu. »Da rüber.«

Die Wumme wies auf die einzige freie Fläche im Laden. Er folgte widerwillig.

»Umdrehen.«

Jaruslav wurde blass. Ob vor Zorn oder Furcht, konnte ich nicht deuten. Mittlerweile lagen mehrere Meter zwischen uns.

»Los!«

Er gehorchte.

»In die Knie. Arme oben lassen.«

Er sackte auf seine Knie. Ein kurzer Schmerzlaut.

»Hinlegen.«

»Geht nicht«, protestierte er, bereits entschieden lahmer. »Ich fall aufs Gesicht.«

»Das tust du auch, wenn ich abdrücke. Mach.«

Es klatschte laut.

»Dafür wirst du büßen«, meldete sich Jablonsky.

»Halt's Maul. Und du, Jaruslav, die Ärmchen schön weit auseinander. So ist's brav. Handflächen nach oben. Die will ich sehen.«

Zwei Minuten danach hatte ich Arme und Beine des muskulösen Polen mit vier Kabeln an benachbarten Borden befestigt. Versuchte er sich zu bewegen, riss er sie um. Klebeband oder Lappen zum Knebeln fanden sich keine. Offenbar kam der Laden ohne aus. Jablonsky hockte verschnürt neben dem Schreibtisch. Ich sammelte meine Papiere ein, riegelte die Ladentür ab und hockte mich vor ihn hin. Er starrte mich hasserfüllt an. Seine Hamsterbacken zitterten.

»Ich kriege dich.«

»Zur Sache: Wie viel schuldet er dir?«

Er presste trotzig die Lippen aufeinander. Ich holte die Walther aus dem Bund, entsicherte sie und drückte die Mündung des Laufs gegen sein Knie.

»Zwing mich nicht.«

Sein Blick tastete sich zu meinen Augen hoch. Ich nickte.

»Danach wirst du nie wieder laufen. Also mach's Maul auf, oder deine Anabolika-Maus fährt dich nur noch im Rollstuhl spazieren.«

»Okay, okay«, ächzte er. »Schon gut … achtzig.«

Das war mehr, als ich erwartet hatte. »Inklusive Zinsen?«

Er atmete schwer. Es kostete ihn echte Überwindung.

»Alles in allem.«

»Bis wann?«

»Dienstag.«

»Wer ist die Blonde?«

Jablonsky zögerte. Ich stieß die Walther gegen sein Knie.

»Sie wollte das Gleiche wie du.«

In dem Moment rüttelte jemand von außen an der Ladentür.

»He, Jablo, ich weiß, dass du da bist. Komm schon. Mach auf, ich bin's.«

Der Ton war fordernd, wurde drängender, ging über zum Betteln. Begleitet von heftigem Klopfen.

»Nu mach, Mann, bitte. Ich hab echt Druck.«

»Scheiße, Alter«, kam da eine andere Stimme. »Guck mal.«

Legte man die Hand ans Glas, konnte man in den Laden hineinsehen. Anscheinend hatte der zweite Bursche eben den Polen entdeckt.

»Was geht 'n da ab? Sieht ungeil aus.«

Zwei hungrige Junkies. Mit oder ohne Sore. Fraglich, ob ich sie ins Geschäft würde lotsen können. Außerdem musste ich sie dann noch vertäuen. Der Pfandleiher blickte gespannt in Richtung Tür, ein leises Lächeln um die Lippen.

»Wir sagen nebenan Bescheid«, meinte eine der beiden Nasen eben.

Helle Hoffnung flackerte durch Jablonskys fischige Augen, denn nun fing auch das polnische Busenwunder an, Krach zu machen.

»Hilfe, Hilfe …«

»Schnauze, Danuta«, zischte ich ihm zu.

»Polizei …«

Jaruslav hörte nicht, sondern zerrte an seinen Fesseln. Wenn er es drauf anlegte, ging eines der Regale zu Boden. Langsam wurde es eng. Wartete ich ab, waren in drei Minuten die Greifer da. Dann würde es kompliziert. Man kann im Leben nicht alles haben. Also schob ich den Lauf der Waffe unter Jablonskys Schwabbelkinn. Das stille Frohlocken verblasste.

»Unsere Begegnung war rein geschäftlich. Redest du mit Strien oder versuchst du, mich anzupissen, komme ich wieder. Sollte ich verhindert sein, erscheint ein Freund. Du hast die Wahl. Deutlich genug, Teuerster?«

Er nickte. Ich steckte die Walther in den Bund.

Die Burschen an der Tür waren harmlos. Ich lüftete das Hemd ein wenig, sodass sie die Waffe sahen, und flötete ihnen »Abgang« zu. Sie gaben Fersengeld. Der einzige Schönheitsfehler war, dass ich dreißig Meter weiter selbst so hurtig um die Ecke bog, dass ich beinahe einen Polizisten umgerannt und das Eisen verloren hätte.

*

Daheim an der Schanze eröffnete Axel mir, dass Marion Roth mehrmals angerufen habe.

»Inzwischen habe sich die Situation verändert, sagt sie.«

»Wie bitte? Will sie jetzt doch aussteigen?«

Er schüttelte den Kopf. »Im Tageblatt ist sie wohl über was gestolpert. Ich hab sie gebeten, mir den Artikel zu faxen, aber sie wollte es direkt bereden.«

»Trifft sich gut. Ich habe da auch Verschiedenes mit ihr zu klären.«

Ich holte die Walther aus dem Bund und legte sie auf den Tisch. Er weitete die Augen.

»Musst du ihr deshalb gleich 'n Blattschuss verpassen?«

»Ich war bei Jablonsky. Strien schuldet ihm achtzig Riesen …«

Kurz darauf saß ich im Wagen, unterwegs nach Bleckede. Steinhausen hatte sich nicht gemeldet. Im Hotel wusste man nur, er sei noch nicht abgereist. Dickmais mied mal wieder sein Telefon. Also rief ich bei der Morgenpost an. Der Herr Chefredakteur sei gerade in einer Besprechung. Ich hinterließ Axels Nummer und bat um Rückruf. Carlos Tragbares lag drei Stockwerke höher auf dem Küchenbrett und trocknete leise vor sich hin. Ich hätte es mit dem Föhn bearbeiten oder ums Eck ein Wegwerfteil erstehen können, aber dafür fehlte mir momentan die Muße. Marion Roth besaß schließlich auch einen Anschluss.

Sie wirkte aufgeräumt und führte mich sofort ins Wohnzimmer. Zeitungen lagen ausgebreitet auf dem Tisch.

»Hier. Lesen Sie mal. Die zitierten Passagen.« Sie drückte mir eine Doppelseite aus dem Lüneburger Tageblatt in die Hand. Darin stellte Karin Drescher ihre Fertigkeit als Hofberichterstatterin unter Beweis. Willemsen hatte ihr nun offenbar doch das Hintergrundinterview gewährt. Es ging um Roths Tod und Steinhausens »Verleumdungskampagne«. Ein gesonderter Kasten dokumentierte die Presseerklärung der Lüneburger Staatsanwaltschaft. Daneben standen Äußerungen von Roth. Drescher hatte sie aus dem Zusammenhang gerissen und so arrangiert, dass der Tote wie ein streitsüchtiger Spinner aussah. Appetitlicher Journalismus war etwas anderes, aber entweder wollte sie sich profilieren oder bei Willemsen unter die Bettdecke. Also kippte sie Roth Jauche hinterher. Ich legte die Zeitung beiseite. Marion blickte mich erwartungsvoll an.

»Nun?«

Ich zuckte die Achseln. »Deckt sich mit dem Eindruck, den ich von der Dame habe. Vermutlich bewirbt sie sich gerade bei Berlusconi. Es ist die Art journalistischer Ethik, mit der Rufmörder als Ressortchefs reüssieren.«

»Darum geht es nicht.«

»Sondern?«

»Hier«, sie deutete mit leuchtenden Augen und frisch lackiertem Nagel auf den Text, »das hat Markus tatsächlich gesagt, und zwar gegenüber Willemsen. Allerdings in diesem Wohnzimmer und am Telefon. Es muss aus den Abhörprotokollen stammen.«

»Willemsen könnte das Gespräch mitgeschnitten haben.«

Sie lächelte und schüttelte den Kopf.

»Schwerlich. Markus hat ihn auf seinem Handy angerufen.«

Ich griff nach der Zeitung.

»Sind Sie sicher?«

»Ich hab ja selber daneben gesessen. Erst hat er's bei ihm zu Hause versucht, und als das nicht klappte, übers Funktelefon. Das weiß ich ganz genau. Außerdem hätte er nüchtern nie eine solche Formulierung benutzt. Von »grenzenlosen Schweinereien« sprach er frühestens nach dem vierten Whisky …« Sie unterbrach sich.

»Ich verstehe bloß nicht, wieso. Damit gibt sich Willemsen selbst preis. Er kann sich doch denken, dass ich den Artikel früher oder später in die Hände bekomme.«

»Woher sollte er denn wissen, dass Sie während des Telefonats daneben saßen?«

»Stimmt«, nickte sie und seufzte erleichtert. »Na ja. Jedenfalls ist das der Beweis, dass Willemsen den Detektiv beauftragt haben muss. Sonst hätte er der Frau vom Tageblatt kaum die Abhörprotokolle zur Verfügung stellen können.«

»Beweisen tut es nichts. Willemsen muss nur behaupten, er besäße ein gutes Gedächtnis. Außerdem hätte theoretisch auch jemand anderes den Schnüffler heuern und ihm die Abhörprotokolle zuspielen können, um Stimmung gegen Ihren Mann zu machen.«

»Richtig ...« Ihr Gesicht spiegelte ernüchterte Enttäuschung. »Was nun?«

»Beweisen tut es zwar nichts«, grinste ich, »aber es sieht ganz so aus, als wären wir jetzt wieder im Geschäft.«

*

Drei Stunden später saß ich wieder bei Axel. Weder Steinhausen noch der Knabe von der Morgenpost hatten sich gemeldet, und Dickmais saß vermutlich in der »Melone«. Ich ärgerte mich, auf dem Rückweg aus Bleckede nicht gleich bei ihm vorbeigefahren zu sein. Um zu klären, ob er mit Steinhausen nicht bloß abgestürzt war. Bevor Axel die Pferde scheu machte und alle Krankenhäuser anrief.

Momentan allerdings gab es Wichtigeres. Vielleicht kamen wir jetzt endlich dem Schnüffler auf die Spur. Von Bleckede aus hatte ich mich mit Axel besprochen und Conny unter dem Vorwand eines plötzlichen Arzttermins von der Schicht losgeeist. Unterwegs wies ich sie in den Plan ein. Unterdessen hatte Axel sich um die Rufumleitung gekümmert und den Mitschnitt vorbereitet. Nun konnten wir loslegen.

Conny sah Axel skeptisch an. »Bist du sicher, dass Willemsen nicht im Büro ist?«

Er grinste tapfer. »Nur, wenn er sich inzwischen geklont hat. Vor zwanzig Minuten war er angeblich noch im CCH.«

Sie hob den Kopf, streifte eine Haarsträhne zurück, biss sich auf die Unterlippe und nickte mir kaum merklich zu.

»Okay.«

Axel drückte die Taste für den Raumempfang.

»Sprich trotzdem durch den Hörer«, erinnerte er sie. »Das kommt akustisch besser.«

Ich wählte. Es tutete zweimal.

»Herzzentrum Hitzacker, Sekretariat Willemsen, May, guten Tag.«

Conny sah mich an. Ich lächelte aufmunternd.

»Lüneburger Tageblatt. Kultur und Lokales. Corinna Schmidtbauer am Apparat. Ich bin die Assistentin von Karin Drescher ...«

»Ah ja«, kam es wohlwollend. »Worum geht's?«

»Wir wollten noch was über diese Roth-Affäre nachschieben, um klarzumachen, aus was für Motiven der Mann die Reputation der Klinik in den Schmutz gezogen hat.«

»Haben Sie nicht bereits in der heutigen Ausgabe ...«

»Frau Drescher sagte, so sei das mit Herrn Professor Willemsen vereinbart. Wenn Sie so freundlich wären, mich kurz durchzustellen. Ich brauche wirklich nur eine Auskunft ...«

»Tut mir leid. Der Chef ist zurzeit außer Haus. Kann ich Ihnen weiterhelfen?«

»Ich weiß jetzt gar nicht, inwieweit Sie informiert sind«, druckste Conny. »Sehen Sie, ich will nicht indiskret sein ...«

Conny hatte Talent. Ihr Ton traf den einer verschüchterten Praktikantin, die bei der Älteren Rat sucht. Sie bot ihr eine Mischung aus Stammeln und Zielstrebigkeit, bis deren Beschützerinstinkte geweckt waren. Rosemarie May wurde nahezu mütterlich. Der gezähmte Drachen.

»Falls es um Betriebliches geht, weiß ich schon einigermaßen Bescheid.«

Conny und ich verständigten uns mit den Augen. Meine Lippen formten ein geräuschloses »Jetzt«.

»Herr Professor Willemsen hat Frau Drescher einige Hintergrundinformationen zur Verfügung gestellt«, sagte sie zögernd.

»Es gibt da wohl einen Mann, der Auskünfte für Ihren Chef eingeholt hat. Nun hat sie einige Fragen, die eigentlich nur dieser Herr beantworten kann.«

Sie hob leicht die Stimme. Ein leises Fragezeichen echote durch die Leitung, gepaart mit einem zarten Appell. Wenn May mauerte oder auch nur auf die Idee kam, Drescher zurückzurufen, waren wir gekniffen. Axel lauschte gebannt, den Mund halb offen, die Rechte in den Bart geschlungen.

Am anderen Ende ertönte ein kurzes Lachen. »Ach so, der Herr Mente«, kam es wegwerfend. »Und ich dachte schon, es geht um wer weiß was. Na, ob der Ihnen weiterhelfen kann ... Augenblick mal.«

Rosemarie parkte den Handapparat. Es raschelte, dann platschten Karteikarten aufeinander.

»Hören Sie? Alfred Mente, Vorwahl für Mölln null vier fünf vier zwo, drei neun acht sieben.«

Conny wiederholte lächelnd die Nummer.

»Herzlichen Dank, Frau May. Sie haben mir sehr geholfen.«

»Wollen Sie auch die Anschrift?«

»Warum nicht?«

Axel rieb sich die Hände, jauchzte geräuschlos und machte Anstalten, vom Drehsessel zu purzeln. Ich grinste. Der Kuli flitzte übers Papier. Conny sah auf.

»Noch ein Letztes, Frau May ...«

»Was?«

»Halten Sie ihn für vertrauenswürdig?«

»Wieso?«

Plötzlich knisterte Misstrauen.

»Nun, eben klang es beinahe so, als hielten Sie nicht sehr viel von ihm. Ich denke, falls ja, sollte ich Frau Drescher darauf hinweisen.«

Rosemarie brauchte eine Sekunde. Dann wirkte Connys Jungmädchenton, und sie fing sich.

»Ich sage nur so viel«, erklärte sie. »Herr Professor Willemsen hat diesen Herrn Mente nicht mehr engagiert, und ob er ihn Ihnen nach seinen Erfahrungen weiterempfehlen würde, wage ich zu bezweifeln.«

»Verstehe«, säuselte Conny. »Vielen Dank. Dann ist Frau Drescher wenigstens gewarnt. Manche dieser Detekteien arbeiten schon mit etwas fragwürdigen Methoden.«

»Da drücken Sie sich wirklich sehr höflich aus …« Ihre Betonung lag auf dem »sehr«.

Drei Sätze weiter hörten wir, dass der Detektiv versucht hatte, Willemsen unter Druck zu setzen. Womit, blieb unklar, aber falls stimmte, was Rosemarie May andeutete, ergaben sich völlig neue Konstellationen. Wenn Mente den Telefonterror nicht für den Klinikchef tätigte, arbeitete er für Strien. Oder es gab einen weiteren Mitspieler. Wen, würden wir bald wissen. Conny hatte das Phantom aus dem Dunkel gezerrt. Jetzt waren wir am Drücker.

Nachdem sie aufgelegt hatte, winkelte sie den Arm in die Hüfte und ließ die rechte Braue lässig nach oben wandern.

»Na?«

»Begnadet.«

»Wunderbar«, stotterte Axel. »Wie du den Stress zwischen Mente und Mabuse rausgekitzelt hast.«

Sie grinste.

»War 'n Klacks …«

Dann brach sie in schallendes Gelächter aus, beugte sich vornüber, ließ ihre Handflächen auf Axels bittend ausgestreckte Pfoten klatschen.

Der Rest war ein Selbstgänger. Alfred Mente pries sich in den Seiten des Örtlichen für Mölln, Ratzeburg und Umgebung als »Fachmann für Wirtschaftskriminalität« an, der auch bei der »diskreten Aufklärung persönlicher Probleme« zu Diensten wäre.

Unter Kollegen besaß er einen eher schillernden Ruf. Sobald die Frau vom »Verband der Detektive« seinen Namen hörte, kühlte ihr Organ ab. Auch andere, die Conny um Referenzen bat, hatten unvermittelt Sibirien in der Stimme, schwiegen beredt oder wurden laut. Am taktvollsten blieb noch der ältere Herr, der nachdrücklich betonte, dass sich »leider Gottes fast jedermann Detektiv nennen« dürfe und ihr dringend riet, sich weiter umzusehen.

*

Ich rief Carlo an.

»Hast du heut Abend schon was vor?«

»Wieso?«

»Wir wissen jetzt, wer der Typ ist, der Conny belästigt. Du sollst ihn für ein Treffen erwärmen. Meine und ihre Stimme kennt er, und Axel scheidet wegen Lispeln aus.«

»Kein Problem. Wer ist es?«

»Ein privates Auge. Sitzt in Mölln.«

»Wie habt ihr ihn gefunden?«

»Conny hat mit Willemsens Sekretärin telefoniert. Angeblich arbeitet die Laus gar nicht mehr für ihn.«

»Was?«

»Anscheinend hat's Streit zwischen den beiden gegeben. Wir haben uns bei seinen Kollegen umgehört. Der Typ klingt wie die Sorte, die gern melkt.«

»Du meinst, er hat versucht, Willemsen zu erpressen?«

»Keine Ahnung. Aber ich bin mir gar nicht mehr so sicher, dass Willemsen den Auftrag für die Anrufe gegeben hat.«

»Hoppla.«

»Bis gleich.«

Mente war im Büro. Er klang nicht übermäßig beschäftigt. Als Carlo den erfolgreichen, alternden Bauunternehmer aus Ahrensburg gab, dessen jüngere Gattin sich zu oft im Fitnesscenter herumtrieb, hörbar Scheine knistern ließ und um eine Konsultation bat, hatte er sofort Zeit. Von St. Pauli bis nach Mölln waren es rund sechzig Kilometer, und die abendliche Rushhour hatte gerade eingesetzt. Also erklärte Carlo dem Detektiv, er sei momentan noch in Hamburg. Ob es auch gegen halb acht passe? Es passte.

Wir nahmen den Daimler. Carlo fuhr.

»Wenn er dich sieht, weiß er sofort, was angesagt ist.«

»Sind wir erst mal drinnen, ist das egal. Du sorgst dafür, dass er aufmacht. Ich komm nach.«

Carlo warf mir einen fragenden Blick zu. »Du glaubst also nicht mehr, dass es dieser Willemsen ist?«

Ich zuckte die Achseln.

»Nach dem, was Conny von der Sekretärin erfahren hat, hört

es sich so an, als liefe das ohne sein Wissen. Theoretisch wäre natürlich auch möglich, dass er sich nur offiziell von der Ratte getrennt hat.«

Eben passierten wir den S-Bahnhof Berliner Tor und kamen in die Eiffestraße. Der Verkehr wurde dichter. Die Eiffestraße verströmt den erbarmungslosen Charme vom Hamm-Süd, eines Stadtteils, der bei den großen Bombenangriffen 1943 so gut wie vollständig ausradiert wurde. Kalte Büro- und Gewerbebauten bewachen den sechsspurigen Asphalt, daneben reihen sich triste Wohnblocks aus den Fünfzigern. Hier und da dümpelt noch ein architektonisches Überbleibsel aus Vorkriegstagen, verloren im Brei liebloser Funktionalität.

Carlo arbeitete sich über die Bergedorfer Straße auf die südliche Umgehung durch und bog von der Lübecker Autobahn auf die A24 Richtung Berlin ab. Dort wurde gebaut. Der Verkehr staute sich auf zwei schmalen Spuren. Neben uns gähnte eine graugesichtige Büromaus durch die Scheibe eines französischen Coupés. Ein grellbunter Schriftzug auf der Flanke ihres Wagens verriet, dass das Fahrzeug aus der Sonderserie »Picasso« stammte.

Unlängst war ich über eine überdimensionale L'Oreal-Reklame gestolpert. Der übliche »Fick mich«-Blick, feucht glänzende Lippen und irgendwelches Make-up, dazu die Zeile: »Weil ich nichts wert bin«. Erst beim zweiten Lesen, als ich schon drauf und dran war, mich über die neue Aufrichtigkeit der Werbebranche zu freuen, dämmerte mir, dass ich den Text nur richtig falsch entziffert hatte.

Carlo hatte seinen Unterarm auf dem Lenkrad geparkt.

»Was, wenn Mente Zicken macht?«

»Soll er«, sagte ich. »Wär mir ein Fest.«

Er musterte mich von der Seite. »Wenn du vorhast, ihm was zu verpulen, sag's besser gleich. Ich will wenigstens wissen, wofür ich in den Bau marschiere, falls es in die Hose geht.«

»Keine Sorge.«

Er grunzte unwirsch. »Hoffentlich.« Sein Kinn arbeitete. »Dieser Altmännerfilm da mit Stallone hat dir scheint's wirklich zu gut gefallen.«

»Du meinst Copland?«

»Wie auch immer. Bleib gefälligst locker. Auch wenn dir anders zumute ist.«

Einen Moment lang zog es mir heftig durch die Schläfe.

*

Wir fuhren in Talkau auf die 207 ab und erreichten kurz hinter Breitenfelde den Stadtrand von Mölln. Mölln ist eines der Kleinode im Lauenburgischen. Es liegt auf einer Endmoränenzunge, ist umgeben von Wasser und besitzt eine malerische Altstadt mit gotischem Backsteinrathaus, verwinkelten Gassen und einer alten Wehrkirche, vor der der Grabstein Till Eulenspiegels steht. Man hat Blick über den Schul- und den Stadtsee, kann unter üppigem Laub faulenzen, auf betagtem Pflaster spazieren und sich einbilden, hier wäre die Welt noch in Ordnung. Doch keinen Steinwurf von der Kirche entfernt steckten junge Männer in einer Novembernacht des Jahres 1992 die Häuser türkischer Familien an. Zwei Mädchen und eine Frau starben. Seitdem ist Mölln der erste Ort im vereinten Deutschland, wo man wieder Menschen verbrannte, weil sie dem arischen Reinheitsgebot nicht genügten.

Carlo parkte an der Seestraße. Die restlichen zwei Blocks gingen wir zu Fuß. Mentes Büro lag nicht weit von der Mühlenstraße, wo die Morde damals geschehen sind. Es befand sich im ersten Stock eines der wenigen Neubauten. Neben dem Klingelschild prangten mehrere Firmenlogos. Wohnen tat hier anscheinend niemand. Mit etwas Glück arbeiteten hier außer ihm keine Freiberufler und das Haus war leer. Um halb acht haben selbst fleißige Bürokräfte ihren Schreibtisch geräumt. Es knackte in der Gegensprechanlage.

»Ah ja«, tönte es munter. »Erster Stock links.«

Carlo schlich die Stiege hoch, als trete er einen schweren Gang an. Ich wartete im Erdgeschoss, bis ich hörte, wie Mente ihn begrüßte. Vom Treppenabsatz aus sah ich eine mittelgroße dunkelblonde Halbglatze von Ende dreißig in weißem Hemd und Schlips. Entweder war er zu abgelenkt oder er hatte mich bislang nur von weitem gesehen, jedenfalls zuckte ihm der Schreck erst übers Antlitz, als ich bereits neben dem angeblichen Bauunternehmer stand.

»Hallo«, sagte ich. »Hier ist Plan C.«

Er wollte die Tür zuschlagen, doch da stand Carlo schon auf der Schwelle. Mentes Gesicht verlor an Farbe. Die schräg stehenden Frontzähne, vorgewölbte Oberlippe und tief sitzenden Augenwinkel verliehen ihm etwas Frettchenartiges.

»Bitte«, stotterte er. »Es war nur ein Scherz. Wirklich. Ich hätte doch nie ...«

»Mag sein«, würgte ich heiser. »Aber jetzt hast du ein Problem.«

Ihm dämmerte, dass ich keine Show abzog. Schweiß perlte auf seiner Stirn. Der kahle Kopf schimmerte wie eine polierte Billardkugel. Seine Augen flitzten zwischen Carlo und mir hin und her, dann besann er sich, machte auf dem Absatz kehrt, flüchtete durch den kurzen Flur ins Büro, warf die Tür ins Schloss und drehte den Schlüssel um. Ich war keine zwei Meter hinter ihm, aber rannte mit der Schulter gegen Holz. Zu seinem Pech ging die Tür nach innen auf. Ein kräftiger Tritt und die Füllung gab nach.

Mente stand hinter seinem Schreibtisch. Seine Linke umklammerte den Telefonhörer. In der Rechten hielt er einen kurznasigen Revolver, mit dem er die Zahlen tippte. Es war mir egal. Vermutlich war es eh nur eine Gaspistole. Er ließ den Hörer fallen, doch bevor er zielen konnte, hatte ich seine Hand gepackt und ihm das Knie in den Bauch gerammt. Er schrie auf, als ich ihm den Arm auf den Rücken drehte. Die Waffe plumpste zu Boden. Ich ließ ihn los und kickte sie beiseite. Er taumelte zwei Schritte vor und sackte in die Knie. Ich zerrte ihn hoch. Kleine rote Punkte tanzten über meine Netzhaut. So wie damals, als ich noch soff. Carlos Ermahnung war wie weggeblasen. Meine Rechte landete auf Mentes Nase. Helloranges Blut schoss über seine Oberlippe. Er kreuzte winselnd die Hände vorm Kopf. Meine Linke knallte hinterher, durch die Deckung, erwischte ihn auf der Backe. Er sackte gegen die Wand. Ich weiß nicht, wie oft ich zuschlug. Irgendwann spürte ich eine Pranke, die mich zurückriss.

»Wir brauchen ihn noch.«

Es dauerte, bis die Botschaft bei mir ankam. Carlo schob mich beiseite, packte Mente an Kragen und Schulter, drehte ihn um und trat ihm die Beine auseinander. Dann drückte er ihm die gespreizte Hand ins Kreuz, bis das Gesicht des Detektivs an die Tapete stieß, riss das Telefonkabel aus der Buchse, fesselte ihm die Arme auf dem Rücken und schubste ihn in den Bürostuhl. Ich checkte derweil den Gasrevolver und graste das Interieur ab.

Viel zu entdecken gab es nicht. Ein Laptop, zwei Besucherstühle, verschließbare Aktenschränke aus poliertem Stahl, Spind und Tisch für Kopierer und Fax. Als einziger Wandschmuck van Goghs Sonnenblumen im Ikea-Rahmen. Ich zog die Schreibtischschubladen heraus und entleerte sie über dem Teppich. Mente hing in Schräglage, das Frettchengesicht verzogen, und kämpfte stöhnend mit den Füßen, um nicht vom Stuhl zu rutschen. Seine Mundpartie war blutverschmiert und die Lider schwollen an. Ich zog mir ein Besuchermöbel heran und sog langsam die Luft durch die Nase. Um abzukühlen.

»Okay«, sagte ich schließlich. »Wo sind die Mitschnitte von Roth?«

»Welche Mitschnitte?«

Manche lügen so oft, dass es zum Reflex wird. Bei jedem anderen hätte ich geschworen, er sei reif.

»Die Tonträger mit den Aufnahmen.«

Mentes Blicke huschten zu Carlo, der eben den Spind aufschloss. Er schluckte und glotzte auf die Observationsutensilien, die zutage kamen. Kameras, Richtmikrophone, ein sowjetisches Nachtsichtglas, auch eine der neckischen Sinalco-Dosen, die im »Spy Shop« auf der Hoheluftchaussee erhältlich sind. Und noch eine Gaspistole.

»Hier spielt die Musik.«

Doch Mente hatte anscheinend schon öfter Prügel abgefasst. Sein erster Schock war verflogen. Nun wurde er wieder dreist.

»Ich weiß nichts von Mitschnitten«, näselte er. »Selbst wenn ihr versucht, mich einzuschüchtern.«

Er war dumm genug, beim Thema zu bleiben. Feiglinge sind oft an der falschen Stelle tapfer. Carlo und ich tauschten einen kurzen Blick. Mente lachte hysterisch auf.

»Das Haus ist hellhörig. Ich schreie.«

»Da reicht 'n Kissen.«

Das kam von Carlo. Er lehnte gegen den Spind.

»Wir können auch anders«, sagte ich. »Zeig ihm mal, was in deinen Händen steckt.«

Das Faxgerät barst unter Carlos Handkantenschlag wie ein Stück mürber Sandkuchen. Mentes Visage wurde erst blass und dann grau. Sein Kopf deutete auf den Plastikrahmen mit Vincents Sonnenblumen. Carlo nahm das Bild ab. Dahinter kam ein billiger Wandtresor zum Vorschein. Mente nuschelte mechanisch die Zahlenreihe runter. Bevor Carlo die Tür öffnete, trat er vorsichtshalber zur Seite, aber es waren keine Überraschungen installiert. Der Geldschrank beherbergte bloß Papiere, acht USB-Sticks und ungefähr drei Dutzend Mikrokassetten, von der Art, wie man sie für Diktiergeräte benutzt, säuberlich beschriftet und datiert. Wenigstens hielt Mente Ordnung.

Fünf Minuten später wussten wir, dass Willemsen ihn Mitte März beauftragt hatte, Roth zu überwachen. Angeblich hatte der Chirurg Patientenakten entwendet. Der Zeitpunkt korrespondierte mit dem Tod des Patienten Böhmer.

»Willemsens Sekretärin rief mich an. Als sie fragte, wie vertraulich ich arbeitete, war klar, was sie von mir wollte.«

»Er beauftragte Sie, Roth auf den Zahn zu fühlen, weil er nicht wusste, worum es ging?«

Mente nickte. Zwischendurch linste er häufiger mal zu Carlo rüber, der die übrigen Räume durchsucht hatte und nun entspannt auf dem zweiten Besucherstuhl saß, das rechte Bein übergeschlagen, und mit einem Zahnstocher sein Kauwerkzeug bearbeitete.

»Willemsen verdächtigte Roth, sich Unterlagen aus der Klinik angeeignet zu haben. Ich sollte klären, ob das stimmte. Aber ich hab die Dinger nie zu Gesicht bekommen.«

Sein Ton war dumpf. Er schien aufgegeben zu haben.

»Wessen Idee war das, ihn als Journalist anzugehen?«

»Die kam von Willemsen. Der gab mir auch die Karte von diesem Abendblatt-Heini. Roth sprang sofort darauf an.«

»Wusste Strien von der Sache?«

»Keine Ahnung. Er und Roth sind ab und zu zum Sport gefahren. Kann sein, dass Roth ihm da was erzählt hat. Auf den Aufnahmen hab ich nichts gefunden.«

»Wer war sonst noch eingeweiht?«

»Dieser Mann von ›Transparenz Jetzt‹ und später der Journalist aus Berlin ...«

Er stockte unwillkürlich. Da fehlte jemand, und ich wusste nur zu gut, wer. Denn nach Christine Teuscher hatte ich ihn sowieso fragen wollen. Allein schon, um das Ende ihrer Liaison mit Roth zeitlich abzustecken. Immerhin war nicht völlig auszuschließen, dass es mit der Katheteraffäre zu tun gehabt hatte.

»Was ist mit seiner Freundin?«

»Mit wem?«

Der gleiche leere, resignierte Gesichtsausdruck wie zwanzig Sekunden zuvor. Ich hatte ihn unterschätzt. Er log noch immer, und zwar weit überzeugender, als ich ihm nach Carlos Demonstration zugetraut hätte. Ich verstand bloß nicht, warum.

»Verarsch mich nicht.«

Als ich hochschnellte, kippte mein Stuhl um. Ich habe noch nie einen Gefesselten geschlagen, aber in diesem Moment verspürte ich keine Skrupel. Mente begriff, dass er sein Blatt überreizt hatte.

»Nein«, stieß er hervor und duckte sich, bevor ich überhaupt ausgeholt hatte. »Ja. Die auch.«

»Wer noch?«

»Niemand. Nicht dass ich wüsste.«

Meine Hände zitterten. Ich stellte den Stuhl auf und setzte mich wieder. Carlo deutete auf die Bänder und fragte Mente, ob er ein Nebengeschäft damit laufen habe. Mente stammelte, dass er nicht verstünde. Carlo nahm den Zahnstocher aus dem Mund und beugte sich langsam vor.

»Du stehst doch auf solche Nummern.«

»Wer, ich?«

»Weshalb gab's Ärger mit Willemsen?«

»Ärger?«

Carlo verschränkte die Finger und ließ demonstrativ Knöchel knacken. Sein Gegenüber würgte an einem unsichtbaren Kloß.

»Er wollte nicht, dass ich Roth unter Druck setze. Es sei nicht sein Stil, die schmutzige Wäsche anderer Leute zu waschen. Arbeitete ich mit solchen Methoden, müssten wir uns trennen. Damit wollte der feine Herr nichts zu tun haben.«

»Sekunde«, warf ich ein. »Womit unter Druck setzen?«

»Mit seiner Affäre. Die Teuscher hat sich von ihm anferkeln lassen.«

»Von wem?«

»Von Roth natürlich. Es ist auf den Bändern.«

Ich dachte an das erste Gespräch mit Marion Roth, bei dem sie sagte, ihr Mann habe keine Kinder zeugen können. Einen Moment lang zuckte es mir wieder durch die Schläfe. Wie vorhin im Auto.

Er sah Carlo an. Der verzog keine Miene, sondern nickte bloß auffordernd. Mente parierte und begann auszupacken.

Drei Stunden danach lag ich auf unserem Futon, in der Rechten ein Diktiergerät, die Linke unter den Kopf gestützt. Conny hatte sich ein Kissen in den Nacken gestopft und starrte an die Decke. Ihre Miene war undurchsichtig.

»Hör's dir noch mal an«, bat ich, spulte zurück und drückte die Wiedergabetaste.

Christine Teuscher klang erregt.

»Ich hätte dir nie zugetraut, dass du dich so schäbig verhältst …«

»Ich? Schäbig? Die Einzige, die sich hier absolut schäbig verhält, bist du!«

Ein zorniger Bariton, mindestens ebenso aufgebracht wie sie. Die Stimme des toten Roth.

»Es ist ebenso sehr dein Problem.«

»Das Kind kann nicht von mir sein.«

»Aber woher …« Ihr Ton glitt ab, gefolgt von einer Mischung aus hilflosem Auflachen und Schluchzen. »Markus, ich dachte immer, du wünschst es dir genauso wie ich. Weißt du nicht mehr …«

»Mach, was du willst«, fiel er ihr ins Wort, »nur versuch nicht, mich für dümmer zu verkaufen, als ich bin.«

Es klickte. Dann kam die automatische Zeitansage. Ich stoppte das Gerät. Conny drehte sich zu mir und sah mich an.

»Rein intuitiv würde ich sagen: Ja. Die Frau ist schwanger, und zwar von dem Typ, mit dem sie da grade spricht.«

»Marion ist davon überzeugt, dass Markus taube Nüsse hatte. Zumindest sagte sie in unserem ersten Gespräch, es läge nicht an ihr, dass sie keine Kinder gekriegt hätten.«

Conny nickte. »Er klingt ja auch nicht unbedingt so, als ob er es sich selber zutraut. Aber manchmal haut die Chemie zwischen zwei Leuten einfach nicht hin. Soll's geben.«

Ich legte meine Hand auf ihren Bauch und schlüpfte zwischen die Knopfleiste ihrer Bluse.

»Ich glaube nicht, dass du dir da große Sorgen zu machen brauchst.«

Kurz darauf rollte sie kichernd auf die Seite.

»Jetzt nicht ...«

»Wann sonst?«

Ich versuchte, mich wieder aufs Thema zu konzentrieren.

»Gesetzt den Fall, das stimmt.«

»Wusste Marion Roth von der Schwangerschaft?«

»Keine Ahnung. Sie reagiert allergisch, wenn von der Teuscher die Rede ist. Vermutlich hat sie mich angelogen, und es war Christine Teuscher, die ihren Mann da im Club geohrfeigt hat. Aber der Rest?«

Conny hob die Brauen. »Willemsen hat Mente gefeuert, weil der Roth mit der Sache erpressen wollte. Wenn sie das nun mitbekommen hat?«

»Um anschließend ihren Mann aus gekränkter Eitelkeit umzubringen? Wozu hätte sie mich dann auf den Detektiv ansetzen sollen? Nein. Viel interessanter ist, seit wann Teuscher und Willemsen kuscheln.«

»Du meinst, sie ist die ganze Zeit parallel gefahren?«

Ich nickte. Conny lächelte.

»Frag Strien. Was das angeht, hat er keinen Grund, dich anzulügen.«

»Neulich druckste er schon so komisch rum, als ich mich nach Teuscher und Roth erkundigte.«

»Hast du einen besseren Vorschlag?«

Ich musste passen.

NEUN

Am nächsten Morgen streikte der Lada. Nach zehn Minuten gab ich es auf. Der Motor war heillos abgesoffen und die Batterie röchelte. Ich zückte fluchend das Handy. Wenn ich Strien bloß anrief, konnte ich nicht sehen, wie er reagierte. Ich musste hin. Kurt hatte kein Auto frei, und der Knabe, der mir gelegentlich seinen Polo leiht, war nicht erreichbar. Als ich gerade überlegte, einen Wagen zu mieten, fiepte der Faustkeil. Carlo war dran. Ob ich schon was von Steinhausen gehört hätte?

»Axel hat alle Krankenhäuser angerufen. Ohne Ergebnis.«

»Und nu?«

»Nun will ich bei dem Pharmafritzen vorbei, mit dem er verabredet war. Dummerweise geht der Typ nie ans Telefon. Entweder er liegt im Koma oder sein Apparat ist defekt. Gib mir mal die Nummer des Kurden.«

»Wozu?«

»Der Lada hat grade die Grätsche gemacht.«

»Was denn?«

»Kerzen und Verteilerkopf. Batterie ist auch platt.«

»Ich bin nachher sowieso bei Aziz.«

»Trotzdem brauch ich 'ne Karre. Ich muss nach Lauenburg und anschließend zu Strien.«

»Nimm den Daimler. Paul kann mich bringen.«

»Was ist denn in dich gefahren?«

Es war das erste Mal, dass Carlo mir sein Auto anbot. Sonst verleiht er es nie.

»Mach jetzt nicht auf Warmduscher.«

Als ich in Lauenburg ankam, war es erst kurz nach acht, folglich lag der Pharmareferent vermutlich noch im Bett. Nachdem ich fünf Minuten lang Sturm geklingelt hatte, raschelte es endlich in der Gegensprechanlage. Ein verkatertes Krächzen raunzte, wer auch immer es sei, er solle den Terror sofort einstellen. Scherenschleifer und Vertreter hätten sowieso keine Chance. Es dauerte, bis ich erklären konnte, wer ich war und der Summer die Haustür freigab.

Dickmais wohnte unterm Dach. Er begrüßte mich mit verschwollenen Augen, benötigte dringend eine Rasur und stank nach Stoff. Es sei leider etwas unaufgeräumt, murmelte er. Die Bude sah aus wie Grosny unter Putin. Nach einem Seitenblick auf Regimenter leerer Flaschen in der Küche guckte ich gezielt am Schlafzimmer vorbei. Wir gingen in den benachbarten Raum, wo ungewaschene Hemden, alte Zeitungen und nie geöffnete Mahnschreiben zwischen Wollmäusen tollten. Ich bin kein Putzteufel, aber hier musste seit ungefähr zehn Monaten dringend mal wieder Staub gesaugt werden.

Dickmais fiel aufs Sofa und gönnte sich ein Holsten. Mir bot er auch eins an. Stattdessen öffnete ich die Fenster. Ja, Steinhausen wäre da gewesen. Die beiden hatten sich in die »Melone« gesetzt und geredet. Sympathischer Bursche, dieser Journalist. Wann das gewesen sei.

»Vorgestern, glaub ich. Am Nachmittag. Oder vorvorgestern?«

»Wissen Sie, wo er anschließend hinwollte?«

Dickmais schüttelte den Kopf. »Nach Berlin?« Er rieb sich ächzend den Hals und stierte an die Wand. Doch dann mobilisierte das Bier seinen Restalkohol, und die grauen Männchen zerrten die Dunstschleier des Vergessens weg. Er setzte sich abrupt auf.

»Halt«, rülpste er. »Stimmt nicht. Vorher wollte er noch wohin. Genau. Das war, nachdem ich ihm von der Frau erzählt hatte. Da wurde er ganz neugierig.«

»Welcher Frau?«

Er kratzte sich die stoppelige Wange. »So ‘n blonder Feger. Die kam vorbei und erkundigte sich nach meiner alten Firma. Wollte wissen, wie das damals mit dem Trimethoprim-Sulfamethoxazol gelaufen ist. Sagte, sie recherchiere für eine private Spendenorganisation. Ob ich ihr was über Dr. Bohl von der Interpharma erzählen könne. Warum nicht, dachte ich mir? Je mehr Leute darüber Bescheid wissen, desto besser.«

Beim Stichwort blonder Feger rieselte es mir heiß über den

Nacken. Gestern hatte Jaruslav auch von einer schmucken Blonden geredet, die sich bei Jablonsky nach Strien erkundigt habe. Vielleicht war es dieselbe Frau, und falls es dieselbe war, fiel mir bei der Beschreibung nur eine Einzige ein. »Wie hieß sie?«

Dickmais zuckte die Achseln. Ein fatalistisches Lächeln. »Sie war so um die dreißig. Langes Weib. Beine bis zum Hals. Sah verteufelt gut aus.«

Das klang nach Christine Teuscher. Aber aus welchem Grund sollte die sich so brennend für Strien interessieren? Oder waren es doch zwei unterschiedliche Frauen gewesen, und keine von beiden hieß Teuscher? Schließlich sind hellhaarige Bräute in Norddeutschland nicht unbedingt eine Seltenheit.

»Wann war das?«

Dickmais massierte nachdenklich den schütteren Flaum auf seinem Hinterkopf. »Ist her. Sechs Wochen, würd ich sagen.«

»Was meinte Steinhausen dazu?«

»Dasselbe wie Sie. Er fragte mich, wie sie aussah.«

»Und dann?«

»Sagte er, er müsse noch was erledigen.«

»Wollte er zu der Frau?«

Dickmais stieß auf und trank noch einen Schluck. »Nehm ich an.«

»Es ist wichtig«, drängte ich. »Er hat sich seit zwei Tagen nicht mehr gemeldet. Wollte er nach Hitzacker?«

»Kann sein. Ich weiß es nicht mehr.« Dickmais ächzte und hob die Dose zu einem karikierenden hilflosen Prosten. »Tut mir leid.«

Mir auch.

Der ewige Ausweg. Der Ausweg in die Ewigkeit. Obwohl da keiner von uns hinwill. Wir halten es bloß nicht aus im Hier und Jetzt. Dafür sind wir zu dünnhäutig. Oder die Welt ist zu rau.

Aber es tat ihm wirklich leid, als habe er die Schnauze tatsächlich voll. Also fragte ich ihn, wann er zuletzt den Tag mit Kaffee begonnen habe. Ob er mittlerweile auch Würmer sehe, und ob ihm mal einer gesteckt habe, dass es auch eine Variante gebe ohne Würmer und das Tor dahin sperrangelweit offen stehe? Für jeden. Jederzeit. Es sei denn, er dämmert schon in der Psychiatrie und sabbert nur noch aufs Lätzchen.

Dickmais stierte eine Weile vor sich hin. »Das funktioniert?«

Ich nickte.

»Kann ich mir nicht vorstellen.«

»Konnte ich auch nicht. Das kann sich keiner von uns vorstellen. Vorher. Liegt in der Natur der Sache.«

Er grinste müde. »Wissen Sie, wie lange ich schon trinke?«

»Es gibt keine hoffnungslosen Fälle. Ich kenne einen, der jahrelang Platte gemacht hat. Der verirrte sich vorletzten Winter ins Meeting, weil die Räume geheizt waren. In den drei ersten Monaten schlug er immer unter Strom auf und hing da nur schnarchend rum, die Dose zwischen den Füßen. Irgendwann blieb er wach und die Dose weg. Inzwischen ist er trocken, sieht aus wie ein Mensch und hat sogar 'ne Wohnung.«

»Leider ist das bei mir alles etwas komplizierter.«

»Mag sein, aber darauf nimmt Alkoholismus wenig Rücksicht. Früher oder später sind wir fällig, ohne Ausnahme, egal wie zartbesaitet wir sind. Alle glauben, sie haben's noch im Griff, bilden sich ein, es trifft bloß die anderen. Jeder von uns hält sich für was Besonderes. Das ist Teil des Spiels. Säufer sind Meister im Selbstbeschiss. Aber ob ich nun auf der Parkbank verrecke oder der Designercouch, spielt keine Geige.«

»Was für ein Spiel?«

»Das Katz-und-Maus-Spiel der Sucht. Der Tanz zwischen Angst und Größenwahn. Es geht auch ohne. Jeder kann aussteigen. Und das Leben ohne macht sogar Freude. Mehr als man sich das nass je hat vorstellen können. Die triste, graue Trockenheit ist in Wirklichkeit knallbunt. Das ist der Witz.«

Er grinste, dann schüttelte er zweifelnd den Kopf. »Wissen Sie, wie oft ich schon versucht hab aufzuhören?«

»Keine Ahnung. Bei mir hab ich's Zählen irgendwann gelassen. Ich bin die ganze Palette durch: Trinkpausen, heilige Schwüre, Saufen mit System, nur noch Bier und Wein. Am Ende habe ich keinen einzigen Tag mehr geschafft.«

»Und dann?«

»Ging nichts mehr. Weder so noch so. Da erst, erst in dem Moment, als all meine schlauen Rezepte versagten und ich bankrott war, merkte ich, dass ich so denn doch nicht enden wollte. Bis dahin war mir egal, ob ich heute oder morgen die Kurve kratzte. Dann sah ich vor mir, wie es ablaufen würde. Den ganzen, endlosen Horror des Siechtums. Ich begriff, das wird nicht so niedlich und heroisch und schmerzfrei wie in Hollywoodfilmen, sondern eine lange, böse Reise. Böser als alles, was ich bis dahin erlebt hatte. Die einzige Option, die ich noch hatte, um mich halbwegs elegant aus der Affäre zu ziehen, war, mir vorher den Hahn abzudrehen. Dafür war ich zu feige. Stattdessen erinnerte ich mich daran, was mir mal einer von den Gruppen erzählt hatte, einer, der trocken war und dem ich abnahm, dass er wusste, wovon er sprach, obwohl ich ihn damals laut auslachte. Der hatte mir gesagt: Wenn du mal reif bist, denk dran, es gibt einen Weg aus der Hölle. Bevor du dich endgültig aufgibst, versuch das. Gib dir diese Chance. Du bist es wert. Auch wenn du's selber nicht glaubst.«

Dickmais rauchte stumm. »Könnte sein, ich hab irgendwo noch 'n Rest Kaffee«, sagte er schließlich. »Wollen Sie einen?«

»Nächstes Mal gern. Jetzt muss ich los.«

*

Strien wohnte in der Lüneburger Altstadt. Ich wusste, dass er sich den Tag freigenommen hatte. Mein Besuch sollte spontan aussehen. Auf der Höhe von Bardowick warnte ich ihn fernmündlich vor. Er klang wie immer. Hektisch und abgehetzt. Anscheinend hatte Jablonsky den Mund gehalten.

Ich sei unterwegs nach Bleckede. Ob ich vorher mal eben bei ihm reinschauen könne?

Er müsse den Hilfstransport vorbereiten. Der ginge heute Abend ab. Da gäbe es noch Verschiedenes zu regeln. Ich überhörte den gestressten Ton, beharrte nach dem Motto, wo ich quasi um die Ecke sei. Wirklich nur kurz. Wenig später parkte ich An der Sülze. Das verhutzelte Fachwerkhaus, in dem er lebte, lag verkehrsberuhigt. Drum herum rankten Geranien.

Strien erschien barfuß an der Tür, hohlwangig, mit blauen Bartschatten, in der Hand einen Aktenordner, das Tragbare zwischen Ohr und Schulter geklemmt. Er verhandelte gerade über irgendwelche Zollgenehmigungen. Die Wohnung war eng, die Decke niedrig, getragen von geschwärzten Eichenbalken. Sein Arbeitszimmer befand sich neben der Schlafkammer. Der Schreibtisch ertrank unter einer Flut von Papier, Aktenordner lagen auf dem Fußboden, stapelten sich neben Briefen auf der Fensterbank.

»Kümmern Sie sich um das Formular«, sagte er eben in den Hörer. »Ich melde mich gleich wieder.«

Er parkte das Telefon, reichte mir die Hand und deutete entschuldigend auf das Chaos.

»Sie sehen ja, was hier los ist. Nur um ein paar Medikamente über die Grenze zu schaffen.«

Er runzelte angestrengt die Stirn, betastete seinen schlecht gekämmten Haaransatz und blickte abwesend auf einen Stoß Unterlagen.

»Worum geht's?«

»Wussten Sie, dass Christine Teuscher von Roth schwanger war?«

Er sah auf und erbleichte. »Wie bitte?«

»Sie wollte, dass er sich von seiner Frau trennt. Roth weigerte sich.«

Er schüttelte verständnislos den Kopf. »Woher wissen Sie das?«

»Gestern Abend habe ich mir die Mitschnitte des Detektivs angehört, der Roth bespitzelt hat. Da waren mehrere Telefonate zwischen den beiden drauf.«

Striens Gesicht wurde ganz leer. Er griff nach den Marlboro in der Brusttasche seines Hemds und fand das Feuerzeug nicht. Ich half ihm aus.

»Demnach haben Sie den Mann ausfindig gemacht«, sagte er, heftig an der Zigarette ziehend. Ich nickte.

»Und? Wer ist das?«

»Ein Verlierer, der sich aufs Erpressen verlegt hat. Roth hat er auch unter Druck zu setzen versucht, aber das war offenbar nicht in Willemsens Sinne.«

»Inwiefern?«

»Als er es mitbekam, entzog er ihm den Auftrag.«

Strien kaute leer und rieb sich die Stirn. »Warum?«

»Keine Ahnung. Weil er nicht wollte, dass der Topf überkocht.

Wie er überhaupt davon erfahren hat, war dem Burschen ein Rätsel. Deswegen bin ich hier. Ich vermute, er wusste es von Frau Teuscher.«

»Was sagen Sie da?« Strien lachte verstört auf. »Wieso sollte sie Willemsen darüber berichten?«

»Das hatte ich Sie eigentlich fragen wollen.«

»Mich?«

»Teuscher und Willemsen haben offenbar ein Verhältnis. Ich hatte gehofft, Sie könnten mir verraten, seit wann.«

Er schüttelte nur stumm den Kopf und vergaß, die Asche abzustreifen. Sie flockte auf die Dielen. Ich hob die Schultern und wollte gerade sagen, dass ich sie dann wohl selbst fragen müsse, als mein Blick über die auf dem Schreibtisch liegenden Papiere glitt und an einem Schriftzug hängen blieb.

Plötzlich schrillte es in meinem Hinterkopf. Ich dachte an Gernot Dickmais' glasige Augen. Die »Interpharma, Zweigniederlassung Harburg« schrieb wegen der »Hilfslieferung Mitrovica«. Der Mensch, der den Brief unterzeichnet hatte, hieß Dr. Oswald Bohl. Statt laut zu fluchen, simulierte ich Suchthusten. Erst da stieß mir Striens Anspannung auf. Sie hatte eine andere Qualität als vor drei Minuten. Er fieberte darauf, mich loszuwerden.

»Entschuldigen Sie«, stotterte er. »Ich bin nicht ganz bei der Sache. Mir ist grade eingefallen, dass ich da noch etwas klären muss. Wegen des Zolls.« Er lächelte nervös und sah auf seine Armbanduhr.

Mit dem Zoll hatte seine Unruhe nichts zu tun. Eher mit dem, was er eben erfahren hatte. Er musste sich Gewissheit verschaffen. Ich mir auch. Also setzte ich mich und deutete auf den Apparat.

»Nur zu. Tun Sie sich keinen Zwang an.«

Meine Dickfälligkeit trieb ihm den Schweiß auf die Stirn, doch er blieb wohlerzogen.

»Es könnte dauern.«

»Auf eine Viertelstunde kommt es mir nicht an.«

Er rang mit sich, aber brachte es nicht fertig, mich rauszuwerfen.

»Na gut«, stöhnte er und wandte sich zur halb offenen Tür. Ich hob fragend die Brauen. »In der Küche gibt's noch einen Apparat«, würgte er. »Da liegt die Nummer.«

Im Rausgehen zog er hinter sich zu. Die Schallisolierung war ausgezeichnet. Vorsichtig hob ich den Hörer. Fehlanzeige. Die Telefone waren separat geschaltet. Ich las Bohls Schreiben: zehn nichts sagende Zeilen mit einer Medikamentenliste.

Doch nun schwante mir, wieso Christine Teuscher sich so lebhaft für Strien interessierte und was sie bei Dickmais gesucht hatte. Sie musste zufällig Zeugin geworden sein, wie Strien und Roth über die Interpharma redeten. Irgendetwas hatte sie stutzig gemacht. Etwas, das Roth möglicherweise gar nicht aufgefallen war. Ich stellte mir die drei im Operationssaal vor.

Roth legt gerade einen Bypass. Strien sieht zu, und sie überwacht die Narkose. Man plaudert. Im OP wird alles Mögliche verhandelt, von Fußpilz bis Badminton. Der Chirurg erzählt von alten Jaguars. Strien gähnt hörbar. Roth, der gerade am Schneiden ist, fragt ihn, wieso er eigentlich dauernd so müde ist.

»Andere Leute schlafen nachts.«

»Ich hab bis in die Puppen gehockt, um Listen zusammenzustellen.«

Roth wendet sich amüsiert an die Anästhesistin. »Hast du das gehört? Der Spendenengel des Herzzentrums, rastlos im Einsatz für Notleidende. Nur damit du und ich in der Öffentlichkeit gut aussehen.«

»Geht es um die Aktion für Kosovo-Kinder?«, fragt sie.

»Die Sendung sollte längst unterwegs sein«, sagt Strien, »aber dann hatte die Interpharma plötzlich Lieferschwierigkeiten.«

Roth wunderte sich. »Ach, das läuft über die Interpharma?«

»Ja, wieso?«

»Die Interpharma in Harburg?«

»Kennst du irgend 'ne andere Interpharma?«

»Abgesehen von den Lieferschwierigkeiten bist du sonst aber ganz zufrieden?«

Teuscher registriert das leise Lauern, das in der Frage mitschwingt. Strien auch.

»Warum?«

»Ein Bekannter von mir hat mal für die gearbeitet.«

»So?«

Roth grinst. »Sonderlich viel hält er nicht von denen. Er sagt, das seien alles Verbrecher.«

»Wie bitte?«

»Die schicken wohl gern überlagerte Antibiotika nach Afrika. Als Hilfssendungen deklariert. Ähnlich wie Nestlé seinerzeit. Muss ein bombiges Geschäft sein.«

»Das kann ich mir nicht vorstellen. Dr. Bohl ist ein absolut ehrenwerter …«

»Genau. Bohl heißt er. Der hat dafür gesorgt, dass der Bekannte mit goldenem Handschlag abserviert wurde. Damit er nicht zur Staatsanwaltschaft lief.«

Teuscher registriert den Schweiß, der auf einmal auf Striens Stirn schimmert, und das fahrige Huschen seiner Augen. Denkt sich ihren Teil. Vor nicht allzu langer Zeit hat sie ihn auf dem Kiez beobachtet, als sie und Roth nach dem Theater noch ein wenig über den Hans-Albers-Platz spazierten. Da stand Strien auf der anderen Straßenseite vor einem eher zweifelhaften Etablissement und debattierte erregt mit dem Türsteher, der ihm anscheinend den Einlass verwehrte. Erst hatte sie geglaubt, sie verwechsele ihn, doch dann trafen sich für eine Sekunde ihre Blicke. Er versteinerte. Im nächsten Moment drehte er sich weg und verschwand im Gewühl.

Roth hatte von alldem nichts mitbekommen. Das war auch besser so, denn er war ohnehin ständig in Panik, irgendein Bekannter könne sie bei ihren amourösen Ausflügen in die Stadt überraschen. Nun war der GAU eingetreten. Strien hatte gesehen, wie sie innig aneinandergeschmiegt durch St. Pauli spazierten. Aber sie spürte, dass er den Mund halten würde, weil ihm die Begegnung mindestens so peinlich war wie ihr. Tatsächlich ließ er hinterher nie auch nur eine Andeutung fallen. Im Gegenteil. Er schien zu hoffen, sie habe ihn nicht bemerkt. Zunächst war sie darüber erleichtert, dann fing sie an sich zu fragen, wovor er eigentlich so viel Angst hatte.

Bei der Szene im OP stieg ein schlimmer Verdacht in ihr auf. Kurz darauf, als sie nachmittags im Bett neben Roth lag, ihre Hand seinen erschlafften Penis streichelte und sie spielerisch die verschrumpelte Vorhaut zurückschob, erkundigt sie sich, was es denn mit der Interpharma auf sich habe und wie der Bekannte heiße, von dem er da neulich erzählt habe.

Ich starrte aus dem Fenster auf das liebliche Lüneburger Gässchen und kaute an seelischem Kater. Ich war Strien wirklich auf den Leim gegangen. Weit gründlicher, als Axel es vermutete. Ich hatte ihm den mitfühlenden Menschenfreund abgekauft. Doch der engagierte Idealist war bloß Maske. Dahinter steckte ein über beide Ohren verschuldeter Zocker, der das Elend der Roma auf der Abraumhalde von Trepca ausschlachtete. Der selbstlose Helfer war ein Aasgeier. Er fledderte die, über die er sagte, dass sie nie eine Lobby gehabt hätten, von der Welt verratene, vertriebene, heimatlose, kranke Menschen, für die er der letzte Strohhalm Hoffnung war. Die nutzte er aus, betrog sie und vergiftete ihre Kinder, um seine Endorphinkicks an irgendwelchen lausigen Pokertischen zu finanzieren.

Warum hatte ich ihn nicht eher durchschaut? Kotzte mich die Riege der Ackermänner derart an, dass ich einfach glauben wollte, er gehöre zu denen, für die Anstand wichtiger war als Profit? Oder war es seine Ähnlichkeit mit Günther und das eigene schlechte Gewissen?

Müßig. Das Einzige, was ich jetzt noch tun konnte, war Schaden zu begrenzen. Entweder ich redete sofort mit Hinrichs, oder ich fand raus, mit wem Strien da gerade sprach. Als er wieder hereinkam, hatte ich mich einigermaßen sortiert.

»Na, allen Ärger ausgeräumt?«

»Leider nein. Ich muss persönlich hin.«

»Sofort?«

»Ja.«

Er hielt es in den eigenen vier Wänden nicht mehr aus.

»Wann soll's denn nachher losgehen?«

»Zwischen zehn und elf. Wenn sie später losfahren, hängen die Fahrer morgen früh an der Grenze fest.«

»Na, dann will ich Sie nicht aufhalten.«

Er nickte erlöst.

Im Abgehen erkundigte ich mich nach den Parkmöglichkeiten.

»Wie bitte?«

Es fiel ihm sichtlich schwer. Innerlich war er längst abgefahren.

»Wo Sie parken«, wiederholte ich. »Hier ist doch überall Fußgängerzone.«

»Ach so«, grinste er angestrengt. »Gleich um die Ecke.«

Draußen schlenderte ich, bis ich außer Sichtweite war. Dann trabte ich zurück zum Benz. Strien war barfuß und ungekämmt gewesen. Beeilte ich mich, schaffte ich es vielleicht, rechtzeitig in Position zu gehen.

Das bauchige Lüneburger Altstadtpflaster hat seine Tücken. Ich war auf rutschfreundlichen Ledersohlen unterwegs, knickte um und erreichte hinkend den Benz, wo eine Frau Schmitz eben Carlos Kennzeichen notierte. Ihr brünetter Pagenschnitt passte zu der neckischen Uniform. Sie bekleidete das Amt einer Politesse.

»Was denn«, ich schenkte ihr das gewinnendste Grinsen, das sich ein Großstadtschlorf gegenüber der Provinzobrigkeit leisten kann, ohne die parallel geschaltete Ehrerbietung zu gefährden, »darf ich hier etwa nicht stehen?«

Sie deutete schmallippig auf eines der vielen kleinen Schilder am Straßenrand. »Nur mit Anwohnerparkberechtigung. Ich muss Sie verwarnen.«

Ich guckte wie James Garner als angeleinter Dackel. »Stellen Sie sich vor, ich käme grade von meiner bettlägerigen Tante.«

Aber James Garner und der Dackel fielen durch. Vermutlich stand mir Strien noch zu sehr ins Gesicht geschrieben. Sie grinste gequält, riss den Zettel ab und drückte ihn mir in die Hand. »Reichen Sie's bei der Kasse ein.«

Drei Minuten danach hielt ich neben einer Galerie grün wuchernder Terrakottatöpfe. Fünfzig Meter weiter stand Striens Golf. Ich dankte dem Schöpfer, dass der Lada gerade heute den Geist aufgegeben hatte. Unauffällig war ein antiker 200er Diesel zwar auch nicht, aber der Internist kannte nur den Lada. Überdies kochte ihm das Wasser im Gesäß.

Ich holte das Funktelefon raus. Ich musste mit Axel reden und Hinrichs alarmieren. Außerdem wollte ich Conny fragen, wie das Lager hieß, von dem Irina uns damals berichtet hatte. Da schoss Strien auch schon um die Ecke. Er eilte im Laufschritt zu seinem Golf, warf sich hinters Steuer und startete durch. Fluchend feuerte ich den Knochen beiseite. Diesel kommen langsam, aber nicht immer heftig. Strien war weg, bevor der Daimler ansprang. Ich haute den Gang rein, verkürzte um Haaresbreite das Leben einer tagträumenden Rentnerin, streifte einen Gemüsestand und irrte durch Backsteingassen, bis ich ihn auf dem Altstadtring wieder zu fassen bekam. Er fuhr hundertfünfzig Meter vor mir. Richtung Bahnhof. An der Ampel hielt er sich rechts und schwenkte in die Dahlenburger Landstraße ab. Gott sei Dank war mir die Grünphase gewogen genug für ein lässliches Spätgelb.

Strien fuhr nach Osten, passierte das Industriegebiet und ließ den Hafen links liegen. Wir folgten der Bundesstraße. Offenbar wollte er nach Hitzacker. Ich ließ den Benz ein Stück zurückfallen und reaktivierte das Telefon.

Axel hörte sich blendend gelaunt an. Ich berichtete ihm von dem Interpharma-Schreiben.

»Bohl war die Nase, die überalterte Antibiotika nach Afrika verschob, als Dickmais dort arbeitete. Jetzt ist er Striens Partner bei dieser Kosovo-Hilfsaktion. Irina hat uns mal von Ärger mit Medikamenten in den Flüchtlingslagern erzählt. Könnte sein, dass es da einen Zusammenhang gibt. Ich brauche die Nummer von Hinrichs.«

»Wieso?«

»Der Transport geht in wenigen Stunden. Er soll sich die Ladung näher ansehen.«

»Auf blauen Dunst? Bloß weil Strien mit diesem Bohl zugange ist?«

»Die Sache ist faul.«

»Vermutest du.«

»Nein. Ich bin mir sicher.«

»Bei den Kathetern warst du dir auch sicher.«

»Geschenkt. Aber sonst bleibt Hinrichs kein Spielraum.«

Axel grummelte missbilligend, dann gab er mir die Ziffernreihe durch. Ich drückte mein Knie unters Steuer, klemmte das Handy zwischen Ohr und Schulter, griff nach dem Kuli und notierte die Nummer auf einem Tankbeleg.

»Wie willst du's verpacken?«

»Sein Bier. Soll er sich irgendeinen Vorwand für die Zollfahndung aus den Fingern saugen.«

»Viel Glück.« Er legte auf.

Eben passierte ich den Ortsausgang von Dahlenburg. Strien trat drauf, als säße ihm der Leibhaftige im Nacken. Der Abstand zwischen unseren Fahrzeugen vergrößerte sich. Carlos Diesel röhrte an der Belastungsgrenze. Da rettete mich ein Mähdrescher, der vor Strien auf die Straße rumpelte und ihn ausbremste.

In Hinrichs Büro meldete sich die Sekretärin. Ich solle später anrufen. Dr. Hinrichs sei gerade in einer Besprechung.

»Könnten Sie mich trotzdem verbinden? Es ist wichtig und duldet keinen Aufschub.«

Sie lachte befremdet. »Wissen Sie, wie viele wichtige Anrufe wir hier am Tag kriegen? Ich habe Ihnen doch gerade gesagt, dass er nicht gestört werden möchte. Sie können Ihre Nummer bei mir hinterlassen. Ansonsten versuchen Sie es später ... Sekunde mal.«

Es schnarrte.

Mit zwei Sätzen wimmelte sie den Bittsteller in der anderen Leitung ab. Für ihre Verhältnisse war die Tante regelrecht geduldig mit mir. Bevor ich weiter auf Granit biss, gab ich ihr wenigstens eine Nachricht durch. Sie bequemte sich zu einem widerwilligen »Na schön«.

»Es geht um überlagerte Antibiotika. Die sollen heute von Harburg aus mit dem Lkw auf den Balkan abgehen. Als Hilfslieferung für Flüchtlinge getarnt.«

»Aha.«

»Er muss diesen Transport stoppen. Sonst sterben da unten bald scharenweise Kinder. Drahtzieher der Sache sind vermutlich Norbert Strien, der als Arzt beim Herzzentrum Hitzacker arbeitet, sowie ...«

Es schnarrte erneut.

»Entschuldigung ... Nein ... Der ist in einer Konferenz ... Nein, das geht jetzt nicht. Kann er Sie zurückrufen?«

Dann hatte ich sie wieder am Ohr. Sie ächzte.

»Hören Sie. Das ist mir zu kompliziert. Ich stelle Sie jetzt durch. Er wird zwar nicht begeistert sein, aber was soll's …«

Sie behielt Recht. Zunächst bellte Hinrichs in den Hörer. Nach drei Sätzen beruhigte er sich. Fünf Minuten später rekapitulierte er. »Sie meinen also, Bohl liefert Sondermüll, der entsorgt gehört, doch dank des rückdatierten Verfallsdatums wie neuwertig abgerechnet werden kann. Gezahlt wird das Ganze mit den Spendengeldern, die Strien im Namen der Klinik sammelt.«

»Richtig. Das ist bislang zwar nur mein Verdacht, aber da die Medikamente morgen früh über die Grenze rollen …«

»Ich rede mit dem Zoll.«

Für Details fehlte die Zeit. Ich versprach, ihn am Nachmittag noch mal anzurufen. Gerade verließ der Golf den Forst und erreichte Metzingen. Strien blinkte links und bog nach Nordosten ab.

Ich tippte Connys Durchwahl bei der dpa.

»Wo bist du?«

»Kurz vor Hitzacker.«

»Wieso?«

»Erinnerst du dich, wie Irina uns von den Durchfallerkrankungen in dem Flüchtlingslager erzählt hat?«

»Das ist mindestens vier Jahre her.«

»Sie sagte doch, sie hätte den Verdacht, die Medikamente seien nicht mehr in Ordnung, richtig?«

»Mag sein, weshalb?«

»Weißt du noch den Namen des Camps?«

»Tut mir leid. Frag sie. Sie arbeitet bis drei. Um vier dürfte sie wieder im Hause sein.«

Der Empfang wurde schlechter. Ich verstand Conny kaum noch. Unterdessen hatte Strien das Ortsschild von Hitzacker passiert. Er war gut fünfhundert Meter vor mir und bog in eine Seitenstraße ein.

»Verflucht.«

»Was ist los, Jacob? Wieso interessiert dich das plötzlich so dringend?«

»Später!«, schrie ich. »Kannst du sie für mich anrufen?«

»Wenn ich sie erreiche. Nachher hab ich meinen Ausstand. Ich dachte schon, du wolltest dich ansagen.«

»Ich befürchte, das wird nix.«

»Wär trotzdem schön ...«

Sie flüsterte etwas auf Chinesisch, das sie ab und zu sagt, wenn andere mithören können. Es klingt wie Vogelgezwitscher.

»Ich dich auch!«, brüllte ich.

»Wirklich?«

»Natürlich nicht. Bei so was lügen Kerls grundsätzlich.«

Damit drückte ich sie weg.

Die Straße war einspurig und führte entlang Hecken und Jägerzäunen zu einer Gabelung. Striens Golf war verschwunden. Ich fuhr links. Nach etwa einem Kilometer endete der Teerbelag. Der unbefestigte Weg verlor sich in einem Waldstück. Sonderlich befahren sah er nicht aus. Gras spross aus Spurrillen. Ich erinnerte mich an Axels Rat, gefälligst mehr Karl May zu lesen, hielt an und prüfte, ob die Halme kürzlich runtergepresst worden waren. Fehlanzeige. Ich manövrierte retour, bis ich wenden konnte, und probierte den anderen Abzweig.

Nach drei Minuten erreichte ich einen geschotterten Parkplatz und hörte das Klatschen von Tennisbällen. Hinter Buchenhecken leuchtete es rostrot. Als Teuschers Cabrio mir türkis entgegenschimmerte, wusste ich, dass ich richtig war. Striens Golf parkte im Sichtschatten eines Geländewagens. Ich hielt und stieg aus. Der Eingang zur Anlage befand sich neben einem lang gestreckten Flachbau, der offenbar Umkleideräume und eine Bar beherbergte. Dahinter kam man zum Pool und den Courts.

Für den späten Vormittag war es leer. Nur auf zwei Feldern wurde gespielt. Ein älteres Paar und zwei Damen in den Vierzigern mit Stirnband und angestrengter Aerobic-Figur. Strien stand am Rand des Platzes und kehrte mir den Rücken zu, ein Stück weiter Christine Teuscher in Tenniskluft. Allein. Anscheinend nutzte ihr Mitspieler die Zwangspause, um sich zu erleichtern. Strien redete auf sie ein, während sie sich mit dem Handtuch den Schweiß von der Stirn tupfte. Ich hörte zornige Wortfetzen. Was er sagte, war nicht zu verstehen. Ihr distanziertes Lächeln allerdings sprach Bände. Sein Gestikulieren wurde heftiger. Er schrie.

»Du hast mich in die Falle gelockt, benutzt, auf hinterhältigste Weise.«

Ihre Replik entging mir, bis auf das spöttische Lachen. Strien machte zwei Schritte auf sie zu. Nun wurde auch sie laut. »Für das, was du getan hast, bist allein du verantwortlich. Wenn du glaubst, dich bei irgendwem bedanken zu müssen, halt dich gefälligst an Willemsen.«

Sie wollte sich abwenden. Er packte sie am Handgelenk und ließ sie erst los, als sie ihm mit der Rechten eine schallende Ohrfeige gab. Im benachbarten Court perlte der Ball gegen den Maschendraht. Das ältere Paar hatte die Schläger sinken lassen und glotzte. Teuscher griff ihre Sachen. Strien war viel zu konsterniert, um sie aufzuhalten. Als er ihr nachlief, kam ein athletischer Mann in Shorts aus dem Clubhaus und verstellte ihm den Weg. Teuscher rauschte zum Ausgang, das Antlitz verschwitzt und gerötet. Als sie mich sah, schien sie bloß für den Bruchteil einer Sekunde irritiert. Dann ging sie sofort in die Offensive.

»Heute bleibt mir auch nichts erspart. Habe ich etwa Ihnen diesen Auftritt zu verdanken?«

»Von welcher Falle spricht Strien?«

»Ich bin die falsche Adresse«, zischte sie. »Fragen Sie ihn gefälligst selbst.«

Sie warf ihre Mähne zurück und fegte an mir vorbei zum Parkplatz. Ich blieb ihr humpelnd auf den Fersen, obwohl sie nun fast lief.

»Geht es um die Katheter oder die Medikamente?«

»Hören Sie, Herr Fabian oder wie auch immer Sie heißen mögen: Ich bin nicht auf Plaudern eingestellt. Und nun lassen Sie mich bitte in Frieden.«

Ihre Hand schnellte nach vorn. Der Zündschlüssel gab die Zentralverriegelung frei. Inzwischen waren wir beim BMW. Er parkte mit der Schnauze zur Straße, sodass sie ohne Wenden losfahren konnte. Sie riss die Tür auf, warf die Tasche auf den Nachbarsitz und fiel ins Polster. Die Tür klatschte zu. Ich trat vor den

Wagen. Sie rammte den Schlüssel in die Zündung. Der Motor heulte auf.

»Haben Sie Roth eigentlich geliebt«, rief ich, »oder nur mit ihm geschlafen, um ihn für Willemsen auszuhorchen?«

»Sie Schwein.« Ihre Augen sprühten Blitze. »Weg da!«

Damit legte sie den Gang ein. Ich warf mich beiseite. Es regnete Schotterschlacken. Ihr Wagen beschrieb schlitternd einen Halbkreis. Sie sah stur geradeaus, die Miene versteinert. Ich blickte der Staubwolke nach, klopfte meine Hose ab und ging zurück zum Benz. Ich saß bereits, da stolperte Strien aus dem Clubhaus, eskortiert von dem sportlichen Knaben und einem anderen. Sie stießen ihn vor sich her.

»Verschwinden Sie und lassen Sie sich hier nie wieder blicken!«

Allein gelassen, stierte er einen Moment lang auf die Stelle, wo der Z3 gestanden hatte, bevor er langsam zum Golf schlich und hinters Steuer sackte. Dort hockte er mindestens eine Minute, bis er sich aufraffte und losfuhr. Wer weiß, was geschehen wäre, wenn ich ihn konfrontiert hätte. Aber ich war selbst zu perplex. Denn jetzt begannen die Bruchstücke sich zu einem Ganzen zu fügen.

Sollte Strien fahren. Er lief mir nicht weg.

*

Das Handy maulte. Daheim gab es noch einen Ersatzakku, doch bis zur Schanze war es weit. Der nächste öffentliche Fernmelder befand sich in Dahlenburg, neben der Bundesstraße. Die Akustik war mäßig, und Hinrichs klang angespannt.

»Nun mal Klartext«, sagte er, »wie sind Sie in die Sache hineingeraten?«

»Ursprünglich ging es um einen Betrugsskandal im Klinikum Hitzacker. Da hatte ein Chirurg Belastungsmaterial gesammelt, das er einem befreundeten Journalisten zukommen lassen wollte. Unterwegs zur Übergabe starb der Arzt durch einen mysteriösen Autounfall. Seine Witwe beauftragte mich, der Sache nachzugehen. So traf ich Strien. Er bot mir Hilfe an und fütterte mich mit

Falschinformationen. Doch das begriff ich erst, als ich erfuhr, dass er spielt und über beide Ohren in Schulden steckt.«

»Was hat das mit den Medikamenten zu tun?«

»Strien will sich durch den Deal sanieren. Ein Bekannter des Toten, der früher als Vertreter bei der Interpharma tätig war, berichtete mir von den Geschäftspraktiken seines ehemaligen Chefs. Damit konnte ich nichts anfangen, bis ich mitbekam, dass Strien und Bohl zusammenarbeiten. Das ist keine zwei Stunden her. Der Transport soll heute Abend abgehen. Deswegen habe ich Sie angerufen.«

Hinrichs unterbrach mich. »Falls stimmt, was Sie da sagen, muss ich das volle Programm fahren. Sonst sind sämtliche belastenden Unterlagen bis morgen früh verschwunden, und die Anwälte der Interpharma rennen mir die Bude ein. Da wüsste ich vorher gern, was an Ihren Mutmaßungen dran ist.«

Mein Hals fühlte sich trocken an. Ich hatte den Bericht von Dickmais, Striens bizarres Benehmen und den Brief der Interpharma. Darüber hinaus nur mein Gefühl, und wie sehr das mich täuschen konnte, hatte ich eben wieder erfahren dürfen. Axels Vorbehalt echote mir durchs Ohr. Ein Mann sollte seine Grenzen kennen. Trotzdem. Ab und an muss er auch seiner Intuition trauen.

»Garantien kann ich Ihnen keine liefern«, sagte ich. »Nur einen dringenden Verdacht. Und das Gefühl, dass sie bei der Razzia fündig werden.«

Am anderen Ende der Leitung blieb es eine Weile still.

»Okay«, sagte Hinrichs schließlich. »Heute Abend sind wir beide schlauer.«

Ich räusperte mich. »Da wäre noch was.«

»So?«

»Ich muss klären, wieso Strien mich verladen hat. Sonst komme ich in der anderen Sache keinen Schritt weiter. Das kann ich nicht mehr, sobald Sie ihn festgenommen haben.«

Er lachte ungläubig. »Wollen Sie etwa, dass ich ihn laufen lasse?«

»Sie entscheiden, wann der Zugriff erfolgt, oder? Die anonyme Anzeige bezieht sich bloß auf den Transport. Also halten Sie den Lkw auf und schnappen sich Bohl.«

»Damit Sie Strien in Ruhe das Geld abknöpfen können?«
»Wollte ich ihn ausnehmen, hätte ich Sie kaum eingeschaltet.«
»Klar. Aber mal ernsthaft, wie stellen Sie sich das vor? Da wimmelt es nachher von Einsatzkräften. Denen kann ich schwerlich befehlen, einen der zwei Hauptverdächtigen durchzuwinken. Was Sie da verlangen, läuft auf Strafvereitelung im Amt raus. Das mache ich nicht. Tut mir leid.«
Mir auch, dachte ich.

*

»Weshalb wirft Strien der Teuscher vor, sie habe ihn in die Falle gelockt? Wofür hat sie ihn benutzt?«
Axel wippte auf dem Drehsessel. Die Küchenuhr zeigte auf zwanzig nach eins. Ich war gerade damit beschäftigt, den Akku des Handys zu wechseln, und sah auf.
»Wie wär's mit dem Mord an Roth?«
»Was?«
»Sie weiß, dass er spielt und verschuldet ist. Seit dem Plausch mit Dickmais kann sie sich denken, wie er sich aus der Affäre ziehen will. Sie macht sich seine Paranoia zunutze und hetzt ihn gegen Roth auf.«
»Langsam.«
Er schüttelte irritiert den Kopf. Ich drückte meine Zigarette aus.
»Gestern bei Jablonsky sprach der Pole von einer Blonden, die sich nach Strien erkundigt habe. Heute früh berichtet Dickmais mir von einem Feger, der ihn über die Interpharma ausgefragt hat.«
»Das können sehr wohl zwei unterschiedliche Frauen sein. Ob eine von ihnen Teuscher heißt, ist fraglich. Außerdem, was hat das mit Roth zu tun?«
»Es könnte so gelaufen sein: Irgendwann erwähnt Roth, dass Dickmais in Bohls Firma gearbeitet hat. Oder er sieht einen Briefkopf von der Interpharma. Jedenfalls spricht er Strien darauf an. Seitdem argwöhnt Strien, dass Roth was ahnt. Obwohl der keinen Schimmer hat.«

»Teuscher kriegt das mit?«

»Sie ist zufällig dabei. Vielleicht berichtet Roth ihr auch davon. Sie wird hellhörig und hakt nach.«

»Warum?«

»Weil Kollege Strien immer so gestresst aussieht. Er sagte mir, er habe die beiden bei einem Spaziergang an der Elbe beobachtet. Was, wenn das nun nur die halbe Wahrheit war? Er hat sie zwar in Hamburg getroffen, aber auf dem Kiez, in einer Situation, die für ihn ebenso kompromittierend war wie für das junge Glück, und zumindest sie hat ihn natürlich gesehen.«

Axel legte den Kopf schief, federte nach hinten und ließ die Brille auf halbe Höhe rutschen.

»Darüber wundert sie sich so sehr, dass sie ihm nachspioniert, bis sie weiß, wo er zockt und anschließend loszieht, um Jablonsky auszuquetschen?«

»Wart's ab. Teuscher und Roth haben eine Affäre. Irgendwann beginnt Roth, sich mit den Kathetern zu beschäftigen, stolpert über die Akten und legt sich mit Willemsen an. Sie wird schwanger. Roth lässt sie im Regen stehen. Sie ist sauer, will sich rächen und schlüpft unter die Bettdecke von Willemsen. Die beiden reden über Roth. Der droht inzwischen zum Problem zu werden, weil er mit Kaienburg redet. Da erinnert sie sich daran, dass Strien seinerzeit so merkwürdig reagiert hat.«

»Sorry. Mag sein, dass die Affäre so gelaufen ist, aber der Rest? Sie hat andere Sorgen. Warum sollte Strien Roth töten?«

»Weil er Angst hat. Roth schottet sich ab. Strien glaubt, Roth wisse Bescheid, und nimmt es persönlich. Vielleicht hat er Teuscher sogar die Vorlage geliefert und sich bei ihr über Roths schräges Benehmen beklagt.«

»Und?«

»Teuscher passt einen günstigen Moment ab und flüstert Strien ein, Roth sei im Begriff, haarsträubende Enthüllungen über das Herzzentrum vom Stapel zu lassen.«

Axel streichelte sich die Bartenden. »Und dann geht Strien los und fummelt an Roths Jaguar?«

Ich nickte. Axel schielte gequält.

»Tut mir leid, das ist nicht dünn, das ist anorektisch.«

»Nur eine Frage des Timings. Strien ist im Druck. Fliegt er auf, kann er seine Karriere abfeiern und hat Jablonskys Gorillas an der Backe. Bei dem Deal mit Bohl geht er eh über Leichen.«

Axel stand ächzend auf und humpelte zum Herd. Er fütterte den Mokkatiegel mit Arabica und drehte das Gas an, bevor er sich umdrehte und mit dem Rücken gegen den Kühlschrank lehnte.

»Selbst wenn Teuscher ein intrigantes Genie ist, woher weiß sie, dass Strien termingerecht abdreht und zum Schraubenschlüssel greift?«

Ich rollte eine Zigarette zwischen den Fingern. »Eingebung.«

»Bullenscheiße.«

»Vielleicht besitzt sie etwas mehr psychologisches Feingefühl als ich.«

Er verdrehte die Augen. Von wegen, dazu gehört nicht viel.

»Was ist ihr Motiv?«

»Ihr Verhältnis zu Willemsen.«

»Guter Punkt«, schmatzte Axel. »Welches Verhältnis haben die zwei? Aus purer Leidenschaft pimpert sie ihn kaum. Ist er ihr neuer Partner?«

Ich zuckte die Achseln.

»Mente hat versucht, sie zu erpressen«, sagte Axel. »Sie ist schlau genug, um zu begreifen, dass Mente seine Infos einer Lauschaktion verdankt, die Willemsen initiiert haben muss. Also weiß sie, was er über sie weiß.«

»Ob Willemsen ihr nun gesteht, dass er Roth hat abhören lassen, oder sie es mitkriegt, sobald Mente sie anbaggert, ist zweitrangig.«

»Meinst du. Wieso rät sie Strien, sich an Willemsen zu halten?«

»Um ihn loszuwerden. Außerdem hat Mente sie und Roth auf eigene Faust erpresst. Gegen Willemsens Willen.«

»Sagt Mente.«

»Und Willemsens Sekretärin.«

Axel lachte. »Frag dich lieber mal, weshalb er versucht hat, dich auszuschalten, als Willemsen ihm längst den Auftrag entzogen hatte.«

»Das habe ich ihn bereits gefragt.«

»Ich weiß«, nickte Axel ungeduldig. »Er hat den perversen Schleimbeutel markiert.«

»Verrat mir mal, welchen Grund er gehabt haben sollte, mich anzulügen?«

»Ganz einfach. Weil er immer noch im Spiel ist.«

Ich schluckte. Touché. Axel grinste.

»Noch eins …«

»Was?«

»Wo bleibt Roths Material?«

In dem Augenblick klingelte das Telefon. Carlo rief an, um mir mitzuteilen, dass Aziz großzügig gewesen sei und eine frische Batterie nebst Verteilerkopf und Kerzen herausgerückt habe. Für alle Fälle. Später am Nachmittag wolle er mit Paul vorbeikommen. Dann könnten wir die Teile einbauen und er seinen Daimler abholen.

Gerade hatte ich aufgelegt, als es wieder schellte.

»Twesten. Spreche ich da mit Jacob Fabian?«

Der Chefredakteur der Morgenpost. Persönlich. Derselbe, der den fatalen Artikel platziert hatte.

»Tun Sie«, erwiderte ich. »Schön, dass Sie sich melden.«

»Oder auch nicht.«

Seine Stimme klang belegt. Das tat sie vielleicht von Haus aus. »Sie hatten angefragt, ob ich irgendetwas über den Verbleib von Stephan Steinhausen wisse.«

Er pausierte kurz, wie um sich zu sammeln.

»Vorhin bekam ich die Abzüge von der Polizei auf den Tisch. Sie wissen schon, die Dinger, die sie gelegentlich rausgeben, um Mordopfer zu identifizieren …«

Einen Moment lang fror mein Gehör ein. Deswegen also. In den letzten Tagen hatte ich zwar öfter mal ein dummes Gefühl gehabt, aber die Befürchtung sofort wieder verdrängt. Böse Ahnungen sind ungutes Terrain. Schließlich war Stephan volljährig. Nun platzte der Knoten, und die Kabelenden peitschen mir durch die Magengrube.

»Man hat ihm den Schädel eingeschlagen.«

Die meisten Morde sind so krank wie unsere Natur, die endlos Grausamkeit produziert. Dass manche besonders abstoßen, liegt an den Opfern. Selbst wenn wir nicht gleich Scharfrichter spielen und wissen, wer es viel eher verdient hätte, bleibt der irre Trotz, der Betreffende sei garantiert der Falsche. Als habe die kosmische Gerechtigkeit versagt.

Ich sah Steinhausens Lachen. Erinnerte die nachlässige Handbewegung, mit der er die unzeitgemäß langen Haare aus der Stirn wischte, sein Augenzwinkern und die nikotingebräunten Finger, die ständig mit der Gitanes-Box spielten. Dachte an das Polaroid seiner Kleinen, das er in der Brieftasche trug, und den Ausdruck, mit dem er es hervorgekramt und gezeigt hatte. Auch wie er später gesagt hatte, dass er sie viel zu selten sehe und ihr gern mal die Elbe zeigen würde.

Der Tod ist der große Gleichmacher, und majestätisch an ihm ist nur unsere Ohnmacht.

»Sind Sie noch dran?«

»Wann?«

»Unklar. Vermutlich vorgestern Nacht. Gefunden hat man ihn am Freihafen. In Wilhelmsburg.«

»Wilhelmsburg?«

»Auf dem Reiherstieg. Die Details habe ich hier. Am besten, Sie kommen bei mir vorbei.«

Mein Mund schmeckte nach Staub. »Geben Sie mir zwanzig Minuten.«

Die Redaktion liegt in der Griegstraße, im hinteren Teil von Ottensen. Während der Daimler nach Altona röhrte, hatte ich vor Augen, wie Steinhausen und ich drei Tage zuvor über Palmaille gefahren waren. Er hatte breit lächelnd erklärt, egal was bei der Chose herauskäme, es habe sich für ihn gelohnt. Weil es ihm ein Vergnügen sei, mit mir zu arbeiten. Ich hatte ihm gedankt und im Stillen gedacht, warten wir's ab, noch ist die Schlacht nicht geschlagen.

Wieso hatte er seine Abreise über den Haufen geworfen? Dickmais musste ihm ein entscheidendes Detail geliefert haben. Alles deutete darauf hin, dass er nach dem Gespräch noch einmal nach Hitzacker gefahren war, um mit Teuscher zu reden.

Ich malte mir aus, wie er auf ihrem Sofa saß und garstige Fakten vom Stapel ließ. Obwohl sie innerlich raste, bewahrte sie die Fassung, erhob sich bloß kurz, um Eis zu holen. Dabei fiel ihr Blick auf den Messingleuchter. Teppichschaum hatte sie noch unter der Spüle. Die Nachbarn benutzten den Fahrstuhl um diese Zeit eh nie.

Das Drehbuch hatte Schönheitsfehler. Steinhausen wog zwei Zentner, und Teuscher brachte keine sechzig Kilo auf die Waage. Ohne Hilfe hätte sie den Leichnam kaum aus der Wohnung schaffen können. In ihren Kofferraum hätte er auch nicht gepasst. Blieb Willemsen. Dessen S-Klasse besaß üppig Platz. Ob er allerdings locker hundert Kilo schulterte, war fraglich. Mit vereinten Kräften vielleicht. Nur wozu hätten sie den Toten nach Wilhelmsburg bringen sollen? Stille Winkel bot das Wendland zuhauf.

Plausibler erschien, dass Steinhausen in der Nähe des Fundorts ermordet worden war. Wohin er sich im Zweifelsfall freiwillig begeben hatte. Um ihn zu zwingen, hätte der Täter schon Artillerie auffahren müssen, die später wahrscheinlich auch zum Einsatz gekommen wäre. Es sei denn, er hatte Stephan gar nicht töten, sondern ihn bloß niederschlagen wollen.

Laut Pathologe war der Tod zwischen zweiundzwanzig und zwei Uhr eingetreten. Eine multiple Schädelfraktur, herbeigeführt durch einen stumpfen Gegenstand, der ihm den Hinterkopf zertrümmert habe. Spuren eines Kampfs gebe es keine. Das ließ verschiedene Interpretationen zu, von einer Kurzschlusshandlung bis hin zur sorgfältigen Inszenierung. Immerhin war der Täter anschließend so umsichtig gewesen, den Toten zu entkleiden, bevor er ihn am Rand eines versandeten Hafenbeckens hinter das Wrack einer Schute warf. Dort hatten spielende Kinder die Leiche gestern Nachmittag entdeckt.

Ich stand im Zimmer des Chefredakteurs und glotzte auf das Polizeifoto. Steinhausens halb offene Lider, die zerdrückte linke Seite seines Gesichts, das fürs letzte Porträt zurechtgerückte Kinn. Zu lange durfte ich das Bild nicht betrachten, sonst brannten sich die entstellten Züge ein. Ich legte das Foto beiseite.

»Wann ist das reingekommen?«

Twesten zupfte sich an der Unterlippe. Er war ein rundlicher

Typ, Ende vierzig mit Nickelbrille, Doppelkinn und Schnauzer. Inmitten der obligatorischen Chrom- und Ledergarnitur, überbordenden Zeitungsständern und den zwei auf stumm geschalteten Großbildschirmen, wo Nachrichtensprecher Kriegswirren und Börsenberichte zum Besten gaben, wirkte er fehl am Platz. Was unter anderem daran lag, dass er so gar nicht meinem Stereotyp vom zynischen Medienhai entsprach.

»Heute früh. Die waren diesmal schnell. Sonst brauchen sie länger.«

»Die Kripo weiß Bescheid?«

»Als ich den Abzug in die Hände bekam, habe ich sofort angerufen und ihnen gesagt, wer er ist. Den Weg in die Pathologie haben sie mir erspart. Sie waren bereits hier.«

Er schob mir die Visitenkarte eines Hauptkommissars Rogalla zu. Ich notierte mir die Durchwahl.

»Hat Rogalla meinen Namen?«

Twesten schüttelte den Kopf. »Stephan sagte, Sie legten keinen Wert auf Publicity.«

Ein kleines Lächeln. Dass er nach allem, was passiert war, die Vorgabe des toten Freundes respektierte, überraschte mich.

»Danke.«

»Das ist nicht ganz uneigennützig.«

»So?«

Kluge blaue Augen musterten mich einen Moment.

»Ich verabscheue Zensur, und Mord ist die übelste Form von Zensur. Außerdem mochte ich Stephan. Das nur vorausgeschickt, um klar zu stellen, dass es mir bloß zweitrangig um die Story geht.«

»Wobei?«

»Bei unserem informellen Informationsaustausch.«

Ich wartete. Er räusperte sich.

»Stephan mag sich geirrt haben, was die Katheter angeht. Aber er muss auf etwas Wichtiges gestoßen sein, sonst hätte man ihn kaum getötet. Ich wüsste gern, was Sie wissen.«

»Was bieten Sie mir dafür?«

»Infrastruktur.«

»Obwohl Sie den Justiziar des Herzzentrums wegen Stephans Artikel an der Backe haben?«

Er hob die Schultern mit schicksalsergebenem Lächeln, von wegen, gehört eben dazu. Das Angebot klang gut. Fast zu gut. Immerhin war er bereits von sich aus in Vorleistung gegangen, und der Tote bürgte für ihn.

Das Telefon klingelte. Twesten drückte die Freisprechtaste und erklärte knapp, dass er noch immer für niemanden zu sprechen sei. Die Sekretärin entgegnete, sie habe den Bürgermeister in der Leitung.

»Er verlangt ausdrücklich nach Ihnen. Ich hab alles versucht.«

»Na schön. Stellen Sie durch.«

»Was war das denn eben, Twesten? Seit wann geizen Sie so mit Ihrer Zeit? Ich dachte, Sie seien an guten Kontakten zum Rathaus interessiert.«

»Bin ich«, erwiderte der Gescholtene gelassen. »Drum wäre ich auch gern präsent für Sie. Ein befreundeter Journalist ist umgebracht worden. Ich sitze hier gerade mit einem der Angehörigen. Kann ich Sie zurückrufen?«

Am anderen Ende gab es einen Laut. »Selbstverständlich. Ich wusste nicht …«

»Bis wann sind Sie zu erreichen?«

Ein kurzes Räuspern. »Etwa eine halbe Stunde.«

Twesten warf einen Blick auf seine Armbanduhr. »Ich melde mich in zwanzig Minuten.«

Er unterbrach die Verbindung, ohne die Antwort abzuwarten.

»Nun?«

Ich grinste angetan. »Kann ich hier rauchen?«

Er zog eine Schublade seines Schreibtischs auf und stellte mir einen Gauloises-Ascher unter die Nase, der im opulenten Ambiente des Chefbüros genauso deplatziert wirkte wie er. Also goldrichtig. Ich zündete mir eine an.

»Ich befürchte, es dauert länger als zwanzig Minuten.«

Er zuckte die Achseln und wies einladend auf eines der Lederungetüme.

»Dann wird der Herr Bürgermeister sich eben gedulden müssen.«

Aber wir brauchten nicht so lange. Ich berichtete in groben Zügen. Twesten war Profi. Er hakte bloß gelegentlich bei Details ein. Nach einer Viertelstunde wusste er, was er wissen wollte, fasste die Fakten zusammen und skizzierte in fünf Sätzen eine mögliche Strategie.

»Sind wir uns so weit einig?« Er reichte mir seine Karte und griff zum Telefon. »Halten Sie mich auf dem Laufenden. Sollten Sie mich über Handy nicht erreichen, können Sie unter einer dieser Nummern immer was für mich hinterlassen.«

*

Als ich wieder im Daimler saß, war erst früher Nachmittag. Ich verwarf es, Conny anzurufen. Sollte sie feiern. Von Stephans Tod erfuhr sie früh genug. Aber ich musste wohl oder übel nach Wilhelmsburg und mir auf dem Reiherstieg die Stelle ansehen, wo man ihn gefunden hatte.

Von der Zeitungsredaktion zum Elbtunnel war es nur ein kurzes Stück. Drei Minuten später bog ich auf die Autobahn. Ich blieb auf der rechten Spur, bis ich wieder Tageslicht sah. Der Köhlbrand lag zur Linken. Gegenüber der Containerterminal, Gleisanlagen und das Klärwerk. Ein Stück weiter kam der Abzweig zur Brücke.

Ich fuhr eine Schlaufe, schon flirrten die Stahltrossen der Hängekonstruktion links und rechts an mir vorbei. Stadt und Hafenbecken versanken, während der Strom in die Breite wuchs, als gleißende Barriere vor der Flut des Häusermeers. Drei flüchtige Sekunden lang krallten sich meine Augen in das Bild, dann passierte ich den zweiten Pfeiler und es ging wieder abwärts.

Ich nahm die Neuhöfer Straße, arbeitete mich zum Reiherstiegdeich durch, fuhr zu früh auf den Fährstieg ab, wendete und hielt, sobald ich den Kanal sehen konnte. Es stank nach fauligem Wasser und Petrochemie. Lange musste ich nicht suchen. Die Schute rottete am Rand einer verwahrlosten Freifläche voller Plastikmüll, Pappfetzen und schütterem Gras. Ich trat den löchrigen Zaun nieder, stieg über die verwitterte Stirnseite einer zerlegten Baracke und stand an der Spundwand.

Das Wrack lag auf Grund und krängte nach Backbord. Der

Rumpf war durchgerostet, ölige Brühe nagte an den Spanten. Auf Höhe des Bugs waren Löcher im Erdreich, die Markierungen der Spurensicherung. Hier irgendwo, versteckt zwischen Böschung und Bordwand, hatte Steinhausen gelegen. Die Stelle war perfekt gewählt. Nach einigen Wochen im Modder, zernagt von Möwen und Brackwasser, hätte man ihn höchstens noch über seine Gebissabdrücke identifizieren können.

Es war Ebbe, und die Tide hatte den Abdruck des Körpers weggespült. Über dem Schlick surrten Fliegen. Obwohl die Sonne knallte, rieselte es mir kalt über den Nacken. Ich starrte auf den schwarzen Schlamm. Keinen Kilometer entfernt stand der Schuppen, vor dem ich im Januar fast erfroren war.

Einen Moment lang spürte ich wieder das Dröhnen in der Schläfe, schmeckte das Blut, lag auf dem eisigen Vorplatz und glotzte in das Fahlgelb der Bogenlampe, während der Frost mich aufsog, erbarmungslos sanft. Ich schauderte. Zu oft sollte man seine Engel nicht beanspruchen. Sonst guckten sie irgendwann weg. Wie vorgestern Nacht bei Stephan.

Ich sah auf. Womit hatte der Mörder ihn hergelockt, in diese Melange aus Werften, Bootsschuppen, Lagerhallen und Industriebrache? Quer übers Wasser der Zollkontrollpunkt, Zäune und eine zerbombte Ruine. Als Stephan starb, konnte die Szenerie nicht sonderlich beleuchtet gewesen sein. Damals im Winter hatten die Lichter der Containerkais den Himmel erhellt und das Brüllen des Stahls wie die Klagerufe urzeitlicher Tiere geklungen. Ich atmete durch. Der Ort gab das Rätsel nicht preis. Hier länger herumzustehen tat nur weh. Aber nun wusste ich wenigstens, dass keine der Varianten, die ich mir vorher zurechtgelegt hatte, stimmen konnte.

Ich nahm denselben Weg zurück. Mir war nach Luft und Blick. Bis Teufelsbrück sind es vom Nordausgang des Tunnels keine zehn Minuten.

Eigentlich plante ich, bei der DLRG zu parken, doch als ich die Massen sah, die sich über die Promenade wälzten, fuhr ich weiter nach Westen, durch Blankenese hindurch. Obwohl es mir grundsätzlich schnurz ist, wenn mich Hundehalter aus den

Elbvororten beim Flennen ertappen, erschrecke ich ungern kleine Kinder. Außerdem tat der Blues gut. Ich hatte eine CD von Calvin Russell entdeckt. Er sang eine Akustikversion von »Let the Music Play«. Sein versoffenes Timbre klang etwa so zart wie rostiger Stacheldraht, und das entsprach genau meiner Stimmung. Ich drehte auf und ließ es zwischen Zwerchfell und Magengrube ausschwingen. Beim Falkensteiner Ufer war ich wieder halbwegs im Lot, ließ den Daimler den Hang runtergleiten und parkte auf der Sohle des Geestrückens, keine hundert Meter vom Wasser.

Der Strand war leer und der Himmel lichtes Graublau, durchwoben von seidigen Dunstschleiern, die zur Strommündung hin fast weiß schimmerten. Ich schulterte die Sandalen, latschte bis hinter den Leuchtturm und packte mich auf den Ellenbogen. Vor mir das verwilderte Grün der Flussinseln, das träge und selbstvergessen in der diesigen Nachmittagsluft schwamm. Als käme Huck Finn gleich mit dem Floß vorbei. Dabei steht dort der Knast, wo Huckleberrys missratene Brüder eingesperrt sind und nicht an Maiskolbenpfeifen, sondern an Crack nuckeln.

Ein paar entscheidende Bausteine fehlten. Oder meine Prämisse war falsch. Ich blätterte innerlich zurück und suchte nach der fehlenden Verbindung. Wahrscheinlich war Steinhausen nie bis Hitzacker gekommen. Weil er sowieso nicht dahin gewollt hatte.

Möwen flogen Pirouetten. Während ich ihnen zusah, geisterte mir eine verzerrte Stimme durch den Kopf. Dylan nölte »Tangled Up In Blue«, Stephans Lieblingsballade. Ich entsann mich, wie er mal, als er bereits einiges getrunken hatte, den halbleeren Rotwein vor sich angestiert und erklärt hatte, Dylan sei einer der begnadetsten Dichter des Jahrhunderts.

»Man kann sich über Bobbys Organ streiten, doch er ist nun mal ein Genie. In sechs Minuten streift er das gesamte Spektrum von Lust, Leid und Sehnsucht. All den Wahnsinn, den wir mit Liebe verwechseln. Er geht durchs Fegefeuer, trotzdem begräbt er die Hoffnung nicht.«

Sein Glas kreiste langsam in der Rechten, sodass die funkelnde Flüssigkeit die Ränder benetzte.

»Für manche ist das bloß Katzengold. Purer Kitsch. Aber was zählt wirklich? Auf die Fresse gibt's gratis, und klar, die Friedhöfe sind voller Idealisten, an die sich kein Schwanz mehr erinnert. Utopie tut weh. Aber ohne? Ohne wäre die ganze Veranstaltung doch witzlos, oder?«

Jetzt gab es keine Utopie mehr, jedenfalls nicht für ihn. Nur ein paar Fetzen Erinnerung. An den geläuterten Schmerz, der ihm beim Sprechen um die Lippen spielte, ein Lachen, das so heiter wie melancholisch sein konnte, und das Glitzern seiner hellen Augen. Ansonsten? Knapp hundert Kilo Fleischabfall, die in einer Kühltruhe der Gerichtsmedizin darauf warteten, freigegeben und eingeäschert zu werden.

Falls es eine höhere Macht gibt, liebt sie anders, als sich das irgendein Nacktaffe vorzustellen vermag. Das ist mir gelegentlich ein Trost. Ich hatte keine Aktiven mehr, also drehte ich mir eine. Als ich die Gummierung anleckte, fiepte der Handkeil. Es war Carlo. Er habe gerade mit Axel gesprochen. Nun wolle er wenigstens mal horchen, wie mir so sei.

»Wo bist 'n jetzt?«

»Falkensteiner Ufer.«

»Und?«

»Sitz und guck Möwen. Ich brauch nicht trinken. Das muss reichen.«

Ein kurzes Lachen. »Gut so ...« Er brummte unbestimmt. »Bist schon drüben gewesen?«

»Wo?«

»Auf 'm Reiherstieg.«

»Ja. Weshalb?«

»Sonst wär ich mitgekommen. Axel sagte da eben so was. Wegen der Pharmafirma.«

»Die sitzen in Harburg.«

»Dann habe ich mich wohl verhört ...« Er hustete. »Gut. Wir sehen uns nachher. Bis denne.«

Er wollte einhängen.

»He, Champ.«

»Wat 'n?«

»Lass dich drücken.«

Er räusperte sich. »Dito. Und pass auf deinen trockenen Arsch auf, Junge.«
Es klickte.

*

Aber Carlo hatte sich nicht verhört. Eine halbe Stunde danach saß ich bei Axel. Während ich in Wilhelmsburg vor dem Wrack der Schute gestanden hatte, hatte er CDs in den Rechner geschoben, sich die Straßen in der Umgebung der Fundstelle vorgeknöpft und war auf den Telefonanschluss der »Intertrans« gestoßen.

»Das ist 'ne Spedition. Die sind unter anderem auf den Transport von Medikamenten spezialisiert.« Er schob mir den Zettel mit der Adresse zu. »Ihr Lager ist unweit der Hakenstraße.«

»Wie bitte?«

»Dreimal darfst du raten, wessen hundertprozentige Tochter die Intertrans ist.«

Als der Groschen bei mir fiel, schluckte ich bloß. Nun wusste ich, was Steinhausen auf dem Reiherstieg gesucht hatte, und auch, mit wem er dorthin gefahren war. Eine Welle von hilfloser Wut schwappte durch mich hindurch. Erst dann begriff ich, dass ich Hinrichs die falsche Adresse gegeben hatte.

»Verflucht! Ich muss ihm Bescheid geben. Sonst wartet die Zollfahndung in Harburg, während Strien und Bohl fünf Kilometer weiter ungestört ihren Laster auf die Reise schicken ...«

Axel lächelte. »Ist längst passiert. Ich hab's ihm gefaxt.« Er deutete mein erleichtertes Ächzen falsch, rollte die Augen und hob die Hände. »Natürlich mit Umleitungen, damit sie es nicht zurückverfolgen können.«

»Steinhausen hat der ganze konspirative Zauber auch nicht den Hals gerettet.«

Axel schoss hoch. Die Brille rutschte vor Schreck auf halbe Höhe. »Was soll das jetzt heißen?«

»Mach dich nicht nass. Viel spannender ist die Frage, ob Strien das Geld heute von Bohl bekommt.«

»Wie willst das rauskriegen?«

»Jablonsky sprach von Dienstag.«

»Du glaubst ...«

»Ich muss noch mal nach St. Georg.«

»Nimm Carlo mit. Der dürfte hier jede Minute auflaufen.«

»Erst mal ruf ich Conny an.«

Eine angeheiterte Kollegin ging an den Apparat. Im Hintergrund plätscherte fröhliches Stimmengewirr. Die Schwangere müsse »Cava« trinken. Zehn Sekunden später begrüßte mich Conny mit »Hallo, Süßer«.

»Die feiern mich hier gerade. Feierst du mit?«

Sie klang gelöst. Ich beschloss, ihr die bitteren Brocken erst später vorzulegen.

»Eher nicht. Es hat sich da Verschiedenes ergeben.«

»Sei jetzt kein Stockfisch. Ich vermisse dich.«

Sie begann, Nina Hagen zu summen. »Es ist heiß, ich bin heiß.«

»Wie viel hast du denn schon getrunken?«

»Drei Gläser ...« Sie stieß verhalten auf. »Sekunde.«

Ihre Hand legte sich über die Sprechmuschel. Offenbar versuchte gerade jemand, ihr einen Plastikbecher aufzunötigen. Sie kicherte.

»Bist du noch dran?«

»Ja.«

»Du verpasst was. Die ziehen hier 'ne goldige Show für mich ab. Eben haben sie sogar gesungen.«

»Dufte. Hör mal Conny, ich hab nicht so irre viel Zeit. Hast du inzwischen mit Irina gesprochen? Zu Hause ist sie nämlich nicht.«

»Ja.« Sie seufzte. »Es gibt da mehrere Lager. Die nächste Stadt heißt Mitrovica. Soll ich's dir buchstabieren?«

Treffer und versenkt, dachte ich nur. Du lagst richtig. Wieso hast du Strien bloß fahren lassen?

»Brauchst du nicht.«

Ich merkte, dass sich meine Stimme blechern anhörte.

»Wieso wolltest du das wissen?«

»Nachher. Ist momentan zu kompliziert.«

»Jacob ...« Plötzlich hatte sie dieses Etwas in der Stimme, das mich zwischen Magengrube und Zwerchfell anfasst. »Kannst du mich nicht doch abholen?«

»Tut mir leid. Wirklich. Ich bin in den nächsten Stunden voll eingespannt.«

»Was ist los?«

Als habe sie einen nackten Nerv berührt. Es brandete über mir zusammen und fraß sich rasend schnell bis in die Eingeweide.

»Lass dich ordentlich feiern, hörst du?« Sie wollte noch etwas sagen, aber ich legte vorher auf.

Axel musterte mich besorgt. »Alles klar?«

Ich brauchte, um es runterzuwürgen. »Nein.«

Das Klingeln an der Tür lenkte uns ab. Paul und Carlo erschienen, mit dem Carepaket von Aziz unterm Arm. Axel schmiss zwei Runden Mokka. Wir studierten gemeinsam den Stadtplan.

Es gab fünf befahrbare Brücken, die auf den Reiherwerder führten. Mit etwas Glück konnten wir sie im Blick behalten, ohne Hinrichs ins Gehege zu kommen, falls der größere Truppenaufmärsche plante. Carlo schlug vor, uns in der Veringstraße zu treffen, neben der Jesu-Christi-Kirche. Hingen wir als Trio auf dem Reiherstieg herum, luden wir nur zu Neugierde ein. Auf der anderen Seite des Kanals fielen wir weniger auf. Abschließend verglichen wir Uhren. Dann schnappte Axel sich das Telefon, Paul stieg auf seine Harley, während Carlo die Ersatzteile zum Lada schleppte. Ich holte das Werkzeug.

Zwanzig Minuten später standen wir über die offene Motorhaube gebeugt. Der frische Verteilerkopf war installiert. Carlo schraubte an den Kerzen.

»Was für 'n Kaliber ist dieser Hinrichs? Ist er Bürger oder Bulle?«

»Wenn er sagt, er stoppt den Transport, stoppt er ihn auch.«

»Ich meine bei der Sache mit Strien.«

»Liefere ich Strien hinterher bei ihm ab, wird er mir keinen Strick draus drehen, dass ich ihn vorher ein oder zwei Sachen gefragt habe.«

Carlo richtete sich auf, wischte die ölverschmierten Hände an dem Lappen ab, der auf der Innenseite des Kotflügels lag, und fischte nach einer Zigarette.

»Du willst es also durchziehen?«

Ich nickte. Er kniff die Augen zusammen, die Stirn in Falten geworfen. Dann deutete er auf die Kerzen.

»Nu kiek ma.«

Ich setzte mich hinters Steuer und drehte den Zündschlüssel. Der Motor sprang klaglos an.

Kurz vor acht parkte ich in der Rostocker Straße, zwei Blocks von der Pfandleihe entfernt. Ein vergilbtes Schild verriet, dass sie seit sechs Uhr geschlossen hatte. Heftiges Klopfen zeitigte keine Reaktion. Also trollten wir uns wieder. Der Lada stand um die Ecke. Eben waren wir im Begriff einzusteigen, als ein metallicblaues 280er Cabrio an uns vorbeiglitt. Aus dem Augenwinkel registrierte ich Jablonskys unverkennbares Rüschenhemd und das goldkettchenbehängte, kittfarbene Vielfachkinn. Sein Handgelenk war bandagiert. Unsere Augen trafen sich in seinem Rückspiegel.

»Das ist er«, rief ich Carlo zu und sprang ins Auto.

Das Cabrio beschleunigte, glitt vor bis zur Danziger Straße und bog links ab. Der Lada ist robust und lässt sich etwa so leicht dirigieren wie ein Achtzehntonner mit ausgefallener Servolenkung. Dummerweise hatte sich ein Smart direkt vor meine Stoßstange geklemmt, sodass ich ungefähr zehn Minuten lang kurbeln musste, um aus der Parklücke zu kommen. Als wir an der Langen Reihe ankamen, war der blaue Benz wie vom Erdboden verschluckt.

»Kannste knicken«, meinte Carlo nur.

Immerhin bestärkte Jablos Auftritt die Hypothese, dass Strien die Schulden heute zu begleichen gedachte. Wozu sonst fuhr der Fettsack außerhalb der Geschäftszeit zu seinem Kabuff? Mich wunderte bloß, wo er seinen Gorilla gelassen hatte. Achtzig Riesen sind Geld. Wahrscheinlich pumpte Jaruslav Eisen und kam nach. Kurz darauf setzte ich Carlo neben dem Daimler ab.

»Bis gleich.«

Conny war unterwegs. Vermutlich hatte sie keine Lust, den Abend allein zu Hause zu verbringen und war im Anschluss an die Feier mit Kollegen noch etwas trinken gegangen. Axel hockte am Computer und surfte durch die Webseiten von Hilfsorganisationen. Ich zog mich um, checkte die sowjetischen Funksprechgeräte, die ich seinerzeit in Wünsdorf bei der Auflösung der Rote-Armee-Depots erstanden hatte. Dann ging ich zu Kurt, um die Taxe abzuholen, die ich nachmittags bei ihm bestellt hatte. Ich wollte ein neutrales Fahrzeug. Der Lada hätte Strien nur vorgewarnt. Bevor ich das Haus verließ, steckte ich noch Jablonskys Walther ein. Für alle Fälle. Ich zögerte einen Moment, bevor ich sie in den Bund schob, dachte an Carlos Warnung und wusste genau, was er dazu gesagt hätte: Erst versenkst du die Pi 08 in der Elbe, weil du unbedingt so ein moralisch geläutertes Arschloch sein willst, und jetzt, wo du beste Chancen hast, dich damit in die Grütze zu reiten, nimmst du ein Eisen mit. Obendrein eins, von dem du nicht mal weißt, ob es sauber ist. Werd endlich erwachsen, Kutscher.

Aber ich hatte wirklich keine Lust, schon wieder mit leeren Händen ins falsche Ende eines Laufs zu gucken.

Ich holte die Droschke ab, fuhr durch die Speicherstadt und den Freihafen, vorbei an dem sowjetischen U-Boot, das Touristen locken soll, und arbeitete mich von Westen her nach Wilhelmsburg durch. Bevor ich den Treffpunkt ansteuerte, wollte ich noch einen Blick auf die Spedition werfen. Von der Straße aus sah man eine etwa achtzig Meter lange Halle, an deren Rampe gerade ein Sattelschlepper beladen wurde. Daneben stand ein zweistöckiger Backsteinbau, in dem sich die Verwaltung befand. Längs der rückwärtigen Mauer waren diverse Auflieger und gestapelte Container abgestellt, davor ein halbes Dutzend Autos, die anscheinend den Arbeitern gehörten. Striens Golf entdeckte ich nirgends. In den Nachbarstraßen wirkte alles friedlich. Außer einem weinroten Passat mit zwei gelangweilten Zivilpolizisten konnte ich keine Einsatzfahrzeuge ausmachen. Das war gut. Ich überquerte den Kanal und hielt vor der Kirche. Von Carlo und Paul keine Spur. Mich wurmte, den beiden nicht schon vorhin die Walkie-Talkies gegeben zu haben. Kam Strien zu früh, liefen wir Gefahr, ihn zu verpassen.

Die Gegend um die Veringstraße zählt nicht zu Hamburgs Schokoladenseiten, obwohl Wilhelmsburg durchaus das Zeug zu Flair hat. Aber außer den Bunkern ist alles weggebombt. Nun bestimmen lieblos hingerotzte Sozialbauten das Bild, in denen überwiegend Türken und andere Migranten leben. Die verbliebenen Deutschen sind entweder Rentner oder auf Stütze. Schräg gegenüber, vor dem anatolischen Freizeitverein, scharte sich ein halbes Dutzend älterer Türken um eine Obstkiste. Sie schauten zwei bärtigen Spielern zu, die Würfel rollen ließen. Der blonde Endzwanziger mit flüssiger Gehhilfe und leinenlosem Bullterrier, der näher kam, spuckte laut aus und wechselte die Straßenseite. Die Spieler ignorierten ihn, doch einer der Halbstarken, die am Eingang des Parks abhingen, rief ihm »Verpiss dich, Alta« hinterher. Das war das Stichwort für den Hundehalter. Er drehte sich um und grölte ein wütend gesoffenes »Hier is nich euer bekacktes Istanbul, Fotze!«. Aber er hatte verloren, bevor der Spaß anfing. Trotz Köter. Ich sah, wie eines der Kids sein Butterfly zog. Ohne den bärtigen Hodscha, der sich einmischte und den Jungen auf Türkisch anschrie, hätte der Blonde beste Aussichten gehabt, als Vierzeiler in die Zeitung zu kommen.

Endlich ertönte das Röhren der Harley. Carlo folgte zwei Minuten später. Ich teilte die Funksprechgeräte aus. Jeder von uns hatte ein Codewort. Das gab er durch, sobald er Strien sah. Ansonsten war Funkstille vereinbart, um die Polizei nicht auf uns aufmerksam zu machen.

*

Zehn vor neun stand die Taxe am Südrand des Reiherstiegs, Ecke Alte Schleuse und Wollkämmerei, auf Position, quer zur Zufahrtstraße, ein paar Meter hinter den Bahngleisen. Ich ließ die Automatik in Neutral gleiten und legte das Walkie-Talkie bereit.

Um mich herum gähnte die Trübsal des Industriefeierabends. Außer einer türkischen Großmutter, die mit Tüten bepackt zur Brücke watschelte, entdeckte ich keine Menschenseele. Gelegentlich rumpelte ein Lkw vorbei. Das Kurzwellenradio knisterte. Ich drehte es leise, stellte den Sitz zurück, drehte mir eine Zigarette und richtete mich aufs Warten ein. Diese Art Warten habe ich im Taxi gelernt.

Die meisten glauben, dass man als Fahrer hauptsächlich mit Schalten und Bremsen beschäftigt ist, während einem ein bunter Querschnitt der Spezies im Rücken hockt, allein, zu zweit oder anders, selten gut und oft übler riechend. Stimmt, und ist trotzdem falsch. Denn überwiegend wartet man, mit an- oder ausgeschaltetem Motor, auf die nächste Fuhre, das Vorrücken in der Schlange, die Durchsage der Zentrale, das Ende der Schicht. Wie viele Stunden ich so zugebracht habe, weiß ich nicht. Zu viele.

Mein Kopf war noch mit den verschiedenen Ebenen des Wartens beschäftigt, als der Golf von Süden her anrollte. Um sanft zu reagieren, fehlte die Muße. Ich brüllte das Codewort, blendete auf und haute den Knüppel in Drive. Der Diesel sprang jaulend vor, hüpfte über die Schienen und drängte sich in Fahrtrichtung auf die gegenüberliegende Spur. Strien registrierte erst die Taxe, dann mich. Schreck und Wut verzerrten seine Züge. Für den Bruchteil einer Sekunde befürchtete ich, er werde Gas geben, meine rechte Vorderseite rammen und versuchen, mich abzudrängen. Stattdessen stieg er in die Eisen. Gummi kreischte auf Asphalt. Glücklicherweise besaß sein Wagen intakte Bremsbeläge, sodass er zehn Zentimeter vor meinem Kotflügel zum Stehen kam.

Strien war kreideweiß. Ich lehnte mich zur Beifahrerseite und bedeutete ihm, seine Scheibe runterzukurbeln. Er fuhr das Glas ein.

»Sind Sie wahnsinnig geworden? Wollen Sie mich umbringen?«

»Setzen Sie zurück. Da, in die Straße.« Ich zeigte mit dem Daumen hinter mich, auf die Stelle, wo ich bis eben gestanden hatte.

»Einen Teufel werd ich tun.«

»Die Razzia bei der Intertrans läuft gleich an. Ich habe keine Lust, der Polizei im Weg zu stehen.«

»Die was?«

»Die Razzia. Jablonsky wird auf sein Geld verzichten müssen.«

Strien schüttelte den Kopf und legte den Rückwärtsgang ein. Ich rangierte vor seinen Kühler und stellte den Motor ab. Die nächsten Sekunden waren kritisch. Knallten seine Sicherungen durch, war ich gekniffen. Doch er blieb sitzen. Bis ich neben ihm stand.

»Steigen Sie aus.«

Er sah auf. Seine braunen Augen waren blank und schwarz.

»Seit wann wissen Sie Bescheid?«

»Egal. Steigen Sie aus.«

Seine Linke wanderte zum Türgriff. Er zögerte.

»Nun machen Sie schon.«

Er gab sich einen Ruck und gehorchte. Ich spürte, wie meine Knie vor Rage zitterten. Es kostete mich einige Überwindung, ihn nicht aus dem Wagen zu zerren und auf ihn einzuschlagen. Aber ich wollte noch etwas von ihm. Also würgte ich die Wut runter.

»Die Schlüssel.«

Er reichte mir den Bund und lehnte sich mit dem Rücken gegen die Flanke des Golfs. Seine Hand fuhr durch die dunklen Locken.

»Warum haben Sie mich nicht einfach weiterfahren lassen?«

»Erzählen Sie mir von Christine Teuscher.«

Er sah mich zwei Sekunden lang an, als wäge er ab, dann griff er den Köder auf.

»Sie sagte, Roth werde alles enthüllen. Sie ließ mir keine Wahl.«

»Was genau hat sie gesagt?«

»Sie sprach von belastenden Dokumenten, die einen Riesenskandal auslösen würden.«

»Mehr nicht?«

Er legte den Kopf zurück. »Sie wollte, dass ich es missverstehe. Ich war nur ihre Marionette.«

»Hat sie Sie mit dem Mord erpresst?«

»Mich?« Er lachte hohl. »Nein. Ich gebe in diesem Stück nur den Mohr.« Seine Kaumuskeln arbeiteten. Er tat sich selbst aufrichtig leid. »Das habe ich erst heute geschnallt. Als Sie mir von ihren Affären erzählten und diesem Detektiv, den Willemsen angeblich gar nicht mehr beauftragt hat.«

»Was geschnallt?«

»Sie hat das alles nur inszeniert, um Willemsen auszunehmen. Weil sie ihn so mit Roths verschwundenen Unterlagen unter Druck setzen kann. Wenn herauskommt, dass er Roth vor dessen Tod bespitzeln ließ, lässt Echternach ihn fallen wie eine heiße Kartoffel.«

Bislang hatte ich die Anästhesistin eher als Willemsens Werkzeug gesehen. Aber möglicherweise war es genau andersherum.

»Sie glauben, dass sie diesen Burschen eingespannt hat, um Willemsen zu erpressen?«

»Was sonst?«

»Dazu braucht der Mann nicht unbedingt ihre Unterstützung.«

»Sie weiß, wo Willemsens neuralgische Punkte sind …«

In der Tat.

»Außerdem«, lächelte Strien, »wird sie ihrem René bestimmt gut zureden.«

Eben noch der geschlagene Mann, mutierte er nun wieder zum Schlaumeier. Doch was er sagte, ergab Sinn. Axel hatte es vorhin schon auf den Punkt gebracht, als er mich fragte, weshalb sie mit Willemsen schlief.

»Wann haben Sie sich entschlossen, Roth umzubringen?«

Striens Grinsen erstarb. Er rieb sich die Schläfe mit dem Daumenballen. Verwandelte sich wieder in das geläuterte Opfer.

»Am Tag, nachdem Christine mit mir geredet hatte, rief Marion an. Sie fragte nach den Setzlingen, die meine Nachbarin züchtet. Die hat immer zu viele. Davon hatte ich ihr mal erzählt. Sie bat mich, ihr welche vorbeizubringen. Markus und ich hatten seit Wochen kein Wort gewechselt. Ich wollte mit ihm reden. Doch er war absolut dicht. Er blockte total ab …«

Sein Blick verlor sich irgendwo im Abendhimmel.

»Na und?«

»Ich wollte ihn nicht umbringen. Bis dahin jedenfalls nicht. Aber ich hatte alles versucht. Zwei Minuten, nachdem ich gekommen war, ging er, um irgendwas zu besorgen. Marion bat mich, die Pflanzen hinter die Garage zu stellen, während sie Eistee machte. Das Tor stand offen. Da sah ich seinen Wagen. Er hatte ihn aufgebockt und arbeitete gerade an den Rädern. Es war wie ein Wink des Himmels ...«

»Hat der Himmel Ihnen auch eingeflüstert, gleich die Schrauben liegen zu lassen, damit der Verdacht auf Marion Roth fällt?«

»Das war nicht geplant. Wirklich. Ich wollte sie einsammeln, als er plötzlich zurückkam.«

Striens Rechte wühlte nach Zigaretten. Er steckte sich eine ins Gesicht und sog daran wie ein Ertrinkender. Ich fragte mich, was Carlo und Paul trieben. Sie hätten längst aufgetaucht sein müssen. Offenbar hatte das Funkgerät versagt. So viel zur Zuverlässigkeit sowjetischer Militärtechnologie. Kein Wunder, dass der Warschauer Pakt im Eimer war.

Ich atmete durch.

»Was war mit Steinhausen?«

Strien stieß den Rauch aus und verfolgte die Wolke mit den Augen. Seine Kaumuskeln zuckten. Die Visage eines Spielers, der alles gesetzt und alles verloren hat.

»Er rief mich abends an, nachdem er aus Lauenburg zurück war. Theoretisch hätte er nur eins und eins zusammenzuzählen brauchen, schließlich hatte ich ihm selber von dem Transport erzählt, aber er zog gar nicht in Betracht, dass ich an der Sache beteiligt sein könnte.«

»Also wollte er sie bloß vor Bohl warnen?«

»Mag sein.« Strien sah an mir vorbei. »Ich glaube, er witterte eine Story.«

»Wo haben Sie ihn getroffen?«

»Am Hotel.«

»Sind Sie mit ihm direkt hierhergefahren?«

Ein stummes Kopfschütteln. »Erst waren wir bei der Intertrans, um die Medikamente zu untersuchen. Dort war schon zu. Auf dem Rückweg habe ich dann am Kanal gehalten. Er wollte sich noch kurz die Köhlbrandbrücke ansehen.«

»Und?«

Striens Miene blieb leer. »Als wir ausstiegen und zum Wasser gingen, fiel mir die Rohrzange ins Auge, die ich auf dem Rücksitz liegen hatte ...« Er brach ab und rollte den Kopf in den Nacken, wie um ihn zu lockern.

»Das war bestimmt auch eine ganz spontane Entscheidung«, sagte ich. »So wie bei Roth …«

Entweder er bekam den Sarkasmus nicht mit, oder er zog es vor, ihn zu überhören. »Ja«, sagte er langsam. »Ja, wirklich …«

Wie er so vor mir stand, ein magerer, blasser, wenig kräftiger Typ, dessen bleiche Züge trotz schlechter Rasur glatt und absolut harmlos wirkten, wurde mir schmerzlich bewusst, wieso Steinhausens Instinkte so komplett versagt hatten. Selbst wenn es ihm bizarr erschienen sein mochte, bei Dämmerung über verwitterte Barackenreste zu steigen, war Strien keiner, von dem man sich irgendwie körperlich bedroht fühlte.

»Ich dachte nur, der ruft gleich die Polizei. Das musst du aufhalten. Dann lag er auch schon vor mir. Es ging alles so schnell. Dabei wollte ich ihn nur niederschlagen …«

Strien bot mir wieder diese brennenden, verzweifelten Augen und das hilflose Flehen in der Stimme, gepaart mit demselben hohlen Grinsen, das er eben schon aufgelegt hatte, als er mich glauben machen wollte, er habe mit Roth zu reden versucht.

Doch jetzt riss mir die Geduld: »Genug«, schrie ich, packte ihn beim Kragen und stieß ihn zurück gegen das Auto. »Du hast ihn hergebracht, um ihn zu töten. Als er dich anrief und du merktest, dass er dich nicht verdächtigt, bist du sofort zum Hotel, hast dich entrüstet gegeben und ihn beschwatzt, die Sache an Ort und Stelle zu klären. Dann hast du ihn in dein Auto geladen und bist mit ihm zur Intertrans, weil du im Gegensatz zu ihm genau wusstest, dass dort um die Zeit kein Schwein mehr anzutreffen war. Auf dem Weg hast du abgeklopft, wer noch Bescheid wusste, und als du dir sicher warst, dass niemand sonst eingeweiht war, hast du ihn an den Kanal gelockt, vermutlich mit dem Argument, dass man von dort aus die beschissene Brücke so gut sieht und er sich die mal ansehen müsse, als Trostpreis dafür, dass er bei der Intertrans eine Niete gezogen hatte. Dann hast du ihn neben die Schute dirigiert, keinen halben Meter vom Wasser entfernt, und ihm von hinten den Schädel zertrümmert. So und nicht anders ist das abgelaufen, du psychopathische Missgeburt, also erspar mir dein verlogenes Gewimmer!«

Während meines Wortschwalls war Striens Gesicht erstarrt. Er hielt sich halb geduckt, als erwarte er, dass ich auf ihn einschlug. Doch mir war nicht mehr danach, ihn zu schlagen. Hass braucht ein Gegenüber. Er war kein Gegenüber. In diesem Augenblick verspürte ich nur noch Ekel und fühlte mich elend. Stephan hatte ihn vor Bohl warnen wollen. Seine Gutartigkeit war ihm zum Verhängnis geworden. Welch lausige Ironie.

Ich würde Strien wie geplant bei Hinrichs abliefern. Der schickte ihn für die nächsten zwanzig Jahre in den Bau. Danach sperrte man ihn hoffentlich in die Sicherheitsverwahrung, sodass er niemandem mehr wehtun und sich für den Rest seines erbärmlichen Lebens bedauern konnte.

Eben forderte ich ihn auf, ins Taxi zu steigen, da jaulten die Sirenen los. Die Intertrans lag zwei Straßen weiter. Er zuckte zusammen. Auch ich war eine halbe Sekunde lang abgelenkt und achtlos genug, den Kopf zur Seite zu wenden. Strien wog zwar fünfzehn Kilo weniger als ich, aber hatte irgendwann gelernt, eine kurze Gerade zu schlagen. Die erwischte mich an der rechten Schläfe, genau auf derselben Stelle, wo die Latte im Januar gelandet war. Ein greller Goldregen schauerte mir über die Netzhaut, färbte sich orange und wechselte ins Blutrot. Meine Arme waren gelähmt. Die Knie wurden zu Gelatine. Trotzdem taumelte ich eine halbe Ewigkeit, bevor ich auf die Zementplatten des Gehwegs stürzte.

Das Nächste, was ich mitbekam, war sein rechter Fuß. Er trat mir ins Gesicht. Meine Backenzähne knirschten. Ich versuchte, den Tritten auszuweichen, da entdeckte er die Walther, die mir aus dem Bund gerutscht war und nun anderthalb Meter weiter auf dem Grau des Gehwegs lag. Mit einem Griff hatte er sie aufgehoben und zielte auf meine Brust. Sein verzücktes Grinsen glitt ins Diabolische.

»So schnell geht das manchmal …« Ein trockenes Auflachen. »Trösten Sie sich: Ihr Freund Steinhausen hat mich auch unterschätzt.«

Meine Schläfe brüllte vor Schmerz. »Damit kommst du nicht durch«, stöhnte ich. »Sackt die Kripo dich nicht ein, macht Jablo dich platt.«

»Wir werden ja sehen.« Er verzog den Mund. »Das heißt, ich werde sehen. Sie nun wohl nicht mehr.«

Meine Glieder zitterten, aber es war kein ängstliches Krampfen, sondern nackte, blanke Wut. Die war plötzlich zurück. So schnell geht das manchmal. Nein, brüllte es in mir. So nicht.

Seine Lippen kräuselten sich amüsiert. »Faszinierend, wie Sie bis zum Schluss die Realität verkennen. Wissen Sie, Sie waren nie schwer zu kalkulieren. Anfangs machte ich mir etwas Sorgen. Aber als Sie meiner Einladung ins Archiv folgten, war ich beruhigt. Die Bilder vorzubereiten war kein Problem. Allerdings hätte ich nie zu träumen gewagt, dass Sie mir die Böhmer-Akte so kritiklos abkaufen würden, und als Sie dann auch noch auf die gefälschten Aufnahmen reinfielen, übertraf es meine kühnsten Hoffnungen.«

Red weiter, du Laus, dachte ich. Quatsch dich aus. Der Polizeieinsatz läuft. Irgendwann müssten Carlo und Paul auf die Idee kommen, nach mir zu sehen. Leider konnte er anscheinend Gedanken lesen.

»Genug geplaudert. Sonst kriegen wir noch Gesellschaft.« Der Lauf der Walther wippte. »Meine Autoschlüssel.«

Ich versuchte, Zeit zu schinden, zerrte den Bund umständlich aus der Gesäßtasche, warf ihn ihm ächzend vor die Füße. Er ging locker in die Knie und sammelte ihn mit der Linken ein. Als er sich wieder aufgerichtet hatte, wirkte sein Lächeln beinahe elegisch.

»Zeit, sich zu verabschieden.«

Ich sah die hochgezogenen Lefzen, das lustvolle Glitzern seiner Augen, die Sehnen des Fingers, der sich um den Abzug schlang. Das Heulen der Sirenen war seit einer Weile verstummt. Stille sirrte. Ich nahm alles überscharf wahr. Kein gutes Zeichen. Das ungläubige Aufbäumen des Ichs, sein fassungsloses Gestammel, es sei absurd, ein grotesker Irrtum, das falsche Stück, bloß ein Alptraum. Müßig. So banal wie den eigenen hat sich keiner seinen Abgang vorgestellt.

Durch meinen Hinterkopf huschte zwar noch die irre Hoffnung, dass er mir nur eine Kugel verpasste. Schlecht zielte. Aber auf zwei Meter waren meine Chancen übersichtlich. Außerdem war er kein Idiot. Er würde dreimal abdrücken. Zwei in die Brust. Eine in den Kopf. Ich registrierte, wie das Fleisch um die Knöchel weiß wurde.

Nichts passierte. Sein Finger zuckte irritiert. Das Grinsen auf der Fratze machte frustriertem Erstaunen Platz. Er hatte versäumt, den Sicherungshebel umzulegen. Gott sei Dank war er ungedient und Akademiker. Ich wälzte mich zur Seite, zu benommen, um beim ersten Anlauf hochzukommen, doch immerhin in Bewegung, als das satte Dröhnen der Zwölfhunderter an mein Ohr drang und Paul um die Ecke bog, mit flatternder Mähne und offener Ledermontur.

Der Engel erfasste die Situation mit einem Blick, zog einen opulenten Schlenker, ließ die Maschine aufheulen und ritt brüllend auf uns zu. Die Tattoos auf seinem haarigen Busen schimmerten wie eine archaische Kriegsbemalung. Strien starrte ihm entgeistert entgegen, hatte noch immer nicht begriffen, wie er die Waffe zum Feuern bringen sollte, gab es auf und stolperte zum Golf. Die Harley schoss in hohem Bogen über den Kantstein, kam krachend auf und donnerte an mir vorbei. Es quietschte schrill. Metall schrappte auf Beton. Scheppern ertönte, gefolgt von lautem Fluchen. Der Golf setzte kreischend zurück.

Es stank nach verbranntem Gummi und Benzin. Ich stützte mich auf den Ellenbogen und sah nach meinem Retter. Der saß breitbeinig neben der gestrandeten Maschine und rieb sich den Unterarm. Unverletzt. Er beäugte mich mit vorgeschobenem Kinn.

»Alles Rodscher?«

Ich prüfte die Zähne mit der Zunge, nickte. Er schüttelte das unbehelmte Haupt.

»Siehst roichlich kagge aus, Alder, aber original!«

*

Carlo rollte ein, als wir gerade dabei waren, das verschrammte Motorrad wieder aufzurichten. Er inspizierte mein Gesicht und beglückwünschte mich zum Kauf der sowjetischen Sprechfunkgeräte. Nach kurzem Kriegsrat verwarfen wir es, in Lüneburg vorbeizufahren. Dass Strien dorthin floh, war unwahrscheinlich. Zu Jablonsky würde er sich ohne Geld auch kaum trauen. Mehr fiel uns nicht ein. Ich rief Axel an und bat ihn, Hinrichs zu informieren. Momentan war ich nicht in der Verfassung, mir seine Vorhaltungen anzuhören.

Stattdessen setzten wir uns vier Straßen weiter vor einer Dönerbude neben eine verdreckte Plastikpalme, die Atmosphäre stiften sollte. Die zwei Herren hatten Hunger, und ich musste mich dringend restaurieren. Meine Oberlippe war lädiert, das rechte Lid geschwollen und dem Hemd mein Nasenbluten schlecht bekommen. Das Leitungswasser half.

»Er hat dir solide was verplättet, Kleener«, meinte Carlo kauend. »Überleg's dir. Ich komme gern mit.«

Ich setzte die Dose ab, mit der ich mein Auge kühlte.

»Lass man. Ist nicht so spannend.«

»Sicher?«

Ich nickte und sah auf die Armbanduhr. Es wurde Zeit. Ich überfiel sie sowieso außerhalb des bürgerlichen Stundenplans, und wenn ich nicht sofort aufbrach, schlief sie bereits und ich kam garantiert nicht mehr über ihre Schwelle.

»Haltet die Ohren steif.«

»Mach's gut.«

Carlo streckte den Arm aus. Ich schlug ein. Paul hielt mir die geöffnete Handfläche hin. Wir hakten die Hände ineinander.

»Danke, Mann.«

»Dafüa nich«, schmatzte Paul. »Hau roin.«

Um Viertel nach elf passierte ich das Ortsschild von Hitzacker. Inzwischen war Nacht. Obwohl ich nur einmal da gewesen war, fand ich den Abzweig zur Wohnanlage ohne Not. Als die Taxe auf den Parkplatz vor dem Komplex rollte, sah ich, dass Christine Teuschers Treppenaufgang erleuchtet war. Ihr Z3 parkte vor der Tür.

Ich hielt im Schatten eines monströsen Freizeitmobils und löschte die Scheinwerfer. Sekunden später verließ eine Frau das Gebäude. Sie zerrte an einem riesigen Koffer, der wild hin und her schlingerte. Christine Teuscher. Offenbar gedachte sie zu verreisen. Mich bekam sie erst mit, als ich drei Schritte hinter ihr stand.

»Konnte Willemsen Ihnen nicht tragen helfen?«

Sie schnellte herum und blieb geistesgegenwärtig genug, sich sofort zu fangen.

»Er ist verhindert. Sonst wäre er mir gewiss behilflich. Vielleicht fassen Sie mal mit an.«

Chuzpe siegt. Ich hob ihr das Monster über die Flanke quer auf den Rücksitz.

»Wird's 'ne größere Landpartie?«

»Es geht an die See ...« Sie brach ab. »Wie sehen Sie denn aus?«

»Ich hatte Ärger mit Ihrem Kollegen Strien.«

Sie lachte verständnislos.

»Heute Abend sollten die Medikamente ins Kosovo reisen«, erklärte ich. »Ich habe zwar dafür gesorgt, dass der Müll hierbleibt, aber er ist mir leider entwischt.«

»Bedauerlich. Dass er Ihnen entwischt ist, meine ich.«

Sie war bemüht, kühl zu bleiben, und versuchte, sich zur Haustür abzusetzen. Ich schob mich ihr in den Weg.

»Gehen Ihnen alle Ihre Mitmenschen so nahe?«

Sie setzte das rechte Bein vor, straffte die Schultern und verschränkte die Arme.

»Strien vergiftet kranke Kinder. Zugegeben, bis ich davon erfuhr, mochte ich ihn. Seither finde ich ihn offen gestanden nur noch zum Speien.«

»Haben Sie ihn deshalb benutzt, um Roth zu beseitigen?«

»Was reden Sie da für Unfug.«

»Er behauptet, Sie hätten das alles nur inszeniert, um Willemsen zu erpressen. Wovor laufen Sie weg? Oder sollte ich das besser gleich Ihren Chef fragen?«

Sie lachte auf und warf den Kopf zurück. Ihre Locken federten.

»Wenn Sie sich unbedingt weiter lächerlich machen wollen.«

Obwohl das Kunstlicht, das vom Treppenhaus zu uns drang, nicht sehr hell war, sah ich, wie ihr zartbrauner Teint blasser wurde. Ich hob die Hände und klatschte ironisch.

»Hut ab. Die Herren sind Ihnen alle auf den Leim gegangen. Erst Roth, dann Willemsen und Strien. Nicht zu vergessen Mente. Beachtlich. Kein Richter kann Sie je dafür belangen, selbst wenn die Sache mit Willemsen auffliegt. Aber die haben Sie gewiss so hübsch eingefädelt, dass der schwarze Peter bei Alfred Mente hängen bleibt. Das Einzige, worüber ich mir noch nicht im Klaren bin, ist, ob Roth nun sterben musste, weil Sie sich für die Kränkung rächen wollten, oder ob Ihre Schwangerschaft pure Phantasie war.«

»Sie Schwein«, stieß sie hervor.

»So haben Sie mich heute Vormittag schon genannt.«

Sie besann sich. »Ich brauche mir diesen Schwachsinn nicht anzuhören.«

Plötzlich kreischte sie los, als wäre ich drauf und dran, ihr an die Wäsche zu gehen.

»Hören Sie auf, mich zu belästigen. Ich will nichts mit Ihnen zu tun haben. Lassen Sie mich gefälligst in Frieden. Oder ich rufe um Hilfe.«

»Schreien Sie ruhig lauter.« Ich wandte mich an die Fassade. »Hallo!«, rief ich. »Wäre irgendwer bitte so freundlich, die Polizei zu rufen? Die Dame will stiften gehen. Ich brauche Unterstützung.«

»Schon gut«, fauchte sie wütend. »Halten Sie den Mund. Ich beantworte ja Ihre Fragen.«

Hinter einem der Fenster über uns ging das Licht an. Die Gardine wurde beiseite geschoben. Der Umriss einer männlichen Gestalt erschien im offenen Rahmen.

»Ruhe da unten! Hier wollen Leute schlafen.«

Wir gingen in ihre Wohnung. Sobald wir oben ankamen, war sie wie ausgewechselt. Keine fünf Minuten, nachdem ich auf dem cremefarbenen Sofa Platz genommen hatte, redete sie, als hätten wir seit Jahren nichts anderes getan.

Ich war darauf eingerichtet gewesen, dass sie mir viel nacktes Bein zeigen und Storys auftischen würde. Doch das Bein blieb bedeckt. Sie gab sich keinerlei Mühe, gut auszusehen. Obwohl ich es zunächst bloß für einen gelungenen Akt hielt, weil Offenheit genauso einlullen kann wie Wimpernrauschen, beschlich mich schon bald das dumme Gefühl, tatsächlich ihre Wahrheit zu hören. Ohne den Schleier hinter dem Schleier.

So, wie sie die Liaison mit Roth schilderte, war es über weite

Strecken eine echte Liebesbeziehung gewesen. Zumindest ihrerseits. Sie hatte ihm geglaubt, dass er unter seiner Gattin litt, sich trennen wollte und ihn allein falsche Rücksicht bei der Stange hielt. Er müsse Marion die Scheidung schonend beibringen, sonst sei Schlimmes zu befürchten. Damit dürfe er ihrer beider Zukunft nicht belasten. Das klärende Gespräch wurde immer wieder verschoben. Bis sie begriff, dass er es nie führen würde. Sofern sie ihn nicht zu seinem Glück zwang. Also spielte sie ihre einzige Trumpfkarte.

»Er hat sich oft darüber beklagt, kein Vater zu sein. Einmal, als ich ihn fragte, ob er nicht etwas weniger trinken wolle, antwortete er: ›Wozu? Kinder, die mich in die Pflicht nehmen, gibt's eh keine.‹ – ›Würdest du den Whisky denn für einen Sohn oder eine Tochter stehen lassen?‹ – ›Klar‹, sagt er da, lacht und gießt sich das Glas voll …«

So, wie sie dabei lächelte, tat es weh. Sucht ist Schmerzvermeidung, die neuen, immer größeren Schmerz nach sich zieht. Ich merkte, dass ich die Details gar nicht mehr hören wollte. Vielleicht, weil das, was sie beschrieb, entsetzlich vertraut klang. Nur für den Einzelnen ist die Story originell. Unterm Strich gleichen sich die Plots. Alle. Ausnahmslos. Der Höllentanz aus wechselseitiger Abhängigkeit, Manipulation, Klammern, Selbstbetrug und Not.

Roths besoffene Geilheit, verpackt in alkoholisch aufgeblähte Schwüre, sein Geseire, dass er gern Papi wäre, begleitet vom resignierten Begaffen des Gifts, während sie ihn bekniete und durch den trüben Nebel vorzudringen suchte. Der Irrsinn des Unterfangens, sich an den nassen Verlierer zu ketten, um endlich ihren toten Vater zu retten. Oder sich selbst dafür zu bestrafen, dass es ihr nie gelungen war.

Anfang Dezember vergaß sie das erste Mal die Pille. Sie musste sie drei Monate lang vergessen, bis ihre Periode ausblieb. Doch sie wollte ganz sicher gehen und behielt die Schwangerschaft zunächst für sich.

Im März verstarb der Patient Böhmer. Roth sei außer sich gewesen. Am darauf folgenden Wochenende habe er sie besucht.

»Den ganzen Abend sprach er über nichts anderes. Er war davon überzeugt, dass der Mann mit der falschen Diagnose in den OP geschickt geworden war. Die Todesursache sei eine Sepsis. Es müsse am Katheterbesteck liegen. Bei dem Sparfieber, das Willemsen in der Klinik verbreite, würden wahrscheinlich sogar unsere Einwegkatheter wiederverwendet.«

Ich stellte mir Roth im Giftgrün des OP-Outfits vor, mit Haube, Mundschutz und dem bizarren, schwimmbrillenartigen Augenschutz, den Knochensäger tragen, obwohl er den während des Eingriffs vermutlich längst abgelegt hatte. Die Schweißperlen auf seiner Stirn bildeten Myriaden tanzender Lichtreflexe. Das Latex der Gummihandschuhe war blutbesudelt.

Eben noch hat er gefrotzelt und sich über die letzte »Emergency Room«-Episode mokiert, obwohl Clooney in der Serie eine ganz gute Figur macht und die Atmosphäre treffend eingefangen ist, als die Anästhesieschwester, die am Kopfende des Tisches steht, sagt, es gebe ein Problem.

»Mein Gott, was ist denn das für 'ne Frequenz?«

Das kommt von Teuscher. Roth tritt zurück und überlässt ihr das Feld.

»Mehr Volumen.«

Eine der Schwestern springt, bereitet die Infusion mit der Kochsalzlösung vor. Hektisches Aufreißen von Schutzfolie. Klimpern von Glas auf Metall.

»Siebzig zu dreißig«, meldet die Frau an den Geräten. Sie klingt schrill.

»Nun machen Sie schon«, zischt die Anästhesistin der anderen zu. Die verhaspelt sich, bevor sie die Infusion hinkriegt. Angespannte Stille. Nur das Wispern der Kontrollgeräte. Blickkontakt. Nicken. Warten. Kopfschütteln der Schwester.

»Sinkt weiter.«

»Ich verstehe das nicht«, murmelt die Narkoseärztin leise.

Roth spürt ihre Angst. Teilt ihre Ratlosigkeit. Die Symptome sind eindeutig. Wieso ist das vorher keinem aufgefallen? Das Blutbild schien völlig normal. Es erwischt ihn kalt. Er ist verantwortlich. Der Ranghöchste im Raum. Willemsen ist am Wochenende selten in der Klinik. Nachts schon gar nicht. Außerdem könnte der ihm auch nicht mehr helfen.

»Fängt an zu flimmern.«

»Den Defi!«

Eine der Schwestern reicht ihm den Defibrillator. Es ist nicht der übliche Saugnapf, der auf die Rippen in Nähe des Solarplexus geklatscht wird, kurz summt und den Thorax hochreißt, sondern ein kleineres Gerät, speziell für Eingriffe am offenen Herzen.

Parallel kommt die Order für das Adrenalin. Zunächst ein Milligramm. Die Schwester gibt das Medikament. Roth fühlt die Hitze der Lampen, riecht das Gemisch aus Desinfektionsmitteln, Parfüm und dem Gestank des verbrannten Fleischs, den das Aufsägen des Brustbeins hinterlassen hat. Und seinen eigenen Schweiß.

»Blutdruck bei Null«, sagt die Schwester da.

Der lang gezogene Pfeifton, von dem ein Kollege ihm vor Jahren mal sagte, »Wenn du das hörst, ist die Wurst warm. Dann hältst dich besser ran oder der bleibt dir auf dem Tisch.«

»Lidokain. Adrenalin!«

Die Stimme der Ärztin klingt nackt.

Das darf doch nicht wahr sein, denkt er. Der Patient ist gerade mal zweiunddreißig. Das war reine Routine, eine lausige Arrhythmie. Der wäre morgen nach Hause spaziert. Stattdessen landet er bei mir unterm Messer. Mit kompletter Fehldiagnose. Und jetzt das. Den rettet kein Bypass. Wenn, hätte das höchstens eine massive antimikrobielle Intervention getan. Gleich, als er unten aus dem Saal gerollt wurde. Vor ungefähr fünf Stunden. Wieso haben die das verschlafen? Wozu haben sie den überhaupt noch hochgeschickt? Sind die denn wahnsinnig? Oder sollte ich bloß an ihm schneiden, damit keiner auf die Idee kommt zu fragen, was da tatsächlich gelaufen ist? Sein Schweiß hat plötzlich eine andere Note.

Teuscher riss mich aus dem Film in meinem Kopf.

»Sie sehen so skeptisch aus«, bemerkte sie spöttisch.

»Strien bestätigte mir, dass es eine Sepsis war.«

Sie lächelte müde. »Der würde Ihnen alles bestätigen, was ein übles Licht auf Willemsen wirft. Ich habe den Patienten gesehen. Es war keine Sepsis. Die Hygiene in der Klinik ist einwandfrei. Man kann Willemsen vieles vorwerfen, aber gewiss nicht mangelnde medizinische Sorgfalt. Ich weiß zwar nicht, woran der Mann gestorben ist, aber ich kann beschwören, dass es nicht an den Kathetern lag. Markus hat sich geirrt. Es suchte verzweifelt nach einer Erklärung. Sobald er sie gefunden zu haben glaubte, versteifte er sich darauf, bis es sich zur fixen Idee auswuchs.«

»So einfach, ja?«

»Ja.«

Oder so kompliziert. Vor achtundvierzig Stunden hatte ich immerhin noch erwogen, Willemsen zu töten.

»Also haben Sie Roth an diesem Abend nichts von Ihrer Schwangerschaft gesagt?«

»Nein.«

»Wie reagierte er, als Sie es ihm eröffneten?«

Sie fuhr sich durch die Haarpracht und starrte eine Weile ins Leere. Der feuchte Film über den Augen schien echt.

»Ich hatte mir eingeredet, dass es ihn glücklich machen würde, aber er leugnete, dass das Kind von ihm sei. Ich wolle ihn bloß unter Druck setzen.«

Noch jetzt schwang verletzter Stolz in ihrer Stimme. Sie schluckte, doch verzog keine Miene. Meine Schläfe pochte. Langsam begann der Tag mich einzuholen. Ich spürte, wie ich innerlich ins Stolpern geriet.

»Da war doch noch diese Szene im Gesellschaftsclub. Worum ging es da?«

Der Anflug eines herben Zugs huschte um ihren Mund. »Davon wissen Sie?«

Ich nickte.

»Das war nach unserem Streit, als er gesagt hatte, ich solle das Kind abtreiben. Ich wollte versuchen, ihn umzustimmen. In den Tagen davor war er mir ständig ausgewichen und hatte nicht mehr auf meine Anrufe reagiert.« Sie stützte den Kopf in die Hand und sah an mir vorbei. »Er war mit seiner Frau da und wieder mal betrunken. Ich setzte mich in seine Nähe. Als sie tanzte, kam er an meinen Tisch. Er überging völlig, warum ich da war und forderte mich auf, mit ihm zu schlafen. Es war ekelhaft. Selten habe ich mich von jemandem so gedemütigt gefühlt.«

Kurz darauf sei sie in eine Hamburger Frauenklinik gegangen. Der Eingriff erfolgte ambulant. Spät, aber innerhalb der Frist. Es habe geregnet. An solchen Tagen scheint es grundsätzlich zu regnen.

Nicht lange nach dem Bruch mit Roth bot sich Willemsen als Tröster an. Er lud sie spontan zum Abendessen ein. Sie speisten in einem intimen Restaurant. Bei Kerzenlicht, zu Vivaldis Flötenkonzerten. Tags darauf schickte er ihr dreißig Baccara-Rosen. Fragte, ob er sie für ein Wochenende auf Sylt begeistern könne. In seiner bescheidenen Hütte in Kampen.

»Anfangs bildete ich mir ein, ihm läge wirklich etwas an mir. Nach einer Weile rückte er damit heraus, dass er sich Sorgen wegen Markus mache und einen Detektiv beauftragt habe, ihn im Auge zu behalten.« Ein kurzes Lächeln. »Ich war nie in ihn verliebt, jedenfalls nicht so wie in Markus, aber ich genoss seine Zuwendung. Er ist charmant und versteht einer Frau zu vermitteln, sie sei was Besonderes.« Sie spitzte die Lippen. »Na ja. Da wusste ich wenigstens endlich, wer der anonyme Anrufer war, der mir übers Telefon Bänder meiner Gespräche mit Markus vorgespielt hatte.

»Mente?«

»Er hoffte wohl, ich hätte Angst vor dem Tratsch der Kollegen. So frisch nach der Abtreibung. Hatte ich auch. Trotzdem war ich nicht bereit, für seine Diskretion zu zahlen. Ich redete mit René. Der schmiss ihn raus.«

»Sodass Sie in Ruhe separat mit ihm verhandeln konnten?«

Sie lächelte, schüttelte den Kopf und reckte sich. »Bevor Sie weitere Hypothesen aufstellen, brauche ich dringend einen Kaffee. Sie auch?«

»Warum nicht.«

Meine Blicke folgten ihr in die Küche, wo sie die Espressomaschine lud. Ich steckte mir noch eine Zigarette an und glotzte durch den Rauch auf ihren Rücken. Langsam fügte sich das Puzzle. Auch wenn jetzt alles etwas anders aussah, als ich gedacht hatte.

Bis vor einer halben Stunde war die Sache einigermaßen einfach gewesen. Da gab es zwei Tote, den Mörder und sie. Zwischen ihr und den anderen zog ich eine saubere Linie. Sie war das dämonische Weib, das aus gekränkter Eitelkeit und Raffgier haufenweise tumbe Toren in den Abgrund gerissen hatte. Hier die Täterin, da die Opfer. Doch bevor sie zu Opfern wurden, waren die bedauernswerten Toren allesamt begeisterte Täter gewesen. Jeder von ihnen auf seine Weise. Mit Ausnahme von Steinhausen vielleicht. Aber der ging auf Striens Konto.

Und sie?

Unter der Verpackung des kaltschnäuzigen Vamps steckte eine verletzte Frau mit lädierter Seele, die das Pech hatte, die einzige Tochter von einem zu sein, der sich totgesoffen hatte. Natürlich hatte sie abgetrieben. Sie war ja selbst noch ein Kind. Vatis verwunschene Prinzessin, die den, der das Zauberwort flüsterte, nie hatte erlösen können. Dass sie Roth so dafür zahlen ließ, war zwar drastisch, aber auf gewisse Weise gerecht. Allerdings war es eine Art Gerechtigkeit, die bei den wenigsten in dieser Republik auf Verständnis stieß.

»Erst hat Roth Sie enttäuscht, dann Willemsen. Also beschlossen Sie, sich an den Herren zu rächen. Die Vorlage dazu lieferte Ihnen Willemsen, indem er Mente einspannte, um Roth in die Zange zu nehmen.«

Sie schwieg.

»Nicht schlecht«, bemerkte ich anerkennend.

»Meinen Sie?«

Es zischte pfeifend. Der Kaffee war fertig. Sie fragte, ob ich Milch wolle. Dampf gurgelte in der Alukanne. Sie reichte mir die Tasse, mit einem Hauch Zimt auf wattigem Weiß, und setzte sich wieder.

»Ich beschloss, mir selber etwas Gutes zu tun. Wenn Sie das Rache nennen wollen, bitte sehr.« Sie blies über den Schaum und nippte. »René hat keine Sekunde gezögert, meine intimsten Details zu seinem Vorteil zu nutzen. Nun weiß ich auch einiges über ihn. Zum Beispiel, welche Summen er in den letzten Jahren durch Rabatte gemacht hat. Oder wie viel er zusätzlich verdient, weil er so großzügig indiziert. Er ist kein ganz armer Mann.«

Ihr Heißgetränk mundete ausgezeichnet. Ich genoss, wie es mir die Kehle herunterrann. »Nennen Sie ruhig Zahlen.«

Sie lachte. »Ich werde mich hüten. Ich will hier keinen Sozialneid schüren.«

»Was haben Sie ihm denn abgeknöpft?«

Ihr Löffel pflügte gedankenverloren durch den Mokka. »Genug, um ausgedehnt Urlaub zu machen und neu anzufangen.«

Ich rieb mir die Augen. Auf einmal hatte ich Blei in den Lidern. Der Tag war wirklich verdammt lang gewesen. Ich fing bereits an, das Licht überscharf wahrzunehmen. Die Rückfahrt würde anstrengend werden.

»Eine halbe Million«, sagte sie da.

»Eine halbe Million«, wiederholte ich gähnend und massierte meine Nasenwurzel. »Respekt. Wie läuft die Nummer?«

»Willemsen glaubt, er bekäme das Geld zurück. Mente bildet sich ein, den Coup seines Lebens zu landen.«

»Stattdessen verreisen Sie mit dem Schotter, und die beiden gucken in die Röhre.« Ich lallte zwar schon fast vor Müdigkeit, aber musste grinsen. Mit dicker Lippe. »Wie haben Sie das aufgezogen?«

Sie setzte sich auf und lächelte. »An der Klinikerweiterung hängt sehr viel. Echternach ruft Willemsen dauernd an und fordert ihn auf, Investoren zu hofieren. René fürchtet nichts mehr, als dass Roths Vorwürfe in den Medien breitgetreten werden, zumal so kurz nach dessen fragwürdigem Tod. Der Skandal dürfte sämtliche Anleger abschrecken.«

»Also brachten Sie Mente auf die Idee, Willemsen zu sagen, er besäße Roths Unterlagen?«

Sie hob ironisch die Brauen als eine Art wortloses Bejahen.

»Aber wieso zieht er die Sache nicht allein durch? Wozu braucht er Sie noch?«

»Sie vergessen, dass er bloß blufft. Ohne die Papiere hat er nichts in der Hand. Ich nannte ihm einige Details, die Renés Zahlungswilligkeit befördern halfen.«

»Trotzdem. Sobald Willemsen auf den Deal einging, hatte sich Ihr Part eigentlich erledigt. Es sei denn, Sie übernahmen auch gleich den Transfer der Summe ...«

Sie lächelte und nickte kaum merklich.

»Ah ja«, sagte ich. »Und beide Herren bilden sich ein, sie hätten alles im Griff, weil Sie ja von ihnen abhängig sind. Willemsen ist Ihr Chef und Mente der Erpressungsprofi.«

»Viele Männer neigen dazu, Frauen zu unterschätzen. Insbesondere blonde ...«

Mittlerweile hatte ich Watte in den Ohren. Irgendetwas summte, und die Akkommodation haute nicht mehr hin.

»Wie bitte?«

Sie erhob sich. »Sogar wenn sie wissen, dass sie eine promovierte Narkoseärztin ist.«

Was hat das jetzt damit zu tun, dachte ich, während ich auf den braunen Rest am Boden meiner Tasse glotzte. Fiese K.o.-Tropfen gibt es schließlich nur im Kino. Gifte über den Magen zu resorbieren dauert. Da stand sie plötzlich neben mir. Etwas stach in meine Schulter. Sie trat zwei Schritte zurück. Ich schaffte es nicht einmal mehr, hochzukommen. Blitze zuckten mir vor den Augen. Durch meinen Kopf waberte dumpfer Brei.

»Verflucht«, hörte ich mich stöhnen. Dann zog jemand den Stecker raus.

ZEHN

Die Fußbodenfliesen waren weiß und quadratisch. Kacheln von derselben Farbe. Der Putz darüber auch. Trotz Wasserflecken und drei Schamhaaren unterm Waschtisch blieb der Gesamteindruck eher trist. Ich war schon in prickelnderen Badezimmern aufgewacht. Von Christine Teuscher hatte ich aus irgendeinem Grund mehr erwartet. Wirken Waschräume wie eine Kreuzung aus Kühlhaus und Schlachthof, verrät das kein sonderlich lustbetontes Verhältnis zur Körperpflege. Immerhin besaß sie türkise Frotteetücher, und um ihre Parfümflakons waren ein paar neckische Muscheln drapiert.

Die entdeckte ich, nachdem ich mich an der Wanne hochgehievt hatte und mir überm laufenden Hahn kaltes Wasser ins Gesicht schaufelte. Mein linkes Oberlid war rotblau gefärbt und meine Lippe nach wie vor fett. Die Schläfe jaulte, und der Schädel fühlte sich an, als hätte ich tagelang durchgesoffen. Bewerbungsgespräche führte ich heute besser keine.

Die Tür ging nach innen auf. Sie war verriegelt und das Pressholz erstaunlich solide. Bevor ich mir die Schulter auskugelte, machte ich einen Versuch, sie einzutreten. Die heftige Bewegung irritierte meinen Magen. Ich schaffte es gerade noch rechtzeitig, den Klodeckel zu heben. Als ich hinterher erschöpft neben dem Tiefspüler hockte und darüber nachsann, wie ich mich am besten bemerkbar machte, sodass ein braver Nachbar zu meiner Befreiung eilte, fiel mein Blick auf ein flaches, braunes Paket, das zwischen Haarwäsche und Duschgel auf der Ablage neben der Badewanne lag. Es war ein prall gefüllter DIN-A-4-Umschlag.

Ich fegte das Shampoo beiseite und grapschte nach dem Päckchen. Dabei segelte ein Stück Papier zu Boden. Darauf stand in blauem Filzstift: »Keine Sorge. Spätestens halb neun kommt die Reinmachefrau. Anbei etwas zum Zeitvertreib. Nehmen Sie es mit Humor. Und danke für die Hilfe mit dem Koffer.« Ein Gruß der flüchtigen Gastgeberin. Meine Armbanduhr war vorsichtshalber stehen geblieben. Vermutlich saß sie längst im Flugzeug, unterwegs in die Karibik.

Ich riss den Umschlag auf. Lose Fotokopien von Abrechnungen und Diagnosebögen rutschten mir entgegen. Dazwischen lagen ungeordnet etwa zwei Dutzend kleinere, fahrig bekritzelte Zettel. Sonst nichts.

Roths verschollene Unterlagen.

Ich weiß bis heute nicht, wie sie in Christine Teuschers Besitz gelangt sind. Vielleicht hat er sie ihr sogar selbst anvertraut. Doch ich begriff sehr bald, wieso sie das Konvolut niemandem gezeigt hatte. Anfangs hoffte ich noch, dass es nur auf Dritte chaotisch wirkte und nach einem ähnlichen Prinzip geordnet sei wie das nur scheinbar wirr verstreute Werkzeug in seiner Garage. Doch je länger ich las, desto klarer wurde mir, dass es sich um völlig substanzloses Gewäsch handelte.

Kein Wunder, dass er nie gewagt hatte, sein famoses Enthüllungsdossier an Kaienburg weiterzureichen. Der hätte ihn auf der Stelle einweisen lassen, und wenn er Steinhausen tatsächlich damit hatte behelligen wollen, so konnte das nur einem akuten Anfall von Größenwahn geschuldet gewesen sein.

Ich starrte auf die schlingernde Klaue. Ärzte schreiben zwar selten Schönschrift, doch sein irres Gekrakel spielte in einer eigenen Liga. »Nehmen Sie es mit Humor«, hatte Teuscher geraten. Keine ganz leichte Übung. Immerhin hatte dieses Dossier meinen Freund das Leben gekostet. Aber Zeit genug zum Üben hatte ich ja.

Irgendwann schreckte ich hoch. Geräusche drangen aus der Wohnung. Zügige Schritte tönten auf dem Laminat.

Eine Männerstimme rief: »Tinchen, Süße, wo bist du?«

Ich saß an die Badewanne gelehnt und klopfte mit dem Fuß gegen die Tür.

»Hier«, krächzte ich. »Im Bad.«

Sekunden später ruckte der Türgriff.

»Was denn«, kam es verstört. »Wieso ist abgeschlossen …«

Er drehte den Schlüssel um. Die Tür schwang auf.

»Was machen Sie denn hier? Wo ist Christine?«

Sonderlich ausgeschlafen sah Willemsen auch nicht aus. Immerhin war er rasiert. Außerdem trug er ein gebügeltes Hemd.

»Tach. Sie kommen sicher, um Ihre halbe Million abzuholen.«

Die nordfriesische Golfplatzbräune verflog.

»Wie bitte? Wovon reden Sie da?«

»Sie hat Sie abgezogen. Die Kohle ist weg.«

Seine Gesichtsfarbe ähnelte Asche. Ich deutete auf die verstreuten Papiere und stemmte mich stöhnend hoch.

»Als Trost hat sie uns Roths Materialien dagelassen. Auf die waren Sie doch scharf.«

Er fing sich, griff ins Jackett und zog ein blau schimmerndes Eisen. Es sah aus wie eine Beretta. Aber ich verstehe von den Dingern wirklich zu wenig.

»Halt.«

»Sparen Sie sich das«, winkte ich kraftlos ab. »Ich will bloß mal gucken, ob's hier irgendwo Kaffee gibt.«

Er kämpfte mit sich, ob er den entschlossenen Macher raushängen lassen solle, sah ein, dass es witzlos war, und ließ die Waffe sinken. Ich wankte an ihm vorbei Richtung Kochnische. Als ich über die Schulter guckte, kniete er bereits und wühlte in den Papierbergen.

Die Uhr am Herd zeigte nicht mal fünf. Ich goss einen Becher Schnellkaffee auf, fischte meine Zigaretten vom Wohnzimmertisch, steckte mir eine ins Gesicht und taumelte auf die Terrasse.

Der Morgen bot ein Schauspiel, wie ich es zuletzt in Afrika erlebt hatte, am Rand der Savanne, unterwegs nach Malakal, dem trostlosen Nest am Nil, als wir zum ersten Mal wieder Wasser sahen, nachdem die drei grauen Bedford-Laster sich tagelang über endlose Staubpisten durch die Steppe gequält hatten. Einen Moment lang schmeckte ich den pulvrigen Sand zwischen den Zähnen, spürte, wie das vor Salz und Dreck starrende Hemd mir über den Rücken kratzte, und roch meinen abgestandenen Schweiß.

Die Elbe, die sich zu Füßen der Hangs wand und kurz zuvor bloß ein schwarzer, schlafender Lindwurm gewesen war, über dem milchige Dunstschleier schwammen, flammte auf und spuckte Glut, während sich die Sonne in das Blei der Dämmerung schob, eine gefräßige, triumphierende Göttin, die das Dunkel verschlang, den Nebel, die Stille und die Geister der Nacht. Es ist vorbei, durchzuckte es mich. Du hast es überstanden. Mit viel Glück und wenig Verstand. Dein Schöpfer war dir gnädig. Nun schenkt er dir diesen Morgen. Bedank dich und genieß den Tag.

Bekanntlich sollte man sich nie zu früh freuen. Die Dämonen hatten sich noch nicht schlafen gelegt.

*

Carlos Faustkeil lag neben dem Sofa. Unversehrt, sogar mit Saft im Akku. Ich beschloss, ihn abzuhören. Falls Axel sich gemeldet hatte.

Ich saß. Das war gut so. Es gab nur eine Botschaft. Sie kam von Strien. Er klang kantig, etwas atemlos und erschreckend aufgeräumt.

»Dumm gelaufen, das vorhin. Trotzdem bin ich zuversichtlich, dass alles, was wir besprochen haben, unter uns bleibt, wenigstens sobald Sie erfahren, in welch reizender Begleitung ich gerade bin.«

Er hielt den Apparat jemandem hin.

»Jacob. Es tut mir leid. Ich wusste nicht ...«

»Das reicht«, würgte er sie ab. Dann sprach er wieder in die Muschel.

»Ich würde aufrichtig bedauern, wenn ihr was zustieße. Also, halten Sie den Rand und lassen Sie das Telefon eingeschaltet. Ich melde mich.«

Es summte hohl.

Nein. Bitte. Nicht das. Nicht Conny.

Ich stierte in den trügerisch friedvollen Morgen. Der Spruch einer Berliner Freundin rieselte mir durch den Sinn. Die meinte mal: »Glaubste, du hast 'n, springt er aus 'm Kasten.« Eben das passierte jetzt. Er sprang aus dem Kasten und hieb mir seine Krallen direkt ins Gesicht. Ich checkte das Display. Die Nachricht war viereinhalb Stunden alt.

Mein Herz wummerte. Ich konnte nur spekulieren, was sich in Striens Hirn abspielte, aber ich wusste, dass es ungut war. So, wie er sich anhörte, hatte er eine Hand voll Captagon geschmissen, um über die Nacht zu kommen. Nun tanzten überlastete Neurotransmitter an siedenden Synapsen Bebop. Kam er runter, haute die Erschöpfung umso mehr rein. Ob er dann noch die Kraft hatte, das Elend seiner versauten Realität zu ertragen oder ob dann die letzten Sicherungen durchknallten, war offen. Und er trug eine geladene Walther am Leib. Die Beutewaffe, die ich Schwachkopf mir in den Bund hatte stopfen müssen.

Die Furcht drohte mich zu lähmen. Ich breitete die Arme aus und legte den Kopf auf die Sofalehne. Ich atmete ein paar Mal schnell ein und aus. Dann leerte ich die Lungen und ließ die Luft durch die Nase strömen. So lange, bis ich halbwegs klar denken konnte. Striens Manöver entbehrte nicht einer gewissen Logik.

Nachdem Paul mir den Hals gerettet hatte, krachte es bei ihm an allen Fronten. Die Intertrans war aufgeflogen und das Geld für Jablonsky futsch. Vor seiner Lüneburger Wohnung wartete die Polizei. Sobald ich redete, suchte die ihn auch wegen Mord. Zugleich ließ Jablo seine Bluthunde von der Leine. Er war ein gehetzter Mann. Um ihn herum bloß verbrannte Erde.

Er musste sich absetzen, doch dafür fehlten die Mittel. Er besaß nicht viel mehr als das Hemd auf der Haut. Vielleicht trug er den Ausweis und Plastik bei sich. Aber der Automat spuckte höchstens ein paar Riesen aus. Danach warf er die Karte besser weg. War er schlau, hielt er sich nach Südosten. Illegalität ist teuer. Ein Zimmer in Zagreb kostet weniger als eines in Paris. Zuvor allerdings musste er sich meines Stillhaltens versichern. Lange genug, um es wenigstens über die tschechische Grenze zu schaffen. Willemsen stand vor mir. Er hatte ausgelesen.

»Was ist los?«, fragte er verstört.

»Das war eine Nachricht von Strien. Er hat sich meine Frau geschnappt …«

Ich hatte keinen Schimmer, was passiert war. Nur meine Einbildungskraft und Connys zwei Sätze. Ihr »Es tut mir leid« und das abgewürgte »Ich wusste nicht …«.

Er musste sie unter einem Vorwand zu sich ins Auto gelockt haben. Vermutlich war sie erst spät nach Hause gekommen und zu abgekämpft gewesen, um noch bei Axel zu klopfen. So ahnte sie nichts Böses, als das Telefon klingelte und sich eine angestrengte Männerstimme meldete.

»Hier ist Norbert Strien. Hat Ihr Mann Sie erreicht?«

Sie antwortete wahrheitsgemäß.

»Das wollte er aber«, kam es entnervt. »Na ja, ist wohl nur sein Handy. Er hatte vorhin schon Probleme mit der Batterie.«

»Worum geht's?«

»Ich soll Sie zu ihm bringen.«

»Mich?«

»Ja. Er hat sich den Arm verletzt. Es ist nichts Schlimmes, aber er möchte den Wagen nicht mehr fahren. Da ich gerade in Hamburg war, bat er mich, Sie mitzunehmen.«

»Seinen Arm? Was ist denn passiert?«

»Ich weiß auch nichts Genaues. Nur, dass er wohl nicht mehr schalten kann.«

Geheuer war ihr die Sache nicht gewesen, doch da sie müde war und der Lada nicht vor der Tür stand, zögerte sie nicht lange.

»Wo sind Sie?«

»Millerntor.«

Das war um die Ecke. Sie beschrieb ihm den Weg.

»Ich treffe Sie vorm Haus.«

Vom Millerntor bis zu uns braucht ein Auto keine fünf Minuten. Also warf sie sich bloß die Jacke über. Vielleicht fiel ihr unterwegs sogar ein, dass sie ja noch mal versuchen könne, mich zu erreichen, doch da war sie längst im Erdgeschoss, und Axel wollte sie nicht mehr belästigen. Vor dem Haus wartete der blaue Golf mit laufendem Motor. Strien winkte ihr zu und öffnete den Schlag. Das Grinsen saß ihm etwas zu schief im Gesicht, das lockige Haar war ungekämmt, und sein Kinn bettelte um eine Rasur, doch das deckte sich mit der Beschreibung vom übernächtigten, zockenden Hektiker. Außerdem milderte die Dämmerung den Eindruck. Sie stieg ins Auto. Er fuhr sofort los.

Das Wageninnere stank nach Nikotin. Erst jetzt fiel ihr auf, wie stark er nach Schweiß roch. Sie senkte das Seitenfenster einen Spalt.

»Wo ist Jacob denn überhaupt?«

»Ich bringe Sie zu ihm.«

»Klar. Aber wo ist er?«

»In Hitzacker.«

Strien griff nach den Marlboro hinter der Windschutzscheibe, zog eine heraus und biss in den Filter. Seine Finger tappten in imaginärem Rhythmus aufs Lenkrad. Sie bemerkte, dass der Aschenbecher überquoll. Mittlerweile hatten sie die Ost-West-Straße erreicht. Zwischen den Ampeln beschleunigte er auf achtzig.

»Ich bin schwanger«, sagte sie. »Könnten Sie bitte etwas langsamer fahren?«

Statt einer Antwort fuhr er sich mit der Rechten durchs Haar, dann schob er die CD, die aus der Anlage lugte, ins Gerät. Hardrock pumpte aus den Boxen. Seine Hand wanderte in die Brusttasche, anschließend zum Mund. Er streifte sie mit einem Seitenblick und bekam mit, dass sie ihn musterte.

»Hält wach«, schrie er und bleckte die Zähne. Das bläuliche Lila der Kontrollleuchten warf ein irres Funkeln in seine Augen.

Oh Scheiße, Mädchen, dachte sie. Wie konntest du nur so bescheuert sein. Der Typ ist drauf.

»Halten Sie an.«

Er reagierte nicht. Da wusste sie Bescheid. Ihr Puls raste. Sie spürte Blei auf der Brust. Ihre Linke tastete nach dem Verschluss des Sicherheitsgurts.

Bei der nächsten roten Ampel springst du raus, schwor sie sich. Trotz Bauch.

Dummerweise hatte er grüne Welle und bog bereits in die Billhorner Brückenstraße ab. Vierzig Sekunden später rasten sie über die Norderelbe auf die Autobahn.

Fast wünschte ich mir, dass er sie eine Weile in Sicherheit hatte wiegen können. Bevor ihr schwante, was abging. Um ihretwillen. Doch so energisch sie sich gab, sie war ein sensibles Weib. Allemal phantasievoll genug, sich auszurechnen, welcher Fehler es gewesen war, zu Strien ins Auto zu klettern.

*

Willemsen saß mir gegenüber. Sein Gesicht schimmerte grau. Er sah aus, wie ich mich fühlte: binnen einer halben Stunde um ein Dutzend Jahre gealtert. Wir tauschten Fakten. Gerade hatte er mir sein letztes Telefonat mit Christine Teuscher geschildert.

Das muss sich etwa zur gleichen Zeit abgespielt haben, als Carlo und ich erfolglos hinter Jablonsky her durch St. Georg kurvten. Ich nehme an, dass sie an ihrem weiß lackierten Sekretär saß, auf dem die Telefonstation stand. Zuvor hatte sie Papiere sortiert, denn der Weidenkorb neben dem Schreibmöbel war voller zerrissener Schnipsel. Ob sie ihre Schläfen massierte und stumm rekapitulierte, aufstand oder sitzen blieb, entzieht sich meiner Kenntnis. Ich weiß nur, dass sie kurz nach acht zum Telefon griff und Willemsens Nummer wählte.

Der Klinikchef wartete derweil in seinem Büro und trommelte mit den Fingern auf die Schreibtischplatte. Neben seinem Sessel stand ein silberner Samsonite-Koffer. Etwas Dezenteres hatte sich auf die Schnelle nicht auftreiben lassen. Als der Apparat zu seiner Rechten klingelte, riss er sofort den Hörer ans Ohr.

»Endlich!«

»Tut mir leid, dass du warten musstest, aber er hat mich gerade erst angerufen. Es ist so, wie ich vermutete.«

Willemsen stöhnte gequält auf.

»Du allein, bedenk das Risiko.«

»Ja, Schatz, ich weiß. Uns bleibt keine Wahl. Er hat sich zu gut abgesichert.«

Willemsen lachte hilflos, nahm einen Bleistift aus der Schreibschale und begann ihn in der Hand zu kneten.

»Das ist doch grotesk. Das alles für die absurden Mutmaßungen eines Toten.«

»Ich muss dir nicht ausmalen, was passiert, wenn er das Zeug jetzt veröffentlicht.« Ihr Tonfall nahm jenes unterschwellig therapeutische Timbre an, den Männer gern mit weiblicher Fürsorge verwechseln.

»Natürlich«, fauchte er. »Echternach lässt keine Chance ungenutzt, mich mit den missverstandenen Lektionen seiner PR-Berater zu langweilen.«

»Außerdem bekommst du es ja wieder.«

»Hoffentlich«, ächzte er.

»Ganz sicher. Spätestens morgen früh.«

»Warum erst morgen früh?«

»Es wird eine lange Nacht. Ich soll den Wagen volltanken und das Handy bereithalten. Anscheinend befürchtet er, dass du mich beobachten lässt, und versucht sich gegen Verfolger abzusichern. Vor drei Uhr werde ich kaum zurück sein.«

Der Stift zwischen Willemsens Fingern knackte scharf und splitterte. Er warf die Reste in den Papierkorb.

»Oh Gott!«, fluchte er. »Wieso habe ich diesen versoffenen Schwachkopf nicht gefeuert, bevor er sich totfahren konnte?«

»Hör auf, dir deswegen Vorwürfe zu machen, Liebling. Wir müssen da jetzt durch.«

Er begriff. Sein nächster Satz kam wieder mit Biss.

»Wann geht's los?«

»In der nächsten halben Stunde. Er weiß, dass ich das Geld noch bei dir abholen muss.«

»Kommst du anschließend zu mir?«

»Auf dem direktesten Weg. Ich freue mich schon auf deinen wunderbaren Cappuccino.«

Beim »wunderbar« rollte sie das »R« beinahe so verrucht wie weiland Zarah Leander, und ihr »Cappuccino« kam direkt aus der polyglotten Toscana-Fraktion. Willemsen ließ sich nicht lumpen und machte ihr ein privates Kompliment, woraufhin sie geschmeichelt kicherte und erstaunt tat, dass er jetzt an so etwas denken könne. Vor dem Auflegen seufzte sie in die Muschel und gönnte ihm das akustische Imitat eines feuchten Kusses.

So oder ähnlich muss das Gespräch verlaufen sein. Für das private Kompliment und den feuchten Kuss kann ich mich nicht verbürgen, doch Willemsen erwähnte ausdrücklich den Cappuccino. Rätselhaft ist mir, wieso sie es riskierte, noch mal in ihre Wohnung zurückzukehren, nachdem sie das Geld bereits in Empfang genommen hatte. Ich an ihrer Stelle hätte zugesehen, Hitzacker so schnell wie möglich hinter mir zu lassen. Doch vielleicht hatte sie wirklich noch etwas Wichtiges vergessen. Oder sie wähnte sich sicher und wollte in Frieden packen. Garderobe spielte für sie eine entscheidende Geige. Davor bewahrte sie auch nicht ihr brillanter IQ.

»Wann kam Mente auf Sie zu?«

Willemsen lächelte dünn. Er wirkte wie eine Karikatur seines früheren Selbst. »Kurz nach Roths Unfall. Er bräuchte meinen

Rat. Durch die jüngsten Ereignisse sei er in Gewissensnöte geraten. Er unterstelle mir nicht, dass ich etwas mit Roths Tod zu tun habe, doch er sähe es als seine Pflicht an, die Medien von meinem Auftrag in Kenntnis zu setzen. Die Witwe habe ein Recht darauf, die wahren Hintergründe zu erfahren. Zugleich wisse er, in welcher Krise die Klinik sich gerade befinde. Ihm sei klar, dass dieser Schritt das Unternehmen in eine äußerst prekäre Lage brächte. Ob ich einen Vorschlag hätte, wie er aus diesem Dilemma herauskäme?«

Willemsen hatte. Er schlug Mente eine fünfstellige Zahl vor. Der tat so, als habe er sich verhört. Dann eröffnete er ihm, dass er nicht nur im Besitz der Tonbänder, sondern auch von Roths Dokumenten sei.

»Diese Papiere würfen kein sehr günstiges Licht auf mich.«

»Konkret?«

Willemsens Mund wurde noch schmaler. Alle Jovialität war wie weggeblasen.

»Darin sei festgehalten, in welchem Umfang die Zulieferer mir Rabatte gewährt hätten, die ich an Patienten, Kassen und Steuer vorbeigeschleust haben soll. Ebenso detailliert wäre belegt, nach welchen Kriterien ich Angioplastien vornähme. Demnach wäre grob gerechnet die Hälfte meiner Eingriffe medizinisch völlig überflüssig. Diese Vorwürfe sind grotesk, aber in Anbetracht der Vorgeschichte werden sich natürlich alle darauf stürzen.«

Ich fieberte auf Nachrichten von Conny. Mir war nicht unbedingt danach, ihm beim Lügen zuzuhören. Also kürzte ich es ab.

»Da wussten Sie, dass er Sie richtig bluten lassen wollte?«

Willemsen schlug die Beine übereinander und strich sich über die Schläfen. »Plötzlich stand die Summe von einer Million im Raum …«

Er solle noch mal nachdenken, hatte Mente erklärt. Willemsen dachte nach. So angestrengt, dass es Teuscher auffiel, die ihm die unverhofften Sorgen von der Stirn abzulesen schien. Er weihte sie ein. Und siehe da, sie hatte flugs eine Idee, wie man den Erpresser kaltstellen könne.

»Sie schlug vor, als Mittlerin aufzutreten. Die Zahlung solle in zwei Raten erfolgen. Vor Übergabe der ersten Tranche wolle sie die Papiere prüfen, und zwar sämtliche Papiere, um zunächst nur die Hälfte der Unterlagen mitzunehmen. Gäbe ich mein Placet, schlösse sich die zweite ein paar Tage später an.«

Ich grunzte ungläubig. »Das ließ Mente alle Optionen.«

»Das sollte es auch, damit er auf ihre Forderung einging, das Treffen in einer Bar stattfinden zu lassen. Einer Bar seiner Wahl.«

»Warum?«

»Angeblich zu ihrer Sicherheit. Tatsächlich, damit er sich sicher fühlte und sie nahe genug an ihn herankam. Sobald sie sich vergewissert hatte, dass die Dokumente vollständig waren, wollte sie ihm einen Schuss Ketamin verpassen. Das ist ein Mittel, das innerhalb von Sekunden narkotisiert.«

Ich befühlte die Einstichstelle auf meiner Schulter. »Damit habe ich vorhin Bekanntschaft gemacht.«

»Könnte sein«, sagte er. »Normalerweise benutzt man es für Betäubungspatronen. Es wirkt nur kurz und hat den Vorzug, die Atmung nicht zu beeinträchtigen.«

Ich zündete mir eine Zigarette an, prüfte die Uhr und kam zurück zum Thema.

»Also hätten Sie auf einen Schlag Geld und Papiere gehabt. Nur was ist mit Kopien? Mente hätte doch beliebig viele ziehen können?«

»Wen interessierte das«, lächelte Willemsen müde. »Es ging um die Information. Ich wollte wissen, an welcher Stelle ich Gegenmaßnahmen ergreifen musste.«

»Und die Bänder?«

»Sind irrelevant. Ich kann beweisen, dass wir uns wegen seiner nie autorisierten Abhörerei getrennt haben.«

»Mit anderen Worten, jetzt, wo Sie wissen, dass Sie durch die Unterlagen nichts zu befürchten haben, brauchen Sie nicht mal mehr Akten zu schönen.«

Er sah mich kalt an. »Sie haben Humor. Und mein Geld?«

Darauf hätte ich ihm eine Menge antworten können. Etwa dass Roth und Steinhausen in der Kühltruhe lagen, während er lebte und weiter seinen Geschäften nachgehen durfte. Oder dass er den Verlust locker wegsteckte, ohne Not zu leiden, was Ungezählte, die nie auch nur ein Tausendstel von dem hatten, was er noch immer besaß, taten. Heute und morgen und übermorgen. Stattdessen lachte ich. Obwohl meine Lippe schmerzte und die Schläfe dröhnte. Lachen hilft. Und wenn es nicht hilft, lockert es wenigstens die verkrampfte Bauchmuskulatur. Er guckte, als habe ich die Götter gelästert. Früher hätte er gezischt: »Sie sind wohl Sozialist, was?« Doch Charlie ist vergessen. Milton Friedman hat gesiegt. Wird von Marx geredet, meinen die Leute Groucho.

»Sagen Sie, ist Ihnen diese Art Schadenfreude nicht selbst zu billig?«

Als ich seine indigniert in die Höhe gereckten Brauen sah, fing ich erst richtig an. So laut und wütend, wie es ging.

»Wollen Sie mir etwa weismachen, dass Ihnen diese beschissene Million wehtut?«

»Was sonst!«

»Ihre Sorgen hätte ich gern. Meine Frau ist da draußen irgendwo in den Händen eines Psychopathen.«

Er bleckte seine makellosen Implantate. »Das ist nicht mein Problem.«

Ich war drauf und dran, aufzuspringen und ihm an die Gurgel zu gehen. Zu unser beider Glück surrte in diesem Augenblick der Funkknochen. Mit fliegenden Händen grapschte ich nach dem Gerät.

»Ja?«

»Na, haben Sie brav den Mund gehalten?«

Seine Zunge leierte bereits. Entweder die Wirkung der Pillen war abgeklungen, oder er hatte irgendetwas nachgeschmissen.

»Wo ist Conny?«

»Dort, wo sie gewiss niemand findet.«

»Ich will mit ihr sprechen.«

»Geht nicht.«

Meine Stimme bebte. »Sie ist im achten Monat.«

Er lachte. »Darum werden Sie jetzt auch genau das tun, was ich Ihnen sage. Sie fahren nach Hitzacker und besuchen Willemsen. Der wird Ihnen fünfzigtausend geben. Die bringen Sie mir.«

»Sie machen Witze«, würgte ich heiser, während der Mann, der zahlen sollte, scheinbar unbeteiligt aus dem Fenster starrte. »Weshalb sollte Ihr Chef fünfzigtausend rausrücken?«

»Sagen Sie ihm, ich hätte Informationen über seine Nebengeschäfte.«

»Seine Nebengeschäfte? Der wird mir was husten.«

Strien kicherte. Willemsens Züge versteinerten. Dabei war die Summe relativ bescheiden. Nur Fluchtgeld. So viel hatte er allemal flüssig. Irgendwo in einem niedlichen Wandsafe.

»Er weiß, wovon ich rede«, sagte Strien. »Das Schwarzgeld aus der Kriegskasse, exakt fünfzigtausend. Sie haben drei Stunden. Sorgen Sie dafür, dass er spurt. Sonst kann ich nichts mehr für Ihre Freundin tun.«

Es knackte.

Ich ließ das Handy sinken.

»Er will das Geld aus Ihrem Reptilienfonds. Das soll ich Ihnen abknöpfen …«

Doch es bedurfte keiner langen Erklärungen.

Strien ließ mir drei Stunden. Das war extrem eng veranschlagt, zumal er annahm, ich sei noch in Hamburg. Offenbar stand er unter extremem Druck. Conny hatte er versteckt, um mich zu zwingen, ihn nach der Geldübergabe laufen zu lassen. Sie war sein Faustpfand. Erst wenn er sich in Sicherheit fühlte, verriet er mir, wo ich sie fand. Es sei denn, er plante, mich zu töten. Dann hatte er sie längst verscharrt. Was das Zeitloch in der zweiten Hälfte der Nacht erklären würde. Bevor mein Inneres vereiste, schüttelte ich diese Horrorvision ab. Hielt ich Conny für tot, konnte ich gleich einpacken. Ich spielte das Spiel, um zu gewinnen. Wohin wäre ich an seiner Stelle geflüchtet? Es musste ein Ort sein, wo er sich auskannte, ihn niemand vermutete und er ungestört warten konnte. Einer, der nahe war, weil er nachher keine Minute verschenken durfte.

Ich rätselte und kam immer wieder zu demselben Ergebnis. Wenn überhaupt, gab es bloß einen Ort, der in Frage kam.

»Kommen Sie!«

Willemsen sah irritiert hoch. Ich war aufgesprungen und stand vor ihm.

»Vielleicht erklären Sie mir erst mal …«

»Ich weiß, wo er ist.«

»Wie bitte?«

»Bei Ihnen. Im Keller des Herzzentrums.«

»Was?«

»Erklär ich Ihnen unterwegs.« Ich deutete auf die Pistole. »Nehmen Sie die mit. Er ist bewaffnet.«

»Weshalb rufen Sie nicht die Polizei?«

»Ich muss rausfinden, wo er meine Frau versteckt hat. Sonst riskiere ich, dass die ihn erschießen, bevor er den Mund aufmacht.«

Als ich aus dem Haus stolperte, zitterten meine Beine vor Erschöpfung und Angst. Bohrendes Pochen hämmerte mir durch die Schläfe. Ich drehte mich um. Willemsen hielt die Beretta in der Hand.

»Was ist?«, fragte er rau.

Ich schüttelte wortlos den Kopf. Übelkeit sprang mich an wie ein Tier. Mein Magen boxte gegen das Zwerchfell. Ich musste laut würgen. Es war mir egal. Im Moment war mir so ziemlich alles egal. Außer Conny. Ich spreizte die Oberschenkel, stützte meine Hände auf die Knie und übergab mich. Nach dem Kotzen fühlte ich mich besser. Ich zog das Papiertaschentuch aus der Hose, mit dem ich mir am anderen Ende der Nacht das Blut aus dem Gesicht gewischt hatte, rieb es über die Mundwinkel und beugte mich vor, um die Spritzer Erbrochenes von den Schuhen zu putzen.

»Fahren wir.«

Willemsen nahm eine Abkürzung. Wir fuhren über die Elbuferstraße, entlang majestätischer Buchen, durch deren grüne Fächer Lichtbündel ragten. Vier Minuten danach passierten wir den Waldfriedhof. Striens Golf stand auf dem Klinikparkplatz neben dem Seiteneingang, verdeckt von zwei Müllcontainern, die Seiten mit Schlamm gesprenkelt. Es riss mir in den Eingeweiden. Ich sah Strien über Feldwege hetzen, die leblose Conny auf dem Rücksitz. Aber vielleicht hatte er nur Angst vor Polizeikontrollen gehabt.

»Wann verabschiedet sich der Wachschutz?«

»Gegen sechs.«

Es war noch keine halb.

»Sagen Sie den Männern, sie sollen die Ausgänge blockieren und sich zurückhalten. Inzwischen dürfte Strien wissen, wie man die Waffe entsichert.«

»Ich zöge es vor, die Polizei zu rufen.«

»Solange ich nicht weiß, wo meine Frau ist, werden Sie das hübsch bleiben lassen.«

Willemsen schnalzte mit der Zunge. Ich streckte die Hand aus.

»Ich brauche Ihren General ...«

Er biss sich auf die Unterlippe, friemelte den Schlüssel vom Bund, reichte ihn mir.

»Jetzt nur noch die Beretta.«

»Wie bitte?«

»Ihre Waffe.«

Er musterte das Eisen. Zögerte.

»Bitte!«

Meine Hand unterstrich die Geste. Es fiel ihm schwer, sich zu trennen, doch er begriff, dass er die Wumme besser freiwillig rausrückte, zuckte die Achseln und legte sie vor mir auf die Ablage.

»Danke.«

Er nickte bloß.

Wir stiegen aus. Kein Mensch war zu sehen. Ich inspizierte den Golf. Der rechte Kotflügel war verbeult, die Stoßstange lädiert, die Beifahrerseite eingedellt, ein Scheinwerfer gesplittert. Die Motorhaube fühlte sich warm an. Lange konnte Strien noch nicht hier sein.

Willemsen lief zur Verwaltung. Ich nahm die Treppe. Vor der grauen Tür checkte ich das Magazin und zog den Schlitten zurück. Die obere Kugel glitt klickend in die Kammer. Ich atmete durch. Sauerstoff hilft gegen lärmenden Puls.

Die Gänge waren hell erleuchtet, so wie neulich Nacht. Ich horchte auf meine Instinkte. Etwas zog mich in den Altbau. Aus irgendeinem Grund witterte ich, dass Strien sich im Archiv aufhielt.

Ich lief geduckt, bis ich auf die gemauerte Schwelle stieß und wieder das Summen hörte. Von hier aus noch acht oder neun Biegungen, dann erreichte man das zweite Treppenhaus. Ich hielt die Beretta beidhändig und ging seitwärts, die Waffe auf Schulterhöhe, damit ich möglichst wenig Angriffsfläche bot. Eben war ich auf halbem Weg zwischen der vorletzten und letzten Ecke, als eine Tür zuschlug. Schnelle Schritte kamen näher. Mir blieben drei Sekunden. Der Gang war relativ lang. Mein Abstand zum nächsten Mauervorsprung betrug sechs Meter. Günstig war die Position nicht. Wich ich zurück, alarmierte ihn das Geräusch. Für mich waren die Gänge ein Labyrinth, er kannte hier jeden Winkel. Also machte ich vier große Sätze nach vorn. Leider verursachte auch das Lärm.

Er empfing mich wie auf dem Schießstand, breitbeinig, die Waffe im Anschlag, die Linke zur Verstärkung ums rechte Handgelenk gewickelt, in bester Scheibenschützenmanier. Mündungsfeuer aus acht Schritt Entfernung ist eine interessante Erfahrung. Er drückte zweimal ab. Etwas fetzte an meinem linken Oberarm. Das Gewölbe war eng und der Krach so ohrenbetäubend, dass das Bellen der Beretta in ihrem Nachhall fast unterging.

Auf fünf Meter ist ein Mensch nicht schwer zu treffen. Trotzdem gelingt es manchen, daneben zu schießen. Seine erste Kugel ging ins Leere. Die zweite streifte mich nur. Meine indes hatte ihn getroffen.

In der Stille nach den Schüssen sah ich, wie sich seine Lippen verzerrten. Er taumelte zurück. Die Walther verlor an Fokus und wanderte zur Seite. Er versuchte sie hochzureißen, doch sie glitt ihm aus den Fingern und plumpste zu Boden. Er griff an seine Leiste, krallte die Hände ins Leinen, stierte an sich herunter, stolperte gegen die Wand und sackte stöhnend auf den gestampften Lehm. Zwischen Bauchansatz und Oberschenkel wuchs ein dunkler Fleck. Rasend schnell, gierig, wie Tinte auf Löschpapier.

Seit Bangkok hatte ich keinen Schuss mehr abgefeuert. Ich starrte auf das Blut. Verflucht, zuckte es in mir. Das war die Schlagader. Du hast ihn so fett erwischt, dass er sofort unters Messer muss. Ich schob die Walther außer Reichweite, parkte die Beretta achtern im Gürtel und beugte mich über ihn.

Er lag auf dem Rücken, das linke Bein abgespreizt, das rechte angewinkelt, Kopf und Schultern gegen die Mauer gestützt. Sein Mund stand offen. Er atmete in Stößen.

»Wo ist Conny?«

»Bravo«, ächzte er. »Hut ab …«

Auf seiner Stirn bildete sich Schweiß. Die Pupillen waren geweitet, Stoppeln verschatteten das Kinn. Er schluckte.

»Wie haben Sie mich gefunden?«

»Sagen Sie mir, wo sie ist.«

Er zog die Oberlippe hoch zu einem gequälten Wolfsgrinsen. »Scheiße.« Ein kurzes, hartes Husten. Seine Hände waren rot. Er wiegte den Kopf.

»Pressen Sie auf die Wunde«, sagte ich.

»Wozu?«

Er versuchte, in eine bequemere Stellung zu rutschen, und stöhnte laut auf. Langsam holte der Schmerz ihn ein.

»Wo haben Sie sie versteckt?«

Seine Augen glühten. Er biss die Zähne aufeinander.

»Reden Sie schon.«

Er schwieg.

»Reden Sie!«

Seine Miene spiegelte Verachtung und Hass. »Was habe ich davon? Ich stelle mir lieber vor, wie du in ein paar Tagen aussiehst, wenn man sie gefunden hat. Falls man sie so bald findet.«

Es ist ihm völlig egal, ob man ihn wegen zwei oder drei Morden verknackt. Er hat eh ausgespielt. In diesem Moment ist sie die Einzige, über deren Los er noch Macht besitzt. Dafür zahlt sie. Sie ist der Trostjoker für sein verhunztes Dasein, bevor man ihn wegschließt und vergisst. Der letzte Stich, der ihm bleibt. An ihr wird er sich rächen. Für alles. Sich, mich, das Leben, den Mann, der ihn gezeugt, und die Frau, die ihn geboren hat. Seinen Selbstverrat. Als Kostprobe dessen, was in ihm steckt. An seelischer Verkrüppelung, Hilflosigkeit und Leid.

Er hat beschlossen, dass Conny sterben soll. Verschnürt, geknebelt, irgendwo, vielleicht nur Meter von anderen Menschen entfernt, im Bauch unser Kind, das leben will und strampelt und mit ihr verdurstet.

Ich wusste, dass es nichts brachte, ihm mit Erschießen zu drohen, weil ihn der eigene Tod ebenso kalt ließ wie seine voraussichtliche Haftdauer, aber ich konnte ihn wenigstens daran erinnern, dass Krepieren kein Spaziergang ist.

Also nahm ich die Beretta und presste ihren Lauf zwischen seine roten Finger. Direkt auf die Wunde. Er sog zischend Luft an. Sein Kiefer knirschte.

»Anfang des Krieges«, sagte ich, »hat sich mein Vater mal in ein Veteranenheim verirrt. Für Versehrte, die man keinem mehr zeigen konnte. Aus dem Krieg davor. Typen, denen Granatsplitter das Gesicht weggefetzt hatten, ohne Arme, Beine und Schwänze, aufgehängt in irgendwelchen Konstruktionen.«

Er ächzte, als ich den Druck auf die Leiste verstärkte.

»So hingen die da schon über zwanzig Jahre. Im ewigen Dunkel. Stell dir das mal vor. Du kannst weder sehen noch hören, nicht fühlen und nicht schmecken, kriegst Breichen durch Gummischläuche und kackst in einen Beutel. Einzelhaft im Schädelkäfig. Bei null Input. Dagegen ist Isolationsfolter die absolute Lachnummer.«

»Was soll das?«

»Auch wenn mir das Pentathol ausgegangen ist, du vergisst, dass wir zwei hier allein sind. Wenn du nicht redest, mache ich aus dir einen Krüppel der Sonderklasse ...«

Ihm dämmerte, worauf ich hinauswollte.

»Ich werde dich nicht töten. Das wäre zu billig. Ich lasse dich am Leben. Aber ich verspreche dir, dass du für den Rest deiner Tage wünschen wirst, ich hätte es getan.«

Offenbar klang das heisere Organ überzeugend. In seinen Zügen mengte sich Zweifel mit Grauen. Er lotete mich aus. Doch das, was sein Blick spiegelte, war auch Triumph. Er sah, dass ich bereit war, alles, was mir heilig war, zu verraten und den Regeln der Hölle zu opfern. Ich bot ihm sein Ebenbild.

Das reichte. Gott sei Dank.

»Stiepelse«, stöhnte er. »In dem Schuppen beim provisorischen Anleger.«

»Wo?«

»Auf der anderen Flussseite. Gegenüber von Bleckede.«

Er hätte mich anlügen können, aber ich spürte, dass er die Wahrheit sagte.

»Wie zum Teufel bist du da draufgekommen?«

»Teuscher. Ich wollte zu ihr. Sie fuhr gerade los …«

Während ich aus meinem Hemdsärmel und Papiertaschentüchern einen Pressverband herstellte, berichtete er keuchend, wie sie ihm keine zweihundert Meter vor der Ausfahrt entgegengekommen war. Sie fuhr offen, sodass er den Koffer auf der Rückbank des Z3 gesehen hatte. Da dämmerte ihm, dass der Deal mit Willemsen schon gelaufen sein musste und sie im Begriff war, sich abzusetzen.

»Wo war Conny?«

»Die saß neben mir.«

»Wann war das?«

»So gegen eins.«

Zeitlich kam es hin. Da hatte mich Teuscher längst ins Badezimmer geschleift.

Strien sprach schleppend, in ächzend herausgepressten Halbsätzen, doch obwohl sein Hosenbein schwarz von Blut war und troff, wirkte er munter. Beinahe aufgedreht. Inzwischen hatte ich seine Waffe eingesammelt, ihn hochgezerrt und gegen die Wand gelehnt.

»Sie kriegte nicht mal mit, dass ich wendete und ihr folgte. Sie nahm die Uferstraße nach Osten.«

Ein paar Kilometer weiter, zwischen Jasebeck und Damnatz, als ihnen keine anderen Fahrzeuge mehr begegneten, gab Strien Gas. Er holte den Roadster ein und blinkte. Aber die Frau im Z3 schien derweil begriffen zu haben, wer ihr da nachsetzte. Sie hatte keine Lust anzuhalten. Er blendete auf und versuchte, sie zu überholen. Sie hielt sich auf der Mitte der Straße und begann Schlangenlinien zu fahren. Also rammte er ihr Heck.

»Was dann?«

Mittlerweile hatte ich mir seinen rechten Arm über die Schulter gelegt und schleppte ihn Richtung Treppe.

»Bei Dömitz ist sie auf die Brücke über den Fluss.«

Das Manöver erwies sich als unklug, denn auf der Zufahrt zur Brücke gab es mehrere Spuren. Es gelang ihm, auf halbe Höhe mit ihr zu ziehen. Er drängte sie nach rechts ab. Sie steuerte gegen. Ihr BMW geriet ins Schlingern und kollidierte mit der Leitplanke. Einen Augenblick sah es aus, als habe sie die Kontrolle über ihr Fahrzeug verloren und stürze in den Fluss. Doch es regnete nur Funken. Dann gewann sie wieder an Tempo.

»Am Fuß der Brücke schnitt sie mich und bog scharf nach links ab. Ich reagierte zu spät.«

Strien glitschte gegen einen Begrenzungspfeiler und zerlegte seinen rechten Frontstrahler. Ob Conny schrie oder betete, erfuhr ich nie. Als der Golf zum Stehen kam, besaß sie jedenfalls genügend Geistesgegenwart, ihren Gurt zu lösen und sich gegen die Tür zu werfen. Das Blech war durch seine Kaperaktion verzogen, und die Tür klemmte. Conny hing fest.

Er schrie sie an. Seine Hand krallte in ihren Arm. Sie wehrte sich und schlug ihm ins Gesicht. Er war wütend, nervös und überreizt, zudem auf Pille und von Haus aus kein Gentleman. Also fackelte er nicht lange und verpasst ihr eine seiner kurzen Geraden. Da fügte sie sich.

Das Intermezzo dauerte insgesamt kaum eine Minute, trotzdem war die Jagd an dem Punkt eigentlich gelaufen, denn Teuscher war außer Sichtweite. Sie hätte bloß die Straße verlassen, ihre Scheinwerfer löschen und sich totstellen müssen. Aber Angst macht blind. Sie gehorchte ihrem Fluchtinstinkt und nahm die Kurve hinter Kaarßen mit so viel Verve, dass der Z3 seitlich in den Graben schlitterte. Der Graben war zwar flach, doch eines der Räder drehte durch. Bis sie auf die Idee kam, Garderobe zu opfern und unter den Reifen zu stopfen, ging ihr kostbarer Vorsprung flöten.

Strien, der wie ein Irrer Richtung Boizenburg raste, heulte an ihr vorüber. Eben hatte sie den Wagen frei bekommen. Er stieg in die Eisen. Sie setzte zurück. Dreißig Meter weiter zweigte ein Feldweg ab.

Im Osten gab es nie den grünen Plan, höchstens eine doppelte Betonspur für Traktoristen. Das Unwetter von vor einigen Tagen hatte die Schlaglöcher in schlammige Pfuhle verwandelt. Es war stockfinster. Teuscher kannte die Gegend nicht, konnte nichts erkennen und musste mit Festbeleuchtung fahren.

Sie hätte sich etwas Schlaueres einfallen lassen können. Eine halbe Stunde lang irrten die Autos durch Lehm und Pfützen, scheuchten schlafende Kühe auf und zerkratzen Bodenbleche. Doch Gott ist mit den Einfältigen. Bisweilen wenigstens. Irgendwann schenkte er Teuscher einen Streifen geteertes Pflaster. Sie legte den dritten Gang ein und startete durch. Strien und Conny geisterten noch eine Weile im nächtlichen Naturpark herum. Bis er schließlich hielt, sich eine Zigarette anzündete, sie nachdenklich musterte und »Fuck it« sagte.

Wie sein ursprünglicher Plan aussah, kann ich nur vermuten. Wahrscheinlich hätten den weder Conny noch Teuscher überlebt. Seine Improvisation indes war auch nicht ohne.

Ich hatte ihn die Treppe hochgeschafft und ihn in den Armen eines der beiden Wachschutzmänner abgelegt, die oben postiert waren. Striens Redelust war versiegt. Er wirkte apathisch. Die Wunde saute rum. Obwohl anscheinend doch keine größere Arterie getroffen war, hinterließen wir eine nasse, rote Schleifspur.

»Er muss versorgt werden«, sagte ich zu dem Wachmann. »Dann könnt ihr die Polizei rufen.«

»Wir wissen Bescheid«, erklärte sein Kollege und griff zum Sprechfunkgerät.

»Wo ist Willemsen?«

»Wer?«

»Euer großer Chef.«

Der kam in dem Moment mit einer resolut aussehenden Schwester im Gefolge angerauscht.

»Mein Gott«, stieß er hervor. »Strien!«

»Es sieht schlimmer aus, als es ist.«

»Wie soll ich das bloß den Medien erklären?«

»Was ist mit Ihnen?«, meinte die Schwester da und zeigte auf meinen Arm. Sie war zweite Hälfte fünfzig und ebenso kantig wie kompakt.

»Halb so wild«, sagte ich. »Nicht mal ‘ne richtige Fleischwunde. Ich muss mich beeilen ...«

Ich wandte mich an den Klinikchef, der etwas geistesabwesend wirkte.

»Meine Frau ist in Stiepelse. Da fahr ich jetzt hin. Anschließend bringe ich sie entweder ins Krankenhaus oder nach Hause. Je nach Zustand. Dann melde ich mich, okay?«

Er nickte stumm. Ich war im Abgehen, als Strien, der zwischenzeitlich nur teilnahmslos gestöhnt hatte, sich plötzlich wieder regte.

»Fahr nur«, höhnte er. »Du kommst eh zu spät.«

Ich fuhr herum. »Was heißt das?«

Er lächelte sein Eckzahngrinsen. »Wenn mich nicht alles täuscht«, keuchte er und zog die Lefzen hoch, »hat sie vor 'ner Weile das Fruchtwasser verloren.«

Ich machte drei Schritte auf ihn zu. Schlug mitten ins Grinsen. Bevor ich das zweite Mal ausholen konnte, riss mich einer der Sicherheitsleute zurück. Doch da war Striens Nasenbein bereits Bruch. Ich sackte gegen die Wand und rieb mir die Handknochen.

»Sie ist schwanger?«

Das kam von der Schwester.

»Achter Monat.«

»Oh«, sagte sie bloß.

Ich sah Willemsen an. »Wann haben Sie das letzte Mal Geburtshilfe geleistet?«

»Noch nie.«

»Es gibt für alles ein erstes Mal.«

Er wirkte bestürzt. »Ich bin kein Gynäkologe. Außerdem muss jemand der Polizei erläutern, was sich hier abgespielt hat.«

»Das können wir auch«, erklärte der Wachmann.

»Sie?«

»Kein Problem.«

Willemsen würgte trocken. Kompetentes Abwiegeln stellte er sich anders vor.

»Und wer redet mit Echternach?«

»Sie sollten fahren, Herr Professor«, meldete sich die Schwester. »Ich komme mit.«

Das klang weniger nach Empfehlung als nach Befehl. Ihr

schmaler Mund wurde hart. Engel erscheinen in allen Verkleidungen. Mitunter auch als weibliche Dragoner.

*

Auf dem Weg zur Taxe, während sich die Angst durch meine Eingeweide frisst und ich bete, dass Conny lebt, muss ich plötzlich an Joe denken und an den Satz, den er in Juba losgelassen hat, als die Pest aus den Armenvierteln kroch und anfing, uns näher zu rücken. »Jede Reise endet an ihrem Ausgangspunkt, egal wie weit du fährst, egal an welchem Ort.« Das war in einer der Nächte, in denen es zu heiß war zum Schlafen, zu drückend und zu schwül. Günther lag bereits im Spital. Wir hockten im Hof des »African Hotel« unterm Laub des großen Mangobaums, schlugen Moskitos tot, ließen Zigaretten kreisen und erzählten uns gegenseitig Geschichten. Hin und wieder bellte ein Schuss, weil einer versuchte, das Schmiergeld für die Posten zu sparen oder die Soldaten an den Straßensperren mit ihren Waffen spielten.

Joe stammte aus Verdun. Als ich ihn das zweite Mal traf, unten in Juba, hatte er sich den Kopf rasiert. Seine Mutter sei Jüdin und sein Vater Pole, sagte er mal. Er hasste Frankreich, liebte Nietzsche und legte eine befremdliche Vorliebe für alles Deutsche an den Tag.

Ich habe nicht den leisesten Schimmer, wieso mir gerade jetzt seine knochige Visage durch den Sinn spukt. Vielleicht liegt es an den wirren Träumen, die das Ketamin ausgelöst hat, dem grandiosen Sonnenaufgang oder daran, dass ich damals genauso blind in die Katastrophe gestolpert bin, im Wahn, ich hätte alles im Griff. Aber möglicherweise ist es auch nur der Anblick des grobkörnigen Asphalts, der mich daran erinnert, wie ich vor einer Hand voll Tagen über den verregneten Rastplatz bei Gudow zur Telefonzelle getrabt bin. Bevor ich mich entschloss, einen Abstecher nach Bleckede einzulegen.

Jetzt geht es zurück zum Ausgangspunkt. Zur Fähre. Aus der entgegengesetzten Richtung. Schönheit mag im Auge des Betrachters wohnen. Wie er sieht, hängt immer davon ab, was hinter ihm liegt.

Da sitze ich nun, neben dem Mann, den ich bis vor drei Tagen noch für einen Massenmörder hielt, und vertraue ihm Connys Leben an, ihr Leben und das Leben unseres Kindes. Vorhin, als er seine verlorene Million beklagte, hätte ich fast zu ihm gesagt: »Nehmen Sie's als Lektion in Demut.« Dabei ist derjenige, der sich hier gerade eine Lektion in Demut abholen darf, kein anderer als ich.

Der Diesel zieht locker bis hundertsechzig. Wir reden nicht viel. Ich trete aufs Gas und flehe stumm, dass die Fähre bereits in Betrieb ist. Die Schwester hat noch ein paar Dinge eingepackt. Sterile Tücher, eine Hand voll Medikamente und eine Schere. Wir fliegen an der Stelle vorbei, wo Roth verunglückt ist. Sind kurz darauf an der Rampe. Eben gleitet die Fähre durch die Flussmitte.

Stiepelse ist ein Straßendorf. Kirche, Kneipe und zwei Dutzend Katen hinterm Deich. Kopfsteinpflaster, daneben Reste eines Sommerwegs. Sonst nichts. Kein Anleger weit und breit. Ich will fragen, aber außer einer getigerten Katze ist niemand auf den Beinen. Bis die Schwester einen alten Bauern in Blaumann und Gummistiefeln entdeckt, der sein Fahrrad hinter uns auf die Straße schiebt.

Ich steige aus. Wo der Schuppen sei? Er beäugt mich, lehnt sein Rad gegen einen Zaun, schiebt die speckige Stoffmütze ins Genick, reibt sich das unrasierte Kinn und zerrt die erkaltete Shagpfeife aus den braunen Zahnresten.

»Achterdiek hebbt se so 'n Deel hinsetten. Bi 'n Ponton. För de Utflöögers, wenn de ›Kaiser Willem‹, de olen Weeldamper ut Lauenborg, dor fastmakt. De Landraat hett seggt, he wüllt use Infrastruktur verbetern ...«

Alte Raddampfer sind hübsch. Die »Kaiser Wilhelm« sowieso. Fragen infrastruktureller Anbindung bisweilen auch. Momentan jedoch bewegt mich nur, wo Conny steckt. Ich krame im Hinterkopf nach niederdeutschen Resten.

»Un wo finn ik düsse Ponton nu? Ik heff keen sehn.«

»Se hebbt em ok al ut 'n Water holt. Wat wüllst 'n dor?«

Dass er mit mir redet, heißt noch lange nicht, dass er mir traut.

So, wie ich aussehe. Er ist bloß neugierig und hat alle Zeit in der Welt. Ich bete um Gelassenheit.

»Ik söök mine Deern.«

»Is se di weglopen?«

»Ne, aver worüm, duurt to lang to verkloren. Wi hebbt keen Tid.«

»Ji hebbt keen Tid?«

Er antwortet wie ein Echo.

»Se kriggt een Kind.«

»Wat seggst?«

»Se is dorbi, daal to komen. Aver se is to fröh.«

Er kratzt sich mit dem zerbissenen Mundstück ratlos an der Stirn.

»Wat makt se denn inne Schuur?«

»Egol. Verraadst mi nu, wo düsse Schuur steiht?«

Er nickt bedächtig, als habe er schon immer gewusst, dass Städter irre sind. Immerhin versuche ich, wie ein Mensch zu reden. Sein Pfeifenstiel zeigt auf einen Pfad gut zweihundert Meter hinter dem letzten Haus.

»Dor bilang. Foftig Meters na links. Denn sühst em glieks. Is so 'n witten Container.«

»Danke«, stöhne ich und deute auf die Kneipe. »Noch wat. Künnst bi 'n Kroog Bescheed seggen? Künnt sien, dat wi Unnerstützung nödig hebbt.«

Er nickt.

»Föhr man to.«

*

Der Schuppen ist eine der weiß-grauen Pappschachteln, aus denen bei Bedarf Publikumsverkehr abgewickelt werden kann. Sinn- und zwecklos in die Landschaft geknallt. Falls hier irgendwer zusteigen will, kann er ebenso an Bord zahlen, und um die touristischen Höhepunkte des Ortes anzupreisen, reicht ein Faltblatt. Das haben die Aufsteller mittlerweile auch begriffen. Die Bude sieht aus, als habe man sie vergessen.

Ich brauche die Tür nicht mal einzutreten. Das hat irgendwer lange vor mir erledigt. Sie ist nur angelehnt. Bevor ich sie aufstoße, krame ich alles zusammen, was ich je über Mut und Gottvertrauen gehört habe. Auch die Worte des Freundes, der vom »Tag X« sprach, auf den sich jeder stillgelegte Säufer gefälligst vorzubereiten habe, als er schilderte, wie er seinen Sohn vom Strick geschnitten hatte.

»Okay.«

Das Innere ist dunkel, außer den Lichtstreifen, die durch die Ritzen an der Lade brechen. Meine Augen brauchen, um etwas zu erkennen. Zunächst wirkt der Raum leer. Er hat dich angelogen, durchzuckt es mich. Dann sehe ich eine Gestalt. Sie liegt zusammengekrümmt in der Ecke, den Rücken zur Tür. Reglos.

Mein Inneres friert ein. Das war's, Bruder, denke ich. Du kommst zu spät. Hier ist er. Dein Tag X. Willkommen im Abgrund. Wieso hat Strien bloß so beschissen gezielt? Zwanzig Zentimeter weiter rechts, und das bliebe dir jetzt erspart.

Die Schwester drängt sich an mir vorbei. Kniet neben Conny nieder. Wendet sich zu mir um.

»Helfen Sie!«

Ihre Augen standen offen. Aufgerissen. Nass und Beseelt. Sie war bei Bewusstsein.

»Liebste.«

Ich polkte ihr das T-Shirt aus dem Mund. Ein verzerrtes Lachen. Eher ein Stöhnen, das in einen stummen Weinkrampf überging, während wir mit fliegenden Händen die Knoten um Hände und Füße lösten. Der Dragoner sagte, sie sei ein tapferes Mädchen. Ich stammelte den üblichen Schrott, den hilflose Männer so stammeln, dass ich sie liebe, sie durchhalten solle und sie es bald geschafft habe.

Mit Willemsens Hilfe schafften wir sie in die Kneipe. Sie ohne Notarztwagen ins Krankenhaus zu bringen war zu riskant. Der Wirt erwies sich als unausgeschlafen, aber hilfsbereit. Er telefonierte, bis er in Lüneburg einen Wagen mit Inkubator fand. Seine Frau kochte derweil heißes Wasser und holte Handtücher. Ich hielt Connys Hand, während Willemsen vom Dragoner eingenordet wurde und der alte Landmann zusah. Die Wehen kamen in immer kürzeren Abständen.

»Das Baby hat's eilig und will raus.«

Conny schrie gellend auf.

»Los doch«, lächelte die Schwester und streichelte ihr die Stirn. »Schreien Sie. Schreien tut gut. Das wird ein wunderbares Kind ...«

Ich werde nie vergessen, was sich auf Connys Gesicht abspielte, als der Dragoner ihr schließlich unsere Tochter auf den Bauch legte. Sie weinte vor Erschöpfung und Glück, küsste die Kleine und redete in drei Sprachen zugleich auf sie ein, Deutsch, Mandarin und einer Zunge, die nur Mütter im fortgeschrittenen Endorphinrausch beherrschen, bevor sie mich anstrahlte und mir das Etwas hinhielt. Es war verschrumpelt, und seine Farbschattierungen waren ähnlich bunt wie mein lädiertes Lid, aber ansonsten war alles an ihr dran, was zu einem Frühchen mit fünf Pfund Lebendgewicht gehört. Sogar Halbmonde unter den winzigen Fingernägeln.

Ich nahm sie auf den Arm, zwei Finger unterm Kopf, weil der Hals so zerbrechlich aussah. Da schlug sie die Augen auf. Sie waren tiefblau und sahen mich an, als Gruß meiner Ahnen. Ich glotzte, bis das Kind verschwamm, weil meine Gucker inkontinent waren und mir das Wasser herauslief.

Ich heulte aus Dankbarkeit und Freude und Trauer und einem Haufen anderer Gefühle, die ich nicht in Worte kleiden kann. Der Kreis hatte sich geschlossen. Denn die Schlacht, die Conny da schlug, erinnerte mich an den letzten Kampf von Günther. Die eine führte zum Leben und der andere in den Tod. Und es war beides gut so.

Später, als wir das Martinshorn des Krankenwagens hörten, nahm mich der Wirt mit nach draußen. Wir setzten uns an einen der Holztische. Der Himmel war klar. Über den Margeriten summte eine Hummel. Die Kneipe liegt direkt neben der Kirche. Es gibt da drin ganz schöne Glasfenster. Er hat den Schlüssel für Besucher. Axel, den wir später mit hinschleppten, erklärte bloß, nirgendwo sonst hätte unsere Tochter zur Welt kommen dürfen. Zumal das Bauernfrühstück wirklich ausgezeichnet sei.

Christine Teuschers Wagen tauchte am Kopenhagener Flughafen auf. Von ihr fehlte jede Spur. Willemsen musste Echternach Verschiedenes erklären, aber nachdem die Klinik innerhalb von vierzehn Tagen drei Fachkräfte verloren hatte, scheute sich das Kuratorium offenbar, auch noch den Chef zu schassen.

Bohl sitzt. Strien wartet auf die Verhandlung. Hinrichs war sauer, aber überraschend nachsichtig. Vielleicht ist einer seiner Altvorderen vor dreihundert Jahren auch mal dort gesegelt, wo Teuscher sich heute vermutlich sonnt. Irgendwo zwischen Tortuga, Trinidad und Nassau.

Kaienburg und ich haben noch einmal telefoniert. Ich wollte ihm sagen, dass es mir leid täte. Er legte sofort auf. Sein Pech.

Mente ist unbekannt verzogen. Bei meinem letzten Besuch stellte ich ihn vor die Wahl, sich einen anderen Job zu suchen oder vom Rollstuhl aus zu arbeiten.

Von den zwei Holländern habe ich nie wieder etwas gehört.

Carlo fährt inzwischen häufiger nach Bleckede. Ab und an steht auch Marion Roths roter Ka neben seiner Glyzinie. Mal sehen, was draus wird. Carlo hält sich bedeckt, und Paul rollt nur die Augen, weil er dauernd Croissants für sie mitbringen muss.

Conny hat die Geburt gut überstanden. Sie ist wunderbar. Meist zumindest. Jedenfalls kommen Angelika und ich fabelhaft mit ihr klar. Angelika. So heißt die Kleine. Nach dem Dragoner. Die war nicht nur unser Engel, sondern hörte obendrein auf Angelika, und wenn der Himmel einem so den Finger zeigt, braucht man nicht wochenlang über Silbenvielfalt und Klangfarbe von Mädchennamen zu rätseln.

Es geht den beiden Frauen gut. Mir auch. Obwohl ich seit beinahe zwei Monaten bloß noch Kaugummi kaue. Inzwischen sogar ohne Nikotin. Es bleibt 'ne harte Nummer. Aber es gibt härtere.

Nur für heute, sage ich mir. Jeden Tag aufs Neue.

DANK

Der Roman behandelt Themen, von denen ich zuvor keine Ahnung hatte. Ohne die großzügige Hilfe Einzelner und die Unterstützung vieler Institutionen wäre er so nie zustande gekommen.

Obwohl Ärzte in diesem Buch nicht immer nur gut aussehen, gab es eine ganze Reihe, die mir ebenso offen wie selbstkritisch Einblick ins Metier zu gewähren suchten. Die kardiologische Abteilung der Charité ließ mich bei einem Kathetereingriff zusehen. Dr. York Räto Huchtemann, Lars-Ulrich Cortez Rosa und Jutta Jensen gaben fachliche Anregungen und dramaturgische Hinweise. Rudolf Hövermann und seine Frau Gisela erschlossen mir das Elbtal. Ohne die Vorarbeit von »Transparency international« wären meine Korruptionsrecherchen weit dürftiger ausgefallen. Der »Gesellschaft für bedrohte Völker« verdanke ich den Hintergrund zur Lage der Roma in Mitrovica, die leider keine Fiktion ist, sondern bittere Realität. Der Volvo-Stammtisch Hamburg half mit technischen Details zu betagten Liebhaberfahrzeugen aus. Norbert Oertel, Günther Landt und Dirk Meyer sorgten dafür, dass der PV nicht liegen blieb. Claus Ludat organisierte Abkühlung zur rechten Zeit und gewährte mir Einblick in die Geschichte des Stadtparkbades.

Die Wehen des Schreibens begleiteten Gesina Pansch, Cornelia Ernst, Peter Lauenburg, Ilse Harder, Claudio Lange, Maria Solrun Sigurdardottir, Delia Güssefeld und Axel Haase. Anja Nuhn scheute keine Mühe, die letzte Fassung stilistisch so zu kneten, dass das Lektorat durch Stefanie Rahnfeld vom Emons Verlag für mich zu einem echten Vergnügen wurde.

Ihnen allen sei an dieser Stelle herzlich gedankt.

Gewidmet ist das Buch einem Freund, mit dem ich die Freude über diese Veröffentlichung gern geteilt hätte.

Christoph Ernst, August 2006